沧海一声笑

蔡晓安　著

天津出版传媒集团
百花文艺出版社

图书在版编目（CIP）数据

沧海一声笑 / 蔡晓安著. -- 天津 : 百花文艺出版社, 2024. 12. -- ISBN 978-7-5306-8984-4

Ⅰ. I247.5

中国国家版本馆 CIP 数据核字第 202453JE07 号

沧海一声笑

CANGHAI YISHENG XIAO

蔡晓安　著

出 版 人： 薛印胜　　**责任编辑：** 张　雪

装帧设计： 西穆设计　刘昌凤　　**特约编辑：** 李　路

出版发行： 百花文艺出版社

地址： 天津市和平区西康路 35 号　**邮编：** 300051

电话传真： +86-22-23332651（发行部）

+86-22-23332656（总编室）

+86-22-23332478（邮购部）

网址： http://www.baihuawenyi.com

印刷： 三河市元兴印务有限公司

开本： 880 毫米 ×1230 毫米　1/32

字数： 223 千字

印张： 10.75

版次： 2024 年 12 月第 1 版

印次： 2024 年 12 月第 1 次印刷

定价： 89.00 元

如有印装质量问题，请与三河市元兴印务有限公司联系调换

地址：河北省廊坊市三河市黄土庄镇尚庄子村

电话：0316-3180002

邮编：065200

在小说天地里感受蔡晓安的文学情怀

写在中篇小说集《沧海一声笑》付梓时

/ 周其伦

居住在重庆市云阳县的青年作家蔡晓安，是我这些年关注得比较多的一位本土作家。我对他的作品印象颇深，也多次在文章中提到过他在小说创作上的勤奋和写作过程的艰辛。我们还一起讨论过如何进行文学创作，一起畅谈过发自内心的生活感悟，也曾经给他的作品提过许多的建议。

和他交往的时间长了，我由衷地感觉到，晓安差不多就是一个为文学、为小说而生的一个实实在在的人，每次和他交流完，我都能够强烈地感受到他内心涌动着的那种汹涌澎湃的文学情绪和故事建构块垒成型的气象。记得有一次，我和他漫步在云阳县新县城的江边公园，他兴致勃勃地讲述起他手里已经成型的作品，讲述着他心中正在构思的许多人物、情节，在他深情款款的叙述中，我忽然有一种触动，他对文学天地的无限痴念，是一种刻骨铭心又无处不在的深刻情感。恍然间我似乎觉得文学对于他，绝不仅仅只是一种爱好而已，而是浸透在他骨血里的某种特质，恰如彼时正在我们身旁汩汩流淌的长江，那种无边无际浩荡宽广，那种澎湃而来的汹涌冲动，都让我万分感佩，我强烈地感受到蔡晓安对文学的那种炽热追求。因此，我特别想借这次我为他的中篇小说集《沧海一声笑》撰写序言之机，将对他的敬佩之意和盘托出。

大家都特别喜欢说生活是文学创作取之不尽用之不竭的源泉，这应该是一个亘古不变的真理，而对于一个钟爱写作的人来说，它的意义更是毋庸置疑。我在这里想要说的是，假如我们把这一论点放在蔡晓安身上去考量，不仅显得那样的充分，而且也相当的熨帖。他的年龄不算太大，但其生活的阅历却非常丰富。他自幼生活在乡村，小学和中学时期都在乡镇度过，大学毕业后，还曾回到乡镇学校任教，不久又南下广深，北上京漂，不安于现状的心性和不甘于命运的勇敢，让他在教书育人之外还从事过商品推销、报刊编辑等多种职业，在艰难地打拼后又满身疲惫地回到了故乡。他的这种波折坎坷的人生履历，不仅历练了他特别能吃苦耐劳的品格，也着实为他的生存体验增加了一份难能可贵的厚重。于是，当他开始用笔墨来诉说满腔的衷肠，就变得一发而不可收，这种在内心孤寂中的“无心插柳”，让他很快就在文学这个广袤的园地里找到了自身的价值所在。

与他的很多部小说作品一样，这次结集出版的中篇小说集《沧海一声笑》也是作者对自己过往生活阅历的一次很有悟性的文学梳理。这本书收入了他新近创作的六部中篇小说，而我们从中可以掂量出的则是他多年潜心于文学创作的一往情深。

《刀刀恋》这部中篇放在集子的开篇，显然体现着作者的某种情愫。这部作品情真意切地记录了一段年轻人之间的感情经历，尤其是把“我”与“绿茶妹妹”在失恋期的种种情态刻画得栩栩如生。当“我”从网上结识了一个叫“可乐”的大学生妹妹后，那种相隔千山万水的热恋，以及在热恋中“可乐”来去自如的随意，都被作者拿捏得十分到位。“可乐”差不多每月都要飞到“我”的老家云阳与我幽会，而她却从不愿意让“我”去上海看她，当双方都见过对方的父母，有点谈婚论嫁的意味时，话锋却一转，“可乐”因大学毕业，选择到英国去留学，邂逅了她曾经在高中时暗恋过的男友。那以后，“我”和“可乐”的关系就变得扑朔迷离起来，最后干脆就失联了。几年后，“我”在“可乐”的QQ空间里看见她更新后的资料，才发现她已结婚，与老公及孩子其乐融融，照片的画面清晰却处处扎心。恍惚中“我”才发现，原来“我”不过是她追逐暗恋对象时的替代品。《刀刀恋》里所描摹的，初看仿佛就是一段始乱终弃的男女恋情，深而思之我们似乎能够触摸到作者的用意。通过这个故事他想呼唤的，实际上是人性中最美也是最感人的东西，那就是彼此之间的真诚。

《海燕》的描写就更加催人泪下了。漂亮年轻的女主人公海燕原本有一个非常和睦的家庭，但她为了能够顺利地从乡医院调入县城医院，不得已与惠远志院长私通，她的愿望是实现了，但与家庭的裂隙却慢慢显现。丈夫患上了严重的肌无力症，生不如死。而此时的海燕却怀上了惠院长的孩子，被安排到了两百多公里以外市主城进修。这里虽然远离小县城的蜚短流长，但她也与丈夫和儿子的关系日渐疏远，孕期到了七个月，海燕在三亚保胎时收到了丈夫因绝望而跳楼的噩耗，她迫不得已提前引产，回老家料理后事。东窗事发后，婆婆差一点要掐死她，还把她拒之门外。可当她再次回到惠院长身边时，遭遇到的是院长原配夫人的恶意摊牌，直到这时，她才痛彻心扉地感觉到自己绝对不是一只可以自由飞翔的海燕，她这些年所有的努力都不过是别人手中的一张牌。昨夜一帘幽梦，变成了今天的一地鸡毛，作品对海燕这个悲情人物的塑造，也是对人性善恶的一次直逼心灵的叩问，作品同时在告诉人们，在善与恶之间踉踉跄跄地游走时，谁都不应该跨越我们内心中那一道红线，否则，悲剧的上演只是时间的问题。

《狮子岩》在整部作品集中是最具分量的，大约有五万字。这是一篇叙述线条相对较多，时间跨度也比较长的中篇，作者不仅在这篇小说中回顾了儿时的懵懂，也从多个侧面描摹着人生的悲喜起落。作品从建新小学高光明校长的平步青云起笔，先从乡镇教师的子女们的视角去描写年少时丝丝缕缕的情愫，继而又记录了乡镇学校教师生活的驳杂细碎。主人公“我”和高校长的女儿高晓虹的关联，加上学校后山那巍峨神秘的狮子岩，都囊括其中，成了整个故事游走的明线。而高光明在乡镇学校风生水起的经历，直到他最后因外包工程贪腐锒铛入狱的结局，才是丰富地撑开整个作品的大框架。这些故事线索的嵌入，与同为教师的高妻在赌场上与施工方老板的暗通款曲交织在一起，使得作品更加多姿多彩。

作者以一种亲和的语调将乡镇教师鲜活的日常，讲述得犹如一坛陈年老酒，开坛即香，品之有味，也灵动地刻画出这群普通教师之间那些零零散散的细碎纠葛。结尾处“我”和高晓虹，以及“大个子”之间的那种欲说还休的情感摇荡，与他们年少时一起攀爬狮子岩时的微妙情愫遥相呼应，既有生活的深度，又演绎出艺术魅力的深广，在这部小说集中有着相当的分量。

《沧海一声笑》是一部与书同名的中篇，我想作者将这部作品的篇名拿来做这部小说集的书名，显然是有些思考的。这篇作品里的主人公周海笑，是一个曾经被学校除名的中学生，他在自己的人生稍微有了一点起色的时候，便处心积虑地思谋着如何报复过去的教师和学校的校长，这就使得我们在阅读这部作品时有一种郁闷不平的感觉。所谓的“沧海一声笑”，实则表达的是作者对主人公周海笑那种小人得志嘴脸的嘲讽，同时也表达出作者对师生情感世界失衡的思考。作品中的沧声与叶晓芬这两个人物形象跌宕交集的恋爱，以及沧声父亲对儿子那不冷不热的态度，都为这部作品增加了相当的回味。

作者在《飞翔的姿势》里，也是通过对乡村中学教师何毕的一段心路历程的描写，特别是他在对待影响自己生活的两个女孩情感心路刻画，真实地反映出当下世相中的又一种情况。吴鑫荣是他曾经的同学，现在的同事，担任英语女教师；曾静怡是一个成绩优异的女学生，担任着班上的英语课代表。作为班主任的何毕，也曾经不安于现状，还停薪留职去沿海地区闯荡过一番，回到学校后继续任教。吴鑫荣为了摆脱前男友的纠缠，将全部心力倾注在教学上；曾静怡一时忍受不了吴老师的惩戒，离校出走遭遇强暴，在心灵深处埋下阴影，最终酿成了轻生的大祸；吴鑫荣与何毕的情感在她前男友的不断纠缠下也没有能够善始善终。这部作品里的三个形象都有缺陷和不足，但这部作品所表达出的东西，仿佛就是我们生活中每一个人的内心。他们最初都对自己的未来充满了期冀，也渴望着自己有一天能够自由地展翅飞翔，但理想与现实的差距，残酷地阻挠着他们飞翔的路径，以至于他们最终的飞翔姿势，都不是那么潇洒自如，有的人还留下了终生的遗憾。

《二叔这一家》这篇小说，我曾经在《地火》刊物上读到过，作者很用情地讲述了“二叔”一家子从偏远的农村到城市打拼的种种细微的故事，把他们前行的每一步都与千千万万农民工艰难的行进历程有机地结合在一起，这样的立意就非常开阔了。

我读这篇小说时最深的感觉就是，作者在这里浓墨重彩地刻画的“二叔”，不再是具体的某一个人，“二叔”是与他命运相关的所有人的缩影。他们深爱乡村，但也期望变成城里人，而在“变成真正的城市人”的过程中，隔着一道道无法跨越的天堑。因而，这就注定了他们的命运必然充满着难以尽述的艰辛，充满着无法揩尽的汗水，甚至还时常会充满着血泪，“二叔”和他们的遭际，肯定蕴含着作者深厚的人文情怀。

蔡晓安的这部中篇小说集，和他此前的《岁月是一条蜿蜒的河》《小城微光》等小说集一样，在很大层面上都得力于作者丰沛的生活阅历和厚实的人生体验，这些充斥在他作品里的人物和事件，无一不是作者对自身生活的检视，无一不是对那广阔的大千世界的体悟。胸中有了沟壑万千，下笔才能从容淡定，当我们将作者的这种创作动因高屋建瓴地从文学创作的理性层面去品味一番，真的可以感受到文学源于生活而又高于生活这一精髓。

在我和作者的多次交流中，都能够真实地感受到他的思考非常广泛，且思路清晰，好多能够称之为“作品”的故事都跃动在他的心底，他曾经告诉我，他现在只是觉得时间不够，想写的东西太多，很多素材的搁置在心中已久，好像不早日把它们变成文字，变成“作品”，都对不起此生的经历对他的馈赠。他曾经创造过每月都创作几个中短篇小说的奇迹，我也多次读到过他的小说，不管是已经发表的，还是现在还存于文档的，数量的确惊人。而且他的很多小说，就文本层面而言，都显得相当成熟了，我觉得他现在唯一需要的就是“跨栏”时的那奋力一搏，努力地去“捅开”进入文学最神圣殿堂的那层“窗户纸”。当然，这仍然是一个很艰难的过程，但蔡晓安矢志不渝地坚持着、守望着，我觉得他的这种坚持和守望，也一定会在不远的将来实现一种崭新的飞跃。

“无边落木萧萧下，不尽长江滚滚来”这是万里长江的浩荡带给我们的磅礴壮阔之感，同时也是我们在文学创作中应该持守的一种博大情怀。当然，我个人也特别想借此来表达我对蔡晓安在写作上特别勤奋、对小说创作不断钻研精神的赞赏。

周其伦简介：作家，评论家，中国文艺评论家协会会员，有作品发表于《人民日报》《人民文学》《文艺报》《中国艺术报》《文学报》《北京文学》《广州文艺》《湘江文艺》《黄河文学》《山东文学》《莽原》等报刊。出版有《安于悦读》一书。

目录 Contents

刀刀恋

1

我没想到她真会来。

接到电话的时候，我正在上网。我把手从键盘上收回来，然后用尽量平静的语气说，喂，你现在在哪儿？那边有点吵，周围好像有嘈杂的音乐声。也许是个广场，大爷大妈天天跳坝坝舞的那种。偶尔一声拖沓的尾气响，仿佛有车驶过。这说明，她可能正在某条马路边上。

我在云阳。声音有点疲惫，但总的来说，还是激越且兴致盎然的。

我一惊。虽然隐隐的也有点心理准备，或者说也有些期待，但，怎么可能呢？不就是玩笑似的一说吗？记得当时她说，她刚大学毕业，正在找工作，她打算先从陆路到重庆，再经水路至上海。从小想去三峡，一直没机会。这次，我要梦想成真。

她信誓旦旦地说。这话在我听来有点像试探。毕竟，她知道我是云阳人，又正好身在云阳。她要经三峡去上海，就好比从我身边路过，我却不招呼她一声，怎么说也说不过去。虽然我们还没有见过面，但我们在网上不都已经是那种心照不宣的关系了吗？在网上，也不知是从哪天开始，她开始叫我刀刀。刀刀，在干吗？刀刀，睡了吗？刀刀，我想你了……她第一次这样称呼我，我还以为她是不是把信息发错了。这样的事在网上并不鲜见。同时跟几个人聊天，偶尔把这个当成那个，或者把那个当成了这个，也很正常。但她一直这样叫我，就不得不令我相信，她是真把我当成刀刀了。刀刀？什么是刀刀呢？为什么要叫我刀刀呢？我跟刀刀，有什么必然的联系吗？有段时间，这些疑问像水龙头坏了一样，动不动就往外滴。但我还是尽力把水龙头往紧处拧。很多时候，男女之间的交往，不都要讲个意境吗？如果把什么话都说穿了，点破了，意境自然就不存在了。刀刀就刀刀呗，管它刀刀是什么，她为什么要叫我刀刀，反正叫着亲近，叫得心里痒痒的，蛮舒服。她一叫，我的整个身子仿佛就要瘫软下来。她说要来三峡，却不说来云阳，这看似闲来的一笔，却是真正动了脑筋的。这说明,她确实是个顶智慧的女孩。一个女孩，在异性面前，当然要表现得稍微矜持一点，哪怕这矜持很多时候也可能是装出来的。这样表述的好处在于，既让她保留了淑女的颜面，又给了对方主动出击的机会。

这点我心领神会。

所以这个机会我没有放过。我顺着她的语义，说，那好啊，到时候来云阳耍嘛，我请客。心里却暗暗骂自己，这不是屁话一通吗？她要真来云阳，不是我请客，难道还让她请不成？

然而，我终归没有把这次邀请当回事。你想啊，别管网上，现实生活中我们素昧平生，她又是女生，怎么可能说来就来呢？她再不更事，也是个名牌大学的毕业生。她就不怕万一她要见的，是个人面兽心的渣男呢？

说起来，也算有缘。那时候，我还在管理一个文学论坛。平时看的稿子比较多，大多都麻木不仁了，但有一篇小说却引起了我的注意。故事其实也蛮简单，就是两个朋友本来好好的，却因为一个不相干的男人突然闯入其中一个的生活，另一个就不满了，嫉妒了，开始耍小心眼了，就开始跟那个男人有意无意地眉来眼去了。于是猜忌开始了，隔阂产生了。好好的两个朋友之间就慢慢竖起一堵厚厚的墙。以至于到最后竟然就成了不共戴天的死敌。单看这情节其实很老套，没有什么特别出众之处。但它吸引我的，是不紧不慢、游刃有余的语言风格。就好像一个曼妙的女子坐在身旁，把她历经风尘的往事娓娓道来，看起来波澜不惊，其实却暗流汹涌。

那篇小说真正打动我的，其实也不是她的语言风格，而是一个有关背叛与复仇的故事。虽然只是两个女子之间的背叛和仇怨，但对于彼时处境的我，所产生的共鸣也的确是震撼的。

彼时的我，到底经历了什么呢？

简单一点说，就是我也刚被一个女人背叛了。但细究起来，说她背叛我，似乎又有点过了。严格来讲，是我先背叛了她。

她是我大学时候的女友。本来也山盟海誓，说好了大学一毕业就要手牵手一起共度余生的。但我是独子，终究没有扛住父母的压力。他们的理由既通俗易懂，又理直气壮。怎么可能？跟一个大你六岁的女人结婚？等你三十出头，她都四十了。到时候，你后悔都来不及！

尽管她在电话里哭得一塌糊涂，但她也知道，胳膊终究是拧不过大腿的。哭一哭，闹一闹，也就罢了。我能说什么呢？我什么都没有说。等她哭够了，闹完了，挂了电话，回到了凡尘。说来也奇怪，挂掉电话的那一刻，我竟然感到无比的轻松与自在。就好像终于卸掉了一直压在身上的重负，又好像，总算走出了那间折磨得人死去活来的病房。原来，我们恋恋不忘的所谓爱情，其实在潜意识里已经变得如此轻贱了。

再见到她，已经是十年后。

十年后，我和她依然单身。这点很重要。这至少说明，彼此的心里也许一直藏着一个人，以至于其他人要进来，就没有位置了。我有些感动。一感动，口就松了。我说，要不我们结婚吧？就听到电话那头沉默下来。好半天，才说，我还在重庆，等我回来，就结。那几天，我们不停地发短信，从早到晚，或互致问候，或嘘寒问暖。仿佛不说几句话，对方就如同捏在手里的冰糕，若不赶紧含在嘴里，看着看着就融化了，一不留神，就全没了。

我们好像又回到了十年前。

但毕竟是好像。十年前，终归是回不去了。

回不去的最直接原因，是我收到了一条短信。内容让人莫名其妙——绿茶妹妹在午睡，哥哥在干吗？这条短信，夹杂在她发给我的无数条短信里面显得特别刺眼。绿茶妹妹？哥哥？认识她这么多年，我什么时候喊过她绿茶妹妹？我本比她小，又何曾以“哥哥”身份在她面前自居过？我又想，会不会是哪个不相干的人把信息发错了？这样的事以前也曾碰到过。于是，仔细核对了一遍电话号码，没错，就是她。

我像突然挨了一闷棍，黯然而沮丧。

这说明什么呢？我不想去深究了。我拿起手机，给她回了一条信息：对不起！绿茶妹妹，我不是你哥哥。

手机立马就响了起来。但是，我没有接，任由它在身旁的桌子上嘟嘟嘟地叫个不停，凄惶且绝望。一次，两次，三次……也不知响了多少次，终于安息下来。叮咛两声，我知道，信息又来了。还是忍不住，取过来一看：你就这么狠心吗？你说走就走，十年没音信。你就不想想，我也是个人啦！

是啊，她说得对，她也是个人。是个人，就有作为一个人应该有的某些正常需求。当我不能满足她需求的时候，她为什么就不能让其他人去满足她呢？

道理上一点都没错。

可我就是无法接受。一个蜿蜒曲折的爱情故事，一个令我感动如初的心爱女人，怎么能够横生出这晦气的败笔？更何况这败笔竟然就涂抹在我们即将走向圆满的前夕？

这不是背叛，又是什么呢？虽然在离开她的十年里，我的身边一直都不曾缺少过女人。也就是说，在理智上我很清醒，她根本无须为我坚守什么。我们之间早就没有什么约定俗成的义务了。我耿耿于怀的，不是她在这十年里是否为我守身如玉。我真正有所芥蒂的是，既然都说好了从重庆回来就结婚，在这么重要的时间点，她为什么还在跟其他男人玩儿暧昧呢？

所以，那篇原本并不出众的小说能够轻而易举地打动我，也就在情理之中了。而写小说的那个人能够轻而易举地攫住我，也不是什么匪夷所思的事情了。

2

有什么不好理解的呢？

我正处在极度的失意之中，马上就有人来找我。就好像一个即将沉入湖底的落水者，眼前明明漂来一根树枝，或一截朽木，他不拼命似的一把抓住，难道就任由自己沉下去？

把可乐当作救命稻草，这多少显得我有些卑鄙——她怎么知道，我只是把她当作情感失意时的替代品呢？可乐，这个名字不知从何而得。后来的好长一段时间，我都在想，这名字的寓意，莫非是指她这个人味道就像可乐一样？虽然甜甜的，也要慢慢品。倘若喝急了，也会有点冲，有点涩，满口里都有点像针扎的感觉呢。也说不定是我想多了。她要叫这个名字，或许就是喜好喝这种饮料罢了。

但在跟她交往的那段时间里，我确信她对“可乐”没有什么特别的偏好。她喜欢什么呢？她喜欢一有空闲就抱着手机发短信。就算我在她身旁，就算有时候我们明明在聊着天，只要短信的提示音一响，她就会立马毫不犹豫，把所有的注意力都转移到手机那边去了。我像只刚刚还被宠幸的小动物，猫也好，狗也罢，眨眼间就被弃之一旁，不管不顾了。我当然会不满。但不满归不满，都是心里的不满，明面上还是不愿表露出来。怎么表露呢？她又不是拴在我身上的一只蚂蚱，我喊她跳，她就跳；我喊她飞，她就飞。她不过是一只从天而降的露水鸳鸯。她感觉好，就歇一晚；感觉不好，只需拍拍翅膀，扑腾几下就飞走了。

没有任何承诺的两性关系，跟没关系又有多大区别呢？

区别还是有的。没关系的给我打电话，我一听口音不对，立马就挂掉了。但是她打来的电话，我没挂。不但没挂，心头还涌上了一股莫名的兴奋。我没想到，她真的会来云阳。

我像一颗出膛的子弹冲下了楼。我不知道我为什么那么迫不及待。我不知道，到底是那篇小说击中了我最隐秘的痛感，所以非要将这种痛，回报给写小说的那个人，还是那张从未见识过的脸，因为未知，所以充满了诱惑。说没见识过，其实也不准确。在论坛上，我翻过她的空间，她的个人资料很简略，但已足够我对她进行基本的把握。她家在云南，正就读于上海一所知名大学，最引起我注意的，是那张照片。背景是西湖，不远处,是隐约可见的断桥。之所以我敢肯定那是西湖,是断桥，是因为不久前我刚去过那里。你可以说，我是去寻找许仙和白娘子留下的足迹，也可以说，我是在寻找真爱。回来后，我写下的那篇《蛇在西湖》，当然不能只简单看作复述一个唯美凄悲的爱情故事，而是我想尽力在人间，续写一段唯美却并不凄悲的爱情传奇。至于照片中的主人公，说不上亭亭玉立，但还算相貌端正。一袭浅灰色连衣裙，很薄，很大众，腰束得很紧，好像用了多大的力气才拉拢来似的。头发很长，披肩的那种，都拖到后背上了。脸上呢，腼腆地露出点微笑。总之，肯定说不上倾国倾城,却是很典型的知识女性。看一眼,一般,看两眼，有了点味道，再看，好像就有些过人之处了。

按照可乐在电话里的描述，我基本可以确定她就在广场的马路边上。我赶过去的时候，一直抑制不住内心的激动。我想，这不会是一场梦吧？这怎么可能呢？一个活生生的女孩，不是在网上，而是马上就要出现在我面前。无论如何，这都是一段既新鲜又刺激的经历。至于见面的方式，我有过好几种设想。一种，相互微笑一下，说声你好。然后接过她置于路边的行李。

这是最礼貌也是最正常的方式。另一种，应该是伸出手去，握住她伸过来的手，那只手可能会软绵绵的，也可能会很性感。从照片上看，至少不会很粗俗，让人一碰就不寒而栗。最理想的，当然是还远远的呢，双方就疾步上前，激烈而热情地相拥。按理说，这也没什么。我们在网上不是都相拥过无数次了吗？在网上可以相拥，为什么见面就不能相拥呢？

我真正有些忘情于无我之境了。

以至于我到了她的面前都没有觉察，差点与她擦肩而过。还是她先开的口："请问你是，刀……"她只"刀"了一个字，没有再继续下去，只怔怔地望着我。也就是这一个"刀"字，却令我大惊失色。因为这个"刀"，我已经确定，她就是我要接、要见的那个女生。大惊失色——这样的形容，其实是有些夸张的。大惊是有的，但惊只惊在心里，却并没有多少失色。总的来说，我还是比较镇定自若。

可是，她就是我以为会给我带来新鲜，带来刺激的可乐吗？

我的心，忽然阴郁下来。

但脸上还是微笑着，说，过来了？欢迎！

这是最基本的礼貌。我很茫然。我忘记了先前设想的那几种可能的见面方式。我只是机械地接过行李箱，拉出拉杆。一边走，一边有意无意转过头，看起来是想跟她保持闲聊的自然状态，但其实，我是想多看她几眼。我在努力寻找，她身上那些可能吸引我的地方。但她跟照片上比起来，实在是太胖了。整个腰身，不说像水桶，至少也像缩小了几号的水桶。直上直上，没有任何迂回婉转的余地。小腹还微微隆起，不知道的人，以为都怀上好几个月了呢。头发也不一样，短了许多，只刚刚把脖子根盖住，明显是来之前拉直过的，湿漉漉的，还带着水汽一样。因为发丝间不断有莫名的芳香扑鼻而来，在打分上，多少没有那么悲惨。脑袋又大又圆，不禁让人联想，或许是读书太多了，里面的知识都快没地方装了，只能不断地向外膨胀。眼睛呢，有点向外凸，好像马上就要滚出来似的。嘴唇也比较厚，但放在整个脸盘中来看，也还比较协调。从上到下，如果一定要找出点优势，怕就只有那白皙而水嫩的肌肤，以及那肌肤上，氤氲而出的蓬蓬勃勃的青春气息了。

是的。青春气息。

年轻多好啊。人一年轻，把一切的丑都遮住了。

所以，心头的火苗刚才还被一瓢冷水泼过来，本以为就熄灭了，不想，现在又探头探脑，偏偏倒倒，起死回生般升腾起来。接着又像无端被浇了一层油，轰的一声就火光冲天了。

我按捺住心头的火，生怕从嘴里，从鼻孔，特别是从眼睛喷射出来。在旁人眼中，我是谦谦君子，必得要做出个谦谦君子的样子出来。到了宾馆，一看时间，八点还不到。但夜色毕竟已经笼罩下来。可乐洗漱完毕，从卫生间出来。眉目清新了许多，脸上的疲乏之色也已经荡然无存。甚至她那厚厚的嘴唇，在这样朦胧而暧昧的气氛中也显出一种特别的妩媚。有那么一刻，我竟然无耻地幻想，也许正是这样的嘴唇，才称得上真正性感的嘴唇呢。一股冲动像一阵风，嗖嗖地刮过胸间。

但我到底忍住了。

我需要及时转移注意力。于是我说，赶了这么远的路，你一定饿惨了。走，我先带你去吃饭。吃了饭，又去茶楼坐了两个小时。因为是第一次见面。该说什么，不该说什么，还完全没底。只能试探性地聊一些无关紧要的话题。诸如这一路过来是否顺利？她就说还好，虽然累，心情却是阳光一样明媚的。

又谈到一些论坛的事。谁的文章好，谁的笔力还不够。说到那篇小说，她却笑了，纯粹瞎编乱造，千万别当回事。我也不反驳，只心道，亏得有这样的瞎编乱造，不然我们现在肯定还天各一方呢。这一点，她自是不能明了的。它只能是一口我心中永远都不能揭开的锅。

回到宾馆，已经十一点多了。开了门，里面先是漆黑一片。即使有走廊的灯光，也只暗淡地映进去一小团。她把房卡槽往墙上插，插了半天，竟然一直没插进去。就听她呼吸有些急促了，也许是找不到房卡，真急；也许是一些我们心知肚明的原因，令她心慌，总之，她的手在颤抖，连身体都好像随时要坍塌下来。

而我的手已不由自主地伸了过去。

我扳过她的头，粗暴地，不由分说，一口堵住了那两片厚厚的嘴唇。我的脑海中忽然冒出一个念头，也许，绵软的弹性，就是所谓的性感吧。

3

有一件事情是我万万不曾料到的——我竟然是可乐同学的第一个男人。这意味着什么呢？这至少意味着：第一，她不远千里，跑到云阳这个人生地不熟的地方，跟我见面，并且毫不犹豫地投入我的怀抱，这不是对我动真情，又是什么呢？第二，我那求新猎奇的心态早已土崩瓦解，取而代之的是深深的不安，甚至是深深的愧疚，是深深的罪恶感。虽然我们在网上相谈甚欢，虽然我们见面以后也无话不谈，虽然我们都不会天真地以为，见面，就是为了纯粹的见面，其他，什么都不会发生。事实上，我们目的明确，行为果敢，但就算这样，我还是不安了，愧疚了，懊悔了。

她把一切都给了我。

我，又能给她什么呢？

我首先给她的，是一通电话。当然不是我打给她的，而是另外一个女人，那个大我六岁的女人打给我的。简单一点说，就是，她对我还不死心。电话打过来的时候，我正搂着可乐。一夜过后，我们都累了。她正偎在我臂弯，甜美地打着微鼾。

我起身走到窗前。电话里没人说话，只在哭。我站在那里，也没出声。四周很宁静，我的内心，正翻江倒海。一秒钟前，跟一秒钟后，有点像刚才还晴空万里，转瞬间就乌云密布，风雨大作了。不知过了几秒，也许是三秒，也许是五秒，我挂断了电话。

我接电话的时候，可乐醒了。醒了的可乐，没有跟我打招呼，自顾自掏出手机，开始看短信。然后，她所有的精力都放到短信阅读和回复上面去了。我没有打扰她。或者说，我不想她来打扰我。我们都静默下来，在各自的精神空间里自说自话。

也不知过了多久。我瞥了一眼床头的可乐。我本来充满了自责。我想，我应该对她负责。可是，也许是我终于对她那么长时间执迷于短信，却将我弃之一旁产生了不满，我心里恨恨地道，也罢，看样子，她也未必就需要我对她负责。负什么责呢？本来就是你情我愿的事。她在上海那么开放的地方读书，肯定是见过世面的。她都能放得下，我还一根筋地提着，干什么呀？

到了第三天，可乐说，我该走了。我没有挽留。留什么留呢？我知道，留也是白留。她所决定的事，一定会坚持到底。这是我这几天对她的初步认知。比如，她说你们这里有什么好玩儿的地方？我说最近的，要数磨盘寨。于是就准备往磨盘寨而去。刚出门，却大雨倾盆。我说雨这么大，要不暂时不去，等雨停了再说？她却扭过头，一副很天真很疑惑的表情，下雨有什么关系？难道你们这儿没有卖伞的吗？我愣了愣，一时竟不知如何作答。转念一想，也好，雨中登磨盘寨，也算别有一番情趣吧。又比如，我们说好了去张飞庙，到了码头，却被告知这几天涨洪水，轮渡停航了。我眉头一皱，颇为无奈地说，看来，天公不作美啊。话音未落，就见她很不屑地瞟过来一眼，声音却是极娇嗔的，你还是不是云阳人啊？这么点事儿，就把你难住了？在这儿等着，看我的。也不等我回答，她就径直往人群中去了。没多久，就见她喜形于色地返回来，拉起我的手就往江边走。原来，她找了个打鱼的，要求他送我们过江。一开始，船老大也不肯，说这么风高浪急的，还是小命要紧。但他终究抵御不住高额报酬的诱惑，勉强同意试一试。却再三强调，只是试一试哈，真过不了，得赶紧回来。但钱，不能少哦。就听可乐戏谑地说，你是老大，这么点儿风浪，怎么可能把老大难住呢？打鱼的兴许从来没有被人这样夸过，显得有点不好意思。但这也正好鼓动了他的自信，他当真要破釜沉舟，搏这一回了。

游轮开得有点慢，像一只巨大的蜗牛在江面上爬行。直至从眼前消失，至少花了半个小时。人影是早见不到了——其实，就算游轮还在眼前，人影也是早就不见了的。也可以理解，上了船，又要找船舱，又要换船票，又要找铺位，还要照料行李，一圈下来，累都累得够呛，哪还有什么心思跑到甲板上来眉目传情，挥手告别？我愿意理解她。可是，实际情形真的是这样吗？她真的连到栏杆边来，跟我挥个手、告个别的时间都挤不出来吗？果真如此，那些电影、电视剧里煽情的镜头不都成了骗人的把戏？当然还有另一种可能，她是故意不出来的。她不愿意看着我变得越来越小的身影，在她的眼中完全消失。她表面坚强,内心却脆弱无比。她的心,也许就如同这镜片似的江面，只需一颗小小的石子，就水花四溅了。

然而这一切，都不过是我自以为是的揣度。

我站在原地，没什么事做。除了一直目送游轮远去，便只有进行这兵棋推演般的自我揣度了。江风拂过，我木然矗立，满眼里都是梦里不知身是客的惶惑。我有点震惊，为什么，我本只把这一次短暂的相聚，当作一场戏，却难道我入戏太深，此时此刻，竟生出了难以名状的离愁别绪？

可乐呢？她躲在船舱里，是否也和我一样，正沉溺于无法排解的忧伤？是的，是忧伤。虽然这忧伤，也许并不仅仅因为两个人的离别，也许还因为，自始至终，从两个人的周围蜂拥而来的搅扰，包括我的那个电话，她的那些短信，但忧伤却是确凿的。

我以为我会在江风中自释。

然而不。江风一直把我的思绪往游轮上推。

直到可乐已经离开多日，我还不能将我的思绪拉回来。有时候，我止不住，会完全没来由地遐想，那只游轮，是个多么恰当的隐喻啊。它将一个人无情载走，却把另一个人甩在岸边。就好像他们从来都没接触，不认识一样。

然后，就没有了可乐的任何消息。

那个相貌平平，青春气息却扑面而来，实实在在，绝非网络虚构的可乐，就像一阵风，刮过，就没影了。又像一团气，憋在心里，难受;真要吐出来，又实在耐不住，想要立马吸回去。

发了很多短信，没回；打了许多电话，关机。这不禁让我疑惑，甚而有些恐惧了。是手机没电了？可就算没电，也可以充啊，不可能一天，两天，三天……一直没电吧？没带充电器？不可能啊，在我这儿那几天，不是天天都看到她在充电吗？她短信发得多，一天要充好几次电呢。有时候，还边充电边发短信。是手机或者充电器坏了？也不会吧，世上哪有这么巧的事？我们在一起，一切都好好的，一分开，什么都坏。那么，是手机被人偷了？有可能。若真是这样，虽然结果令人沮丧，但毕竟人没事，还可以接受。什么是不能接受的呢？一想到这个问题，我就开始慌乱起来，心里竟咚咚咚地跳个不停。

莫不是，遇到坏人了吧？

到底会遇到什么样的坏人，我也说不清。骗子？绑架？无缘无故的意外之灾？总之，随便哪种情形，都是难以承受之重。我的胸口像被一只无形的手攥着，简直要把一颗心都要捏碎一样。这是一种很奇怪的现象。我一直以为自己是个无情的浪仔，怎么可能会为一个仅仅缠绵了几天的女生而牵肠挂肚？更何况，这个女生，又并非艳若桃花的美眉。她的普通，不是用非常、十分、特别，这些词就可以形容得了的。

她的普通，是致命的。

别忘了，她不过是我爱情失意的替代品。在那之前，我不就是这样认为的吗？可是现在，到底怎么了？我为什么会因为一个在现实生活中几乎跟我毫不相干的姑娘而寝食难安？

直到半个月以后，我才收到她的短信。内容很简单，把标点符号加在一起，刚好十一个字：刀刀，我们到此为止吧。十一，多么讽刺的数字。那个时候还没有什么光棍儿节呢。可冥冥之中，我们就要用这极具隐喻性的数字，把我们的关系了结。这就算是最后通牒了。就是说，从此以后，那个在网上叫可乐、肉嘟嘟的女孩，在我正要感受到她的一丝可爱之处时，真的就跟我毫不相干了？也或者，虽然我们是见过面了，但其实在各自的精神空间里，我们从来都没有真正相干过。

我当然不甘心。

我怎么会甘心呢？

那么个其貌不扬的女生，怎么可以把我甩了呢？

要甩，也应该是我把她甩了才对呀。

我不露声色，决定把这场已经铺排开来的戏继续演下去。我拨通了她的电话。我说，为什么？那边好一阵沉默，但到底还是开了口。因为，你不喜欢我！声音很轻，瓮瓮的，带着浓重的鼻音，一听就是感冒了。我本来昂扬了士气，准备好好跟她杀几个回合，却完全没料到，她单刀直入，一招制敌。短短一句话，立刻让我哑口无言。我该说什么呢？说不是，我喜欢她？不要说她不信，就连我也会觉得自己成了信口雌黄的小人。说是，是不喜欢？就算不喜欢，也不能这样明明白白讲出来呀。讲出来的结果，肯定是一拍两散。所以，我既不能说喜欢，也不能说不喜欢。我没多想，随口而出，你怎么啦？是不是感冒了？这一问，就听那边嘤嘤地啜泣了。也可以理解，女生得到人的关怀，总是容易感动的。特别是生病中的女生，特别是她自认为不喜欢她的人，竟然也会关心她，那就更会感动得一塌糊涂了。可感动归感动，在分手的问题上，她却一点不含糊。对于她来说，决定做一件事，跟放弃做一件事，来得同样坚决。至于我这边，分不分手好像都不重要了，只是那本来还耸立着的一层厚厚的坚冰，现在被那嘤嘤的啜泣声一淋，也稀里哗啦，轰然一声，不成冰样了。

原来，可乐从见面的那一刻起，就知道我不喜欢她。

原来，可乐从乘船离开的那一刻，就决定要到此为止。

她之所以半个月不理我，是想给彼此充分的时间去沉淀，去思考，去做最后的决定。而这个决定，她希望对于彼此，都是正确的。可乐确实是正确的。一个人对另一个人，既然找不到那种惺惺相惜的感觉，何不痛快地放手呢？这和谁把谁甩了，又有什么关系？

事实上，不是谁把谁甩了，而是爱情，把我们都甩了。

4

我以为我们的故事到此就戛然而止了。

我以为这一段露水的情缘终究只是虚梦一场。

我还是整天整夜混迹于那个文学论坛，不知道为什么。也许是为了缅怀过去，也许是期许峰回路转，也许，纯粹就是无所事事。但那个叫可乐的女生再也没有出现过。她名字下面那个小绿点，就像突然之间短路了，再也没有闪烁着亮一下。但我知道，这并不意味着她就没有来过论坛。很多人喜欢潜水，喜欢躲在暗处，睁着一双乌黑发亮的眼睛，对晃过眼前的一切明察秋毫。这有点像高中时候，我躲在门缝后面，偷偷瞅着那个英语女老师，扭着婀娜多姿的臀部，挺着高耸入云的胸脯，从不远处的小径上妖娆而过。我以为我的躲藏注定无人知晓。但被窥者对这一切，早已了然于胸。所以，当她回过头来，对着门的方向嫣然一笑，我只感觉我的呼吸骤停，一颗心，就像突突狂奔的野马，立刻就要冲破胸口，腾跃而起了。

这其实更像一种游戏。窥视者享受着窥视的快感，被窥者享受着被窥的乐趣。大家各取所需，相互配合。倘若没了这样的默契，人世间很多的姻缘，怕真要变得了无生趣了。

但我和可乐，显然已经不是这默契配合的主角。如果她确实再也不曾来过论坛，那么说明她说的每一句话都是认真的。如果她来过，又不想暴露来过的事实，那最多也只能说明，她在情感上还存有对于过往的留恋，但她终归是理性的。我早说过,她是知识女性。她不会盲目地任由自己随着狂野的情感起舞。

无论从哪个方面说，无论她来过，或者没来过，对于我们之间的结果，都不会有影响。

我们之间的结果，当然是——我们完蛋了。

所以，当我再次接到她的电话，你可以想象，我有多么的惊诧。我不知道她为什么会打电话给我，难道她终于良心发现，其实我对她是动了真情的？当然也可能是为了别的什么。比如，在云阳遗失了什么重要东西，后来找不到，只好开口来问我。这种可能性总的来说比较小。我记得她离开的时候，把什么都清走了，没有遗落；再比如，她总算想通了，即便我们做不成情侣，做个普通朋友，偶尔打个电话，问候一声，也没什么不好。

我按了“接听”，却没有作声。是她先开的口。她说，你来接我。声音不大，但语气坚定。我又是一惊，心想，好家伙，开口就要我去接，难不成，她又已经到了云阳？我只好像上次一样，问你在哪儿？但她并没有马上回答，却说，你猜？我沉思了片刻，心想，才周三呢，常规工作时间，怎么可能到处乱跑？肯定在单位！这通电话，不过是她想要“破镜重圆”的一个幌子吧。重点是通话，至于人在何处，不都是一回事吗？我勉强挤出点笑意，虽然明知她看不见，但又总觉得，她是能够意会得到的。我说，你别骗我，你在单位。我怎么去接你？我在单位，你就不能来接我了？我话音还没完全落下来，她就反问道。这一问，问得我哑口无言。是呀，她在单位，我就不能去接她了？不过就是，一个在云阳，一个在上海，还没到十万八千里呢。我果真有意，又怎么可能被区区一千公里路程所阻吓住呢？于是我说，那好，我去接你。真的？那边问。真的，我说，我马上就去。那边好一阵沉默。我仿佛都听到了嘤嘤的啜泣声。也是，换作是我，如果有女孩子不远千里来接我去她那里，我也会被感动得一塌糊涂的。好吧，你来接我。不过不用来单位，我正在登机，很快就会到重庆。你不用来机场，我自己去汽车站——就是那个有车直达云阳的车站，我们在那里碰面。

我真的就坐上长途汽车，直奔重庆去了。后来的许多年里，我时常在想，这个人世间，满眼里都是来来往往，接接送送，可是，一个人，要坐六七个小时汽车，到三百公里之外去接另一个人，恐怕真没有几个。这说明什么呢？这说明我们那时候都太年轻，做任何事，全靠一腔热血。脑门儿一拍，就做了，其他的，哪管得了那么多。这样做的好处在于，我和可乐果然又重归旧好了。

这一次，我不打算让心中的疑惑继续困扰，有一些问题，我必须刨根究底，追根溯源。返程途中，我一直紧紧地搂抱着可乐，生怕一松手，她就化作了一团青烟，想抓也抓不住了。惹得同车的人要么睥睨斜视，要么回头佯望，都是一副既兴趣盎然又鄙夷不堪的神色。我知道他们在想什么。他们更多的其实是羡慕嫉妒恨。这可以理解，大多数人，总有一些想做而不敢做的事，这些事，现在正被另外的人做着，他们的心里，自然是难以平衡的。

我问可乐，你怎么会认为，我不喜欢你？

可乐把本来埋得很低的头突然抬起来，高高昂起，下巴刚好抵在我的脸颊上。然后，一字一顿地说，如果你真的喜欢我，为什么连家门都不让我进呢？我心中一阵刺痛，是啊，如果我真的喜欢她，为什么不把她带回家，见见我的父母呢？刀刀，好吧！刀刀你别狡辩了，怎么狡怎么辩，都摆脱不了一个基本事实：你和可乐交往之初，确实不曾把她当回事。

我没办法正面回答，只好岔开话题，既然如此，你为什么又要来找我呢？她深吸一口气，又将那郁积满腔的秽气缓缓吁出，有什么办法呢？我忘不掉你。我跟自己妥协了，与其找一个爱自己的，不如找一个自己爱的。你不爱我没关系，我爱你，就够了。刚才还是用的“喜欢”这个字眼，现在就变成“爱”了。意思都差不多，细究起来，给我内心的震撼程度却完全不同。

我喜不喜欢怀抱里这个胖嘟嘟的女孩，我都还没有确凿的答案，至于爱，那就更无从谈起了。但是有一点，我可以确定，我不会再轻薄地对她，假如我要跟她一直交往下去，我一定会对她负责！

怎么负责呢？

我现在要做的第一件事，就是带她直接回家。

从小到大，父亲和母亲凡事都意见相左，但这一次，在对待他们儿子第一次带回来的女朋友态度上，却表现出惊人的一致——冷漠。

除了冷漠，还是冷漠。

这当然是可以理解的。在女朋友这件事上，他们的儿子，何曾让他顺过心，哪怕仅仅只是顺过眼呢？前些年，我非要和那个比我大了整整六岁的女教师搅和在一起，确实让他们伤透了心。仿佛一夜之间，母亲的头发就全白了。她一定想不明白，为什么？她前世到底造了什么孽，让她生了这么个古灵精怪的儿子，让她气，让她恼，让她活在人世，却完全没有脸面见人！父亲头发倒是没白，他采取的措施比较简单直接，没有那么多弯弯拐拐，总结起来，只有一个字——逃。只要我在家，他就逃得远远的，十天半个月不回家。眼不见，心不烦，这是他常常挂在嘴边的一句话。这句话从我很小的时候，他就挂在嘴边了。从前，这句话主要是说给母亲听。长大了，自然更多的是说给我听了。就好像我和母亲从天而降，来到他身边，就是专门惹他心烦的。

而母亲，其实也是很心烦的。既是对父亲，也是对我。

只不过，她不能逃。

她一逃，这个家就散架了。

至于可乐，那就更有让他们心烦的理由了。儿子一表人才，又有正式工作，怎么千挑万选，找了这么个其貌不扬的胖女生呢？是的，可乐的外表实在是太普通了，普通得我都有些羞于带她见人。可是，我毕竟还是带她回家了。再丑的媳妇也要见公婆。不是吗？但是立刻，我心里就大吃一惊。媳妇？我刚才想到的这个词，叫媳妇？难道，我把她带回家，真的是要把她当作媳妇来看待了吗？

很显然，这是个十分艰难的问题。

但是我的父亲和母亲，肯定不是鄙夷可乐的外表。如果是这样，那也显得他们太浅薄了。他们都是知识分子，虽然说不上“高级”，但在当地，却绝对是有一些影响的。否则，他们也不用对我那段“不伦”的姐弟恋一直耿耿于怀。说到底，我的所作所为，已经不仅仅是我自己的所作所为。

我的所作所为，已经直接影响到他们的颜面了。

他们一定觉得，我给他们丢了脸。让他们在熟人面前，无法抬头。

面对家里冷飕飕的两双眼时不时扫过来的寒光，我能怎么办呢？我既然把可乐带回了家，自然不能怠慢了她。所以，我选择大部分时间都和她外出玩耍，把平时没有去过的地方通通去逛一遍。这样，既可尽量避免和父母的短兵相接，又能完美地把心情保持在最愉悦的状态。总的来说，还是要感谢我的父母。至少，母亲每顿饭都给我们做好了，只等我们回来吃。父亲呢？也没有像从来那样，一不小心就玩儿失踪。自始至终，他都没有溜之大吉。每个人都在成长。也许,他现在也终于明白。是福不是祸，是祸躲不过。生命中的很多事，逃，是逃不掉的。该来的，总会来。

那一年当中，可乐每隔差不多一个月就会来云阳一次。两三个月后更是频繁，半个月左右，又会飞过来见面。有时候，我也会提出，要不我去上海看她？每次都是她跑来跑去，一个女孩子舟车劳顿，终归让人不好意思。但每次都被她婉言回绝。她的理由很实际，也很暖心：你工资那么点，飞一趟都不够，还跑什么跑呀。这倒是真的。我把全年的工资加起来，也飞不了两三趟。可是她呢？她不过就是个刚毕业的大学生，凭什么有那么多钱，在上千公里的空中飞来飞去呢？有一次，我终于忍不住问了她。她只莞尔一笑，伸出手指戳了戳我的脑门儿，说你放心吧，是我自己挣的钱。我更加疑惑了，你挣的钱？你一个刚毕业的学生，哪里去挣那么多钱呢？她听出了我话里的弦外之音，正色道，我在学校不但是个学生，我还是个优秀学生。我们老师在上海开的公司，很多业务都是针对国外的，我上学时就在他的公司兼职，做翻译。现在总明白了吧？她白了我一眼，似乎对我的疑惑很不满意。

首先是母亲对可乐转变了态度。一开始，我以为是可乐每次过来，总要给父母带点小礼品，所以打动了她的心。女人嘛，总是容易被打动，容易被收买。一点小恩小惠，就把横亘在两个人之间的冰川积雪融化了。后来有一次，可乐正在浴室洗澡，母亲走过来，朝那边望了一眼，突然压低嗓门儿，一副神秘莫测的样子，说你可要对她好点！我一愣，不明白她为什么冷不丁冒出这么一句话来。难道我有什么地方做得太露骨，让她看出来，我对可乐其实是身在曹营心在汉？我怔怔地望着她，傻了似的。母亲把声音压得更低了，你知道她父亲是做什么的吗？我心想，她父亲是做什么的，跟我有什么关系呢？我是跟她交往，又不是跟她父亲交往。我不敢说我和她之间是纯粹的爱情，但至少也应该是纯粹的感情吧。告诉你吧，今天我问她了。母亲抬起头，侧过脸，很有成就感一样，她说，她的父亲在云南建设厅，是个处长，以前在部队是上校，转业回地方的。

哦，原来如此。

原来她生在一个不大不小的干部之家呀。

可是，这又怎么样呢？她的父亲是不是个当官的，跟我对她的感情是不是应该更深点，难道有什么直接的关联吗？母亲的意思其实我懂，她一定是觉得，送上门来的这段好姻缘，千万不能因为我的鲁莽而搞砸了。古人还讲一人得道，鸡犬升天呢。未来的老丈人坐在官位上，怎么会忍心女婿一辈子就只做个平头老百姓？

啊，我的母亲啊母亲，你真是太小瞧你这个朝夕相处的儿子了。

此时此刻，我又一次深深地体会到，并不是在空间距离上离你越近的人，越能明晰你的心。

5

就是在那段时间，就是在可乐频繁来往于上海和云阳之间的那段时间，我内心深藏的疑虑无可避免地加重了。虽然我们每天都在互致短信，虽然在短信之外，我们每天都至少会通一次电话，但是，我依然发现了一个奇怪的现象，为什么每一次电话都是她打过来，我接。而当我打电话过去时，不是关机，就是无人接听？或者干脆就是挂断？不是有时候，不是偶尔，而是每一次，每一次都是这样。当然，过那么几十分钟，或者几个小时，她一定会打过来，开口第一句就是先做解释。肯定不是像讨论飞机票那样，太贵了，我一个普通的工薪阶层，根本吃不消。她怎么说呢？或者正在工作，不便接听；或者领导正在给她讲工作需要注意的事呢。再者呢，正在考雅思，怎么可能接电话？总而言之，言而总之，一言以蔽之，她很忙，忙得晕头转向，根本无暇顾及其他。我不是都给你回过来了吗？她语气温柔，极力想安抚我，只要一有时间，我马上想到的就是给你回电话。这话我相信。有哪一次，不是她回过来的呢？我无力辩驳，但又心怀不甘。

我总觉得，这里面，好像有点什么。

但具体是什么，我又怎么说得清呢？

直到有一天，我终于没有忍住，爆发了。那时候，也差不多晚上十一点左右了吧。我躺在床上，翻来覆去睡不着。我想了很多，但最后脑子里还是一团糨糊，什么都没想明白。比如，我爱她吗？回答：我不知道。我真的不知道。什么是爱？爱上一个人，到底应该怎么做？怎么样才算是爱上了一个人？没有一本教科书，给过我们准确无误的答案。又比如，她真的像她所说的那样爱我吗？说实话，我也不知道，我从来都不敢肯定。她是她，我是我。我们是完全独立的两个个体。她心里到底想的什么，我怎么会知道呢？那么，我们怎么办呢？怎么办？谁知道呢？谁知道以后的路到底会拐往哪个方向呢？但我知道她跟我一样，都是夜猫子，很少在十二点之前睡觉的。我把电话又打了过去。本来也没抱什么希望，然而就在这一念之间，电话居然通了！然后就听到，仿佛从很遥远的地方传来一个男人的声音："你先……"突然，像往常一样，嘟嘟嘟的几声，果然又挂断了。

条件反射般，我断定，刚才电话之所以会接通短短的两秒，多半是她在慌乱之中按错了键。

然而这一次，我没有罢休。我立即又拨了过去。

又被挂断了。

再拨。

还是断了。

紧接着，"您拨打的电话已关机。"多么熟悉的提示音啊。却一点都不亲切。这样的声音，怎么可能亲切呢？你听得越多，内心只会越荒凉。我没有放弃，一遍又一遍，一遍又一遍，不断对着"可乐"那个名字，摁下去，再摁下去……

也不知道过了多久，电话在一刹那，接通了。

这一次，不等她解释，我直接劈头盖脸狂吼道，他是谁？

他？他是谁？她像在自言自语，声音听起来十分虚弱，无辜，可怜兮兮，仿佛刚睡醒的样子。她似乎根本不知道我在说什么。

我把鼻孔里的气用力往外冲出来，冷笑一声，说你别装了。难道非要我点明？那好，我说的就是刚才跟你在一起的那个男人，那个男人是谁？跟你是什么关系？

她的语气比以前每一次都更温柔了。她说，我不知道你说的什么。我也不知道你说的那个男人是谁。因为，根本就没有什么男人跟我在一起。我近乎歇斯底里了。我说,你还想骗我！我明明听到有男人在你身边说话！她愣了一下，突然很开怀地笑起来。

就算笑，也是极温柔的。

我去逛商场了。身边那么多男人，你说的是哪一位？这话听起来，简直都有点戏谑的味道了。又一次，我感到要哑口无言了。但我不甘心。我不甘心就这么轻易被她击倒。怎么可能呢？我的直觉是那么强烈！更何况——哦，对了。我理直气壮，大声质问，没有男人和你在一起，那你为什么要关机？我关机了吗？她反问道，你是说打不通电话了吧？你这样吼来吼去，我都来不及告诉你，刚才我的手机没电了。

我就像一只泄了气的气球，前一秒，还轻飘飘地浮在空中，后一秒就直线坠落在地。没电了？为什么世上所有的巧合，都发生在她身上呢？我没法相信，却又无力还击。

别闹了，好吗？我感觉到她的声音像伸出的双臂，轻且柔，却又像皮筋一样，紧搂着我的脖子，撒娇。

我有些喘不过气来了。

我去商场给你买了剃刀，还有一瓶泡沫，明天就寄过去。你一天胡子拉碴的，不修边幅，也不怕人家笑话！沉默了半晌，她突然说，你今天把我耳膜都吼破了，我不怪你。我知道，从今天起，你爱上我了！

那一刻，我感觉我的人，我的心，我的骨头和肌肉，我的每一根毛发，每一条血管，以及全身上下每一个细小得完全无法用肉眼去洞察的毛孔，都融化了。

我把声音放得跟她一样温柔了。我说，都这么晚了，你还没回宿舍吗？她轻轻“嘘”了一声，说回了，正上床呢。她们都睡了。

然而，不知道为什么，我的心里又升腾起那股难以名状的荒凉感。我没有再发问。但是，我的耳边明明听到了“呼呼”的风声。就好像一个人坐在车里，在高速行驶的马路上，耳畔传来的阵阵夜风一样。

等可乐下次再来，我说，你也已经工作了，要不，我陪你回家吧？她显然没有料到我会提出这样的想法。眼神有点慌乱，但很快镇静下来，脸上露出了甜甜的微笑。她一定以为，她可以用这甜甜的微笑，把她刚才的那一丝慌乱掩饰过去。她说，这么快？我怕他们一下接受不了。我知道她说的是她的父母。如果她从来没有在她父母面前提起过我，就突然把我带回去，的确有些唐突。那么，她是否向她的父母提起过我呢？她有没有向她的父母挑明，她已经有了我这个男朋友呢？

种种迹象表明，没有！

也就是说，在她父母的世界里，从来就不知道有我这么个人。或者说，从来就没有我这么个人。

那么，一个自然而然的问题就来了。

我觉得我不能再把这个问题，当棉花糖一样含在嘴里。原来，她说她已经接到英国雷丁大学的录取通知，这个暑假，就要去英国驻重庆总领事馆办理签证。现在找工作不过是为了提前感受生活。如果这个时候我们之间还不能够以心见心，那还要等到什么时候呢？我说，你不带我去你家，怎么证明你是真的爱我呢？她听我这么灵魂一问，竟然哈哈大笑起来，一拳擂在我胸口上，说真有你的嘛！你这睚眦必报的小人！这一笑，倒弄得我不好意思起来，好像我真像她说的那样，做了什么亏心事似的。我嗫嚅着说，我没带你回家，你就说我不爱你。现在，你不带我回家，怎么证明你是爱我的呢？

可乐就深深地沉默了。

半晌，才抬起头，毅然决然地说，好，我带你回家。

我们先去的重庆。她从上海过来的时候，几乎没带什么东西，跟以前一样，只背了个红色的小包。其他所有的行李都走的托运，直接运回了云南。我们之所以要去重庆，一是她要去办签证；二是她外婆一家住在烈士墓，她在出国之前要去跟他们道别。我们在她外婆家住了差不多一个星期，其间，她的什么二舅啊，幺姨啊，大侄儿啊，天天陪同，餐餐相会。她的母亲在第三天也从云南赶了过来。我对他们一家总的感觉就是，一大家子人，其乐融融，好不热闹。她的幺姨可能是与我们年龄更接近的原因，说起话来，咋咋呼呼，特别上劲。一会儿问我家里都有些什么人啦？一会儿又问我父母，包括我自己是干什么的呀？再过一会儿，又像突然想起了什么，一拍大腿，说你们家是在县城吗？能不能说说那里都有些什么好玩儿的去处？对于她关心的所有问题，我都谦逊地如实回答。我知道，看起来像是在随意聊天，其实，她是在出题考我呢。我这个未来的女婿能不能入他们的法眼，就靠这看似轻描淡写的一阵闲聊呢。看他们谈笑风生的样子，兴致盎然，热火朝天，应该对我的答案还算满意。末了，幺姨说大姐，过几天我们组团去小高家里玩玩儿吧。听他讲起来，还蛮有意思呢。就见可乐的母亲朝我这边看过来，笑盈盈地说，这个嘛，要问他们年轻人，方便就去，不方便就算了。我赶紧说，怎么会不方便！要去，要去！云阳好玩儿的地方还真不少，到时候我当向导。心里却道，好家伙，还怕我说的假话，要亲自去验证啊。

气氛是在骤然之间就变了。

是可乐的外婆。外婆先前坐在外围，一个小板凳上。外婆看起来精神矍铄，不像是七十多岁的样子，发丛里的白丝都还没有几根。外婆这时候站起来，走到电视机前面，说你们也不要光顾着说话，再说几句，嘴都干了。我们还是歇一歇，看会儿录像吧。

说是录像，其实就是个自拍的视频。一个三十多岁的女人，举着摄像机，从这间房走到那间房，从二楼下到底楼，又从门厅来到花园，再一侧身，将整幢洋房都装进镜框。然后就是颗硕大的女人脑袋，挥着剪刀手，做出一副超可爱的洋相来。总算是熬出头了，外婆不无感慨地说。录像里的女人是她的三女儿。早年和女婿都是重钢的职工。后来女婿考博去了美国。女儿呢，打小和女婿青梅竹马，自然不愿一辈子两地分居，所以发奋图强，努力考托福。可怜她本来天资平平，虽然专科读的是英语专业，但其实英语从小都是她的弱项，所以考起来特别费力，一连五年都梦碎考场，直到第六年，终于拿到签证，飞到美国与丈夫团聚去了。到了美国也不轻松。总不能一天到晚吃闲饭，不出去工作呀。所以，又得学，又得考，几年过去，又拿到了一个什么软件工程师资格。也就是从那天起，他们的好日子总算是起了头。工资多了，洋房买了，等到她三十六岁，也就是去年，终于有了自己的小BABY。

可是，外婆给我讲这些，是想表明什么呢？难道，仅仅是为了满足她作为一个留洋女儿母亲那骄傲自得的心理？或者，只是想告诉我们这些后辈，所有的成功和幸福，都必得倚靠勤奋努力才能取得？然而，我立马就发现，我真是太性急了。

性急，是几乎所有年轻人的通病。

外婆毕竟是上了年纪的人了。年纪，很多时候并不简单地意味着岁月的流逝，还有经验的积累，还有行事的稳健，还有表达方式明显不同于我们的，迂回曲折……

我想说什么呢？其实我什么都不需要说。

因为外婆，已经说开了。

外婆说，我的孙女是要去国外的。你们以后，怎么办呢？

整个屋子都安静下来。也许所有人都在想，以后，可乐和她的男朋友，到底该怎么办呢？

6

到底该怎么办？

答案其实是有的。当可乐说，她要去英国留学的时候，我就提出过这个问题。可乐是这样回答的：英国读硕士只需要一年，一年以后，我们一起去上海发展吧。我在上海读了四年书，发现那里的机会还是蛮多的。留学归来回上海，这个计划对于她来说,也许是堪称完美的。但于我而言,也许会面临诸多考验。最现实的问题是，我的工作怎么办呢？调动绝无可能，从一个名不见经传的小县城调往全国一线城市，谈何容易。到时候恐怕唯一能做的，就是辞职。可是，即便辞职，谁又能保证我在上海就一定能找到满意且适合自己的工作呢？也就是说，如果我跟着可乐去上海，我将面临我的职业生涯的巨大风险。如果工作不顺利，随之而来的生活会满意吗？还有作为一个男人的自尊，在面对尖利的现实窘境时，恐怕也会被击得粉碎。

很显然，走出那一步，就是在冒险。

那么，为了可乐，为了可乐和我，为了可乐和我的将来，这样的冒险，值得吗？

最终，我决定冒险一试。

外婆听完我们的计划——当然这个计划是我来叙述的，刚开始不置可否，直到大家都散开，各忙各的去了，才听到她在厨房里嘀咕，上海？上海比英国还好吗？如果上海比英国还好，那干嘛还要去英国留学呢？这个小东西，都出国了，怎么可能还要回上海！然后就听到“咣当”一声，好像是锅铲掉了。

——也可能不是“掉”。

我的心也随之往下一沉。

可乐幺姨提议来云阳的事最终不了了之。她后来没有再提起，其他人也好像忘记了，我自然也不可能太主动。如果他们果真没有了过来的意愿，我再提，不是让他们太尴尬了吗？

可乐也发现了气氛变得有些沉闷，便带着我出去逛街。今天去三峡广场，明天去歌乐山，后天又去解放碑。只要是听说过的好玩儿去处，都尽量赶去走一遭。在烈士墓小学，碰到了她小学时候的班主任。老师自然没有认出她，是她先喊的老师。但当她把姓名一报，老师立马笑容可掬了，天啦，都长这么大了！很认真地看了我一眼，说是男朋友吧？准备什么时候吃喜糖呀？可乐一下子满脸通红，并不接老师的话茬儿，只顾左右而言他，老师还是住在学校里吗？我记得那时候您住三楼。老师呵呵呵地又笑起来，早搬家啦，她手往对面一指，喏，就是那儿。一幢高楼直插云霄般立在不远处。看得出来，她对生活的满足溢于言表。然而嘴里却像在自言自语，哎，都好多年了！时间呀……但脸上的笑容依然明媚，如头顶的阳光，温暖，轻柔，无声无息，笼罩大地。

但我还是感觉到了那一丝淡淡的哀伤。

那是对时光流逝而无力追回的绝望，那是对青春远去而束手就擒的怅然。是她与可乐的邂逅，一个如蓬勃升腾的朝阳，一个像日薄西山的晚霞，这强烈的对比，碰触到了她最隐秘、最敏感的神经。

可乐带给她的，既有意外的欣喜，又有深刻的失落。

欣喜与失落，有时候就像一对孪生姐妹，生死相依，如影随形。

可乐带给我的，是不是也是这样的感受呢？这种感受，是不是就要成为我未来命运的一种基调呢？

我不知道。我唯一可确定的是，我已经深深地陷进了老师的悲伤与哀愁之中。尽管，我连她的名字都没有记全。

可乐是在离开重庆前的最后一天去的领事馆。整个过程，都是我陪着她。人很少，几乎不用排队。之所以用“几乎”，是我们前面虽然有人，但很快就轮到了我们。签证非常顺利。从进门到出来，一个半小时都不到。可乐很兴奋，这样的结果是连她自己也没有想到的。这是好事，我应该为她感到高兴。这样的好事面前，怎么能够容忍一丝一毫的沮丧、难受和困顿失意？这些情绪与那样的结果是多么的格格不入啊。所以，我一直强迫自己平和地面带微笑。

就好像，她所有的喜悦，我都愿意分享。

就好像，她所有的快乐，我都感同身受。

然而事实果真如此吗？只有我自己知道，在内心深处，还有一个最真实的我。那个我说，我其实不愿她走。她在那些签证文件上每写一个字，我就感到一阵刺痛。那是刻刀在心口上划下的疼痛。那是锋利的刀刃在时光的页面上留下的最痛楚的记忆。

那一刻，我知道，可乐说得对。

可乐说，我爱上她了。

这有什么可怀疑的呢？我的确是爱上可乐了。

我爱上了我最不可能爱上的那个人。

在我的想象中，我设计过无数种"白雪公主"的形象，但没有一种，是可乐这样的。我怎么可能爱上这么臃肿、肥胖得像头小猪，简直毫无气质可言的女生呢？现在，当我想起与她的交往之初，竟出人意料地感觉脸红了。我原来是那么一个不知廉耻的家伙！我原来是那么一个龌龊不堪的东西！可乐呢，她居然对这一切都毫不自知！她更不可能知道，我从她的身边爬起来，竟然是去接另一个女人的电话。那个女人是英语老师，曾经那么阳光灿烂，曾经那么胸怀宽广，哪怕对我从门缝里的那次偷窥，也能报以嫣然一笑。可是，她在电话里却哭得像个什么呢？那是一块坚硬的冰，却开始哗哗流淌了。那是一片迷路的云，却开始倾盆而下了。

我呢？到底还是挂断了电话，回到了可乐身边。

接着就是云南之行。可乐母亲倒是开明许多，她对外婆说，管他国内国外，只要过得好，开心，在哪里不是一样？我猜想，她对我印象一定不错。尽管外婆一直不冷不热，都不愿拿正眼瞧我一眼，但她不一样。她会跟我聊家常，话题天南海北，无所不包，简直是想到哪儿，吹到哪儿。有时候实在没话说了，哪怕明知是毫无意义的废话，也还连篇累牍唠叨个没完。到最后，还是可乐出马才能让一切戛然而止。可乐说，妈，我们要出去转一会儿。我才讪讪地跟可乐出了门。到了去往云南的火车上,那就更有得说了。但说来说去,话题却不像原来那样分散，而是越来越集中，讲的都是可乐小时候如何如何乖巧，大点了如何如何懂事，再大点了如何如何优秀，及至现在，简直就是才貌双全,无与伦比了。我总是在一旁蜻蜓点水般地点一下头，以示认同，或者“嗯嗯”两声，做出深以为然的样子。我理解母亲的心情。在母亲眼中，自己的孩子总是最好的。母亲对孩子的爱，会使她永远都只能看到，或者是只愿看到孩子光辉灿烂的一面。更何况，她要面对面宣讲的，很有可能是她未来的女婿呢。

有哪一个正常的母亲，会在可能的未来女婿面前讲自己孩子哪怕一句坏话呢?

还是可乐打断了她母亲。可乐说，妈，你看楚雄快到了。母亲果然就默不作声了，只扭过头，一言不发，静静地望着窗外一闪而过的风景。那些远山、丛林急速地后退，眨眼工夫，就不见了踪影。偶尔一两户人家，也像人间的点缀似的，还没被人记住，很快就没入漆黑的隧道。咣当咣当！咣当咣当！一会儿重见天日，又是另一番景致了。另一些远山，另一些丛林，以及另一些擦肩而过的人家……我不知道可乐母亲这时候想到了什么,为什么一下子就静若处子了。我记起来,可乐向我说过，她父亲曾经在云南的部队服役。

难道，楚雄就是可乐父亲曾经服役过的地方?

可能不止于此。她的母亲之所以转瞬就陷入了深深的静默，她是在回忆往昔跟随丈夫的峥嵘岁月吗？那些欢乐与痛苦，那些激情和浪漫，那些值得一生珍藏的青春、喜悦和炮火，明明都历历在目，可又偏偏不可捉摸了。所有的一切，都在“咣当咣当”的车轮声中，不知不觉，隔于窗外，甩于身后了。

可乐父亲以前是炮兵。对越自卫反击战时，他在部队任炮兵营长。这些具体细节，在我踏入可乐家门之前从无知晓。是她父亲，那个个头儿不高，皮肤黝黑，一眼看去却精神抖擞的男人自己告诉我的。他接待我的方式很特别。他对可乐说，你忙你的去，现在把时间留给我们。等到可乐和她母亲上街去了，他才带我到阳台旁边的一个小房间。上了一把很大的锁，打开，我立马被里面的情形惊呆了。

原来，屋子里码得整整齐齐的，不是酒，不是烟，也不是书，不是古玩珍藏，而是一盒又一盒录像带！一排一排，一层一层，小山一样耸在眼前。每一个盒子上都标明了日期、地点——某年某月某日，摄于某处。可乐父亲按照顺序取了几盒下来。返回客厅。我准备过去帮他放映，被他制止了。他说，你坐下。你现在的任务只有一个，认真观看！

就像他还是那个炮兵营长一样。每一句话都不容辩驳，不能反抗。

就好像我是他的兵。我唯一的天职，就是服从。

好吧，那我就舒舒服服地服从他一回。也许，服从他，就是帮助他。帮助他重新找回那个被岁月尘封已久的自己。

然后就跟着他回到了炮火纷飞的年代。一门门大炮，炮筒整齐地往后一缩一冲，霎时就火光冲天，轰隆隆的巨响震耳欲聋。然后就跟着他钻进了猫耳洞。没鼻子没眼，衣衫褴褛。然后就跟着他一起在稀泥里与蚂蝗搞拔河比赛，与毒蛇玩儿捉迷藏，与地雷和死神轻盈地跳起交谊舞……

在可乐家待的那几天，只要她父亲一回来，马上就会邀我去他的小屋，取录像带，放映，然后端端正正坐在沙发上，让思绪在过去的时光里，一集一集播放。我虽然对他传奇般的作战生涯充满好奇，饶有兴致，但有时候看得太晚，也免不了眼皮打架。我总是偷偷地使劲掐自己一把，以保持比较清醒的头脑。我可不想让他觉得，我对他曾经的辉煌无动于衷。我更不想让他认为，一个比他小二十来岁的年轻人，居然精力还没有他充沛！无论如何，这是一次悄无声息的大考。我要拼尽全力，迎难而上！

我想他的父亲最终是满意了。我没有奉承他，巴结他。在他面前，我没有一句甜言蜜语。但我看得出，他是满意的。他再也没有像刚见面时那副居高临下的样子，也没有那般斩钉截铁、毋庸置疑、不容辩驳的生硬语气。

他变得和蔼可亲了。

虽然还不能说我们融洽得像一家人了，但他的确在更公正、更平等地对待我了。假如我和可乐在某件小事上意见不统一，他通常会站在我这边，对他女儿说，你看你，从小就喜欢耍小性子。还是要虚心一点，人家的正确意见要接受。

想想，我其实也没做什么。

我只是用绝对服从的态度，以及在适当时候，对录像带中的内容加几句恰如其分的点评，就轻而易举赢得了这位老军人的心。

终于有一天，录像看完，可乐父亲问我，看了这么多录像，你有什么感受吗？我想了想，回答道，所有的幸福生活，都要历经艰苦磨砺的过程，才更有味道。他对我这个回答没做评价，只把目光移向了窗外。

窗外，漆黑一片。

你知道当年我们作战，克敌制胜的关键是什么吗？

说实话，我不知道。我没打过仗，也没什么敌人，至少暂时不需要那些克敌制胜的招数。但我知道，不管我有什么样的回答，他都不会满意的。一个没有上过战场的人，怎么可能知道那些英勇善战的将士们，到底深藏不露着怎样的绝活呢？

7

事实上，在可乐家，让我感到更为震惊的，不是她父亲那满满一屋子录像带——那被封藏起来的、有关一个战士的一个又一个生命片断，而是她们家的那条狗。狗实在是太小了，一只足球仿佛都比它大多了。棕黄色的耳朵，长长的，尖尖的，与整个身子，特别是脑袋比起来，显得比例失调，硕大无比。似乎它把所有的优良基因都集中在耳朵上面，只是为了更警惕地觉察、更灵敏地防备。后来我知道，这条狗的品种叫吉娃娃。

一条小得几乎可以忽略不计的狗，虽然它第一次见到我，是那么凶恶，那么奋不顾身，仿佛一扑上来，就要一口把我吞下去似的。但它毕竟是那么弱小，可乐一个巴掌，就把它拍翻在地，只顾“呜吱呜吱”跑到一边伤怀去了，肯定还不足以令我震惊。真正令我震惊的，是这条狗，这个吉娃娃，可乐对它的称呼。

可乐怎么称呼它的呢？

可乐一开门，还没见到它，就大声而热切地叫道，刀刀！刀刀！姐姐回来啦！这一声叫唤，叫得我心头猛然一震。刚开始，我还以为她在叫我呢。马上又缓过神来，不对呀，她从来只在网上，或者手机短信上叫我“刀刀”，现实生活中，可从来没有这样叫过的，不要说这样明目张胆，大张旗鼓，就算私底下的悄悄话，也从来没有过。就见到一个瘦骨嶙峋的小不点，不知从哪个角落，飞一般地蹿过来。但它到了中途，却猛然止步，并没有继续亲热地扑向她的脚底，而是忽然一个调头，向我汪汪地狂吠着，意欲扑上来，又怕似的退两步，像下了很大的决心似的，再毅然决然地冲上来。正在这个时候，可乐蹲下身，一个巴掌就拍了下去。

我惊魂未定。

我怎么可能被眼前这个“刀刀”凶猛的攻势所吓住呢？

我是被我自己吓倒了。一个念头在脑海中猛然蹦出：我，怎么也像这条狗，这条可笑而不自量力的小狗，也有一个叫“刀刀”的名字呢？无论是这条狗，不知天高地厚，居然想爬起来与我平起平坐，还是我自卑自贱，甘愿堕落到跟它匍匐在地，都是不可承受之重。

那个“刀刀”并没有记恨可乐那一巴掌，而是迅速又跑过去，围着可乐，欢蹦乱跳。那一巴掌唯一的作用，就是那条叫“刀刀”的狗，成功地把我忘记了。

我这个“刀刀”，此时此刻也在可乐身边。但我不会摇尾乞怜，我也不会这么快就忘却伤痛，不顾一切，围着主人欢蹦乱跳。

一股悲凉之意油然而生。

我万万没有想到，这么亲切、这么可爱的名字，这个被可乐温柔地叫了无数遍的名字，这个我在睡梦中都感觉无比宁静安详的名字，居然来自一条狗。也许你会说，这条狗又不是流落街头的野狗。它是一条宠物狗。一条集主人家万般宠幸于一身的宠物狗。

可是，宠物狗就不是狗了吗？

狗可以叫"刀刀"，人也可以像狗一样，叫"刀刀"吗？

可乐为什么要给我取一条狗的名字？还把这名字叫得那么亲切婉转，爱意缠绵。我对此一无所知。而可乐，对我这一系列复杂的、波澜起伏的心路历程，我想也应该一无所知吧。

更要命的事接踵而至。

那天，因为前一晚录像看得太晚，实在困得很。起床时，可乐和母亲大概去菜市场了，也或者去了超市，她们这几天，总是这样在一起打发日子的。她父亲肯定是上班去了。说来说去，就是家里只剩下我一个人。

我百无聊赖。

我开始打量可乐的小房间。很普通。跟我印象中的所有卧室一样，衣柜、床、书桌、凳子，都是一些司空见惯的陈设。稍微能见些个性特点的，除了墙上的那一本挂历，就是那一大块压在书桌上、几乎占据了整张桌面的玻璃了。挂历之所以与众不同，在于它的图，每一张都是一个丰满圆润的年轻女子，每一张都装扮不同，形象各异。相同的是，她们都穿着像婚纱一样的白裙子，当然，是特别像，其实不是。头发打理得风调雨顺，圆圆的一张脸，饱满，清洁，白皙得如同刚起灶的嫩豆腐一般。黑色的眼睛清澈、幽深，仿佛有一双无形的手躲在后面，直把人往里拽。刚开始，我居然没有认出她们是谁，就是觉得她们太眼熟了。再仔细一端详，才恍然大悟，哦，原来是可乐呀。原来，她们都是我心爱的可乐！

我怎么也想象不出，身边的可乐，那个拥在怀里，浑身散发着迷幻般体香的可乐，与挂历上的可乐怎么会有那么大的区别。我甚至一时分辨不清，哪一个可乐，才是真实的那个可乐呢？

可乐没有画中那样漂亮。

可乐也没有画中那样百媚千姿。

可乐更没有画中那样变幻无常。

可是，可乐之所以打扮成那样的形象，不就是希望成为那样形象的可乐吗？那是可乐心中的形象。可乐心中的形象，也许才是最真实的可乐。

至于书桌上的那块玻璃，刚开始并没有引起我的注意。是离得近了，才发现，像这样古老的保存照片的方式，还是很小很小的时候才有的。具体说是哪些年，肯定是记不住了，大约，也就是读初中以前吧。相册、相夹、相框早已流行使用好多年，谁还会把照片压在玻璃下面呢？时间一久，贴紧了，照片表面的色素都渗进玻璃里去了，取都取不下来。那些试图将二者分离的努力，最后，都是以照片完全不可复原的损伤而告终。而留在玻璃下面的那些残余，即便用力好好清洗，也很难洁净到不留一点痕迹了。

它的位置怎么了呢？

它的位置居于整面玻璃的正中间。

由此也基本上可以判断出，它在可乐心目中，居于什么样的位置。

我决定好好关注一下这张照片。但前前后后五六排，一颗头挨着另一颗头，每个人的面容都那么小，那么模糊，我甚至找了半天，都没有找到可乐在哪里。也许是因为，这些年过去，她早已变了样。就算她一点也没变，要一眼认出，怕也不是那么轻松的事。所以，想从中发现点什么，谈何容易！

然而，我终究还是发现了一点什么。

我发现，玻璃下面是照片，照片下面，是什么呢？这个位置明显比周围要凸出一些，就好像，照片下面还压着一些别的什么。

我的心开始没来由地突突跳起来。我刻意回了一下头，望了望门口，又努力将心情平复，竖起耳朵，认真听了一会儿。

楼梯间没有脚步声。

门外也没有人在掏钥匙。

四周静悄悄的。只有窗外，隔了几十米远的地方，那一片开阔的建筑工地上，隐约传来机器嘈杂的轰鸣声。

我已经掀开了玻璃。那张毕业照下面，果然有东西。

那是一张纸。

不，也许那是好几张纸。

折叠。折叠。再折叠。就好像一只鸟的翅膀，被翻来覆去折了好几次，然后压在了那张照片下面。

我把纸摊开，一目十行，迅速浏览。

我就觉得，自己变成了那只被折叠了好几次翅膀的鸟儿。想要飞，却只能在地上无力地扑腾。除了拼命用脚蹬几下，或者将脸往地上撞，什么也干不了。

我绝望地把那几张纸重新折叠起来，还回到原来的位置，然后继续用玻璃压上。我不能让可乐回来以后，看出任何破绽。我不能让她知晓，我已经知晓了她的秘密。她心中隐藏的那个对任何人都不可能说出来的秘密。这个秘密解释了她为什么叫可乐。这个秘密本来只是她一个人的秘密。现在，它变成了我们两个人的秘密了。

只不过，这个秘密带给她的，除了忧伤，还有甜蜜，甚至连忧伤都是甜蜜的。而它带给我的，除了痛苦，还是痛苦！

我多么希望自己就是她的那个高中男同学呀。虽然她从来都没有向我表白过一句，虽然那封信，我从来都没有收到，没有看到，我甚至连它的存在都一无所知，虽然我和她同窗三年，有时候也能感受到她一些微妙的变化，但是天地良心，我们可是连一根手指头都没有碰过的。最让我意想不到的是，她居然用我最喜欢喝的那种饮料——可乐，给自己取了个网名！这真是让我又惊又喜。一个人被另一个人所爱，默默的，悄悄的，不作任何声张，不图任何回报，是一件多么幸运和幸福的事呀。

是的，如果我是他，我会是多么幸运，多么幸福！

8

可乐觉察到了我情绪的变化，低落而沉闷，没有刚开始到她们家那样昂扬而明朗了。但她把这一变化的原因归结于，她很快就要出国留学，面对这不可避免的现实，作为爱和被爱的另一方，在即将离别之际，我终归是无法超脱了。

她的父亲也觉察到了我的变化。他以为是他给我出了一道无法圆满回答的难题，这几天令我难堪，感觉有些愧疚，所以吃午饭的时候，他主动接了上次的话题，他说，在战场上，克敌制胜的法宝是什么？其实很简单——不等他说完，可乐像条件反射般脱口而出：一定要有至少两套作战方案！此路不通走彼路，千万不可一条道走到黑！她的父母先是一愣，随即笑了起来。可乐大概也没想到自己会抢了她父亲的风头，有些腼腆，跟着笑了。

我在一旁，自然也要赔笑几声。只不过，这每一张笑脸背后，隐藏的深意只怕会千差万别。至少在我看来，可乐父亲于她的教导，真正是深入骨髓了。

我还是找了个理由，尽量让自己看起来若无其事。这个理由就是，毕竟都是好几年前的事了。而且，她和他，除了她对他的暗恋，根本什么都没有发生呢。更何况，一切都在变。几年前的可乐，跟几年后的可乐，怎么可能同日而语，怎么可能依旧是那同一个可乐呢?

可乐在我离开她们家回云阳以后，不几天就去了英国。本来说好，要等她走了以后，我才回来，可是那几天家里打来电话，说母亲下楼梯时摔了一跤，小腿骨折了。我便提前与她告辞，从此一别两地，一个退走天涯，一个奔赴海角。

随后三个月，倒也过得平静而自足。她虽然远在英国，但跟她在上海时也没什么太大区别。每天晚上，我们还是通过QQ视频互致问候，互道平安。她会把她在英国那一天来的所见所闻，详细说给我听，就好像，我就在她身边，我就在远隔重洋的异国他乡一样；也或者可以说，她就在我身边，她就在那个曾经温情脉脉的江边小城一样。

科技的发展，不但把心理距离拉得近在咫尺，连空间距离也仿佛不是什么难以逾越的障碍了。一年，只有一年，那个真实的、温暖的、胖嘟嘟的，像洋娃娃一样可爱的可乐又会回到我身边了。

一年，有什么不能等待的呢?

没有任何先兆，一切戛然而止。

这样说其实也不对。说没有先兆，主要是指可乐对待我的态度。直到最后一刻，她都没有表现出任何异样。她那厚厚的唇齿间，依旧刀刀、刀刀叫个没完。刀刀，刀刀，我都在电脑前等你这么久了，怎么还不来呢？刀刀，刀刀，今天好累呀，全身骨头都快散架了。刀刀,刀刀,我今天碰到了一个高中同学，他居然也在我们学校！……

但毕竟还是有一些蛛丝马迹可循的。白天上班的时候，隔三差五,她总会打电话过来。她说,她等不及到晚上才能视频了，她现在就想听我的声音。我的心就又开始融化。我是那么容易受感动。我是那么容易被融化。最后,我还在心底不无自嘲地说，原来,刀刀不是一块石头,而是一块冰。一块坚硬得像石头的冰。石头会越烧越硬，冰，一碰到火，甚至火还离得远远的，就开始融化。

最后化作一摊水一摊水。

化作一摊完全找不到自己丝毫踪影的水了。

有一天，火灭了。水又开始结成冰。

可乐本来已经叮嘱我，不要给她打电话。你想啊，国内长途都那么贵，更何况是越洋电话？一个电话下来，你一个月工资怕都没了。这话有道理。毕竟，我只是一个普通的工薪族。她不一样，她可以在外面赚外快。在英国打工，比在上海打工，工资又不知要高出多少倍了。所以，相对于我来说，她不缺钱。

但我还是想打个电话给她。我是个男人啊。我怎么能每次都让她打过来，而我却仿佛无动于衷一般，心安理得似的完全消受呢？哪怕我少打几个，我也要打。哪怕一个电话把一个月工资都打出去，也值。然而，当我试图拨通那一串稀奇古怪的数字时，像在上海一样，不是关机，就是无人接听。有一次，明明是通了，又立即被挂断。

我有些恼怒了。

沉睡的恶魔打了盹儿，又忽然苏醒过来。

我开始接二连三，拨那一串面目狰狞的陌生号码。

然后一次次被挂断。同样的情节，不同的地点，开始重复上演。最后，可乐总算接了电话，听得出来，她有点不高兴。她说，不是给你说了吗？要打我给你打。这是越洋电话，贵得很！我满肚子火无处宣泄，一点也不示弱，我说再贵，我也要打！这点钱，我还消受得起！她一听我生气了，叹一口气说，怎么？到现在，你还不放心我？还想要查我的岗哨吗？

这一问，问得我哑口无言。

那么，就像她说的，我真的是不放心她吗？

也许是的。比如现在，我在听她说话的同时，其实耳朵竖得老高，我在仔细分辨，充分想象，我想极力复原，她正身处一个什么样的环境，身边有一些什么样的人，她具体可能在做什么。我听到了极富节奏感的音乐声。我说你在参加聚会？她说是的，学校中国留学生一起搞的一个派对。我说那你肯定碰到了不少熟人吧？她说不多啊，有几个。又忽然像明白过来，说你什么意思？我说没什么意思，就是关心你，一个人在外面，要注意安全。她一下子又回到那个温情脉脉的可乐了。可乐说，刀刀，你要相信我。我说，嗯，我相信你。

我确实选择了相信她。她如果不是认真在对待我们之间的感情，她又何必在出国之前带我去她家里，跟她的外婆、二舅、幺姨，她的父母，她的那么多亲人见面呢？然而心头的疙瘩总还是有的，因为就算去她家，也不是她主动提出，而是在我要求之后，她考虑再三才做出的决定。

主动提，与被要求，这之间的差距怕不只有十万八千里了。

可是，如果我不相信她，又能怎么样呢？我没有任何实质性的证据，证明她确实在背后欺骗了我。

没有任何证据，但是最后，她还是骗了我。

我已经习惯了每天晚上坐在电脑前，等着她的音容笑貌出现在视频里。但是那天，我等了她很久都没有出现。一个小时，两个小时，三个小时……直到凌晨十二点了，都不见她的踪影。好几次，我想打她的电话，最后还是忍住了。这才几天呢？我不想让她认为这么快我又在查她的岗哨了。

我没有打她的电话，却接到了另外一个人打来的电话。

这个人，就是那个差点跟我结婚了的英语老师。英语老师打电话来，劈头盖脸开口就是，你怎么知道我结过婚？

无头无脑的一句话。兴师问罪一样。

我一时茫然无措，竟不知如何回答是好。

半晌，我才说，你结过婚？我怎么可能知道你结过婚？她鼻子哼哼两声，说你就别装了，你老实说，到底是谁告诉你的？我结婚的事，除了我家里人，没告诉任何人。是不是他告诉你的？她口里的他，一定是那个曾经和他结婚的男人。但是，我连她结婚的事都还云里雾里，哪里会清楚她口里的他到底是何方神圣？更何况，就算我认识她口里那个他，他又有什么必要，一定要告诉我，他和她曾经结过婚的事？她把自己结婚的秘密都保守得那么完美，难道会把和我之间的过往向他和盘托出？我觉得，这里面，一定有哪个地方出了问题。

我说，你怎么知道，我知道你曾经结过婚？

我有些自得了。很奇怪的一种感觉。这的确是关键一问。她的回答，也许将解释一切未解之疑，将把那些似乎已经断了的线索重新连接起来。

她一定没想到我会这么问。也许在狐疑，也许在犹豫，也许在思索，总之，电话里静默了好一会儿，她才说，你如果不知道，怎么会写那样的文章？

我下子豁然开朗。哦，原来如此！

那是一篇什么文章呢？那是一篇小说。发在我经常去的那个文学论坛上。有什么说的呢，她一定是看到了。毫无疑问，那是一个爱情故事。一对相爱的男女，因为男方父母的反对，被迫分手。十年后，两人再次相逢。男的要想破镜重圆，却不料，女的却在他们相遇不久之前嫁人了。如果纯粹从小说创作的角度而言，这简直是一个可以老掉牙的故事，基本上没有什么可以圈点之处。只是因为既然已经写了出来，索性就发在论坛上，反正也不是什么大雅之堂，无论是发文章的，还是看文章的，大都抱着一个心态，玩玩儿而已，又不需要多高的水平。

但是，她偏偏就看见了这么篇本来写着玩儿的小说。还不止这，她偏偏又把小说的女主人公自作主张地对号入座了。她以为，我写的那个女的就是她。可是，她又偏偏搞不清楚，那是小说啊。怎么能把小说的情节与真实的生活相对应？

可她就这么做了。

这么做的后果是什么呢？对于她来说，后果就是，她竟然亲口对我说出了根本就不想让我知道、而我根本就不知道的秘密。她结过婚，对于我来说，又的确令我有些瞠目结舌。即便如此，她还想挽回。她还在做最后的挣扎。她说，结婚当天晚上她就后悔了。她想到了我。所以，无论如何她都说服不了自己。她没有和他同房。第二天一早，他们就去领了离婚证。

这算什么呢？

这是在向我表明，她依然是爱我的吗？

她的心依然在我身上吗？自始至终，从没有变过吗？

也许就连她自己也不会相信。就连她自己也十分清楚，这些胡言乱语，这些疯言疯语，于我们而言，已经是毫无意义的废话了。

那天晚上，可乐一直没有露面，连半个字的留言也没有。我一直盯着那个灰色的头像，希望它突然就“唧唧唧”地亮闪起来。可是没有。一直没有。我心慌气短。我心力交瘁。我已经预感到，一定是有什么事情发生了，或者一定是有什么事情即将发生。

直到多年后的今天，我依然想象不出，那天晚上，可乐到底在做什么。是没有回住处，留宿在外？是有人来她的住处，不方便跟我联系？或者其实她也在，就是想安安静静睡个好觉，不想跟我说什么？

突然之间，我哑然失笑。

刀刀啊刀刀，可乐为什么要叫你刀刀呢？为什么要把一条狗的名字拿来给你用呢？原来，你的智商跟一条狗真的是没什么区别呀。

——我怎么就没想到，重庆跟英格兰，是有七八个小时时差的呢？也就是说，我这里是晚上，她那边还是中午或下午呢。这个时间，能有什么意外呢？能有什么让我担忧的事发生呢？不过是在学习罢了。就算不是，也顶多是在逛街。她是个喜欢逛街的人。想起在云南的那段日子，有几个时候，我们不是在大街上，在各个商场度过的呢？就算什么东西都不买，她也喜欢四处溜达。这样一想，豁然开朗。一看时间，都凌晨一点了。好吧，先好好睡一觉，等到一早起来，正好是她那边深夜呢。想必她空闲下来，早已在 QQ 上等着我了。

可乐确实上了 QQ，但她没有等我。她给我留了言。留言只有一句话：对不起，刀刀！我真的不想放弃我的前程。

那一刻，我只觉得天旋地转。

9

平心而论，我真的已经成了可乐前途的阻碍者吗？想一想，到目前为止，我至少在行动上都是支持她出国深造的。但这支持有明确的前提条件，那就是一年以后，她要回来，要按照我们先前的计划，回到上海，兑现她的承诺。很明显，她现在不想回国了。她想留在那边。而我呢，无论从哪个方面讲，都不可能像当年她三姨那样，凭借多年努力，最终飞到大洋彼岸，与夫婿团聚。但她三姨当年的情况，毕竟与我又有很大不同。首先，她英语水平不好，但毕竟是英语专业，去考托福，比我还是要占很大优势的。其次，她丈夫去美国之前，他们已经结婚了，也就是说，很大程度上，她是在为他们的婚姻而战！如果她不能成功考取托福，那他们的婚姻将岌岌可危。

我呢？我也要为我和可乐的爱情而战吗？

这个问题还没来得及思考，可乐就已经帮我给出了答案。她也许比我更清楚，一只没长翅膀的鸟儿，再怎么努力，也不可能飞越英吉利海峡的。就算它努力生长，某一天真长出了翅膀，那又将是多少年以后的事啊。

我和她，恐怕都没有做好心理准备，去等待一个多少年以后、谁都说不清道不明的结果。从这个意义上说，可乐的决定也许是明智的。

可是，再明智的决定，也无法让人完全理智。

那段时间，我简直有些疯疯癫癫了。可乐肯定已经预料到了我的反应，她也肯定预料到自己无法面对我那样的反应，所以我无论给她留多少言，永远都不会得到回复；无论我给她打多少电话，永远都是“嘟嘟嘟”的回音。越是得不到回应，我就越难以抑制自己，越难以抑制，我就越想得到回应。这是一个永无休止的恶性循环。我在这循环的怪圈里疯狂旋转，直到最后，连自己是谁，身处何时何地，都有些恍恍惚惚了。

我试图给她母亲打电话。我想她的父母对我印象那么好，应该会帮我劝劝她。可是，这个电话终于没有打出去。我想到了她父亲说的话。她的父亲说，在战场上，克敌制胜的关键在于至少要有两套以上作战方案。现在仔细一琢磨，才发现，这不就是教导他女儿，要学会脚踏两只船吗？至于为什么要把这么重要的作战理论当成考题抛给我，恐怕就是想试探我。如果我完全不懂，那他们就可以放心地把女儿交给我；如果我深谙此道，一点即通，那结果就可想而知了。我又想到了她的外婆。外婆对我不满意，这是肯定的。可乐最终决定留在国外，外婆对她到底施加了影响没有，施加的影响到底有多大，我不得而知。但就算外婆一句坏话也没说，她的态度也已说明一切。可乐会对她外婆的态度完全无动于衷吗？

所以，电话打过去，又有什么用呢？

一切都早已注定。一切都只是徒劳。

我又想到了我和可乐的交往之初。那时候，我把她当作什么了呢？不过是在我空虚失落的时候，给我些抚慰，帮我转移下注意罢了，这多少显得我有些卑鄙，有些无耻。

还有那个英语老师。

也许，这就是所谓的报应。

你可以轻易地无视或抛弃别人，别人为什么就不能轻易地无视或抛弃你呢?

还有那个吉娃娃。对，还有那条叫刀刀的宠物狗，竟然在可乐刚去英国不久，就得病死了。在我的印象中，我和它是多么相像啊。我们蜷缩成一团，只是为了主人可以把我们抱在怀里，温柔而亲切地抚摸。主人离开了家，把我们关在屋内，我们除了悲戚地叫上几声，跑到门边，用爪子朝门上无力地刨几下，还能做什么呢？离家的主人回不回，什么时候回，完全不是我们所能掌控的了。

这大概就是我在可乐心目中一直该有的形象和地位吧。

以后八年，可乐音信全无。她的头像始终是灰色的，再也没有见过它闪一下，或者亮一下。刚开始，我也会忍不住，偶尔去她的空间转转，但是，从她消失的那天起，再也看不见她的更新，甚至连个人资料，不知是有意，还是无意，也已经变得残缺不全。一切都像一场梦。所有的经历,都不过是幻象一样。就好像可乐这个人从来都不曾在这个世界出现过，从来都不曾在我的世界里出现。没过多久，空间也进不去了。她把我所有可能窥探到她信息的通道全都关闭了。

直到有一天，我又想起她的空间，一点，竟然惊奇地发现，消失的可乐又出现了!

然而，那是一种怎样的出现呢?

不单单是她一个人。

是一张又一张温馨甜美、其乐融融的家人照！那个小女孩有几岁了？五岁，还是六岁？她长得可比她妈妈好看多了，扎着两条小羊角辫，咧着个大嘴巴，嘻嘻哈哈地笑个没完，灿烂的阳光投射在她圆圆的小脸上，辉映出可爱迷人的神色。那个神清气爽的男人，干净，整洁，温和且坚毅，做起事来一定是那种绝不拖泥带水的，想必就是可乐的另一半了。每一张照片下面都做好备注，什么时间什么地点，拍摄背景是什么，非常详尽。可以说，一组照片就是一串足迹，把每一组照片连缀起来，基本上就可以勾勒出可乐消失的这些年，她的人生轨迹了。

我忽然有些感慨，她的父亲热衷于用录像记录过往，她自己，则更喜欢用照片留存记忆。而我和她以前的那些照片呢？她会留存在哪里？是在脑海深处，还是早已随时光的火焰一起灰飞烟灭？

无论如何，这是幸福的一家人。

而幸福，总是有着与生俱来感染人的特质。我自己，都差点跟着他们一起幸福起来了。所以，即便我从那一组组照片的蛛丝马迹中已经找到足够的证据，证明她现在的爱人就是她高中时候那个暗恋过的男同学，我的心里，也似乎没有丝毫芥蒂了。她是不是追随他才去的英国？她是不是早在去英国之前，在上海，就跟他一直有联系？这些都不重要了。重要的是，过了那么多年，他们终于走到了一起，有了家庭，有了女儿，有了孜孜不倦、一直追求的事业和幸福。他们，用佛家的话来说，算功德圆满。

我不知道这是不是时光留给我的馈赠——

如果你不能再爱，那就祝福吧。很多时候，人们在对别人的祝福中，也能找到自己想要的幸福感。

至于可乐为什么又把空间打开，还作了大手笔的更新，把这些年来的经历，用照片的形式梳理得清清楚楚。要么，她是认为，这么多年过去，我怕是早已把她忘到了九霄云外；要么，她是故意使出这手，让我看到她的境况，从而安心，从而彻底断掉关于她的念想。

好吧，既如此，那就如她所愿，有关刀刀的一切，封笔即存。

海燕

1

她叫海燕。但她并不清楚，当初父亲为什么要给她取名叫海燕。甚至，这个名字到底是父亲取的，还是母亲取的，或者只是他们请村里的算命先生取的，她都不知道。当然，对于这个问题，她也从来没有问过他们。这有什么好问的呢？一个名字而已。像村里所有小孩的名字一样，普普通通。别人一声叫唤，知道是叫自己就行。事实上，她很少去琢磨这个问题。偶尔想到了，就傻傻地望着天空，出一会儿神。虽然她从来没有见过海燕，她也确信他的父亲，她的母亲，甚至那个算命先生也不可能见过海燕，但她想，海燕终归是燕，那么，大概也就跟平时在天空中一掠而过头顶的那些燕子差不多吧。区别仅仅在于，一个生在内陆，一个长在海上。

无论如何，海燕，一定饱含着父母对她人生的美好期许。他们一定是希望，长大以后，她能够像海燕一样自由地翱翔。飞出那个落后的小山村，飞向更广袤的原野，飞向更遥远的碧空，飞向她能飞到的任何地方。

现在，她终于感到，她父母的愿望就要实现了。她的名字实至名归。此时此刻，她手提凉鞋，张开双臂，在柔软的沙滩上慢慢前行，仿佛随时都要飞起来似的。那些像潮水般汹涌的人群，慢慢变得虚无，那些叽叽喳喳的叫嚷也终于被铺天盖地而来的浪涛所吞噬。虽然已是下午五点，天还是那么清澈，那么蔚蓝，那么一碧如洗。浪纹一阵跟着一阵，一会儿像小孩的嘴唇在亲吻脚丫，一会儿又像小孩的手在抓挠脚背，痒痒的，酥酥的，就像要把整个人都瘫痪在水里，融化掉一样。

她不由自主地摸了摸隆起的小腹，脸上泛起祥云般的笑意。趁着这个国庆长假，她不远千里来到三亚，她多想让还未出世的孩子听一听海燕的啼鸣啊。可是，那些可爱的精灵，为什么就像害羞似的，躲得远远的呢？目力所及处，虽然有几只翩然起舞的海鸟正随着起伏的波浪上下翻飞，但又有谁能保证，那就是她从未见过的海燕呢？她想，这一趟行程，恐怕要无功而返了。不过又一转念，有什么关系呢？美好的生活就要再次开启。新的希望就要降临身边！这是比见到一万只海燕还要开心的事啊。

宾馆就在海边不远的地方。她订的是海景房。她并不是一个十分奢侈的女人，在消费方面，她会理智地精确计算，既要保证消费品质，又不能超出她所能承受的能力范围。推开玻璃窗，那是她第一次见到这么神奇的大海。远远望去，海面就像一堵蓝色的长墙，层次分明地横亘在低矮的天际。那些高扬着风帆的海船，就像在一幅巨型油画上浅浅地摇荡，穿行。

天色渐渐暗下来。毕竟是女人，她不打算在外面待太晚。回到宾馆，轻轻松松冲了个澡，把吹干的发丝像乌梢蛇一样扭着，盘桓在头顶，顺势就斜靠在床头，随手拿起了手机。先前出门的时候，她特意将手机塞在了枕头下面。她想在这短短的几天假期里，将每一趟出行都变得来去无牵挂。就像一条赤裸的鱼，没有任何干扰，在浩瀚的海洋里无忧无虑地游荡。或者就像那只一直在她头脑中展翅飞翔的海燕，无论她飞得高还是飞得低，飞得快还是飞得慢，飞得近还是飞得远，都只有她一个人知道。

这是多么惬意的享受啊。她的脸上又泛起了祥云般的笑意。

然而，当她的目光停留在手机屏上，一种不祥的预感倏忽一下掠过心头。就像一只受伤的海燕，拖着长长的嘶鸣，划过苍白的天际。她粗略数了数，未接电话至少超过了三十个。其中大半都是儿子打来的，另外还有十来个是婆婆的号码。夹在儿子和婆婆中间，有三四个是他的。这样密集的未接电话，就像一颗颗未爆弹一样，令她惶恐不安。她不知道到底是什么事，迫使这些人如此急切地要与她取得联系。

她想，应该先给谁回拨过去呢？她判断不出谁的电话更紧迫。这时，手机铃声又突然响起。那是邓丽君的一首经典老歌：甜蜜蜜，你笑得甜蜜蜜，好像花儿开在春风里……

音乐戛然而止。

听筒里开始死寂一片。她连续喂了好几声，都没有回音。她以为是信号不好，正要挂断拨过去，却听那边哇的一声，就号啕不止了。她的心一下子就凉了半截。她不停地问，儿子，怎么啦？有什么事，快跟妈妈说。那边努力想要平复下来，抽抽噎噎了半天，终于用带着浓重鼻音的哭腔说，妈，你快回来吧。爸，爸爸不在……在字还没说完，又是一阵撕心裂肺的号啕。

紧接着，电话好像被旁边的人一把抢了过去。你在哪儿？是婆婆。婆婆的声音既悲切又愤怒。我在哪儿？是啊，我在哪儿？她身子一个激灵，手不由自主地摸了摸隆起的小腹，妈，我在香港……你在天堂？哼哼，你男人都下了地狱，你还有心思逛天堂啊。她知道婆婆听错了，急切想解释，不，妈，不是天堂，是香港。我管你是香港还是臭港，我儿子死了，再香的港都变臭了！婆婆简直有些怒不可遏了，打了你几十个电话，你都不接。你们就算再没有感情，他也是你丈夫。回来见他最后一面，总是应该的吧？说到这里，婆婆再也忍不住，也跟着旁边的号啕声一起号啕起来。妈，对不起，我手机没带在身上。但她知道再多解释也是无益，于是说，我会尽快赶回去……话音还未落定，那边电话已经挂断了。

一霎间，她就陷入了无限的悲愁之中。无论如何，他是她丈夫，是和她同在一个屋檐下共同生活了十八年的男人。这么一个活生生的人，现在说没就没了。她的心就算是石头做的，也不可能不为之而动容。

滴！滴！她低头一看，一条短信映入眼帘：电话怎么老是占线？先打你电话也不接。你男人的事你知道了吗？赶紧看看朋友圈吧，都快传疯了！短信是他发来的。说实话，此时此刻，她没有任何心思和他通话，她不想给他拨回去，甚至不想回这个短信。她根本还没有从刚刚起头的悲愁情绪中解脱出来。但是，她知道，她得赶紧去看看朋友圈。

虽然她六月份就离开单位到重庆进修，但毕竟不是调走，所以原单位的职工群她没有退出，云阳的一切社会关系她都还保持着原样。她迅速解锁，点开微信，找到发现，进入朋友圈。才往下没翻几条，一个短视频就拽住了她的视线。视频上那个模糊的，侧着脸像婴儿睡着了一样的男人，多么刺眼，多么扎心啊。她的无名指不由自主地往视频上戳了一下。只一眼，她就差点昏厥过去。

那是一副怎样悲惨凄凉的画面啊。

男人蜷曲着身子，像个鱼钩一样侧卧在地上，头却向反方向扭着，仰着面，怔怔的，像在目视着天空。一只脚抵拢小腹，另一只脚明显变了形，像条蜥蜴的尾巴被石头砸烂了，有气无力地拖在屁股后面。身体下面的地板上，那些仿佛还在胡乱流动的血痕，红艳艳的，黏糊糊的，像灰暗的大地打上了一块乌七八糟的红补丁。最让人揪心的，是脑袋后面那长长的一摊，东弯西拐，仿佛永远也流不完的白浆一样的物质。

视频是从小区另一幢楼上往下拍摄的，从角度判断，应该就是紧邻她们家左边的那一幢，里面还夹杂着慌乱无措的惊呼声，连连惋惜的哀叹声，似乎还有刨根问底的议论声……

然而，她早已没有心思去分辨那到底是些什么声音了。她知道，她是一个坚强的女人。是的，她一直都是，坚强，果敢，从不退缩，勇往直前。所以，她不会像那些娇小玲珑的袖珍女人，一听到噩耗就瘫软在地，爬不起来，或者眼前一黑，就像死了一样。她当然也会悲痛，也会难受，也会像天塌了似的茫然四顾。

可是，她终归是不能瘫软下去的，也终归是不能眼前一黑的，她不但不能瘫软下去，不能眼前一黑，她还得把精神好好抖擞起来，把心里那些悲痛难受的情绪，像每次走进手术室，习惯性地掸一掸白大褂上面那些看不见的灰尘一样，若无其事地掸掉。

她还有比悲痛、比难受更重要的事情要做。

退出朋友圈，她正要把手机扔到一边，双龙卫生院几个字又偏偏印入了眼帘。那是原单位的职工群。像有股神秘的力量，她的手指被牵引着，机械地往那几个字上一点——无数条信息就像漫天雨点般，哗哗啦啦就洒了下来。随便拈几条，都是有关那个跳楼的男人的。她想，这恐怕是云阳今天最火爆的新闻吧。好在，单位里认识他的人并不多。有几个同事，虽然在他没有生病之前，她曾经邀请到家里吃过饭，但那差不多都是八九年前的事了。想一想，谁会把一个女同事老公的相貌记得那么长久，那么周全呢？所以，群里才会有那么多肆无忌惮的议论，惊讶，疑问，感叹，揣测，嬉笑……

但她还是特意找了找，那几个曾经见过她男人的，都没有在群里发言。她有些心力交瘁。她不想再浪费时间去在意别人的嘴巴了。她的脑子开始飞快地转动起来。

接下来，该怎么做呢？

不幸中的万幸，她向婆婆说的是来了香港。她也不知道当时为什么要说在香港，她只是有一种直觉，不能说出自己真实的所在地。而且，这个地方最好离重庆要适当得远。现在看来，这个说法真正是再好不过了。因为她在香港，又是国庆长假，出行的人那么多，交通那么拥挤，所以回重庆，然后回云阳，绝不是说到马上就能到的。这就意味着，在回家之前，她虽然很紧张，却相对足够的时间去处理那些必须要处理的事。

想到这里，她重新拿起手机，拨通了他的电话。

2

宁海燕回到重庆，要做的第一件事情就是立即赶到医院，拿掉肚子里的那团肉。在这个紧要关口，她不能有丝毫犹豫、矛盾、迟疑，一切都那么刻不容缓！

从机场出来，已经下午六点多了。她放弃了机场大巴，大巴不可能将她直接载到她想去的医院。她准备叫滴滴快车，可她对机场不熟，很难对司机说出自己的准确位置。于是，出租车成了她必然的唯一选择。

坐在车上，夜幕开始悄悄降临。房屋、田野、庄稼、路灯，眼中的一切所见之物，像电影里的慢镜头一样，极不情愿却又无力回天般地向后飞逝而去。她的心变得空旷、荒凉起来。灰暗的天空像巨大的幕布，明明就堵在那里，却始终看得见，摸不着。幕布后面，生旦净末丑，各种角色正跃跃欲试，准备粉墨登场。她忽然觉得，她生于斯长于斯的这个世界，是多么遥远，多么陌生啊。

宁海燕进修的医院在大坪。但她并不打算回那里，虽然那是一家妇产专科医院。稍微用点脑子就能明白她的心思，认识她的那些医生一定会问，孩子才七个月，为什么一定要在这个时候取出来呢？

是啊，孩子才七个月，为什么一定要在这个时候取出来呢？那可是一条活生生的命啊。她本来就是妇产科医生，她十分清楚，现在让孩子来到这个世界，一定凶多吉少！

可是，她有的选择吗？没有！她必须这么做！

宁海燕乘坐的出租车停在江北那家医院门口的时候，他早已焦急地等在那里了。闪闪烁烁的霓虹灯下，他的脸一会儿青，一会儿紫，一会儿红，一会儿白。一种奇怪的念头没来由的，突然就闪现在她的心里，她想，他多么像一条变色龙啊。

可他不是什么变色龙。他是惠远治，一家卫生院的院长。今年已经五十六岁了。个头不高，一米六五左右，像所有这个年龄有点成就的男人那样，红光满面，大腹便便，走起路来像鸭子左摇右晃，坐在那里又像一尊菩萨似的，好像随时都在欢迎那些前来进贡的人。

他们在门厅里拣好了位置坐下来。

还是他先开的口。就像随口冒出的一句，现在这个时候回去，合适吗？她觉得他的这个问题太奇怪了，不免反问道，这个时候回去不合适，那是不是要等到所有人都把我当成狼心狗肺的现代潘金莲，骂得我狗血淋头了再回去，才合适呢？他一听话音不对，有些急了，说不是不是，我不是这个意思。我是说，孩子还这么小，担心保不住呢。她的神情就默然下来，眼睛明明盯着面前的墙壁，却像望向了无限遥远无比深邃的远方。她习惯性地用手摸了摸隆起的小腹，半晌才道，有什么办法呢？哎！我们这是哪辈子造的孽哟！脸上又泛起了痛苦的神色。要不，他试探性地问道，要不我们还是送人吧？她的脸色开始变得像一块铁板一样，阴沉，坚硬，冰冷。他知道又说错了话，只好圆场道，我也不是说一定要送人。我只是担心，生下来不正常……不等他说完，她哼哼冷笑两声，现在知道担心这样担心那样，那当初还死皮赖脸和我在一起做什么！我看你当初的胆子还是挺大的嘛。

他无言以对。他知道现在讨论这些都没用。孩子是他要的。为了留下这个孩子，在满三个月的时候，他才想办法让她来重庆进修。说是来进修，其实不过就是掩人耳目，好在这个人生地不熟的大都市里，把孩子生下来。眼看还有两个多月就可以和孩子见面了，哪承想又出了这么个麻烦事。人家老公都跳楼了，不回去，怎么也说不过去的。毕竟夫妻一场，见最后一面，也是人之常情。

自己的亲骨肉，无论如何都要留下。她正色道，给这件事一锤定了音。两个人不再说什么，赶紧挂急诊号，看医生，提请求，做手术，连夜将孩子取出来，送进重症监护室。她在医院躺了两天,尽量让伤口更好愈合。第三天,她再也待不下去了。人活一张脸，树活一张皮。她必须在人们还没有发觉异样之前赶回家。好在惠远治这两天也没闲着，去劳动市场领了个保姆回来。他虽然是院长，有一定的机动时间，但也不可能长期待在外面不回单位。照顾孩子的事，自然要请人帮忙才行。

回云阳那天，她请求医生，让她看看孩子再走。刚开始，医生死活不肯，还没脱离危险期，不能靠近！医生没好气地回她，态度十分蛮横。若是在平时，碰到这种人，她肯定是要争执下去的，可那天不一样。她理解医生的心情。医生之所以这样不友好，完全是因为自己。手术之前，医生不停劝阻，说这么早取出来，孩子肯定很危险。保不保得住，都很难说。医生把桌子上的文件夹摔得啪啪直响，孩子都这么大了，大人身体也好好的，为什么不等足月再生下来呢？为什么非要这个时候取出来呢？医生对他们的决定产生了深深的质疑。这是在杀人！杀人！你们懂吗？医生越说越气，颓然地往椅背上一靠，用一双冰冷的眼睛盯着他们，真的决定了？惠远治躲在身后，一声不吭。她不敢看医生的眼睛，像个犯错的小学生，低着头，双手摸着肚皮，声音细小，但语气坚定地说，决定了！有毛病！医生模模糊糊地嘀咕了几句，不再作声。

医生还是让她去看了孩子。戴着口罩，穿着医生递过来的一次性手术衣，隔着玻璃远远地望着。小家伙安静地躺在保暖箱里，身上插满了各种各样的管子。皮肤皱巴巴的，黄澄澄的，看起来，就像一只奇丑无比的小乌贼，因为远离了大海，要死不活地瘫软在那里。

宁海燕的心像突然被针扎了一下，身子不由自主地往里缩了缩，眼泪就哗哗地淌了下来。她紧咬着嘴唇，不让自己哭出声。她愧疚得好像马上就要倒下死去一般，也许，那个医生说得对，我，我就是个杀人犯！杀的不是别人，是可怜的亲骨肉呀！一刀一刀，跟割在自己身上，又有什么区别呢？她不敢再看下去了。她担心哪怕再看一眼，就没有离开这个病房的力气了。

宁海燕离开重庆的时候，对惠远治说，你再多待几天，等孩子能出来了，多陪陪他。惠远治说，我尽量吧，你知道，医院一天那么多事，我也不可能待太久。宁海燕不满地剜了他一眼，说他是你亲儿子呢！惠远治说，我知道，可是……

她不等他说完，已经扭身走了。扭身的那一刻，她心里充满了怨恨，还是那句话说死了眼，男人，真是没有一个靠得住啊。她已经顾不得那么多了，云阳还有那么大个烂摊子，等着她回去收拾呢。

3

从重庆回云阳，要么走高速，要么坐高铁。高速可以直达，高铁需要中转，高铁线现在只通到万州，之后还要转乘一个小时左右的大巴。宁海燕选择了坐高铁。手术还不久，动车上毕竟平稳许多，不用担心对伤口造成什么损害。就算从万州回云阳还是要乘大巴，那也只有一个小时，影响不大。

兴许前几日先是旅途劳顿，接着又动手术，神经高度紧张，现在又要马不停蹄往家赶，可谓心力交瘁到了极点，一落座，竟然很快就迷迷糊糊睡着了。

蒙眬的睡梦中，她仿佛又回到了那天的酒桌上。

一切的美好与罪恶，都是从那天的酒桌开始的呀。

惠院长把酒杯伸到她面前的时候，她有些惊慌失措。她忙不迭地站起来，端起桌上的一杯开水，结结巴巴说，惠院长，我，我不会喝酒……惠院长一愣，酒杯就立定在了空中，像刚刚离开地面的直升机，不得不作了个紧急旋停。气氛有点尴尬，空气仿佛凝固下来。还是惠院长老道，很快打破了眼前的僵局。只听他突然哈哈一笑，说不会喝酒没关系。但别人不是说，女人都自带三分酒量嘛。到底能不能喝酒，只有喝了才知道。来来来，我先干为敬！边说边就把手里的酒杯缩回来，贴近厚实的嘴唇，只听咕咚一声，酒就顺着凸起的喉结，一路欢歌下了肚。

朋友在一旁着了急，赶紧端起自己的酒杯，递到她手里，说海燕，你看院长都干了，别只顾傻站着，赶紧干了！敬酒不吃吃罚酒，不好。这次宴请惠院长，本来就是这个朋友牵的线，现在她又出来打圆场，再不喝，就真正是不识抬举了。宁海燕把心一横，喝倒了，大不了多上几次厕所吐出来。于是索性把眼睛一闭，面带立马要上刑场的悲壮神情，学着惠院长的样子，头猛地向后一仰，咕咚一声，居然也满杯下了肚。

然而，这猛地向后一仰，却把本来有些松动的发簪仰掉了。拢在一起的满头秀发，顷刻间就像黑色的瀑布一样铺展开来，有些细密的发梢像润润的雨丝一般，轻柔地落在了惠远治的脸庞上，肩膀上，手臂上。惠远治就觉得全身痒痒的，麻麻的，酥酥的，那种感觉，又是享受，又是难受。俗话说，酒壮怂人胆。惠远治毕竟是一院之长，平时看起来也算个正经的体面人，那天兴许是多喝了几杯，接下来发生的一幕，却让宁海燕有些猝不及防。

惠远治说，这还差不多。我看你还是挺能喝的嘛。以后呀，在我面前，就不用装来装去啦！凡是能喝酒的人，让他做事情，再差，也差不到哪儿去。小黄啊，他把头转向了那个朋友，这回呀，你算是做了件好事，我们医院，就是需要小宁这样干练的人才！嘴里说着，手却没有闲着。只见他放下手中的酒杯，将脸上、肩上、臂上那些细密如春雨般的发丝，一根根拈下来，小心地摊在手心，然后像珍宝一样欣赏了好大一阵，才轻轻拢起来，将它们重新汇入到那江河般奔流的黑色瀑布里去。宁海燕早已羞得面红耳赤。动也不是，不动也不是。只能怔怔地僵在那里，任凭他像小鸡啄食一般，把那些轻轻柔柔的发丝捉出来，完璧归赵。

那一刻，宁海燕已心领神会。她不是三岁的小女孩了，这个惠院长，心里想的什么，她一清二楚。不过，她并没有因此而反感。相反，她还有些庆幸，庆幸自己虽年近三十，却魅力依旧，庆幸这个惠院长也是个血肉之躯，并不是铁板一块。

觥筹交错之中，她在迅速谋划。

没有人注意到，她脸上荡开的那一丝神秘而浅淡的笑。

一周之后，宁海燕如愿以偿，顺利从乡下进了城，被借调到双龙卫生院，依然做她的老本行——妇产科医生。她为自己的聪明和智慧得意了好长一段时间。事实证明，她的策略是对的。她不是不会喝酒。参加工作这些年，她早就练出来了，她是酒场上的老手。那枚松动得快要掉下来的发簪，那个脖子猛地向后一仰的大动作……每每想到这些，她都忍不住想笑。唉，人哪！她在内心发出一声感叹。当然，她十分清楚，真正把她迅速送进城的，并不是前面这些小把戏，而是惠远治喝得酩酊大醉之时，她的挺身而出，温柔一击。是啊，除了她，谁愿意在他跌跌撞撞扑进厕所去呕吐时，赶紧跟上去，又是帮他拍后背，又是把纤纤玉手伸进他的嘴里，帮他抠出那些臭气熏天的脏东西？谁愿意出门时，一路都搀扶着他，几乎将他整个身子的重量都压在自己身上？特别恶心的是，他刚踏进车门的一刹那，居然一回头，就狂吐了她一身！她没有管身上的污秽，却忙不迭地帮他擦拭弄脏的外套。

所有获得的背后，都有相应的付出。

宁海燕想，我的付出，至少到目前为止，还是值得的。

但很快，她就为这样的付出是否值得，有些犹豫不决了。

刚来双龙卫生院那会儿，她感觉自己就像个局外人。不论在医生面前，还是在病人面前，她都可有可无似的。医生们都在各忙各的，哪有闲工夫搭理她，再说，就算有人想搭个腔，人也不熟，想想，话到嘴边，又硬生生咽了下去。病人呢？那就更别提了。现在的病人都很讲究，动不动就要找熟悉的医生，或者熟人介绍的医生，突然来了个生面孔，大家嘴里不说，行动上都自觉避开，不声不响找其他医生去了。于是，一种奇怪的场景就出现了。在其他医生那里，总是门庭若市，人头攒动，人多得挤不开缝。她这里呢，却冷冷清清，无人问津，冷板凳一坐一整天，连个鬼影都不冒一下。

宁海燕失落了。

宁海燕有些后悔了。

她想，我千方百计借到城里来，可不是来看别人热闹的。

更关键的，医生的收入都是跟看病率直接挂钩的。病人多，就意味着提成多，工资就高。没有病人，那就只能天天喝西北风了。有那么一刻，她甚至产生了动摇，还不如回乡下去算了。在原单位，十里八乡都认为她医术过硬，态度又好，个个都争先恐后往她那里拥。可是，这样的念头也就像没有打着的打火机，咔嚓一声，火星一闪，就灭了。

她不是那种半途而废的人。

她想，困难总是暂时的。只要有病人来，哪怕只有一个，我只要把语气放得更柔和一点，询问病情更耐心一点，药方开得更合理一点，手术做得更贴心一点，这样一传十，十传百，最后胜利的，肯定还是我！

她已经下定决心，要打持久战了。

可是，这样的决心刚下，她的计划还没实施，病人就一窝蜂地拥来了。吃药的，打针的，动手术的，简直络绎不绝。仅仅剖腹产这一项手术，她一天起码就要做四五台。慢慢的，病人开始相信她了。然后病人介绍熟人，熟人又介绍病人。她从早忙到晚，很少有休息的时间。但是她一点也不觉得累。她喜欢有病人来找她。她喜欢被病人信任的感觉。更重要的是，她喜欢这种繁忙的工作状态。

只要不停地工作，所有的烦恼，她全都忘记了。

但是有一个疑问，她始终没忘记——为什么她的病人从一个都没有，突然一下就变得多起来了呢？她思来想去，无论从哪个方面去分析，都不正常。

那是一个星期六的晚上，虽然对她们这种基层医生来说，星期几根本就是麻木的——一年三百六十五天，除非请假，是没有休假一说的，但她有儿子，儿子今天放周末，中午就说了，晚上要等着她回去，做他最喜欢吃的糖醋排骨呢。她做完最后一个剖腹产手术，看了看时间，已经九点过了，心想都这么晚了，孩子肯定饿坏了。匆匆忙忙脱了手术衣，到盥洗盆前清洗了双手，抹了把脸，梳了梳有些凌乱的头发，换上那件刚买不久的红色大衣，拎了提包，就准备关门回家。

刚到门口，惠远治就迎面走了过来。

惠远治说，怎么，准备下班了？

宁海燕有点疲惫，见到院长，还是莞尔一笑，说惠院长，你不是出差了吗？什么时间回来的？惠远治脸上也涌出了一堆笑容，说刚下车，你看，我手上的东西还没搁下呢。

宁海燕这才发现，惠远治左手拎着公文包，右手推着很大一个旅行箱。看他正朝她的办公室走来，也不好马上关门了，赶紧迎上前去，说院长，我帮你。就把惠远治手里的公文包接过来，一起进到屋里。

宁海燕又是让座，又是倒茶，手脚麻利得就像个红色的精灵，不停围在惠远治身边转。惠远治也不客气，理所当然地享受着这殷勤的服务。休息片刻，才不紧不慢从旅行箱里拿出一包东西，放到办公桌上，说走得有点急，随手挑了几样，别挑剔哈。

宁海燕有点意外，没想到院长会给自己带东西。再一想，又在情理之中。说怎么好意思，让院长破费。惠远治眼睛直勾勾地望着她，说有什么不好意思的，又没做什么见不得人的事。宁海燕心里咯噔一下，想要戏谑地反唇相讥一下，说院长真会开玩笑。您是体面人，怎么会做见不得人的事？惠远治的情绪一下就被挑逗起来了，身子往她这边倾了倾，声音变得抖抖的，颤颤的，像一把破裂暗哑的二胡似的，你别，说，我，还真，做了，见，不得，人的事？宁海燕呵呵一笑，说院长你刚回来，还没喝酒吧？惠远治拿眼斜斜地瞥了她一眼，喝酒？对，对，你是应该请我喝酒！突然，他把嗓音压得低低的，像被人卡住了喉咙似的，憋出来一句，小宁啊，你是聪明人，当然知道，你的病人是怎么多起来的。

宁海燕就觉得心里轰隆一声响。

先前的疑问，终于得到了解答。你宁海燕是何许人也？没有他惠远治，一院之长的鼎力相助，把病人不断往你这里介绍，你怎么可能那么快做到咸鱼翻身呢？

回家的路上，宁海燕心情十分复杂。她不知道，目前这种处境，到底是该高兴呢，还是该沮丧？惠远治带的东西其实很普通，真的就像他说的，只是表达一下心意。几包糖果，她回到家就给了儿子，还有一个鸡蛋大的海螺壳。惠远治说，卖海螺壳的人说，夜深人静，将海螺壳贴到耳朵边，会听到潮汐从远处一阵阵袭来的声音，一浪一浪，一会儿轻拍，一会儿急喘，就像两个人的缠绵，不离不分，无休无止。

如果再仔细一点，就会听到海燕在激烈浪涛上的叫声。他冲她诡秘地一笑，说。

宁海燕的病人一多，特别是手术，练手的机会就多，医术就越来越娴熟。医术越来越娴熟，相信她的病人就越来越多。如此良性循环，没过多久，她就成了双龙卫生院妇产科当之无愧的骨干。可人世间的事情就是这样，月满则亏，水满则溢，你在这方面得到了，在那方面就可能会失去。这不，在工作上顺风顺水的宁海燕，家庭却突然出现了个意想不到的情况——她的丈夫被确诊为重症肌无力！她虽然是医生，但对这种跟她专业八竿子打不着的疾病也很陌生。所以，只能求助专科医生，可医生除了开一大堆不痛不痒的药外，似乎也没有更好的办法。她不甘心，那么生猛，像钢铁一样的男人，怎么突然就绵软下来，瘫在那里，简直就像个巨型的人肉馒头，一天到晚横在屋里，专等疾病把他吃掉似的。她以前在卫校学的是中西医结合专业，毕业后又拜了一个老中医为师，跟着老中医学了一年多。虽然医术学得不精，但中医的神奇疗效，她却是见识了的。她就想，能不能从中医方面入手，想点办法呢？为此，她专门查了一下百度，想了解这种疾病更多的信息。百度显示，重症肌无力患者通常有如下症状：

1. 眼皮下垂，视力模糊，复视，斜视，眼球转动不灵活。2. 表情淡漠，苦笑面容，讲话大舌头，构音困难，常伴鼻音。3. 咀嚼无力，饮水呛咳，吞咽困难。4. 颈软，抬头困难，转颈、耸肩无力。5. 抬臂、梳头、上楼梯、下蹲困难，上车困难。

宁海燕就联想到丈夫平时的表现果然不正常。比如眼皮下垂的问题，刚开始，她还以为是他干活太累，精神太差，才睁不开眼。比如构音困难的问题，有好几次，她还向他发火，说一个大老爷们儿，怎么学得像个小孩儿似的，话都说不清！再比如，咀嚼无力，吞咽困难的问题，一顿饭，他往往要吃一个多小时，最少也要花四十多分钟。她在医院越来越忙，回到家，就想早点收拾停当，好休息。有时候就会没好气地嘟囔几句，吃顿饭，有那么困难吗？再不赶快刨下去，一会儿自己洗碗！特别是爬楼梯，就更让她气不打一处来。她家原来住的是老房子，不是现在住的电梯房，六楼本来也不高，但丈夫总是爬一步，歇一下，爬一步，歇一下，边歇，还边不停喘气。爬上六楼，少说也得十几分钟。这时候，她通常都是把儿子手一扯，咚咚咚就先行上了楼。嘴里有时也不闲着，才三十多岁就成了这样，要是到了七老八十，还不得我天天背呀。他倒还好，任她骂骂咧咧，从不还嘴。

如今看来，是错怪他了。

宁海燕来不及内疚，却被百度信息上一大堆这困难，那困难压得有些喘不过气来。她觉得，她就像一口快要被抽干的水井，空落落的，凉丝丝的，那种瘆人的感觉，直抵心底。好在她也查到了，这种病，的确是可以用中西医结合的方法来治疗的。可是,到底怎么个治疗法,百度却没有一个权威统一的说法，看来，还是要求助医生才行。

晕头转向兜了个大圈，一切似乎又回到了原点。

宁海燕思来想去，决定去找师傅，那个已经八十出头，医术十分精湛的老中医。师傅把了脉，看了看舌头，翻了翻男人的眼皮，又拿听筒往胸前靠了靠，开了几味药，也不多说什么，只道，先抓三副，吃着看吧。

4

宁海燕是被邻座的人拍醒的。请让一下。乍一听，语气十分有礼貌,回头再一望,眼神却无比冷峻,神情更是满脸的厌恶。宁海燕知道因为睡得太沉，挡了别人的路，只好一边说着对不起，一边提了行李，随人流下了车。

到云阳，已是晚上八点多了。她不敢再耽搁，径直往家赶。刚到楼下，脚步就不由自主地慢下来。借着灯光，地上暗黑的污渍还影影绰绰。血迹当然早就被清洗掉了，但或许人是在深夜掉下来的，早上才被发现，毕竟浸泡得太久，地板也是一般的石料，所以短时间内，污渍很难被彻底清除。她的身上突然就起了一层鸡皮疙瘩，汗毛直竖，一股没来由的恐怖感深深攫住她的心。她赶紧把目光移到别处，快步绕过那一片污渍。

屋里没人。

门窗紧闭。

她捂着鼻孔，愈加透不过气来，却不敢过去把窗户打开。这是刚买两年的新房，二十八层，一百五十个平方，在整个小区算是大户型。丈夫这几年一直在家休养，没法出去干活。也就是说，房子是她一个人，一分一厘辛苦挣来的。以前，只要一想到这个问题，她就会对自己油然而生一股敬意。她觉得，在这个小县城里，自己真正算得一个女强人了。可是现在，当她坐在冰凉的板凳上，对这所倾注了她无数心血的新房却无比陌生。

这是她的家。

她却没有一点回家的感觉。

不但没有回家的感觉，甚至，她还有点害怕。丈夫生前最喜欢坐在靠窗的那把藤椅里，盯着窗外的远山，树影，流云，或者聆听着江水无声的喘息，以及偶尔一掠而过的鸟鸣，默不作声，一动不动。有时候，半天，或一天，就那样悄无声息地消失在时光的隧道里。

现在，他果真就消失在他向往已久，暗无尽头的隧道里了。他如愿以偿，永远地扑进了那些远山、树影、流云、江水和鸟鸣的怀抱里了。

可是，照道理来说，他是没有理由选择这条不归路的。他的病虽然没有彻底治愈，却在师傅的中药调理下，逐渐有了好转。吃饭虽然依旧拖，但能嚼能喝，基本的营养还是跟得上。走路虽然依旧慢，但不依靠旁人，完全能自主行走。也就是说，与病情最严重时相比，后来的他还是有一定的生活自理能力的。

有好转，就有希望。

他为什么要把这希望的火苗亲手掐灭呢？

肯定不是因为疾病的折磨。宁海燕望着那紧闭的窗户，想，他需要多大的勇气，才能从那个窗口一跃而下啊。要知道，他平时走路，都不见得很稳当，要爬上半人高的窗台，需要付出多大的努力啊。他到底是怎么做到的呢？

她的眼前，仿佛就出现，他正战战兢兢从藤椅里站起来，走到窗前，打开窗户，双手往窗台上撑了撑，却无力地败下阵来。但他并没有气馁。他转回身，盯住了与他相依为命的那把藤椅。于是，他来到藤椅后背，拿肩抵住，使劲向前推。藤椅就像在沙河里的一条小渔船，吱嘎着，慢慢往前移。终于抵拢了墙，他如释重负，仿佛大功告成一般。他全神贯注，决定奋力一搏。但他终究无法将全身的力气释放出来，只能像一条被渔船网住的鱼，大口喘着粗气，沉滞地被一只无形的手拖拽到船上，然后，不甘心又孤注一掷地，向上一蹿，再往前一跃。她看到他解脱得如此决绝，没有丝毫犹豫。仿佛他所有的吃药与休养，都只是为了保存最后那点体力，可以纵身一跃。

她忽然就有了一股深切的负罪感。

也许，对于她的秘密，他早就洞若观火。

他身体的疾病，并不代表他智力的疾病。

他不说，并不意味着他不知。

她当然有她的秘密。一个三十来岁的女人，正值花样盛放的时节。面对一个如此虚弱无能的男人，怎么可能没有自己的秘密呢？

事情发生质的变化，是从那次丽江之行开始的。

每年国庆前后，双龙卫生院都要组织职工外出旅游，算作福利的一部分。所以是国庆前后，而不是刚好国庆节，倒不是因为考虑到国庆出行人太多，有意要避开高峰，主要是医院不比其他单位，不可能一把锁把大门一关，将病人摞在一边，所有人预备，跑，一窝蜂全跑出去。而是一部分人值守，一部分人出行，待外面的人回来，值守的再出去。这样分批轮替，既能保证医院的正常运转，又能照顾职工的切身利益。这一批出行的有二十多人，大家意见并不统一。一些人要去海南，一些人想去云南。最后，有人说，干脆，分头行动吧。又不出门打鬼子，非要绑在一起提高战斗力。这个意见很快得到大家的一致赞同，有的点头，有的拍手，有的尖叫，都纷纷表示附和。有些人还开起了玩笑，就是就是，就算要打鬼子，也可以分头行动，再合拢包抄嘛。

于是就分作两路：一路往海南；一路去云南。宁海燕和惠远治最后都去了云南。本来，宁海燕是很想去海南的。长到二十多岁，她还从来没有去过海边。要知道，漫步在金色的沙滩，热切地寻觅着蓝色海面上，那些上下翻飞的精灵——海燕的倩影，听一听她们嘹亮优美的啼鸣，可是她一直以来的梦想啊。这样一个美好的梦想，就像一幅流畅自如、清新怡人的图画，从她的孩童时代便挂在了她的脑海里。但惠远治说，还是去云南吧。海南我已经去过了。本来，惠远治已经去过海南，这跟宁海燕去不去海南也没什么关系。宁海燕完全可以有自己的选择。但是，宁海燕没有多想，很自然地就选择和惠院长站在同一个阵营，去钻同一条战壕。这或许跟前几天惠院长找她谈话有一定关系。惠院长说，海燕同志，你来单位也有些时日了，经验有了，病人也有了。我看，是到了可以考察一下的时候了。

宁海燕没有问考察什么，或者考察的目的是什么。她只是很谦逊地说，我做得还不够。但接着就明确表态，我也不懂什么考察，我都听院长的。其实她心里是再清楚不过了。妇产科主任刚刚调到重庆去了，主任的位置就那么空落落地摆在那里。说到考察，这不是癞头上捉虱子——明摆着的嘛。

她既然说都听院长的。当然就要听院长的。院长说还是去云南吧。于是，她就跟他去了云南。去云南这一路有十来个人。除了惠远治和他的司机，其余都是女人。惠远治虽然带着司机，但并没有开车。一是人多，坐不下；二是路远，司机开着也累，容易疲劳，不安全。女人们也说，还是去万州坐飞机好，直达昆明，一个半小时就到了，又快又舒服，还精神。

途经昆明，他们没有停留，又直接往丽江而去。

到丽江，天色已经很晚了。安排住宿的时候，惠远治故意提高嗓门儿，对司机说，我晚上睡觉喜欢打呼噜，家里那位时常抱怨，简直就跟打雷一样，你怕是睡不好。我们分开住单间吧。话音未落，马上就有人半开玩笑半当真地喊，惠院长，一起出来玩儿，待遇也要分个三六九等啊？惠远治等的就是这句话，立马绽开笑容，大度地说，不要你提醒，单位知道安排。回头又对司机说，每个人都开单间。一路上累得很，大家都好好休息一下。

夜已经很深了，宁海燕却翻来覆去睡不着。她重新坐起来，下了床，把窗帘拉得死死的，缓缓脱了睡衣，白皙光滑的肌肤就裸露在柔和的灯光下了。她还三十岁不到，生命的活力就像灶膛里的火苗一样，时不时都要向外探个头。每当这时，她总是硬着心思给自己泼出一盆凉水，让燃烧的激情慢慢冷却下来。心里却不免生出一股怨气，她怨的不是别人，却是生病的丈夫。

她在心里恨恨地说，难道我真的要守一辈子活寡？

她不敢再往下想，急急起了身，到洗澡间，开了闸阀，满头凉水便簌簌地罩了下来。但这毕竟不是云阳，丽江的海拔要高出不少，晚上气温自然要低些。水一下来，全身就不停哆嗦。赶紧关了冷阀，转到热阀。细细的水丝慢慢温热起来，像无数轻柔的指尖在快乐地挑逗。宁海燕先是感觉体温在逐渐上升，然后就浑身燥热起来。她不由自主地伸出双手，轻轻地，柔柔地滑过，然后在身体的每一个细微的角落，暗自用力，抚摸。

宁海燕醉了。

宁海燕要燃烧了。

宁海燕出不了气了。

宁海燕快死了。

宁海燕想要大声喊出来。砰砰砰！房门响了。虽然敲得很轻，但她确实听到了。房门的响声像一记响亮的耳光，猝不及防地抽到她脸上。她顿时就觉得脸上火辣辣一片，被灶膛里喷出的火苗舔得嗞嗞作响。

她慌不择路地逃出来，手忙脚乱地穿好衣服，才涩涩地问道，谁呀？都这么晚了。声音抖抖的，就像刚刚做了错事的孩子，极力想掩饰内心的恐慌，却被自己的声音毫不留情地出卖了。

我！来商量一下妇产科的事！门外的声音压得很低，不仔细听，还以为是外面马路上汽车低吼而过的喷气声。宁海燕的心一紧，说不清是一种什么感受。有点害怕，有点羞涩，有点抗拒，又好像有点期待似的。脚下就像被黑白二煞牵引着，又像被强大的磁石吸住了，一步一步，无力挣脱，向门移去。

从丽江回来，宁海燕很快就被提拔为双龙卫生院妇产科主任。从医生到主任，宁海燕只用了短短两年不到的时间。有时候，她也会有点轻飘飘的自鸣得意感。她觉得生活终于跟她沾上了亲，不再那么面目可憎，不再那么让人恶心难受。有那么几回，她甚至都觉得快成了生活的新宠儿了。慢慢地，她想开了。她想，就像现在这样，也蛮好。工作上顺风顺水。家里面虽然有个像废人一样的重症肌无力患者，但那又有什么关系？

一切该满足的，她都能得到满足。

人的一生，不就是想方设法让自己得到满足吗？

5

出神之际，一阵急促的电话铃声响起。

是儿子打来的。宁海燕赶紧摁了一下“接听”。那边声音很咽哑，有气无力，仿佛已经很久很久没有休息一下似的。妈，你在哪儿？怎么还不回来？毕竟是儿子，虽然心有不满，但说话不像其他人那么冲。有责备，似乎也有关怀。宁海燕鼻头一酸，说妈在家里呢，刚到。儿子说，那你赶紧回老家来吧，今天晚上坐夜，明天一早，爸就上山了。宁海燕全身一片荒凉，说好的，妈马上就赶回去。她看了看时间，已经晚上十点半了，回老家，至少要一个半小时，等她赶回去，至少都十二点了。

她不敢再耽搁。以她现在的身体状况，她也不敢开车。现在下楼去叫出租车，应该还可以叫到，如果再晚一点，那就未必了。

于是，关了门，匆匆下楼。

从出租车上下来，很远就听到了老屋那边丁零咣当的锣鼓声、铙钵声、唢呐声，以及人群的鼎沸声。虽然已至午夜，浓密的竹林却遮盖不住强劲的灯火，万千光斑从密密麻麻的罅隙中穿透出来，映红了头顶的半片天。宁海燕从公路边的小径斜插下来。是土路，坑洼不平，伴着许多细小的石子，高跟鞋一踩上去，半截身子就左摇右晃，像打摆子一样。好几次，她都差点歪倒在地上。她就有些后悔，只顾着要打扮得跟往常一样，以免引人猜疑，可这得遭多少罪啊。这个时候，她多么希望脚上穿着的是一双普通的平底布鞋，一步一步，踏踏实实，身子不歪，心不跳啊。

眼看着五十来米的距离，宁海燕硬是走了差不多二十分钟。好几次，她都想打儿子电话，让他来接一下。可她到底忍住了。她显然意识到，这个时候并不是显示虚弱的好时机。可恨手机也要故意跟她作对似的，打开“电筒”，还没走几步，居然电就渐渐弱下来。走着走着，就无光了。她只能凭借着不远处从竹林密缝中渗透出来的那些星星点点的光斑，一瘸一拐，像个步履蹒跚的老妇一样，艰难地向着前面那团巨大的光晕挪步。

多么熟悉的一条路啊，她却像走了好几个世纪。她从来没有想到，这条她和丈夫走了无数次的土路，现在却像一根脆弱的丝线，一头被躺在棺材里的丈夫死死拽着，一头缠系着她翩飞的倩影。然而，这是一种多么脆弱的牵扯啊，随便哪个方向的一阵风来，她就可能一头栽倒……

众人看见宁海燕独自从黑暗中出来，一时都哑了声，连墙边那一桌热浪滔天的锣鼓声、铙钵声、唢呐声，都好像突然受了风寒一样，停下来哆嗦了好一阵，才又如梦初惊般重新燃烧起来。是的，只有燃烧起来，大家才感觉暖和一点。有几个近亲慌里慌张赶过来，帮的帮穿麻衣，替的替戴祭章。没几下，就把她打扮得合情合理了。接着，就像梦游一般，她被引领到了丈夫的棺材前。

现在，她唯一能做的，就是见他最后一面。

然而棺材是盖着的。并且已经封死了。

明天就上山了呀。在她回来之前，他们把该做的一切都做好了。

一层薄薄的木板，把曾经同床共枕的两个人生死相隔。

她突然觉得一阵难受。她突然就想一阵号啕。生命是如此脆弱。生命又是如此荒谬。乌黑的棺木发着贼眉鼠眼的光，像极了丈夫耷拉的眼皮，时不时向她这边闪闪烁烁地偷窥几眼。

她心里就生出了无限的怜悯。她可怜她的丈夫。生而为一个男人，却不能像一个男人一样活着。她可怜她自己。生而为一个女人，却不能像一个正常女人那样盛放着。她还没来由地可怜起惠远治来。他身而为一院之长，却连一个亲生的子嗣也没有，全要仰仗她的投怀送抱，才能满足他如此普通而卑微的理想。她可怜那个一出生就注定不会清享太平的小生命，至今还蜷在重症监护室的保温箱里，不能在母亲怀里撒娇，甚至不能自由地哭闹。

她感觉她的眼眶慢慢潮湿了。

她感觉她的面颊好像有无数条蚯蚓爬过，然后滚落下来。

她好像听到背后有人在窃窃私语，哭了哭了！你看，她到底哭了！

原来，人们一直在等着她哭。原来，人们一直在等着她像其他所有媳妇那样，在死去的男人面前痛哭流涕，死去活来。原来，人们一直在担心，如果她哭不出来，该是一件多么羞耻，多么难堪，多么尴尬的事啊。她突然可怜起这些善良的人们来了。他们那么好心，那么仁慈，那么急人之所急，忧人之所忧，如果她不哭出来，又怎么对得起他们这一片赤诚之心呢？

她没有回头。但她相信，她的儿子，她的婆婆，就在身后的那一群人之中。可是他们，为什么就是不露面呢？对，他们在等着她哭啊。于是，她就放开手脚，痛痛快快，无忧无虑地哭起来。那哭声，就像一条无边的洪流，流过人们的脸庞，漫过老屋的灯火，向更广大的时空倾泻而去。

第二天上山。送葬的队伍才惊奇地发现，这个据说已经飞黄腾达的小寡妇，这个在前几日还被人在背地里指指点点，不管男人死活，连葬礼都不愿意回来参加，只顾自己在外面快活的小娘儿们，居然如此虚弱。蜡黄的面色，明显因为悲切而哭得有些扩张的脸盘，根本无心去梳理的一头蓬乱干枯的发丝，还有那邋遢得实在宽松过头的衣袍，怎么看，都像一具空心的皮囊，仿佛一阵风来就要把她灌满，可真的一阵风来，又似乎马上就要被吹翻在地。

人们就惭愧地埋下了头。嘿咗嘿咗上路了。

人们在无声地自责，也许，真的错怪了眼前这个女人。

这个女人，这个曾经那么孤傲的女人，这个曾经那么硬朗的女人，这个曾经那么自命不凡，在村人面前仿佛目空一切的女人，现在，因为痛失亲夫，变得多么弱不禁风，多么不堪一击啊。

宁海燕也觉得自己快不堪一击了。她下意识地抬起手，摸了摸直往下坠的小腹。那里，正在隐隐发疼。动手术才几天啊，她就不得不装着若无其事的样子，没日没夜，风尘仆仆，回来奔丧。

道士在前面开路。儿子就在身旁。儿子的脸冰冷得像块被雨水淋湿的石头，一言不发。从昨晚回来，除了他打来那个电话，问她在哪儿，她再没有机会跟儿子好好谈一谈呢。一眨眼，都是十七岁的小伙子了。他爸爸生病那年，他才九岁，一晃，八年就过去了。时间过得真是跟风车一样快啊。小时候，儿子最喜欢玩儿的就是风车。把腮帮鼓得像圆滚滚的皮球一样，噗的一声,满嘴的风一出去,风车就扑棱棱地转起来。她忽然就发现,自从她独自承担起家庭的重担，这八年，她又何曾真正与儿子好好谈过呢？这一次，如果不是因为他爸这件事，或许他和她，虽然一个在重庆读卫校，一个在重庆进修妇产科，恐怕还是一个在东，一个在西，各自忙各自的，根本无暇相见。

然而，她又略一迟疑，真的是无暇相见吗？

他们，真的就忙到连见上一面的时间都挤不出来吗？

她又下意识地把手伸到了小腹那里。可是那里，除了刚刚缝起来的瘪瘪的一团赘肉，什么都没有了。

她，被掏空了。

婆婆一声划破长空的悲鸣惊醒了她。我的儿啊，你死得好惨啊。天底下那么宽的路你不走，为什么偏偏要走这黄泉绝路啊？人们被这悲天悯人的嘶号深深感染，纷纷挽起袖管往眼睛上抹。宁海燕哭了一宿，此刻却无比疲惫而麻木，怎么也哭不出声了。

坟头已垒好。道士叽里咕噜了好半天，也不知道叫嚷些什么，忽然回过头来，稀奇古怪地问了声，要见亡人最后一面不？近旁的几个人愣了一愣，还是婆婆反应快，恍然道，见，要见！当然要见啦！接着又泪眼婆娑地呼喊起来，我的儿啊，你在那边要好吃好住，千万不能像在这边那样，天天委屈自己呀。

道士吩咐端来一盆清水，冷静地来到新坟前面，用脚丈量了几回，又拿出罗盘对了一对，看看是正中央了，才放下手中水盆。又抬头望望日头，取出一面铜镜，成四十五度角，斜置在水盆边缘。道士说，正午十二点整，赶紧往这铜镜上看。

没过一会儿，日头当顶。明晃晃的日光像金色的瀑布一样落下来，叮叮咚咚地掉进水盆里。圆溜溜儿的太阳就像儿子小时候的脸，红彤彤的，粉嫩嫩的，害羞似的映到了水面上。就听到婆婆突然一声大叫，我的儿啊，你别走啊，别丢下妈一个人在这世上遭罪啊。说着，双手就要往铜镜上抓去。道士伸手一拦，说老嫂子，动不得，他这是要过奈何桥呢。儿子也在一旁大叫起来，妈！妈！快看！快看！爸爸飞起来了！爸爸向西边飞走了！宁海燕一个激灵，回过神来，急切地往铜镜上望过去。可是，除了稀里糊涂的一团光晕，她什么都没有看到。

人群中就轰隆一声响，一时间炸开了锅。有人说，看到了，看到了，是往西边飞走了。有人疑惑地说，我一直盯着镜子呢，咋就没看到呢？你火眼低呗，对方很不屑的样子。

宁海燕没有看到丈夫最后一眼。

她不知道是不是因为自己火眼低。

但是，她却没有因此而感到丝毫遗憾。在人们疑神疑鬼的争论声中，她只觉得全身的汗毛都竖了起来。一种从未有过的恐怖，深深地攫住她的心，使她动弹不得。

宁海燕动弹不得，却是千真万确的。婆婆像着了魔一样，突然扑过来，用她干瘪得像千年枯藤一样的双手死死掐住她的脖子，既悲愤又凶恶地叫喊着，你这个挨千刀的死婆娘，你还我儿子啊！

宁海燕随她掐，任她吼，有好几回，她差一点就背过气去。但她没有动弹。她就像一个木偶一样，呆滞地盯着西边的天空。

她在心里说，掐吧，使劲掐吧。掐死了，她好随他一起去。

宁海燕这才明白，什么叫天下没有不透风的墙，或者什么叫纸终究包不住火。她总以为，她将自己裹缠得那么严实，没有透风的道理，或者她这点火苗那么微不足道，那么细小若无，肯定被周围那些熊熊大火映照得不值一提。然而，你火苗再小，那也是火啊。更何况，不是有句话，叫星星之火可以燎原。

婆婆的反应让她不寒而栗。或许，身边的这些人，对她所谓的不忠不实早就有了提防。他们先前之所以保持沉默，不过是因为那个曾经像瘫子一样闷在家里的男人罢了。他们想保有他作为一家之主的脸面，他们想保有他作为一个男人的脸面，他们或者只是简单地想，至少这个家的表面形式还存在，那么，就积点口德吧。那么，她的那些同事，朋友，亲戚呢？他们为什么也保持了沉默？难道，他们也同样是想保有她作为一个妻子的脸面，一个女人的脸面？或者，给这个家继续存在下去的可能和机会？

人们终归是善良的。

然而这善良，终于将她推向地狱的门口。

她跟丈夫唯一的区别在于：他死了，她却生不如死。他也许真的下了地狱，她却在这人间的炼狱痛苦挣扎。

她没有想到，事情其实还有另一种可能。也许人们早就在私底下说三道四，在她背后指手画脚了。只不过，他们没有让她听到，没有让她看到而已，她却天真地以为，那些难听的议论，那些不屑的指摘根本就不存在。

但她还是在想，人们怎么会知道呢？

她似乎想起来，有一个清晨，那应该是从丽江回来不久，他和她轻车熟路，又急不可待地温存了一晚。她随时都可能上夜班，他随时都可能出差，所以，没有人对他们的行踪有丝毫怀疑。但他们还是五点钟就起床了。他们想赶在人们还没出门上班之前，早点去单位。毕竟，县城只有这么大，车过去，车过来，就是那么几个人，有时候运气背了，说不定一抬头，就碰到个熟人。

他们做得很小心了。他把车停在离单位三百米左右的路边。他说，就在这里下吧。前面有个包子铺，顺便去吃点东西。她知道，他让她在这里下的真正原因，并不是因为前面有个包子铺，好让她去吃点东西，他只是怕再往前，很可能会碰到单位的同事。大清早，孤男寡女在一起，很容易引人猜疑。但她还是有点小小的感动。她宁愿把“就在这里下吧”这前半句省略掉，只选择性地记住那后半句“前面有个包子铺,顺便去吃点东西”。她太想被人关怀了。她记不清有多少个日子，没有被男人这样关怀过了。她是女人，但她更希望是男人的女人。她不想只做一个纯粹的女人。如果只做一个纯粹的女人，那她还要结婚、生子，还要养家糊口做什么呢？一想到养家糊口，她就有些堵得慌。这本该男人挑起的重担，现在却推无可推地落在了她一个女人的肩上。

但是现在，在小小的感动之余，她却有了那么一点小小的幸福。她往车窗外瞟了瞟，人很少，偶尔有那么几个，也只顾埋着头，行色匆匆，对周遭的一切都不闻不问的样子。她推开车门，脚踏实地落在地面。然而，她正要往包子铺走去的时候，一个熟悉的身影在眼前一晃，又向右一拐，急急而去。

那是单位的护士。

她看到了她，但她不能确定，她，是否看到了她。

她明明觉得，她的眼神往这边直直地扫过来，但那直直的眼神，也就那么盲目地，像敌人炮楼上的探照灯一样，例行公事地扫了一下，拐个弯，又向别处扫了过去。

很长一段时间，她都在仔细观察，发现那个护士在对待她的态度上没有明显的变化。一切都很正常。就好像一切都没发生。他没有把车停在路边。她没有从车上下来。她们，没有四目相对。

但是现在，她好像没有那么确定了。

她又想，丈夫呢？他又是怎么知道的呢？虽然他从来没有在她面前表露过对她一星半点的怀疑，但他的病情明明在好转，如果他不知道，为什么要选择在这个时候走上这么一条不归路呢？而且，这是一条多么丢人现眼，多么疯狂决绝的不归路啊。他是要故意向世人宣告他的不幸，他的不满，他的忍无可忍吗？他本可以有一万种死法，却独独选择了跳楼这一种，从二十八楼，从那个苦心经营，打拼多年才拥有的这个栖身之所，破窗而出，一跃而下。他是想告诉她，他对这个栖身之所，已经生无可恋了吗？或者，她对于他而言，已经生无可恋了吗？可是，她曾经那么努力地给他治病，她曾经那么辛苦地支撑着这个可以遮风挡雨的栖身之所。难道，这一切，他都看不到吗？

她相信他看到了。

但他还是选择了从这个栖身之所，义无反顾地跳了下去。

她痛苦地闭上了眼睛。她想象他从天而降的瞬间，他在想什么？他是在庆幸从此脱离了苦海，投向了永生的怀抱，还是突然间无比痛悔，不该如此草率地告别这个世界？常言道，好死不如赖活着呀。这么简单的道理，为什么他就想不明白呢？

她想不明白的是，他总是没日没夜地把自己关在屋子里，几乎不跟任何人接触。就算她回到家，他们之间也很少交流。他，又从何得知她的不忠不实呢？也许，他对她所有的怀疑，都不过是一种怀疑而已？

当怀疑重复一千遍，它就成了事实？

宁海燕是永远也想不明白了。每当惠远治开车到小区不远处的马路边来接她，或者送她回家，二十八楼的高处，那扇从下面看小得几乎可以忽略不计的窗口，永远有一双黑洞洞的眼睛在盯着她，看她上车，下车，看她急切而去，慵懒而来。

每一次，都是他在看她。他想，总该让她，看他一回了。

只一回，让她永生永世，牢记在心。

宁海燕到底没有被掐死。

众人一窝蜂上去，手忙脚乱，把呼天抢地、拼死不活的婆婆拉开了。有过这一回，宁海燕的心反倒平静了。她想，这样也好，这样就算两清了。她不欠他们家什么了。她跪在原地，反过手臂，拢了拢被抓散的头发，又从肩头拈下那几缕被扯下来的青丝，憋了一口气，轻轻往空中一吹，那几缕缠在一起，扭来扭去的青丝就飘散在强烈的日光里了。她根本不去理会婆婆，不，那个老女人，像被疯狗咬了一样，挣扎着，还要继续扑过来。她只是鄙夷地瞥了一眼那张狰狞得已经变形，完全就像魔鬼一样的老脸。

然后，她起身，拍了拍膝头的泥灰。

然后，她就转身离开了。

儿子在后面大哭。她没有回头。

儿子在后面大喊，妈妈，你别走！她没有听见。脚下像一阵风一样,把她的整个身子都卷起来了。她想停,也停不下来了。

她在心里说，宁海燕不是生不如死。

宁海燕，是真死了。

6

宁海燕当然会破茧成蝶，浴火重生。

她在这个世界死去了，一定会在另一个世界复活过来。

不然，她那个才怀七个月就被强行拉扯到这个世界的孩子，该到何处去找到他最初，也可能是最后的一点温暖呢？她是他的母亲，她却像个人贩子一样把他藏起来，不能光明正大地见人。

回县城的客车上，宁海燕越来越有一种无家可归的凄楚感。如果家只是一个可以吃饭、睡觉、上厕所的地方，她自然是不缺这样一个地方的。而且这个地方还相对比较舒适，比较方便。但就算是这样一个比较舒适、方便的地方，她现在也已经不想再回去了。不仅仅因为害怕，无论如何，那里都是一处名副其实的凶宅了。她不想回去，其实还有一个更重要的原因，她不想再陷入无边无际的孤独之中去了。孤独是比恐惧更难以忍受的情绪。她踏进那扇门，就好像一脚踏空，被人推进了无底的深渊，又像被一股无形的妖风刮进了一望无际的沼泽，你越挣扎，就越往下陷。如果更准确一点，当她进入那间空旷得令人窒息的屋子，她更像一只被飓风吹得晕头转向，全身被万千雨点像箭一样射得根本无法张开羽翼的海燕，在波涛汹涌的海面上，幻想着疯狂爬升，最终却无情下坠。

她想象不出命运的结局。

诡谲无边的大海，本是海燕自由腾空，高歌猛进的天地。她从来都没有想过，那些翻滚起伏的浪涛，会成为埋葬她的墓园。

她想，还是给惠远治打电话吧。也该问问孩子的情况了。

拨了好几次，都是：对不起，您拨打的电话已关机。宁海燕有些狐疑，照理说，孩子现在情况危急，他应该随时保持电话畅通才是。他当然应该想到，只要她一得空，肯定就会跟他联系。可是——难道手机没电了？他是院长，电话多，电池消耗快是最合理的解释。那就等等再打，她不急。现在，她有的是时间去处理那些烦心事。

马上就要从江南过长江大桥，她有点害怕，又有点期待地抬起头，向车窗外望去。对岸，那片崭新林立的高楼，正是她家所在的小区。可是，一幢，两幢，三幢……那些看起来一模一样的楼宇，明明就在眼前，她却找不到她的家到底在哪儿。是啊，她的家，到底隐藏在哪一幢呢？

家，也跟她玩儿起了捉迷藏啊。

宁海燕决定不在云阳停留了。她打算立即去万州，坐高铁回重庆。

一路上，她归心似箭。

一路上，她不停给惠远治打电话。可是，电话里传来的依然是那句：对不起，您拨打的电话已关机。她的心开始慢慢不安起来。她想不明白，这是为什么？这么久了，手机要充电也早完成了。他为什么还不开机呢？难道，手机丢了？或者，手机坏了？不，不可能。就算丢了坏了，他知道她着急，一定会想办法告诉她。

那，这到底是怎么回事呢？

宁海燕怀着深深的疑虑，终于在傍晚时候回到了江北那家医院。她直奔病房。她想惠远治如果不在监护室那边看孩子，就一定在这里。

可是，惠远治不在。

惠远治找的那个保姆也不在。

他们住的是VIP套间。套间里只有一个人。一个女人。一个五十出头，容颜姣好的女人。一个皮肤保养得跟实际年龄明显不相称的女人。一个宁海燕认识却永远也不想直面的女人。

女人见宁海燕进了病房，冷冷地说，这么快就回了？宁海燕又羞又恼，但她强忍着，故作镇定地说，你怎么会在这儿？女人轻蔑地一笑，我怎么不能在这儿？我们家远治喊我来，我当然要来呀。如果换作你，他喊你，你来不来？宁海燕听她这样酸不溜秋的语气，心想不能在气势上输了她，于是回道，你们家远治这么离不开你，才走一两天就喊你过来，怎么现在又把你一个人扔在这儿了？女人冷笑两声，连正眼都懒得看她的样子，你的意思是，我自己撵到这儿来的？呵呵，我可不像有的人那么下贱！她把下贱二字说得格外的重，像手握一柄千钧铁锤，用力砸下来一样，仿佛她先前所有的铺垫，都是为了重重地砸出这两个字似的。

宁海燕不想跟她过分纠缠，适当的风度还是要保持。她掏出手机，又拨了起来。女人见状，不冷不热地讥讽道，你傻不傻呀，这个时候了，还在这儿白费力气。实话告诉你吧，他不会接你电话的。

宁海燕觉得，事情到了这一步，有必要静下心来，跟她理论一番了。她把手机重新装进兜里，说你怎么知道他不会接我电话？女人还是那副高高在上，目空一切的神情，我说你傻吧，你还不承认。搞得我都有点心疼你了。你想啊，既然我都在这里了，他又怎么可能再接你电话呢？

宁海燕心里砰的一声响，就像他每次一出门，随手把门一带，就把她一个人关在屋子里一样。她觉得事情有些不妙。如果真的像这个女人说的那样，是他喊她来的。那么，为什么呢？这本来是她和他之间的事情，为什么要把他的老婆牵扯进来呢？

我看你也怪可怜的。女人做出一副怜悯的样子，说这样吧，都是女人，我们就说点女人的真心话。就算死，也可以死得清清楚楚，明明白白。

宁海燕没有作声。她在静静等待女人的真心话。

我想告诉你的第一件事，是老惠已经回云阳了。女人顿了顿，她在拿捏下面的话该怎么说——如果不是卫生局通知他去开会，他现在也许还在这里。她好像觉得话不应该这样说，于是就愤然起来，这个老东西，不到最后一刻，硬是不死心。宁海燕从女人的话中至少捋清了几个意思：惠远治不在重庆；惠远治是被卫生局叫回云阳的；惠远治其实是不想这么快就离开的。也就是说，如果他还有一丝一毫的办法，他是不会撇下她们孤儿寡母的。这些话的第一个言外之意是，惠远治还是有良心的；这些话的第二个言外之意是，女人已经原谅了自己的男人，而且愿意帮他说话。

惠远治必须回去开会，她宁海燕又在奔丧，保姆一面不相识，才请没几天，怎么可能放心得下，所以女人上重庆来，原来是被逼无奈的一步棋啊，所以，既然女人已经来了重庆，照顾孩子的事得到了解决，他又没法和她当面解释清楚，索性就关机了事，这，就是女人想告诉她的吗？宁海燕内心的悲凉又闷头闷脑地加深了一层。毕竟是结发夫妻啊。女人对自己男人深恶痛绝的原谅，让宁海燕既嫉妒又伤感。

我想告诉你的第二件事，女人突然把语气放得十分轻缓，面色也柔和了许多，就像在玩儿川剧里的变脸，瞬间就变了个人似的。我和老惠商量过了，孩子就由我们来养。宁海燕的心就像被鞭子狠狠地抽了一下。孩子的抚养问题，她和惠远治讨论过。惠远治说，我让你来重庆进修，一是为了生孩子；二是为了养孩子。宁海燕说，可我进修只有一年时间，到时候还是会回去。怎么办？惠远治说，既然出来了，为什么还要回去？你有进修本科文凭，又是副高职称，年龄也不大……她马上就明白了，是啊，我可以考啊。我是专业技术人才，找个档次低一点的医院去报考，应该没问题。事实上，在去海南旅游的前一周，她就已经通过了市内一家医院公开招考的笔试，就等着国庆节一过去面试呢。面试，哎，她现在这个样子，该怎么去面试呢？

我想告诉你的第三件事，女人眼中划过模糊而神秘的光，像在观察宁海燕的反应，又像在进行深不可测的谋划，是关于你马上要面试的事。宁海燕身子晃了一晃，到底还是站稳了。她完全没有想到，惠远治居然把她报考的事都向原配说了。她觉得自己就像一个妓女，被女人一件衣服，一件衣服地脱光，光溜溜儿地站在她面前，任随她挑衅的目光像机关枪一样扫射。

她鲜血淋漓，却无处逃生。

而面试呢？她突然心生一股恶毒的念头，面试，不也是把人变成妓女，然后被考官们一件衣服，一件衣服地脱光，光溜溜儿地站在他们面前，任由他们挑剔而挑衅的目光，像机关枪一样扫射吗？

挡得住那扫射的，最后留下了。

挡不住那扫射的，就被扫地出门了。

她终于忍不住，说我面试不面试，关你什么事呢？

女人呵呵一笑，这是她和宁海燕见面以来，第一次发出这么自然而爽朗的笑。本来呢，你面试不面试，是不关我什么事。但是，她故意将声调压得很低，走到宁海燕面前，歪着脑袋，像观赏一件器物一样，仔细盯着宁海燕的脸，然后冷不丁地冒出一句，可是，可是现在我就是考官呢，你说关不关我的事？

宁海燕没听明白，说你这是什么意思？

女人突然大声说，我的意思是，我现在就是你的考官，懂了吗？

宁海燕怔了一怔，终于哈哈大笑起来，笑得泪眼婆娑，笑得半天都直不起腰。她左手撑着膝盖，右手艰难地伸出来，不停地往女人面前指指点点，你，你是考官？哈哈，你别，逗我了。你不过就是个，哈哈哈，早就过气了的，女臭老九罢了。居然还想当我的考官，哈哈……

女人又恢复了她轻蔑的神情，仿佛连看都懒得再看眼前这个可怜的疯子一样的女人。所以说，再漂亮的脸蛋，都敌不过睿智的头脑。女人说，我现在可以让你生，也可以让你死。可悲的是，你死到临头，居然还笑得出来。

宁海燕还止不住笑，语带讥讽地说，我倒真想看看，你怎么让我死。

那好吧，既然如此，我就打开天窗说亮话。现在你有两个选择：要么放弃孩子，老惠会请重庆卫生局的朋友，帮你把面试搞定；要么我就去实名举报你，我相信，任何一家医院，都不可能欢迎一个小三去做他们的业务骨干吧？

宁海燕这才清醒过来，老女人果然所言非虚。她确实像考官一样，把住了她人生的命门。打蛇打七寸，她的七寸，被这个老女人死死掐住了。

宁海燕想，我该怎样回击她呢？

可是，无论她怎么想，也想不出一个回击老女人的办法。

正在这时，护士疾步向这边走来。见到屋子里的两个人正横眉冷对，有点诧异。小声嘀咕道，咦，这么快就换保姆了？接着高喊一声，孩子病情出现反复，家属快过来签字！

宁海燕全身肌肉猛地一缩，就感到心脏像一把喷雾枪，把包紧的一团血液猛地向外喷射出去。不及细想，她转身就准备往医务室跑。可是，一只干枯的大手像猫爪一样扳住她的肩头。向前的动力突然遇到向后的阻力，她一个站立不稳，差点就仰面倒了下去。耳边还传来一个很奇怪的叫声，你还不明白吗？你没权利去！然而她终归站稳了，循着阻力的方向，扬手顺势一挥。只听啪的一声，女人的脸上就挨了重重的一巴掌。女人愣了一愣，立刻反应过来被打了。于是她愤怒了，她咆哮起来，你打我！你居然敢打我！我，我跟你拼了！女人像一头发狂的母狮，上前一步，一把揪住宁海燕的头发，扭打起来。

宁海燕是那么虚弱。

宁海燕才刚刚动手术没几天。

宁海燕这才想起，这一天来，她连一粒米星都还没闻到呢。所以，没几个回合，她就被女人制服在地了。她喘着粗气，像一只受伤的困兽，无比凶恶，又无可奈何，瞪着一双血红的眼睛。完全是要把对方吃下去的架势，可是她终究没有把对方吃下去的力气，只能满眼里充溢着无限的仇恨。

护士吓坏了。一边后退，一边高喊，来人呀，快来人呀。要出人命啦！

女人把宁海燕压在身下。她的脸上满是抓挠的血痕。可她顾不了那么多，她必须让身下的这个女人屈服。有那么一刻，她突然觉得，她压着的，不是一个女人，而是一个男人。对，是男人！她一下想明白了，她压着的是惠远治呀。这么多年里，她不是一直都把惠远治死死地压在身下吗？她不能让他跑！她必须要他屈服！然后她又觉得，她压着的不是一个人，而是两个人。她压着惠远治和这个臭不要脸的两个人呀。你们不是要在一起吗？好！我就成全你们！我就让你们在一起好了。我就让你们一起压在我身下，永远也起不来！

永远也起不来。孩子也是我的！她对孩子的渴望，从来都没有这般强烈。她是一个女人，她必须有自己的孩子。惠远治老是在外面拈花惹草，不就是嫌我不能生孩子吗？

楼道里传来咚咚咚的脚步声，越来越近。

宁海燕腹部传来一阵阵剧烈的疼痛。有人在喊，血！血！流血了！宁海燕就觉得，缝合的伤口撕裂了。小腹那里，就像有一口泉眼，或者就像烧开的高压锅一样，体内的血液，正在汩汩向外冒。有人过来想把她们扳开，可是试了很多次，都没有成功。她们就像两个连体的姐妹，紧紧地搂抱在一起。人们不知道到底怎么回事。不知道她们是谁，不知道她们是什么关系，不知道她们为什么会扭打在一起，甚至不知道，她们谁才是孩子真正的母亲。是啊，每天病人那么多，谁记得谁呀！

宁海燕慢慢闭上眼睛。

宁海燕没有力气做任何反抗了。

宁海燕虚脱了。她的眼前出现了一幅巨大的图画。那是一幅多么美丽，多么迷人的景象啊。阳光洒下来，像无数金色的丝线披散在孩子身上，蓝色的海面像草席一样铺展在眼前，好像随时都在欢迎她和孩子躺到上面去休息。休息，是啊，她多么想躺在上面去好好休息一下啊。躺在柔软的海面上，聆听大海的声音，欣赏海燕翩飞的倩影。这不是她一直以来的梦想吗？

她觉得自己的双臂在迅速羽化。她的全身上下都长满了稠密的羽毛。她离开海面，腾空而起，向着日头，扶摇直上。

宁海燕终于变成了一只真正的海燕。

狮子岩

1

高光明能够当副校长，完全是因为我。

虽然我那时候,不过是个屁大点的孩子。

这话说起来有点绕，但这就是事实。要把这个事实阐述清楚，则需要更绕一点的话去交代前因后果。那时候，我父亲刚调到建新小学做校长，一是因为人还年轻，毕竟没有多少经验；二是刚到新环境，还缺特别得力的助手；三是他本身就是个责任心特别强的人，凡事喜欢亲力亲为，所以，虽然学校就是那么个小小的院落，一个天井似的操场，一圈环绕操场、首尾相衔的土砖房，四四方方的样子，活像只去了外壳、空落落的火柴盒，大部分作了教室，少数几间用来办公，一天到晚，竟然还是连他的人毛都难得见到一根。我不知道他具体在忙什么，但我仅在中午、晚上两顿饭时才能见到他的模样，就知道，他一定为这所偏远的中心小学操碎了心。他那时候也还年轻，才三十出头，可他满脸的严肃、紧锁的眉头足以让人望而生畏了。望而生畏的同时，又不免令人心疼。不知道的人，还以为他就是个快年过半百的老头儿了呢。母亲呢？她教了两个班的语文，又要上课，又要改作业，时不时，还要将一些成绩特别差的同学带回来补课，边给他们补课边做饭，总之，我想她那时候最大的遗憾，恐怕就是没有孙悟空的分身术了。

父母忙成了一锅粥，只知道咕噜噜地在锅里冒泡，自己被煮烂了，捣碎了，都完全不自知，又满不在乎的样子。我却在那些咕咕噜噜的气泡周围，偷偷地自得其乐。我常常以为，我与学校外面那片幽深的林子里，老乡家养的芦花鸡，其实没什么两样，我们一会儿快乐地奔跑，一会儿闲适地觅食。一忽儿独自默然神伤，一忽儿又汇合到叽叽喳喳的群体中去了。

学校教职员工的小孩聚到一起，确实是个不大不小的群体。粗略一算，少说也在十人以上。但我实在对那些“鼻屎浓歹”的家伙提不起多少兴趣，所以不愿跟他们在一起。但有时候，又忍不住要向他们走近。当初还小，说不出个所以然，现在来分析，原因可能有两个：一来，人都是群居动物，再孤傲的个体都免不了会有回归群体的念头；二来呢，多半就是因为高晓虹了。

因为高晓虹时常都在那个群体中，所以我有时候就会产生一种冲动，想要向他们靠拢。

说到这里，其实你也看明白了，高晓虹，就是高光明的宝贝女儿。

我对高光明的女儿本来也没什么好印象。虽然高光明比我父亲小了好几岁，但他女儿却和我差不多大。我对高晓虹印象不怎么好，首先还是因为她父亲。她父亲也并没有惹过我，而是他的那张刀疤脸，因为总让我心生恐怖，所以就比较反感。

那是一张怎样的脸呢？

简单一点说，就是从左边额头，经眉间，鼻梁的最上端，一直斜下来，至右颊最边缘，被硬生生划了一刀。我之所以叫“划”，而没用“劈”，是因为，虽然刀疤很长，却不深，愈合之后，只留下一道浅浅的印痕。幸而双眼没有受损，看起来还炯炯有神，也就是说，人的精气神还在。但毕竟有那么长一道疤痕，几乎将整张脸一分为二，所以给人一些恐怖的感觉，是必然的了。好在那双炯炯有神的眼睛，又完全可以称得上慈眉善目，扫一眼过来，既温情，又坚毅。这就让刚感觉有些恐怖的人，立马又像挤压的弹簧松懈下来。哦，这个人，就是面容有些古怪罢了，其实还算不得什么恶人。

高光明当然算不得什么恶人。彼时，他已经是学校的教导主任。我一直很奇怪，一个体育老师，是如何当上教导主任的呢？但他就是把教导主任当得风生水起。我是小孩子，自然不懂他用的什么方法，把学校众多师生的心都俘获了。大伙不但没有因为那张恐怖的刀疤脸就远离了他，反倒像众星捧月般，时不时就往他身边凑。

众人的反常举动，并没有改变他在我心目中的印象，更丝毫抬高不了他在我心目中的地位。只要一想到那道长长的刀疤，我就不由自主地瑟瑟发抖。我想不明白，那些身边的老师和同学，为什么就不怕他呢？为什么不一见到他，就撒腿跑开呢？

高晓虹是高光明的女儿。这是我不愿意看见的事实。高晓虹怎么可能是高光明的女儿呢？她那么漂亮，那么乖巧，那么伶牙俐齿，那么热情奔放。她跟他父亲走在一起，就好像魔鬼伴着天使，就好像一朵鲜花插在牛粪上！

这是一个多么难以置信的组合。

你能想象，当时的我有多绝望。

当我脑海里出现高光明形象的时候，我会竭尽全力，不让高晓虹出现在他身边；当我眼前浮现出高晓虹那靓丽身影的时候，我又会不顾一切，以赶尽杀绝的态度，将即将靠拢她的高光明一脚踹开。

但他们终究是血脉相连的父女。

而我，只是站在他们不远处，连上去打声招呼都不敢的小男生。

我能做什么呢？我只能偷偷地在内心里痛苦挣扎，企图将一个人从另一个人身边拽开。然后，将他们隔离，永生永世不得再见。

但即便我是小孩，我也知道，这样的祈愿无异于痴人说梦。所以，高光明和高晓虹，还是要天天在一起，这是必然的。而我的痛苦与日俱增，我的挣扎日益激烈，也是必然的。

我到底对高晓虹抱有一种怎样的情愫呢？真要说起来，还真是说不清。反正就是既爱又怜，既向往又排拒的那种吧。她肯定从来都不曾料到，因为有那样一个特别的父亲，会给她身边的这个男孩带来诸多的迷茫与烦恼。

这样说，其实又有些过了。一开始，我对高晓虹的印象并不怎么好，也不能完全怪罪到她父亲头上。即便把她的父亲抛开，我对她的态度，也依旧是有保留的。

细细想来，我对她那满嘴的蛀牙，确实抱有深深的成见。严格来讲，我的成见，并不是因为她那满嘴的蛀牙，而是那蛀牙背后，隐藏的更深刻的真相——她的家庭条件，显然是相当优越了。要知道，在那个年代，平常人家能吃上几颗糖已是十分不易。她呢？不但能吃糖，居然能把糖吃到连牙根都烂掉，吃到连牙齿都黑黢黢的一大片，那得要多优渥的物质基础才能办到啊。

所以在我看来，她那满嘴的蛀牙，非但不是她的缺点，反倒成了她的优点，成了她区别于学校其他小孩最耀眼的标志。我常常想，我的父亲是校长，可我一年到头都吃不到几颗糖，为什么她一个教导主任的女儿却能成天把糖包在嘴里呢？我开始羡慕她，然后嫉妒她，甚而至于在某个时期，我竟然都小肚鸡肠得有些愤愤不平了。是啊，凭什么呢？凭什么她比我们所有的小孩都过得好，过得甜美呢？我找不到答案，只能眼睁睁看着她一天到晚沉溺在蜜一样的糖水里。

但我还是想靠近她。

只要有她在的地方，我就想过去。虽然不敢走得太近，只是在离她几米远的地方就停住了。也不敢正眼看她，常常假装把眼抬起，好像在望天，又好像在望学校背后的那座狮子岩。总之，我想让她觉得，我的靠近与她是没有任何关系的。

她有时候也会看我两眼，很迷惑的样子。但很快又低下头，跑开了。

高晓虹跑到一群小孩中间，开始一起玩游戏。

那时候的游戏也没有多少新鲜的玩儿法。如果男女混搭，无非就是什么丢手绢啦，什么躲猫猫啦，什么老鹰捉小鸡啦，这样玩儿腻了，就换那样，反正只要有呼天抢地的尖叫，有霉运脱离的庆幸，有幸灾乐祸的刺激，就行。如果是男孩子，则更喜欢斗鸡，盘起腿，踮着脚，奋力冲过去，仿佛不把对方一下子撞个人仰马翻，誓不罢休。也有不擅长冲撞的，却喜欢慢悠悠地颠过来，突然一个起跳，连人带腿，猛地往对方膝盖处砸下去。个头儿大点的，一个趔趄，可能就站稳了；个头儿小点的，受了这一砸，盘着的腿，早就散架了。若是硬撑，只怕整个人就趴到地上，只顾着哼哼腔腔去了。哭是不好意思哭的，那么大圈人围在那里呢，不把你笑死才怪。也只能强忍着，待感觉稍微好点，才一瘸一拐地坐到一边歇着了。如果是女孩子，最拿手的还是跳绳。但很少有一跳到底的。倒不是她们自己不坚持，而是男孩子们总是在一旁捣蛋，不是横插一腿，把跳绳的节奏打乱，就是从半路杀出，突然起哄，把跳绳的那个吓得差点直接从半空中跌落下来，很难坚持下去。也只是骂几句，吵几声，不一会儿，又一起回到男女混搭的“传统节目”中去了。到了冬天，最常见的就是“挤油碴儿”。一群人拥到墙角，你挨我，我挨你，用力往前挤。被挤出队列的，又飞快跑到最后面，继续往前挤。就这样，循环往复，所有人只有一个目标，用力挤，赶紧把体内的热量挤出来，就不用挨冻了。这时候，也没有人记着分男女了。都冷得快成冰了，谁还在乎那些呀。

所有该玩儿的都玩儿过了，还是会腻。

怎么办呢？这时候，有一个领头的大个子就提议，走！我们去爬狮子岩！

2

狮子岩就在学校背后。大约两三百米的落差。人们之所以叫它狮子岩，而不叫狮子山，也许是因为整座山至少从外露的部分来看，几乎都是岩石。特别是面向学校的中间那一片，从上到下，像刀削过一般，直竖竖的，犹如一张坚硬而扁平的脸。又因为那张脸上，恰好有几个黑黝黝的洞口，组合在一起，活像狮子的眼睛、鼻子和嘴巴，周围的岩缝间，布满斑驳的杂草，或者摇摇欲坠的树丫，远远望去，使那张狮子的脸看起来有一种毛茸茸的感觉，显得更加栩栩如生。

然而这只是我以为的狮子岩的来历。小时候不觉得，长大以后,发现还是有牵强附会的地方。比如那些洞口,其实是炮眼。据说是新中国成立前有土匪在上面发现一个很大的山洞，于是在那里安了窝，又将裸露的豁口用砖堵死，再凿出几枚炮眼，便于观察和防守。果真如此，那么问题就来了。我所看到的所谓狮子的眼睛、鼻子和嘴巴，不过是几十年前人为堆砌、穿凿的结果。一座山被叫做狮子岩，难道是在那之后才有的事吗？显然,这有些不合常理。但这并不影响我们依然叫它“狮子岩”。

狮子岩之所以如此深刻地印在记忆里，并不是因为它为什么叫狮子岩，而是，我们在狮子岩上那一段惊心动魄的经历。

那应该是一个星期天的上午。年代过去实在太久远了，根本无法清晰记住。但既然那么多教职员工的孩子能聚在一起，向狮子岩进发，不是星期天，又是哪一天呢？要知道，那个时候我们可是上六天课，放一天假。我们出发的时候，阳光还很微弱，学校外面的田地里，还很少见到农民弯腰忙碌的身影。如果这些还不能说明那确实是上午，那么，还有几只也许熬夜晚起的公鸡，时不时在老远的某个屋檐下，也不知道冲着哪个方向，偶尔打几声鸣，我想，再怎么贪睡的公鸡，也不可能睡到下午才突然醒过来要“报晓”吧。

狮子岩虽然就在学校背面，但并没有直接上去的路。大个子是学校面房工人的儿子，他领着我们十来个小孩，出学校大门，一路往公社方向跑去。我有些纳闷，心想，这家伙到底搞什么鬼，不是说好的去狮子岩吗？怎么像无头苍蝇一样到处乱窜呢？我对行进路线的质疑并没有影响紧跟他们步伐的节奏，我也没有因为对狮子岩的好奇与向往，就冲淡了对高晓虹关注的兴致。事实上，大个子将带领我们去哪里，对我来说并不重要。重要的是，一路上高晓虹也在，就够了。

我当然不敢让她洞悉我的内心世界。

所以，高晓虹走在前面，我就故意落到后面。高晓虹慢下来，我就加快脚步，几个大步就蹿上前去。总之，我要与她保持距离。但这距离要适当，不能太远，也不能太近。我对“适当”的理解就是，大家必在这同一个队伍里，而且，一抬眼，或一扭头，都能看得见对方。

现在想想，那真是一种奇妙的心路历程啊。你明明对一个人有好感，却不能说，不能有丝毫流露。甚至，你还要让她觉得，你对她是排拒的，是冷淡的，是连正眼都不愿瞧一瞧的。这样一种情感，居然是萌生在一个小孩的心里，可见，人是一种多么复杂的物种。

大个子带我们长驱直入，到了公社背面，却突然向右一个拐弯，顺着缓缓抬高的山脊，沿一条被踩踏得光溜溜儿的土路，开始往上爬。我恍然大悟，哦，原来这家伙走的曲线救国路线。虽然那时候我并不知道“曲线救国”这个词，但大致的意思还是懂，学校后面没有直接上山的路，因为那山岩实在太陡峭了，于是他就带我们绕了一个很大很大的圈，最终的目的地其实还是狮子岩。

刚开始还顺利，大家兴致都很高，虽说是山路，却有人还是一路蹦蹦跳跳。对未知事物的新奇与探求，已经完全掩盖了孩子们心中的疲累。再往后，就有人受不了了。山路越来越陡，除了那个大个子还一如既往，勇往直前，一群小孩都累得上气不接下气，就差“爹呀妈”地叫起来。说来也怪，越往上，两旁的植物越稀疏，到了半腰，我们小小的身子几乎全都裸露在明晃晃的阳光里了。

总算到了两条道的交叉口。一条还在直冲云霄，另一条忽然向右，看起来是平坦的小径，却因为左边是硬邦邦的峭岩，右边虽然有一坡松软的草木，像一面长了绿苔的瓦屋似的，斜搭在半壁，人踏上去，就像踩在屋脊上，稍不留神，一个跟头就会栽下去。

这样的道路，照理说，我们是不应该上去的。如果那天只有我一个人，打死我也不敢踏上去半步。但是，纵然我们都是小孩子，但人的共同属性还是有的——即便是赴死，因为有了群体的存在，好像也变得不那么可怕了。再加上大个子一怂恿：好看的还在前面哈！于是，都跟着他鱼贯而行了。也说不清什么道理，正要上这条路，我一个箭步就到了高晓虹身后。这话说得有点夸张。事实上，自从开始爬那面斜坡，我一直都在高晓虹身后。准确地说，我是在队伍的最后面，她则始终保持着倒数第二的位置。只不过，先前我不愿离她太近，尾随在她身后大约三四米开外。我所说的一个箭步到了高晓虹身后，其实是说离她更近了，近到几乎可以触手可及。你可以说，我因为害怕，所以要到她身边才感觉到安全；你也可以说，我担心高晓虹害怕，所以要到她身边，让她能感觉到安全。到底是哪一种情形呢？我想没有谁说得清。

我唯一能说清的是，到了高晓虹身后，我就一直紧盯着她。生怕一眨眼，她就从眼前消失了。

高晓虹当然没有从眼前消失。她一个女孩子，竟然比许多男孩都胆大，一副天不怕、地不怕的样子。脚下更是如履平地，一点不发软。我跟在她身后，都有点力不从心的感觉。比如，前面明明是一截更窄的路，我以为她会放慢速度，或者侧过身子，向我伸出一只手来求助——我忽然发现，我之所以要到她身后，原来就是想她伸出一只手来向我求助呢。

然而不。

她不但没向我伸手求助，反而步伐迈得更快了。

快得我都有点踉踉跄跄，险些跟不上她的节奏了。

意外也就是在这时候，发生了。

高晓虹跟着前面的孩子往一块突兀的山岩上爬。爬上去，再横着向右走大约十米，就到了本次历险的重头戏——那个深藏于崖壁之内的土匪窝。我们所有人都明白，大个子说带我们爬狮子山，主要目的就是带我们来看这个土匪窝的。一群走起路来还屁颠屁颠的小孩，怎么欣赏得了那些与众不同的沿途风光？我们要的，不过就是一点新鲜的刺激罢了。一些我们从未见过的事物，就像扔进湖心的一块石头，兴许可以让平凡的生活荡起一圈涟漪。

我们就是冲着这一圈涟漪，才明知山有虎，偏向虎山行的。

要爬上那块突兀的山岩，大概只需三四步。高晓虹爬到中间，也许是速度太快，也许是临时怯场，脚下一个没踩稳，身子突然往下一坠——我的心，也跟着往下一坠。千钧一发之际，我本能往前一扑，想把手抬上去，托住她的双脚，然而自己的双脚却像踩在云层上面，身子，不由自主地沉了下去……

3

显然，我和高晓虹最后都安然无恙。否则，这个故事就没法继续下去了。高晓虹因为受了我一托之力，很快就稳住了阵脚，紧抱岩体蹬了几下，就上去了。我呢？却被一只强劲有力的大手从身后一把抓住，像老鹰叼小鸡似的，提起来，轻轻放在了原地。

我们谁也没有料到，会有这般戏剧性的场景出现。

我们所有人都惊呆了，扭过头，怔怔地望着眼前这个人。

高光明神情严肃，一语不发。因为有那么长个刀疤斜在脸上，看起来，就好像真的要杀人一样。

原来，高光明在家里、在校园内横竖找不到高晓虹这个人，毕竟是个女孩，做父亲的急了起来。一打听，才听说学校的一群孩子跑到公社方向去了。到了公社那边，又听路边人说，是有一群孩子，一路疯疯打打，爬狮子岩去了。他又风急火燎，赶紧跑了上来。到了队伍后面，又不敢吱声，生怕一个响动，就把前面的人惊了下去。只等到安全一点的地方，再把我们叫住。

然而，没等他把我们叫住，却将失足跌落的我一把抓住了。

高光明将我拯救于狮子岩绝壁的故事很快传遍了建新小学的每一个角落。所有见到他、没见到他的人都自觉自愿将他的英雄行为口口相传。特别是那群小孩，远远地看见他过来，全都一窝蜂地拥上去，也不知道嘴里叽叽哇哇叫的什么，只是散在他周围，像一群刚出壳的小鸡崽，带着无端莫名的兴奋，扑腾着稚嫩的翅膀，围在老母鸡身边打转。就好像，只要离他近了，他们身上也沾满了英雄的气息。

我没有像那些“小鸡崽”一样扑上去。我坐在家门口的地板上，用一根枯树枝轻轻地拨弄着成群结队、络绎不绝的小蚂蚁。我想象着我在它们面前，也是英雄般的存在。我可以轻松地将一只在墙壁上迷路的小蚂蚁“拯救”下来，让它空降到离它越来越远的队伍。我也可以将一只不知何故而受伤、行进异常艰难的蚂蚁直接送回它们的巢穴。我的内心充溢着巨大的满足。我意识到，那时候我简直无所不能。

我的内心的确胀满了深深的不满。

为什么，人们只看到了高光明“拯救”我，却对我“拯救”她女儿的行为视而不见？如果前面的那些小孩只顾着攀岩，没有看到我的英雄壮举，但高光明就在我身后，我的一举一动，包括她女儿的一举一动，不都在他那鹰眼般的注目之中吗？

他，为什么就不把这个事实摆谈出来呢？

他，为什么就不能慷慨一点，也让我像他一样，接受人们的尊敬与感佩呢？难道，就因为我是个小孩，所以，我做的一切，就像我小小的身体一样，在大人面前都可以忽略不计？

我对高光明的成见，由此而产生。

这种成见，较之于他那刀疤脸带给我的恐惧更为深刻，更让人难以释怀。

但是，他的命运却因此而改变。我的父亲并没有像一般人家的父亲那样，跑到他面前感激涕零地说一大堆好话，然后紧紧握住他的手，就好像要把儿子的一生都托付到这双强劲有力的大手上似的。父亲不是这样。父亲保持着非同一般的淡然和冷静，他甚至连在高光明面前去说声“谢谢”都没有。还是母亲，把外公从老家带来的两斤鸡蛋，小心翼翼地装进布口袋里，准备拎到高光明家去。但她前脚还没有迈出大门，就被父亲阻止了。父亲说，别光整这些没用的。一口袋鸡蛋就把你儿子的命救了？

很快就到了暑假。暑假一过，到新学期，高光明已经是学校的副校长了。没有人刻意把高光明的升迁与他救我的那件事联系起来，至少在公开场合，我从来没有听别人这样说过。但即便我是小孩，我也知道，如果没有他救我那件事，至少，他不会提拔得这么快。那个时候我就已经明白，父亲虽然不能直接任命高光明做副校长，但高光明能做副校长，一定跟父亲这个校长有直接的关联。

高光明做了副校长，人们也并没有觉得有多么不可思议。除了那道吓人的刀疤，他本来对谁都和颜悦色，从善如流。人们在心底里，对他是有好感的。有了这一层好感，自然而然也就认同了。

人们对高光明的认同，并没有减轻我对他的忌恨。相反，这样妒恨的心理，就如同传染病菌一样，很快就扩散到了他女儿高晓虹身上。是的，我对高晓虹也有了恨意。我想，如果她父亲对我救了他女儿的举动有所忽略——这样的情形也不是没可能，说不定我用手奋力去托起她双脚的时候，她父亲恰好看往了别处呢？但是她，她高晓虹无论如何也不可能不清楚，正是我孔明亮那舍身一托，才让她灿烂如花的容颜可以有机会继续在人间光彩夺目，如星辰般闪耀啊。

可是她，为什么也对我救她一命的事，只字不提呢？

就好像，我所做的一切，都理所应当。

就好像，我从来都没有做过什么一样。

现在，我对这一对父女简直恨之入骨，鄙薄得无以复加了。他脸上那长长的刀疤，还有她嘴里那一排黑黢黢的蛀牙，再次成为我挑剔他们的借口。这么丑陋的两个人，居然一个在我父亲的帮助下平步青云，坐上了副校长的宝座，一个又生来就是如花似玉的脸蛋，好像她的出现，就是为了要把我的肺气炸一样。

不仅如此，我对她母亲，那个总喜欢花枝招展，大冬天都不愿把裙子换下来，永远都留着一头蓬松鬈发的女人，也怀有了深深的敌意，成了心底里时常攻讦的对象。要知道，那一头蓬松的鬈发，曾是我无数个睡梦中都仰慕不已的新鲜事物呢。

怎么不是呢？在那个年代，成熟的女人们大都扎着马尾，少数有条件讲究一点的，几乎都剪成清一色的“包包菜”头。只有她,只有高光明的女人,只有高晓虹的母亲,可以特立独行，每次洗了发，便悠闲自在地拖一把椅子，坐在自家门前的阳台上，将鬈发用的塑胶圈儿，一个一个，不紧不慢地裹到头发上。等到头发上的水汽慢慢干了，到阳光下晒一晒，再把满头的塑胶圈儿一个个取下来。再看，就是蓬蓬松松的一头鬈发了。

这么个洋气十足的女人，是如何成为高光明的妻子的？她不像我，见到那张刀疤脸，可以绕着道走开。她必得日日夜夜都紧随在那张刀疤脸周围啊。电闪雷鸣的夜晚，日光灯灭了，闪电倏的一下咻的一下劈过来，直接将正在进行的美梦劈为两半，而枕边的那道长长的刀疤，像一个沉睡的寓言，更像一张血盆大口，仿佛她一动弹，就要将她一口吞下。

她，就不感到害怕吗？

至少在周围人看来，她不害怕。

她不但不害怕，反而表现得比任何人都心满意足，仿佛她就是这个学校最幸福最快乐的那一个。

这是我怎么也想不明白的事。那时候，我还不知道世界上有“鲜花插在牛粪上”一说，我只是直观地觉得，这么风马牛不相及的两个人，怎么会走到一起，成为一家人的呢？唯一的解释只能是，她的内心绝不会像她的外表，一定是跟他一样的丑陋。有句话不是说，物以类聚，人以群分吗？她和他果真不是同类，怕早就分道扬镳了。

我有些莫名的难受。

更让我难受的是，他们的女儿，那个即将成为我同学的小女生，明明已经生就了那么漂亮的一副脸蛋，为什么又要横亘出不堪入目的一排蛀牙呢？是的，我已经不再羡慕那些黑黢黢的蛀牙了。它们先前带给我的那种近乎病态的、纯粹物质上的优越感，已经被我逐渐成长的审美情感所驱散。

现在，他们这一家，在我眼里几乎变得一无是处了。

高光明似乎觉察到了我对他的敌意。

他没有退缩。

他知道我的软肋。

高光明迎上来，一脸慈祥的笑意。小孔，跟我来，有个好东西给你玩儿。见我不动，他又说，快来呀，你不是特喜欢我那把刀吗？我一听“刀”，精神马上来了。高光明所谓的刀，其实也不是真刀，就是把木头做的大刀。平时挂在他家墙壁上，只有早晨，偶尔也在晚上，才会被他带到操场上，呼呼啦啦地舞上几圈。他是个练家子。这是人尽皆知的事实。人们不知道的是，有一个小孩，一直默默地关注着高光明，有时候是远远地躲在墙角，望着眼前模糊的一团，被舞成了“乱花渐欲迷人眼”的意境；有时候是假装什么都没看见，昂首挺胸故作姿态从他身边走过，眼角的余光却直勾勾地向那边斜去。小孩也想成为高光明那样的练家子。在小孩的心中，会功夫的人，简直就是个神话般的存在。

现在你知道了，那个小孩就是我。

不仅是我，我们学校这群小孩中，又有哪一个不是被所谓功夫迷倒了呢？那个时期，我正在课堂上偷偷读《射雕英雄传》，嘴里成天念叨的不是降龙十八掌，就是九阴白骨爪。而到了周末的晚上，围在老周老师家前的就不只是小孩，那些白天还在田地里忙活的“泥腿子”，那些刚才还在灶门口鼓起腮帮、把个膛火吹得屁火烟秋的良家妇女，甚至那些看起来总是一本正经，从来都不多说一句话、不多看旁人一眼的“臭老九”们，都像约好了似的，从四面八方聚拢来，齐刷刷站到一起。老周老师也慷慨大方，把堂屋的八仙桌移到正中，桌上摆着那台十二英寸的黑白电视，人们脚跟还没站稳呢，《霍元甲》，就像突然从屏幕后方的黑暗中破晓的一道光亮，直逼眼帘。饱人眼福的，当然不止《霍元甲》，还有什么《陈真》啦，什么《再向虎山行》啦，什么《万水千山总是情》啦，什么《上海滩》啦，什么《少林寺》啦，什么《自古英雄出少年》啦，什么《海灯法师》啦……简直是应有尽有，正想看什么呢，就看到了什么。虽然那时候的电视效果跟现在比起来，简直是一个在天上，一个在地下，可依然阻挡不了人们尚武的热情。

我就是在这般热情的驱使下，将对高光明的反感与憎恶完全抛诸脑后，跟着他，走向他家，走向挂在他们家墙壁上的那柄木质大刀的。

那大刀，本应成为斩断我们那一点岌岌可危关联的象征。

不承想，我们之间的关联，却因为那柄大刀的介入，反倒成了砍不死的“小强”。

4

我扛着高光明递给我的大刀，来到校园。伙伴们都不在，想必都跑到学校外面疯癫去了。我当然不甘心这样威武的形象没有任何人看到。想想那个大个子就来气。平时没人的时候老欺负我，说什么如果不是看在我当校长父亲的面子上，早把我弄死了。我也不知道他会通过什么手段把我弄死，也不知道他为什么那么忌恨我，非要把我“弄死”才开心。我更不知道到底什么地方得罪他了，只是在心底里有些暗暗的鄙夷罢了。鄙夷他的理由也很简单，他那么大个个子，还和我们读一个年级，怕不怕羞啊？也许还有另一个原因，那是我不愿意承认的，即在身份的认同上，我们之间也隔着巨大的鸿沟。虽说我们都是劳动人民的后代，理应是平等的，但毕竟我的父亲是校长——哪怕我的父亲在做校长之前，再之前，有相当长一段时间都是代课老师，在做代课老师之前，又是地地道道的农民——而他的父亲是面房工人，这样两个职务完全不同的人，一个是管理者，一个是被管理者，要将他们放在完全平等的地位上，别说他们，就算我们这些小孩，也向来是不相信的。所以，虽然我在嘴上从来也没有说过，我和大个子之间有什么不同，但在我小小的心田里，早已认定，我这一辈子，也不会做他父亲那样的人，自然，也不能做他那样的人了。虽然我并不能说清，他父亲到底是怎样的人，但他是怎样的人，我却是清楚的。

他是怎样的人呢？

他是我讨厌的那种人。

这种讨厌，跟讨厌高光明，讨厌高光明的妻子，讨厌高光明的女儿高晓虹还不同。这是一种刻骨铭心的讨厌。讨厌高光明那一家子，有点像我身上被泼了一层污泥，虽然愤怒，虽然也想把他们个个都捣碎了，揉烂了，再吞到肚子里去似的，但终归洗洗，身上也就干净了。不过就是洗得费力一些，有时候，甚至会越洗越垂头丧气。而讨厌大个子，却完全是在我身上刻了恶毒的文字，怎么洗，也洗不掉的。一定要深究，那刻下的到底是些什么文字，好像一时也说不上来。反正是一辈子都忘不掉的那种情绪。比如，他明明是面房工人的儿子，为什么却像我父亲那样，像个领导一样，带领我们，指挥我们天上地下四处乱窜呢？而学校的那群小东西们，居然心甘情愿地跟着他四处乱窜，就像那次爬狮子岩，不过就是为了跟他乱窜一回，个个表现得连小命都不要了似的。

更让人生气的是，高晓虹竟然也像那群小东西一样，跟在大个子后面，屁颠儿屁颠儿地到处乱跑。而最最让人生气的是，无论我对高晓虹如何不满，无论我对她父母多么鄙夷，只要她一跑，我也就跟她跑起来了。

但是，说到鄙夷，我内心里的鄙夷，大个子怎么会知道呢？也就是说，我惹得他咬牙切齿想要修理我，必定是在其他方面。到底是哪些方面，我有些隐隐的感觉，却一时也说不清。

我来到学校外面。

前面说过了，学校后面是狮子岩。周围不是农舍，就是农田。一茬儿一茬儿，把学校围了个水泄不通。

那一群熟悉的身影，果然就在田埂上荡来荡去。

那个熟悉的高晓虹，果然就在离大个子不远的地方，看着他将男孩子们分成两队，有人举着刚掰的枝丫，有人端着破败的竹竿，更多的则赤手空拳。当然，打也不是真打，更多的有表演的成分。这些都是事先定好的规则。也有不遵守规则的。

所以，这一队有人开始哭爹叫娘，那一队又有人在骂骂咧咧了。

大个子本来站在中间，像个不偏不倚的裁判，又俨然一副将军模样。看到其中一队快要不行了，节节败退，便毫不犹豫地冲到那一队前面，直接当起了指挥官。

也许是出于对另一队的同情，也许是对大个子破坏规则的反击，也许是我终于找到了机会，可以露一露浑身的英雄本色，也许是，对大个子的不满与不屑，终于有了喷发的借口，也许，还有另一个更隐秘的原因，这个原因或许我自己也没有意识到，只是在多年后的今天，再来审视当年的那个场景，才有了这样的意识——我必得要在高晓虹面前，表现得比大个子更英勇无畏，更胆识超群。

我飞快地跑到大个子对面，举起大刀，直接向他砍了过去。

不料，他顺势往旁边一闪，刀，着着实实砍在了他脚边的一块大石头上。只听“咔嚓”一声，威风凛凛的大刀，一下子破成了两块。也不是齐齐整整的两块，两块之间，参差错落，裸露出不少的木屑，想要藕断丝连，却终于只能在“执手相看泪眼”中依依惜别。

大个子先是一怔，待缓过神来，突然像一头发情的公狮，以迅雷不及掩耳之势向我扑了过来。

在那一场拼尽全力、仿佛要拼出个你死我活的打斗中，我没有占到丝毫便宜。说是打斗，也实在勉强了一些。更准确的表述应该是，大个子把我结结实实地压在身下，好几次，举起他铁锤般的拳头，准备砸下来。但他到底还是忍了忍，砸是砸了，力量却明显轻了许多，以至于我都怀疑，那拳头是不是他的。而且部位也有了变化，本来是对准我的脑袋，等真正落下来，却是我的肩膀。我不知道为什么会这样。是他良心发现，一念之间产生了怜悯之心，不忍心狠狠地揍我？是他那一霎想到高晓虹就站在不远处，所以不想在女生面前表现得过于残忍？还是他突然意识到，我是孔校长的儿子，如果他狠命狂揍，说不定会给他，甚至给他父亲带去难以收场的麻烦？

不管是什么原因，总之，看起来，他不想把事情闹大。

他应该是想饶过我了。

我呢？先还在狠命挣扎，时不时腾出手来，无力地往他背上捶两下。想去扯他头发，可恨胳膊太短，又够不着。后来，发现他也没把我怎么样，只好索性瘫在那里，偶尔抓他几下衣服，以示反抗。

直到我们都从地上爬起来，除了滚得一身脏兮兮的泥巴，基本上没受什么伤。

然而，我内心的伤害是确凿的。

我被大个子收拾得一败涂地，是确凿的。

我本打算在高晓虹面前一展雄风，却最终颜面扫地，更是确凿的。

但这些我都可以逃避，可以掩耳盗铃般躲到某个屋角，一个人瑟瑟发抖，一个人痛苦不已，一个人把悲伤的闸门打开，任由胸中恣肆的汪洋一泻千里。有一件事，我却是无论如何都逃避不了的——那破损成两截的大刀，我该如何还回去呢？想必，高晓虹早已将这个难堪的结局告诉给了她的父亲。即便如此，我还是要在现实中去面对她的父亲，去把那本以为会带给我无限荣光、现在却像条死鱼一样被剁成两半的大刀送回去。

怎么送呢？

怎么好意思送呢？

他交到我手上的时候还好好的，现在却被我搞成这样！

我突然心生一串无名的怒火，妈的，看起来那么厉害，原来就是个外强中干的东西，这么不经整！外强中干？我到底是在哪里学到的这个词？是在书上，还是在父亲那里？我全然不记得了。按理说，我这么小的年纪，应该不会懂得什么叫“外强中干”，可我偏偏就懂了，不但懂，还运用得恰如其分，颇为自然。然后我又意识到，我明明说的是大刀，脑子里却咬牙切齿地想到了高光明。也许是我把对于大刀的懊恼迁怒在了高光明身上，也许是，在潜识中我本来就觉得，高光明跟那大刀一样，确是个外强中干的东西呢。

我想了很久，终于想到一个办法。

我迅速折返，来到校外。就在刚刚跟大个子一阵拼搏的地上，我找到了想要的东西。那是其中一队人马使用过的“武器”——一柄十分繁茂的棕树叶，绿葱葱地铺在那里，立起来，差点都高过了我的头。我沿叶片间的缝隙撕下来两绺，飞快地将大刀分离的两叶合在一起，再用刚撕下来的两绺棕树叶往刀腰上一缠，开始窃笑起来。

又缠了好几圈。

感觉是那么回事了，才将一颗忐忑的心慢慢平复下来。但终究是弄虚作假的事，把大刀交还给高光明的那一霎间，我还是羞愧难当，无地自容。他刚刚接过去，我就一个转身，像过街老鼠一样溜了出去。恼人的是，我溜出去的时候，高晓虹居然就站在她父亲身后！虽然她一句话也没有说，但我能感觉到，那歪斜的嘴角，那轻蔑的眼神，不是对我，又是对谁呢？也许，我在她眼中，甚至连一只过街老鼠都不如吧！先前还怀着深切的愧疚，这会儿又变成了对她满满的恨。

如果不是她，我怎么可能鲁莽地去挑战大个子呢？

如果不是她，我怎么可能将最后一点尊严都丧失殆尽了呢？

可是，她却用那歪斜的嘴角、轻蔑的眼神来回报我！

我如一条丧家之犬，在空空荡荡的校园里，毫无目的地游荡。

带着无声的哀号，带着跌入深渊般的失落。

很多年以后，我都被这样一种忧伤而愤恨的情绪所笼罩。以至于，有一天她终于主动来找我，想让我父亲找找人，帮助她那入狱的父亲减轻刑罚的时候，以至于，她主动来找我，本来是想让我父亲出面去帮助她父亲，却口口声声这么多年来，一直对我念念不忘，而我，也终于如愿以偿，在某个夏日的夜晚，粗暴地进入她身体的时候，我竟然丝毫感觉不到满足的快感。

我只是机械地发泄。

好像要在那个短暂的夜晚，把这么多年来蓄积的委屈和失落、忧伤与愤恨全都发泄出来。所以，当她发现我不是满头大汗，而是泪流满面地趴在她身上的时候，十分错愕，她抚弄一下我的头发，怎么了？是我做错什么了吗？还是我……没有你想的那么好？

5

高光明的大刀被我损毁了。

高光明对待我的态度却没有变化。这样说其实也不对，变化应该是有的，不过不是变得恶劣了，而是更加亲切，更加平易近人，就好像，他从来都没有把大刀拿给我玩儿一样，就好像，我从来都不曾玩儿过他的大刀一样。没有了大刀的高光明，还是会每天早晨，或者晚上，反正什么时候有空就什么时候来到操场，舞弄起拳脚。他到操场的时候，不是晨光初照，就是夜深人静，操场上很少有人在。我知道他的规律，总是在他刚到操场不久，就溜出去，站在一个不远不近的位置，装着若无其事地观望。所谓不远不近，就是我所在的位置，既不能让他很明显地发现我的意图，也基本能清楚地看见他的动作。我不再往墙角里躲，也不再假装从他身边经过。我已经有所经验，躲与不躲，都是一样的，他反正不会留意到我。我也意识到，如果我从他身边经过的次数太多，必然会引起他的怀疑。

我可不想他怀疑我。

我必须保持对他的憎恶与蔑视。

所以，有一天，他终于发现我的异常，多半也猜透了我的心思,当我刚出现在他不远处的时候,他就向我这边招手。开始，我以为那招手的姿势是他拳脚功夫的组成部分，不为所动。但他继续向我招手，脸上仿佛还浮上一团笑意，我立马就感到脸上火辣辣的了，好像正在做什么亏心事，突然被人发现了似的。不及细想，我一转身，拔腿就跑。

我没有接受高光明的邀请。尽管我几乎敢断定，他招手让我过去，多半是想满足我的愿望，教上我几招。至少，也要安抚一下我强烈的好奇心，在近处，给我施展施展。

但我还是逃跑了。

从那以后，我再也没有去操场偷看他练功。

他不用大刀，也能练功。这下我就放心了。至少，在我心底里，愧疚的情绪没有先前那么强烈了。我逐渐意识到，对于一个成熟的男人来说，没有什么东西是不可缺少的。我之所以觉得“缺少”是一种缺憾，那只能说明，我还不是一个成熟的男人。这是自然。一个才十来岁的小男孩，怎么可能算得上成熟男人呢？甚至连“男人”都还算不上呢。

尽管我对高光明有这样那样的不满，尽管我从看到他的第一眼开始，都没有过好印象，但这并不妨碍他在我心目中“男人”的定位。高光明确实是个男人，是个难得一见的勇武男人。他的勇武不仅体现在他那长长的刀疤脸上，不仅体现在他身手敏捷的拳脚功夫上，更体现在他对待一头大肥猪的果敢行动上。

那个时候，还兴勤工俭学，学校不仅开的有面房，养的有塘鱼，还喂了一头大肥猪。养猪的目的十分明确，就是要在年末岁尾，全校教职工即将回家过年之际，好好犒劳一顿。在那个物质匮乏的年代，这样的好事，谁会拒绝呢？所以，人们总是翘首以待，眼巴巴地看着那膘肥体壮的“二师兄”被撵得满猪圈乱窜，“嗷嗷嗷”地嚎叫，最后还是摆脱不了拖上案板的命运，白刀子进，红刀子出，“扑哧”一声，鲜血喷涌而出。一个活鲜鲜的生命，用自己无望的挣扎，以及从它出生起便注定不可避免的牺牲，成全了更多生命的鲜活、灵动，奋进，抑或堕落。

正在享用美食的人们可管不了这么多，他们只管将那一盆盆、一盘盘、一块块、一片片、一丝丝猪肉猪骨猪内脏，如同秋风扫落叶般，全扫进肚里，才心满意足地离开，踏上了回家的路。

而追着“二师兄”满世界乱跑，最终将它揪上案板的，除了食堂的炊事员，就是高光明。高光明追着“二师兄”奔跑的时候，全然没有了副校长的样子，你想象不出，那怎么可能是学校的副校长呢？不过好在，就算高光明不去追“二师兄”，就算在平时最正常的情况下，他看起来，也依然不像个校长。尽管他也极力想学父亲，想要温文尔雅一下，但没有用，他作的所有努力都是徒劳。

一个面相如此凶悍的人，怎么可能是个校长呢？

在我看来，高光明不像校长，更像个屠夫。屠夫都说得有点文绉绉的了，更准确的说法是：高光明更像个杀猪匠。杀猪匠！一想到这个词，我就忍不住哑然失笑。不是吗？他不就是个杀猪匠的形象吗？只见他双手扯住猪的双耳，炊事员则在后面抓住猪尾巴，两个人一前一后，一个死命往前拖，一个拼命往前推。可叹那猪已经预感到死神即将降临，只是不停地咆哮，不停地乱蹦乱跳，绝望挣扎。杀猪用的案板近在咫尺，好几次都差点将猪掀上案板，却最终没有成功。兴许是炊事员有些累了，也或者是高光明手心出了汗，打了滑。总之，旁边的人只见猪头猛的一摆，身子一歪，差点滚到地上，但猪毕竟忙于逃命，动作不比平常那么笨拙、疲顿，后腿跌到地上，只晃了晃，就飞快地拱起身来，向前横冲直撞而去。

高光明哪里肯罢休，领着炊事员就追了上去。就这样你追我赶，跑了好几个来回，那头猪大概终于意识到，它已经没有办法逃出“刀疤脸”的魔掌了。于是，一不做，二不休，与其做个不明不白的冤死鬼，不如在生命的最后关头，发挥点英雄气概，一头撞死算了。看到前面那堵熟悉的墙又横亘在眼前，便加足马力，一跃而起——

人们没有听到意料之中的那一声“砰”的撞击，却被“咚”的一声闷响吓了一跳。待人们缓过神来，才恍然大悟，原来猪的弹跳力毕竟不如其他猛兽，这一跳，没有撞上墙，却直接落到了墙根下的粪池里。

高光明赶到粪池边，猪正骨碌碌往下沉。咆哮也没有了，嚎叫也没有了，只偶尔昂一下猪头，哼哼地往鼻孔外喷两声气，很快又被从四面八方包抄而来的粪便弥漫了。

人们惊骇之余，正要缓口气，不料又被眼前的一幕惊呆了。就好像，一个人好不容易被巨浪拍上岸，正庆幸终于死里逃生，却被另一个铺天盖地而来的浪头重又卷了回去。

把人们重又卷回浪涛里去的，正是高光明。

高光明来到粪池边，没有丝毫犹豫，把衣服一脱，扔到地上。人却像只轻盈的燕子，直接飞了出去。

高光明当然不可能像燕子一样飞出去。

高光明是像猪一样跳进了粪池。他与猪最本质的区别在于，猪是不知不觉意外跌落的，他却是心甘情愿主动跳下去的。

高光明主动跳下去，不为别的，只为在猪还没有被粪便淹死前，将它以最快的速度顶上来。结果不说，你们也已经料到了。高光明凭借他强大的体魄，敏捷的动作和惊人的爆发力，把奄奄一息的猪扛上肩头，再用尽全力往上一顶，猪就像头死猪一样，摆在了粪池边。幸得这时候猪已经奄奄一息了，如果还像先前那般乱蹦乱跳，就算是十个高光明，恐怕也救不了它。

可是，高光明明明要杀了它，为什么又要救它呢？

多年后的今天，我终于明白，高光明杀它，是为了大家可以美美地享用它；高光明救它，同样是为了大家可以美美地享用它。不是被人杀死的死猪，吃起来，味道似乎总没有被人杀死得那么鲜美。

所以，高光明必须救它。

救它，然后杀了它。

我那时候还小，根本不可能高尚到要为一头必然会死去的猪而悲悯，更不会天真到要为一头猪究竟该如何死去而鸣不平。我只是突然想到，高光明把猪顶上来的那个动作，与我在狮子岩上把高晓虹托上去的动作，是何其相似啊。这样的联想，没有任何道理。因为这本来就是性质完全不同的两件事，两件事之间，实在看不出有任何的关联。

我只是就这样无厘头地想到了。

想到了，两幅活生生的画面，它们就在眼前。

那件事以后，我对高光明的印象就更为复杂了。他的凶悍——凶悍说起来似乎有点过了，那么，他的强悍，是显而易见的。在那场先舍命救猪，然后再拼命杀猪的大戏中，所有人都见识到了他的强悍。他的强悍又不是完全没有道理的。甚至，你可以说，他的强悍最后的指向，其实是充满善意的。不是吗？他那么强悍——这里似乎又得用“凶悍”才更为恰当地对待一头猪，不就是为了让全校教职工都能美美地吃上一顿，然后心满意足地回家过春节去吗？

这不是充满善意，又是什么呢？

很长一段时间，甚至很多年以来，我都是在迷茫之中度过的。我不知道该如何正确地认识或评价一个人。但那时候我已经顾不了太多，只跟着欢声笑语的人们大口大口吃肉，大口大口喝汤。

那些肉，那些肉汤，让我们重温了狼吞虎咽的美好，让我们一边接受着文明的教化，一边继承着人作为动物的一种，那些最原始的本性。

我们这群孩子，已经很久很久，都没有沾过油星了，一个个都显得猴鸡狗刨。我看见了高光明，他也在人群中，大口朵颐。有那么一霎，我意识到，我看向他的目光其实是温和的，甚至，还带着那么一点点感激。

6

入了深秋，老周老师家门前的平坝上已经没有人聚集了，只留下满地的黄叶在风中打着旋儿，一忽儿卷到空中，一忽儿又跌落地上，那些晃晃悠悠的姿态，有点像在跳舞，也有点像喝醉了酒。没有人再注意老周老师是否把八仙桌还摆在堂屋正中，八仙桌上的电视里是否还有成群结队的武侠故事在演绎。

大家都感觉到了冷。

大家都不愿意傻乎乎地顶风冒寒，就为了那虚无缥缈的江湖恩仇带来短暂的感官刺激了。

但老周老师并不格外孤单。他拖了把藤椅，靠在门口。也不出门，就在门里。他愿意和满地的黄叶为伍，很多时候，他大概会想，自己其实跟那些黄叶也没什么本质区别，不过是到世间来生根、发芽、开花、结果，然后把自己衰老成土地的颜色，落下来，融进去。

就是这么个过程。

这个过程就像一部小说，有发生、发展、高潮和结局。一步一步，一环一环，没有虚构，就是实实在在的生活。世间有哪一部小说，能比生活的逻辑更为真实、更像小说呢?

老周老师有时候一坐就是一整天，也有只坐半天的时候，通常是家里来人了，不得不起身。来的也不是别人，有时候是他的女儿，有时候是他的外甥女，有时候是他的女婿，但更多的时候则是他女儿一家三口一齐进来。看到这儿，你大概已经猜出，我为什么要叫他老周老师了，这自然是为了区别于他的女儿。他的女儿也叫周老师。

老周老师每次看见周老师，都以为是周老师她妈变回了年轻时的模样，终究舍不得抛下他一个人，又跑回来照顾他了。当他意识到这不过是一场幻觉，心里并没有多少悲伤。甚至，他还感到了一丝庆幸。还回来干什么呢？大老远的路，累坏了身子，怕不是她来照顾我，而是我要服侍她了。关键是，反正也没有多少日子，我也要过去了。她走我走，横竖都是个走，我的身子骨比她硬，那还不如我走呢。我走过去，总比她走过来要容易得多。

也没有多少牵挂。

唯一觉得对不住的就是女儿。虽然现在她也是老师了，也像她妈当年一样从事着音乐教学工作，但小时候毕竟受了不少苦。这种苦，还不单是物质生活的苦，而是身份的不被认同，甚至是羞辱，是有人用烙铁在你心上烙下羞辱性字眼所带来的那种苦。

但这怎么能怨她呢？

一切都是因为我。为什么，我一定要投胎到地主家庭呢？

不过现在条件好多了。国家政策落实下来，不但恢复了工作，工资还涨了一大截。说起工资，老周老师的心总算踏实了一回，在整个建新小学，他的工资数最高。一辈子节约惯了，钱落在存折上，也就是个不断增加的数字而已。于是，他就买了建新小学有史以来的第一台电视机，夜深人静了，不但自己可以解解闷，还可以在天气渐渐暖和过来的时候，引来那么多观众陪伴他。对！他想到的是“陪伴”，尽管人家到这里来，不过是打个眼睛牙祭，满足一下对新鲜事物的好奇心，但他们毕竟围在了他的身边，是因为他，因为他的电视，他们才围在了他的身边。他有点自嘲，想真是年纪越大，竟越想有人在身边热闹。放在几十年前，他可是最喜欢清静的人啦。

工资高了，还有另一个好处。老周老师一直想要对女儿有所补偿，但他实在想不出更好的办法来。想来想去，也罢，她这一代就算这样过去了。那就对她女儿再好点。再好点的结果我们已经知道了，高晓虹生了那么漂亮的一副脸蛋，却因为天天躺在蜜罐里，最终把满口洁白的牙齿硬生生全吃黑了。

他又想到了女婿。虽然看起来不怎么顺眼，但脾气终归是好的，从两个人谈朋友，一直到现在，对女儿都巴心巴肠。他是女儿说一、他绝不会说二的那种人。工作能力看来也不错，现在都是副校长了。再说，他那张看起来不怎么顺眼的脸，不都是因为女儿才有的结果吗?

想起这件事，老周老师心头还捏着一把汗。

这个高光明啊，可真不是一块让人省心的料!

说起来，高光明当初不过是落户到建新镇来的知识青年，在老乡家里锻炼的那几年，偷鸡摸狗的事，哪样没干过?后来刚好碰到建新小学扩建，老师缺得很。有人说，那个叫高光明的小伙子不错啊，动作麻利身板硬，可以请他来教体育。刚开始只是代课，后来政策一来就转了正，成了建新小学名副其实的体育老师。

成了体育老师的高光明，并没有安分几天，虽然偷鸡摸狗的事是不干了，却一眼盯上了音乐老师周琪菊。本来盯上周琪菊老师也不是什么坏事，反正一个郎才，一个女貌，又都到了谈婚论嫁的年龄，事情坏就坏在，周老师已经名花有主，和本校另一个语文老师正恋得明目张胆、热火朝天呢。全校教师，又有哪个不知，哪个不晓呢?可高光明就偏偏一副什么都不知晓的样子，成天围在周老师身边死缠烂打。那个语文老师姓莫，名字也有点怪，叫关情。莫关情，有人这么一叫，旁边人就想笑，又碍于情面，只好赶紧别过脸去，装着什么都没有听见似的。

刚开始，莫关情还算能够隐忍，看见高光明过来“骚扰”女朋友，虽然想过去阻止，但毕竟是大庭广众之下，人家也没有什么非分之举，不过是缠着多说几句话而已，便只寄望于周老师自己“兵来将挡，水来土掩”。可几个回合过去，他发现，女朋友不但没有拒绝之意，还反倒跟高光明越说越开心，越说，兴致越高了。有一天，他发现高光明又跟女朋友掺和到了一起，终于忍不住，几个大步，就到了高光明旁边，说高老师，我忍了你好久了，请你自重点！高光明转过身来，面对着莫关情，满脸的无辜和疑惑。高光明说，莫老师，我有什么地方惹你了吗？请你自重点——这话，应该是我说才对呀！莫关情碰了一鼻子灰，更加生气了，说难道你是个傻子，看不出来吗？高光明哪里遇到过这样跟自己说话的人，也有点恼火起来，说你是个语文老师，说话要有语文老师的素质，什么叫傻子？是什么国家大事，我必须要看出来？莫关情一看，反正脸都撕破了，那就索性豁出去。于是哼哼两声，说我和周老师是什么关系，你都看不出来，你不是傻子是什么？高光明也哼哼冷笑两声，你和周老师的关系，我当然看出来了，你是中华人民共和国公民，她也是；你是建新小学老师，她也是；你是我的同事，她也是。除此之外，你们还有什么关系吗？莫关情已经气得浑身发抖了，当然还有！她是我女朋友！高光明静默了几秒钟，突然哈哈大笑，说原来周老师是你女朋友啊？哦，我明白了，就算她是你女朋友，但她不是还没有嫁给你吗？没有嫁给你，就说明她还没有把自己托付给你，就说明，我们的机会，其实是一样的。我为什么就不可以像你一样追求她呢？难道，她是你的私有财产？

几句话，把莫关情问得哑口无言。

他无助地望向了站在他们旁边、却一直没有作声的周琪菊。

周琪菊却并不拿眼看他。就好像，两个男人之间的这场争论，跟她实在没有什么关系似的。她只歪着头，望着窗外的那两棵杨柳。啊，春天真的到了。嫩黄的柳絮争先恐后地往外挤，完全是哪怕挤爆了头也在所不惜的样子。就好像，他们不被她看见，就不能迈过春天这个坎儿似的。

让他们挤吧。

让他们争吧。

周老师嘴角浮上了一丝淡淡的笑意。

她知道，她生来就喜欢这样的感觉。

也记不清那是一个什么样的日子了，只感觉头顶的阳光越来越晃眼，身上穿的衣服越来越少，而周老师的身材自然也越来越苗条、越来越“乱花渐欲迷人眼”了。在这样暧昧的时节，周老师与高光明之间的关系，也像这天气一样，慢慢升温了。人们总能看见他们出双入对，谈笑风生，把旁人的莫名惊诧完全不放在眼里。事后看来，也许我们都错怪了他们，也许实际情形并非如此——他们只是交谈得太过投入，以至于把周围人的反应全都忘记了。

热恋中的男女，不都是这样的吗？

就好像，他们就是这个世界的中心。

或者，这个世界从来都只有他们一样。

他们忘记了他们周围的世界。但是有一个人，却没有忘记他们。可怜兮兮的莫关情老师，像一只被遗弃的狗，想要继续跟在主人身边，摇尾乞怜，又怕主人厌烦得一脚踹过去，所以只能远远地躲在某个角落，无比忧伤，无比愤懑，时不时偷偷朝这边望几眼。

他能望到什么呢?

他能望到喜笑颜开的两张脸。

他能望到自己的幸福正被那两张脸，哦，不！是那两个人，那两个简直忘乎所以的家伙无情地踩到了地上。他们是多么自私，又是多么冷血啊！他们踩碎了他的幸福，却连看都不愿意朝地上看一眼!

可怜的莫老师到现在还没有想明白，在爱情的战场上，从来都只有你死我活的争斗，哪来的怜悯和同情！强者摘取桂冠，弱者只能被扫地出门!

所以爱情，向来是美丽的，又是血腥的。

莫老师仿佛已经闻到了那股血腥的气味。

他不甘心。但他还能忍。他在等。他一直在等。他在等什么呢?等周琪菊的回心转意?等高光明的厌倦撒手?还是在等，那个最终连老天也无法挽回的结局?

他不知道。他只是告诉自己，他要等。

他要等的那一天，终究还是来了。那已经是第二年的春节前夕，全校教师全都眼巴巴地等着回家过节之前，高老师用那把明晃晃的杀猪刀，把新年的红运放出来，然后，等着炊事员把直挺挺的猪身大卸八块，煮进锅里，等着人们争先恐后，把等待一年的美味往那几十张馋涎欲滴的嘴里塞进去。

放出来，塞进去，都是为了满足人作为动物最原始的本性。

莫关情无法得到满足，所以他爆发了。他爆发的时机也刚好。那时候，高光明刚放下屠刀，累得气喘吁吁，正要坐在案板上休息。周琪菊迫不及待地从人群里冲过去，不知是有意还是情不自禁，竟然一上去就把浑身是血的高光明一把搂住，就好像，她一撒手，眼前这个人就会被死猪的魂魄带走一样。也难怪，毕竟是女孩子，第一次看杀猪，又是心爱的人跟那疯了似的猪在搏斗，万一有个闪失怎么办？其实她也知道，他根本不会有事。她搂住他，不是真怕他被死猪魂魄带走，而是要让自己那颗惊魂未定的心，在强大的心上人身边，得到平复。

然而，她这个极富情感、极其大方的动作却深深刺激了莫关情。过去这一年，虽然周琪菊、高光明和他之间，他已经完全被边缘化了。但他总还抱着希望，因为他发现，周琪菊和高光明虽然来往频繁，但始终只停留在言语交往上，他从来没有发现——也许仅仅是他没有发现而已，他们之间有过言语之外的更亲密举动。这是否意味着，在这场看不见硝烟的战场上，他还是有胜利的希望呢？最重要的是，周琪菊从来没有对他说过，我们算了吧，或者，我们分手吧。没有。她什么都没有说。这是不是意味着，她其实是给他留了一条生路呢？

是的，他想某一天，他也许可以起死回生。

但他从来没有去想，周琪菊之所以没有跟他明说分手，只是不想伤他自尊。她想让他自己心有所悟，他们之间，完蛋了，然后知难而退，退出这场毫无胜算的战斗。

现在，莫关情终于被眼前的这一幕刺激得彻底崩溃了。

人们还没有反应过来，就看见一个模糊的身影飞快冲出人群，到了案板前，抄起血糊糊的杀猪刀，手起刀落……

7

莫关情高高举起的杀猪刀，最后只轻轻从高光明脸颊上划过，虽然留下了一道再也无法消除的刀疤，但毕竟没有闹出人命，在那个年代，人们的法制观念普遍淡薄，所有人都觉得，这还算不得多么严重的后果。

因为后果不严重，所以莫关情不但没有负刑事责任，没有被开除、丢掉铁饭碗，反倒在校长的争取下，调到了区中心小学。从镇里到区里，看起来只是一个字眼的差异，实际上，要跨出这一步，对很多人来说却比登天还难。有些老师，一辈子都窝在镇里，连区在哪个方向都未必搞得清楚呢。校长为什么要给上级建议，把这样天大的好事送到莫关情手上呢？说起来道理也很简单，一方面，作为一校之长，他已经认识到莫关情和高光明根本就是一对水火不容的冤家，倘若继续让他们在一个学校教学着，说不定哪天火山爆发，真闹出什么不可收拾的残局来，那就麻烦了。作为管理者，一定要懂得防患于未然。

莫关情是肇事者，让他走，是铁定的。

至于为什么要帮他找这么好一个去处，道理也很简单，校长其实像其他人一样，对莫关情是怀有深深的同情的。俗话说，兔子急了还知道咬人呢，何况是女朋友被人抢了！虽然他明知用“抢”这个字眼有些过了，但周琪菊原来是他莫关情的女朋友，后来高光明来了，横插一脚，事情才起了变化，这终归是事实吧？

这虽然只是三个年轻人之间的恩怨情仇，但作为党的干部，绝不能让老实人吃亏。莫关情痛失了爱情，为什么就不能让他在工作上有所补偿呢？

校长就是这么想的。

莫关情在一时冲动之下，举起杀猪刀的时候，脑子里却绝对没有想到，日后校长会对他有这样善意的安排。就算他扛起铺盖卷，要到区小学去上班了，他还有点云里雾里的不敢相信。

所以，他对校长是充满感激的。但另一方面，他又心怀不甘，凭什么呀，凭什么要把我调走，而不是调走高光明？我一走，他们俩不就顺理成章，从露水鸳鸯一下变成美满眷属了吗？

尽管有所不满，莫关情还是走了。

走之前，心里又忿忿地道，当初，就不该饶他小子一命！

说他饶了高光明一命，其实也不是。莫关情举起杀猪刀，本意是想往高光明身上捅过去的，但刀到了半路，也不知心里是怎么想的，可能是从来没有用过刀，有点胆怯了，也可能是以前没有做过恶人，一时心软了，总之，捅出去的刀，刀路却变了，变成了砍。就算砍，也好像力量明显变弱了。他只依稀记得，脑子里好像晃过一个念头，捅出去，可能会死人，砍下去，顶多就是个重伤吧。眼望着就要砍到高光明头顶了，却不想周琪菊一个回头，睁着双惊恐万状的眼睛，将整个身子挡在了高光明面前，那阵仗，简直就是要为高光明不惜一死的样子。

莫关情心一痛，手再一软，杀猪刀就轻飘飘地从高光明脸上划了过去。他想过收刀，但毕竟是用了些力量出去的，硬生生收是收不回来了。好在高光明个子比周琪菊高出一大截，那划过去的刀，只紧贴着周琪菊的头顶，就到了高光明面前——兴许还削走了周琪菊几根发梢也未必，但毕竟没有伤到。

周琪菊没有受伤，人却晕倒在高光明怀里。

那一刻，莫关情愣愣地立在那里，感觉天都快塌下来了。

有关高光明充满传奇色彩的爱情故事，我们虽然是小孩子，却也已经耳熟能详了。人们自然不会在明面上对此高谈阔论，往往只是私下几个，忙完手里的活计，聚到一起，就要找点打发时光的闲散谈资。谈着谈着，就谈到了高光明。又总以为孩子只是孩子，大人们谈的事情哪里会懂？却不想，孩子也长了一双耳朵，孩子的好奇心比大人更是有过之而无不及。听着听着，那些惊心动魄的画面就不知不觉刻进了脑海。总的来说，人们的评价也还公允，老是说，多好的一对儿啊，当初怎么就没看出来？只是——可怜了莫老师……

高光明不但俘获了周琪菊的芳心，还赢得了人们的赞誉。这可能是他自己都不曾料到的结果。善良的人们总是更愿意记住一个人的好，至于那些不好的，就让它们随着时光的消逝而消逝吧。

然而生命中的有些事，是没办法随时光的消逝而消逝的。

比如高晓虹。

比如我和高晓虹成为同班同学的那些日子。

说起来也没有什么特别奇异之处，都是些普通得不能再普通的时光片断。高晓虹是我们班的音乐委员。她继承了她母亲的优良基因，在那黑黢黢的蛀牙背后，藏着一副美丽动人的歌喉。每节上课铃声一响，她就会先高歌一句，算起头，然后全班同学都跟着她唱起来。什么“小呀嘛小二郎，背着那书包上学堂……”,什么“在那遥远的地方,有位好姑娘……”,还有“啦啦啦，我是卖报的小行家……”，现在想想，我这辈子能随时记起来、又能哼几句的歌，差不多都是跟着高晓虹学会的。也不是所有的歌都是高晓虹教的，音乐老师也教过一些。但音乐老师教的歌总没有高晓虹教的那样容易记住。就算是音乐老师教的那些不容易记住的歌，后来跟着高晓虹唱几遍，也就不知不觉记牢了。高晓虹的歌喉从专业上来说到底有多美，我们这些小学生自然无法去评论，我们只是本能地觉得好听。

好听，不就是唱得好吗？

那时候，谁还分得清所谓的好听，到底是歌本身好听，还是歌唱得好听呢？这就好比，一个人做了好事，谁还会区分到底是事情本身是好事，还是事被人做好了呢？

高晓虹除了歌唱得好听，她还有另一样本事——拉手风琴。毫无疑问，她拉手风琴，也是她母亲教的。她总喜欢傍晚时分，坐在她外公家的那张八仙桌旁边，歪着颗小脑袋，神情专注，把个手风琴左一扯右一拉，十个手指头还不停地配合着东一按西一按。也不知那些美妙的音符是从哪个地方飘出来的，我只是远远地站在某棵柳树下面，静静聆听。如果是到了晚上，也偶尔会蹑手蹑脚，躲到她家屋檐下，靠着墙，侧耳倾听。有时候，她只是单纯地拉，有时候，也会边拉边唱。

我是真的被那美妙的歌喉、动人的琴声迷住了。

有一次，我又像往常一样朝那个熟悉的窗口摸过去。不想那天刚下过一场雨，地上净是黏糊糊的稀泥。人还没靠拢墙呢，脚下一滑，差点栽倒在地。虽然最终扶住了墙，没有倒下去，但动静毕竟大了，只听屋里高喊一声，谁？是高晓虹尖厉的喊叫。我哪里敢应声，也不管脚下滑不滑了，只一个劲儿地向空地上狂奔。一路上栽倒好几次，也顾不得疼痛，只没命似的往对面家里跑。母亲看到我慌慌张张，一身稀泥，问怎么回事。我只道，刚才去厕所，又没带手电，摔了一跤。学校厕所还在校园外面，是个独立的、像碉堡一样的所在。母亲半信半疑地望了我好一会儿，摇摇头说，都这么大个人了，做事情还这么没头没脑。还不赶紧换衣服！这么冷的天，感冒了怎么好！

但我对高晓虹这个人，还是表现出了固执的抗拒。

有时候，同学们有意无意，老喜欢把我和她扯到一起。如果刚好我和她走得近了，背后就会有人忽然瞎起哄，看啦看啦！好般配啊！你一回头，所有人都仰面朝天，或把头扭到一边，假装什么都没看见，什么都没说一样。如果我和她离得比较远，但只要在同一视线范围之内，也是先望我一眼，再望她一眼，好像我们本就是一家人，现在离那么远，各走各的，反倒让人觉得奇怪似的。同学们的心理，现在看来也可以理解。我是校长的儿子，高晓虹是副校长的千金，可不都是校长家的吗？因为我们都是校长家的，所以即便相隔十万八千里，也仿佛注定有着千丝万缕的联系。

每每遇到这种调皮捣蛋的家伙，高晓虹总是圆瞪双眼，怒目而视。看起来很生气，倒也不真正发作。有一次，我发现刚才还对着人气冲冲的高晓虹，一扭头，脸上竟好似露出一丝神秘的笑意。也或许她并没有笑，只是我们相隔远了，我没有看真切的缘故。

我呢，反应却明显比高晓虹更加敏感、更加强烈。我搞不懂那些可恶的家伙为什么非要把我和这个满嘴黑牙的小妖精扯到一起。我觉得有点恶心，又有点无地自容。我想找个地缝钻进去，又觉得那不是勇者所为。所以只能伸长脖子，像只老母鸭那样，也没有具体针对的对象，向着天，恶狠狠地吼道，你再乱说！再说跟你拼命！同时做出一副真要拼命的架势来。一群人就呼啦啦四下跑了，散得一干二净。

真正拿我们恶作剧寻开心的，我只是凶神恶煞地吼上几声，把他们吓退就了事。但有一次，同学无意中的一句话，却彻底惹恼了我，居然跟他干了一仗。事情说起来很简单。快放学的时候，老师问，昨天是谁扫的地？老师的意思是，昨天教室打扫得很干净，准备在课堂上表扬一下。劳动委员还没回答呢，只听一个同学吼道，高晓虹给孔明亮！

话音未落，哄堂大笑！

我顿时觉得羞愤交加。想要立马冲上去，又顾及到老师还在讲台上，强忍着没有动。妈的！高晓虹给孔明亮？什么意思？

什么意思，其实仔细一琢磨，我还是懂的。同学真正要表达的意思，一定是“高晓虹和孔明亮”。但我们那里的口语，往往把“和”说成“跟”，他在说“跟”这个字的时候，可能是说快了，就变成了“给”。于是，“高晓虹和孔明亮”，就说成了“高晓虹给孔明亮”。本来也没有多大个事，可是，因为全班同学都笑了，那笑声像无数根尖利的刺扎向心窝，又因为老师还在，在老师面前让我丢脸，那就更不可原谅了！

于是，老师前脚一走，我后脚就蹿到了那个同学身后。一抬手，就将他扳倒在地。周围的同学都一声惊呼，不知发生了什么。高晓虹更是睁着一双惊恐无比的大眼睛，手捂着嘴巴，好像不认识我似的。

8

高晓虹怎么可能不认识我呢？

我至少已经因为她打过两次架了。

一次是因为嫉妒，我跟大个子干了一场；一次是因为同学口误，把我们扯到一起，我却像受了奇耻大辱一般。嫉妒大个子，不就是因为高晓虹一天到晚只知道跟在大个子屁股后面屁颠屁颠乱跑，而没有跟我在一起吗？现在有人把我们扯到一起，我为什么又接受不了了呢？人真是一种奇怪的动物。当你无法亲近某个事物的时候，会表现出强烈的争夺欲，而当那个事物变得唾手可得，又像嫌弃什么似的，甩都甩不赢。

我对高晓虹，当然还没到唾手可得的程度。

那个时候，也不懂什么叫唾手可得。即便多年以后，高晓虹找到我，在我面前真正变得唾手可得了，我也没有迫不及待，好像要如愿以偿似的。我犹豫了好一会儿，才在她循循善诱之下，以一种进退维谷的心理，诚惶诚恐地进入那道隐秘之门。我已经预感到，门后的温润潮湿将令我心旌摇荡，而门后的波涛汹涌更足以让我窒息一生。

好在，那一天还没有很快到来。

我们还在狮子岩下，在建新小学，过着在旁人眼中那些无忧无虑的童年生活。

然而童年，也即将过去了。

我们毕业那年，已经隐隐嗅到从南方席卷而来的打工潮。这样也有好处。我们那个年代，即便是小学毕业，也是需要升学考试的。而中学的师资设备都十分有限，全学区五个乡镇一年也只招两百来个新生。也就是说，绝大部分同学都没有机会升入初中继续求学，只能小学一毕业，就回家务农。初中毕业，大家想的可不是像现在这样，一定要升入高中，然后考大学。成绩好的，都争先恐后考中专，次一点的，考个中师也不错。一句话，那个时候人们脑子里只有一个想法，就是早点出身社会，找个稳定的工作挣钱。现在好了，南方经济开始迅猛发展，需要大量劳动力，于是，那些成绩确实太差，升学根本无望的同学就随着父母长辈拥向了南方。

另一方面，国家对教育的重视程度越来越高、投入也越来越大。我们这些小孩子，当然不知道《义务教育法》已经颁布实施三年了。我们对国家重视程度最直观的感受就是，我们建新镇又新建了一所中学，就在离小学不远的地方。小学和中学，就像背后的狮子岩探出的两只脚掌。好像正是有了它们，“狮子”

才踩得更稳、立得更正一样。

我和高晓虹，还有很少数的一部分同学，幸运地考进了建新中学。而父亲，也因为在五年的时间里，把建新小学打造成了全学区的明星学校，赢得了领导的信任，所以理所当然被调到建新中学做了第一任校长。从建新小学到建新中学，空间距离不过一两里路，但在所谓的行政级别上，却有很大区别。我们这些小孩子自然是不懂，但从父亲神采奕奕的表情、干劲十足的工作中却能揣摩一二，不管怎样，父亲是心满意足的，用后来才学会的那句话来说，叫春风得意。

父亲春风得意，却没有得意忘形，更没有忘记他曾经的得力助手高光明。在父亲的鼎力举荐下，高光明也如愿以偿，成了建新小学的新校长。也就是说，父亲的高升，成全了高光明。不但成全了高光明，也成全了高光明的妻子周琪菊，她盼望了那么多年的校长夫人之位，现在总算是盼到手了。成天喜气洋洋，满脸堆笑，一见到有人从身边经过，就要招呼一声。表面看来，这个周老师真是越来越有礼节，越来越明事理了，实际上，她不过是用这样的方式向人们宣告，或者说引起人们注意，提醒人们，她周琪菊可不是昨天那个周琪菊啦。哦，对了，还有他们那个宝贝女儿高晓虹也变了。你看她现在那个妖娆样儿，红扑扑的脸蛋，水盈盈的眼睛，还有那走起路来像一阵春风拂过的腰身，都无不表明，她跟她的父母一样，都处在某种情绪的巅峰状态。尤其奇妙的是，她那满嘴的黑色蛀牙居然也看不见了！人们都说女大十八变，她不过才十二三岁，就变得曼妙多姿、楚楚动人了。

但我对这一切，却是不屑一顾的。

我在心里头轻蔑地道，有什么了不起，没我父亲，你们什么都不是！我其实真正想说的是，没有我孔明亮，你们什么都不是。又一想，也不对，关键还是父亲，父亲才是他们一家飞黄腾达的原因。甚至我，父亲多半因为高光明曾经救过我，所以才投桃报李吧。

可是，父亲可能永远都不会知道，高光明救过我不假，可我为什么会被他救呢？那是因为，我在救他女儿的过程中，差点失足跌下了悬崖。这么明显的因果关系，他，还有他那个宝贝女儿，居然对任何人都守口如瓶，只字不提！

可是，他们狼心狗肺，他们不提，我为什么也不说呢？

我怎么可能说呢？要我对父亲，或者对其他任何人说，我想救，不，不是想救，而是确曾救过高晓虹，我怎么说得出口呢？如果那样，不是把我内心隐藏至深的秘密，全都暴露无遗了吗？

所以我气恼。

一直到多年以后，我还在气恼。

我没有想到，我对高光明的成见会如此之深，我对高晓虹的耿耿于怀，会那么根深蒂固。以至于，我明明欣喜于她的出现，可每每真看到她，又忍不住忿忿地想，真他妈恶心！滚！滚得越远越好！

高晓虹不但没有滚，还做了我的同桌。

也不知道老师为什么会这样安排。也许，在老师的眼中，我和她是同一类人吧。怎么不是呢？我们都是校长的孩子啊。

可我们终究不是同一类人。

我们不但不是同一类人，而且还井水不犯河水，虽然近在咫尺，却又仿佛相隔天涯。我们从来不主动和对方说一句话。即便天天坐在一起，时不时还要在对方面前晃来晃去，也完全熟视无睹，好像根本就没有眼中这个人似的。

高晓虹还是做她的音乐委员，还是会在课前的五分钟里领唱，全班同学还是会跟着她咿咿呀呀地吼叫一番，唯一不同的是，我保持了沉默。我再没有像小学时候那样跟着她唱歌，只是木然地坐在那里，老师没有来，就紧闭双唇，仿佛独立于周围的世界；老师若端坐在讲台上，就假装动一动嘴巴，其实一点声音也没有发出来。也说不上为什么，就是不想跟着她瞎起哄，仿佛跟着她一唱，整个人就变矮了一大截似的。高晓虹肯定也意识到了我对她的抵触，不过她什么也不说，还是欢蹦乱跳的一个人，一会儿唱歌，一会儿跳绳，一会儿又跟一大群女生挤到某个角落去说悄悄话，忽而又嬉笑着、相互拍打着一哄而散，反正也如同我一般，从来不拿正眼看我。她越是这样，昂着一副骄傲的头颅永不服输的样子，我就越生气，越觉得她碍眼。

有一天，我终于忍不住了。我想，我应该治治她才行。

可是，怎么治呢？

我不是她父母，打骂肯定不行；我也不是老师，训斥也几无可能；最可气的是，我连个班干部也没有混上，想给她穿一穿小鞋都是做的一场青天白日梦。关于落选班干部这件事，我对老师还是很有些想法的。想想小学那几年，哪个学期不是老师指定我当班长？倒不是因为看在我父亲是校长的面子上，而是我的成绩确实足够优秀，就算我父亲什么都不是，就是个普普通通的农民，老师多半还是会让我当班长。哪承想，到了初中，老师再也不搞指定谁谁谁当班长那一套了，而是换作了所谓的民主选举。有意愿做班干部，先要自己申请，然后当着全班同学的面作竞选演讲，同学们再根据这个人的表现投出庄严的一票。每一个职位都是得票多者取胜。可叹我从小性格内向，凡事都喜欢窝在心里，欢乐的，痛苦的，都是一个人慢慢体味，静静承受，从来不善于表达，哪里敢当着全班同学的面上台去演讲？

我不是不想当班长，我只是不敢去争取那个当班长的机会。

那么在其他方面呢？有没有一种可能，我不是不想去做什么，只是不敢去争取那个“做什么”的机会呢？

好吧，现在我想做的，就是要想办法让高晓虹低下她那自以为高贵且高傲的头！我必须勇敢而坚决地策划并执行。这已经不是我对她这个人满不满意的问题了，而是我必须毅然决然地突破自我，冲出那道一直束缚我的樊篱。

我想做个全新的自己！

我已经把是否有勇气去制服高晓虹，当作检验是否有勇气做个全新自我唯一有效的衡量标准了。

机会终于来了。

我们那时候不像现在，连小学生都可以通过电话手表当通讯工具，至于初中生，更普遍使用着各种样式的手机。我们没有，我们跟外界保持联络的唯一方式就是写信。就算是写信，人也不多。一个十几岁的孩子，有联系的除了父母老师就是同学。老师同学成天都围在身边呢，哪还需要写什么信。有些父母在南方打工，写信的必要性还是客观存在，可是这些父母往往都没读几天书，别说写信，就是在人前正儿八经地说几句像样的话，可能都比登天还难呢。一句话，我们几乎没有写信的对象，也基本上没有写信给我们的对象。如果某一天，某某同学收到了一封信，那肯定是个爆炸性的大新闻。所有人都会向他投去艳羡的目光。这时候，信已经不再单纯是信，而是一种来自远方的关怀，一道从封闭的此地突然连通世界的光。

我们都太需要关怀，太需要那道光了。

写给高晓虹的那封信摆在传达室外面的窗台上。传达室的老头儿总是把信摆在外面的窗台上。我猜测他是不欢喜有人去打扰他的美梦，他喜欢坐在椅子上眯着眼打瞌睡。有时候头像蜻蜓点水似的突然往前一点，又仿佛一下惊醒过来，立刻把身子坐正，但没过一会儿，头又是往前一点。把信摆在窗台上的好处，不仅在于老头不受打扰，取信的人也更自在。到窗台边瞧一瞧,有自己的就顺便带走,没有,也不需要跟老头多费口舌。

但坏处也是显而易见的。比如恰恰就给了我这样心怀不轨的人一些可乘之机。说实话，我也不是有意要取走高晓虹的信。我事前根本就不知道还有信是写给高晓虹的。

我纯粹就是路过。

路过。然后往窗户里打瞌睡的老头儿望了一眼。也不知为什么，余光就扫到了窗台上。也仅仅是余光，可偏偏就扫到了“高晓虹”几个字。我心中一震,咦,居然还有她的信。接下来,你们都想到了，我的手不由自主地伸了出去。我甚至来不及环顾一下四周,看看有没有人注意到我的异常举止,就把信取走了。

我把信塞进胸前的口袋，仿佛若无其事地离开传达室的窗台。

边走，我边为自己龌龊的行为感到羞耻。

但是没用。一种奇怪的力量催促着我，像在后面推着我的背脊，不断加快脚步。

我去了一个更加龌龊的地方。

9

我进了厕所。找了个蹲位蹲下。

这是中午，该做作业的在教室做作业，该休息的还在寝室休息。也就是说，这个时候，在这个特殊的场所，可以肯定的是，有人过来打扰我的几率应该微乎其微了。

我掏出那封信。

摸了摸。很薄，估计里面也就一张纸。又举到眼前，对着窗。光线透过来，隐隐约约的一片黄。可是，我手捏着这个囊中之物，却不知道如何下手了。就好像，一头猛虎面对一只小小的刺猬，却不知道如何下口一样。是啊，我该怎么把信打开呢？我可从来没有想过损毁它。

我只是想看看。仅仅是看看。

我甚至连“偷看”这个词都不愿用在自己身上。

这怎么能算偷看呢？信就在我手里，我完全是光明正大地在看嘛。但这样的想法毕竟是自欺欺人。虽然厕所里只有我一个人，但哪怕碰触一下信封的声音都好像异常响亮，如同雷霆之钧，震得我胆战心惊。眼角的余光时不时还要往门口方向扫一扫，生怕有人进来，发现我卑鄙无耻的行径。

还好，我还知道自己的行径卑鄙无耻。

这说明，我还没有卑鄙无耻到极致。但这有什么区别呢？我已经无可救药。我明明知道这样做不对，可我就是要这样做。有那么一刻，我忽然意识到，我已不是我。

我已不是我。

这就是我可以继续那卑鄙无耻行径的理由吗？

我已顾不得那么多。我必须在人们发现之前，尽快看到那封信。正苦于如何才能将信打开，无意中竟发现封口处有一边并没有粘牢，手指甲轻轻往里一塞，封皮就起来了。原来，封口并不是用胶水粘贴的，而是用的一种黏黏的物质，也许是糨糊，也许是米汤，也许——我忽然一阵恶心——就是牙上的那些齿垢。关键是，糊得也很潦草。就好像，那个人在封口的时候，其实是在做着另外的一件事。因为那边的事情更紧要，反而把这边给忽略了。

我镇定下来，很轻松地把信打开。

信里其实也没什么太吸引人的东西，无非就是介绍那个写信的人到了南方，终于见到了世界的另一片天。那一片天是如此的热火朝天、充满希望，以至于，他虽然是待在厂房里，做着学徒，却依然感受到了阳光的充沛、云彩的绚烂，感受到了与之前的生活截然不同的美好。

这些东西，怎么可能吸引我呢？他所在的那一片天再美好，跟我又有什么关系呢？

我想看的，不是这些。

我以为我会看到比较刺激的内容，比如什么隐私啊，情感啊，纠葛啊，总之是小说里常见的、我们那个年龄最敏感最感兴趣的一些事情。可是没有，什么都没有。如果为了不让我失望透顶的情绪更加透顶，一定要找出一点什么的话，那就只有最后面那一句话了：但愿有一天你也能够来南方，那样我们又可以再见了！

可是，这又是什么屁话！哪个写信的人不会来点儿客套话，以期再见呢？所以，对于我那充满无限期许的内心来说，这句话实在是过分地“轻于鸿毛”了。

我颓然地准备把信重新折起来，装进信封。正在这时，一个名字引起了我的注意。顺便说一下，这封信除了内容乏味可陈，字迹更是毛毛躁躁，东一倒，西一歪，就好像，狮子岩上那满坡的杂草，看起来长势喜人，实则完全不成章法。更要命的是，短短的一页纸，竟有那么多错别字！让看信的人不得不怀疑，他大概连小学都没有毕业吧。

直到那个熟悉的名字——那个落款映入眼帘，我才确信我的怀疑是真的。黄天棒！这不就是那个大个子吗？原来，大个子去了南方。原来，这封信是大个子写给她的。

一股无名怒火腾地一下就升了起来。

我把信往空中一举,差点就撕烂了。但我到底忍住了。不！我不能撕！我必须要她看到这封信。

我会有更好的办法去治她！

我把信轻轻地折起来，还回去。以一种恶作剧般的报复心理，狠狠地刮下牙上的齿垢，往封口处糊一下，再糊一下。

我又若无其事地出了厕所，向传达室走去。

接下来，我给自己写了一封信。以大个子的口吻，几乎与大个子那封信一样的内容，然后在后面胡乱落了个名字。我把写好的信装进信封，悄悄扔到传达室的窗台上。然后，找到平时最喜欢咋咋呼呼的“高音喇叭”，如此这般，交代一番。他跟我关系不错，就是因为口无遮拦，什么秘密都守不住，我才有意识不跟他走得太近。可他不同，他一天到晚就像瓶胶水一样黏着我，一来大概因为我是校长的儿子，跟在我身边转，总不会有太多坏处；二来还是我成绩好，他时常挂在嘴边的一句话就是：我爸说，跟最优秀的人结交，自己也会变优秀。

他能不能变优秀，现在还不敢说。但有一点是肯定的，他对我确实相当服帖，几乎言听计从。

于是，那戏剧性的一幕就上演了。

同学跑到传达室外面，取回了我写给自己的那封信。等午间休息的当口，突然掏出来，当着全班同学的面，高声诵读。我佯装着发现他读的是写给我的信，“恼怒”起来，追着他在教室里撵。同学们只当是“高音喇叭”对我的恶作剧，都嘻嘻哈哈不介入，只一齐高喊：我们又可以再见了！我们又可以再见了！……我当然也不能真追上他，只象征性地跑了几圈，就骂骂咧咧回到了座位。他也见好就收，把信一读完，就扔到了我桌上。

我向旁边瞟了一眼。只见高晓虹面色惨白，额角渗着颗颗冷汗，像刚刚大病了一场似的。我还没有来得及品味胜利的喜悦，就听到她“哇”的一声大哭起来，双手捂着脸，像离弦的箭般冲出了教室。

教室里本来闹哄哄的，突然肃静下来。

所有人都默不作声。

所有人都不知道到底发生了什么。

而我，再也体会不到什么胜利的喜悦了。我的心空落落的，就好像根本就没有心一样。那是一种绝望的忧伤，一种难以弥补的自责。我恶狠狠地问自己，孔明亮，你这个畜生，你刚才到底做了什么！

而我对“高音喇叭”说了什么呢？

我说，有一个朋友给我写了一封信，你拿到班上去朗读，添油加醋一点也行。总之，要给人感觉写信的人跟我关系特别亲密。“高音喇叭”瞪大双眼，不知道我为什么要这么做。是啊，只要是个正常人，谁愿意把自己的隐私，特别是涉及到情感方面的隐私广而告之，让他人知晓呢？愣了半天，他突然恍然大悟，说我知道了，原来你跟我一样，也特别爱虚荣啊。他以为，我这么做仅仅是因为，我性格孤僻，除了跟他能说上几句，在班里几乎没有可以畅怀一谈的朋友。我是要用这样的方式告诉人们，其实我也有很珍贵的友谊，只不过，它不在身边，它在很遥远的南方。

“高音喇叭”觉得，他理解我的虚荣。

只不过，我那时候并没有意识到，他一天到晚咋咋呼呼，做得开心无比的样子，也不过是想以表面的热闹来掩饰内心的孤寂。

他跟我一样，也从来没有收到过别人写给他的信，无论是在外打工的父母，还是远在他乡的朋友。所以，他去传达室窗台上取我那封信，根本不知道真正从邮局寄来的信，是要盖上邮戳的。甚至，也许是对我所言深信不疑，他居然连我那几乎没有任何掩饰的笔迹都没有认出来。

在本质上，我们其实是一类人。

10

高晓虹就像一朵刚才还含苞待放的花骨朵，突然遭遇箭簇般雨点的袭击，瞬间就面目全非了。她本来很外向，现在却变得沉默寡言。也不跟那些女同学一起去跳绳，一起挤到某个角落去说悄悄话了。上课像尊菩萨一样坐在那里，下课还是像尊菩萨一样坐在那里。我以为她会跟老师要求，从我身边调开。但她没有。她什么都没有说，只是每天都埋头做着自己的事。同学们刚开始奇怪一阵，后来也没有那么多精力老是去关心别人，慢慢就习以为常了。老师也没有想太多，大概是觉得女生到了这个年龄，总应该有些变化。

谁不是这样慢慢走向成熟的呢？

只有我，只有她的同桌孔明亮清楚事情的原委。但我这个同桌在她眼里，已经越来越恍若无物了。以前她要进座位，到了近前，往往会说一句，请让一下。现在不，现在她到了我身边，也不管我起不起身，让不让，直接就挤过去。有时候前后排相隔的空间过于狭小，她就把后排桌子往后一推，就过去了。那个座位上的同学只当她脾气变怪了，也不跟她计较。更多的时候是，她还没推桌子，桌子就主动向后一歪，让开了一条缝。

而我，内心更是备受着煎熬。

我没有想到，事情会变得如此糟糕。

我没有想到，我那个纯粹报复性的恶作剧，竟然可以如此深刻地改变一个人。我从来没有想过要改变她。我为什么要改变她呢？她那么漂亮，那么可爱，那么朝气蓬勃，即便她满嘴都长着黑黢黢蛀牙的那些日子，也依然强烈吸引着我躲闪的目光。

事情是在那个暖风习习的夜晚，变得越来越复杂的。

我们正在上晚自习。下课铃声还没响。但教室外面已经围了好些卖吃食的小贩。这是没有办法的事，学校没有围墙，挡不住那些锅瓢盆碗里扑鼻而来的香气。小贩中有的是附近的村民，有的是镇上的居民，还有的是学校教师家属，家属没有正式工作，只能靠卖吃食挣钱贴补家用。所谓“靠山吃山，靠水吃水”，在建新中学，真是被演绎得淋漓尽致。

学校堵不住这蜂拥而来的洪流，只能学大禹治水，疏导，规劝。明文的规定从来没有听说过，但值周老师走上前去，说声音轻点，还没下课呢，这样的情形还是见过不少。对方也比较配合，说小声就小声了。他们心里也清楚，不必跟老师硬顶，自己卖吃食是挣一口饭吃，他们过来管管也是为了挣一口饭吃，都不容易。

所以，那就耐着性子再等等吧。

等到下课铃一响，教室里的洪流便迅速合围拢来，汇成一片汪洋。

这些小贩中，有一个最是特别。应该才新近加入没多久，好像上周都没有看到过。虽然还没到三伏，但天气毕竟已经很热了。她却戴着一张十分宽大的面罩。所谓“十分”，就是除了把脸完全遮住，连下巴，连耳根，也通通躲到了“幕后”。最要命的，还是那顶像蒸笼一样的帽子，灰不溜秋的，跟她那身同样灰不溜秋的衣着倒是十分搭配。整个面部，只剩下一双闪烁不定的眼睛转来转去，活像个害羞的村妇，一发现有人注意到她，便赶紧低下头去，完全不敢跟人正眼相对。也不知道她为什么要着这样的打扮，也许是脸上长了疮，也许是被男人掴了脸，留了伤痕。总之，肯定是不好看，不想让人见到。

再丑的人，也需要遮丑。

好在是晚上。好在人们的关注点都只在给钱与收钱之间，人们根本没有闲工夫去关心身边的人是不是把脸遮住了，或者把脸遮住了多少。所有人都是在为“吃”，而不是在为“看”而忙活。她显然也明白这一点，买和卖的人忙活起来，她也跟着风车斗转了，先前的不安与局促也在忙活之间消失殆尽了。

上课铃再次响起。同学们心不甘情不愿似的陆续往教室而去。卖完食物的小贩已经在收拾东西准备打道回府，一些还没卖完的，一会儿整理一下锅盖，一会儿扯扯盆上的盖布，似乎是想把食物捂得更紧点，不要过早凉了——他们在等着晚自习放学，再作最后一搏呢。

就在这时，惊人的一幕发生了。

那个灰不溜秋、把头裹得严严实实的女人，突然一声尖叫。人们诧异的目光齐刷刷向她那边望过去。一个女同学，穿着火焰般鲜红的连衣裙，正拼命朝那个女人脸上抓去。她想扯下女人的面罩，但是很可惜，她努力了几次，终于因为身高不够败下阵来。女人把两只胳膊挡在面前，抵御着女同学的进攻。

值周老师发现了情况，赶紧跑过去。先把女同学拉开，正要问怎么回事，却见那个女人一手捂着脸——虽然面罩并没有扯掉，还是紧紧捂着，一手提着桶，飞快地跑远了。那只桶在行进途中荡来荡去，轻飘飘的，看样子东西剩得不多，也或许已经卖完了。值周老师把脸转向女同学，想要再问，不想女同学把脚一跺，也气冲冲地跑开了。值周老师愣了半天，或许是因为女人反正走了，现在又到了上课时间，那就随她们去吧。

所有这一切，我都尽收眼底。

我们的教室在二楼。我正站在窗前。

那个女同学我是再熟悉不过了。对，你猜对了，她就是我的同桌高晓虹。那个戴面罩的女人呢？我想，除了我和高晓虹，再不可能有第三个人知道她是谁了。而我明了她的身份所带给我心灵的震撼，已经远远高出，高晓虹在女人面前所表现出的失态所带给我的冲击。她虽然遮住了她的面孔，她虽然戴了那么大一顶帽子，她虽然处心积虑地把自己打扮得像个真正的村妇，可是，她那头标志性的鬈发还在，葱葱茏茏地披散在肩头。寻遍整个建新镇，谁又能找到第二个像她那样留鬈发的女人呢？

这真是一对疯狂的母女啊。

可是，堂堂建新小学的校长夫人、那个风姿卓越的音乐老师为什么眨眼间，就跟一群毫无素养可言的小贩一起卖起了吃食呢？

那个周末，我郁郁寡欢。

我想，我应该跟母亲说说这件事。父亲调到了建新中学，母亲并没有跟着来，她还在建新小学。也许是父亲觉得家属不在一起，工作更好开展；也许是母亲觉得，反正两所学校在同一个镇上，相隔不远，走动也方便。也就是说，她现在还是周琪菊老师的同事。跟母亲说说她的同事，让她帮我舒解一下我内心的困惑，也应该是情理之中的事吧。

没想到，母亲并没有我想象中那么讶异。虽然有点吃惊，但很快就恢复了常态。那样子，就好像被蚂蚁夹了一下，虽然有点疼，却完全在可以忍受的范围。母亲说，只知道她这两年沉溺于麻将，却不晓得堕落成这样了。母亲没有做过多解释，但我已经明白。原来，那个曾经令我们景仰无限的周老师，竟然深陷在了赌博的漩涡里。

她到底输到了什么程度，我们无从知晓。

但她一定输得不浅。不然，怎么可能走到需要靠做小贩来挣钱还债的地步呢？若不是还债，她和她的校长丈夫都是公职人员，虽说不上大富大贵，但每个月旱涝保收，日常的吃喝花销是不愁的，哪里用得着这样来作践自己呢？

母亲轻叹一口气，说还是没钱的日子好过。想想前些年，工资是不高，但别说赌，连麻将长什么样，好多老师都不知道呢。这是大实话，我读小学的那几年，哪里见过老师们打过麻将？男老师最常见的娱乐方式是打篮球，女老师无非就是坐在院坝里边晒太阳边织毛衣，有时候三五个围在一起聊家常。也不过就是两三年的光景，世界就像那麻将牌，完全推倒了，洗了重来。

母亲又说，这几年高校长老得特别快，他的面相本来就催老，加上里里外外的事情忙得风车斗转一般，简直比你爸还不如，连我们这些外人看着都心疼。母亲想说的意思我懂。她同情高光明。不仅因为他工作繁忙，还因为他家那个爱上了赌博的周老师。

周琪菊为什么会沉湎于赌博而无法自拔，以至于到了现在这种难以体面收场的境地，无论是对母亲还是对我，都是一个谜。如果仅仅是她个性的缺失，对喜好的事物无法自我克制倒还好，怕就怕，倘若有其他外力的作用，那就麻烦了。倒是听到过一些风言风语，母亲说，但是，谁能证实呢？

母亲所谓的风言风语，要从镇上开的那家麻将馆说起。

那本是个鱼龙混杂的场所，进进出出的，大都是些社会闲散人员，不说靠赌为生，至少也是些一日三餐都在赌桌上将就的人。周老师的生活圈子在建新小学，本来跟这些人八竿子也打不着，但偏偏就有个包工头，想承包建新小学操场的翻新工程，托了一层又一层的关系，总算把校长夫人周琪菊请到了麻将馆。包工头的本意是，直接送钱，那样也太明目张胆了，对方未必敢收。毕竟，在二十世纪九十年代初，人们的思想意识还不像现在这么开放，做事总有点畏畏缩缩的意思，领导干部包括他们的家属，整体而言还是比较廉洁。包工头就寻思着用打麻将的方式进行利益输送。万一说起来，都是牌桌上的事，扯不上什么行贿受贿。

周琪菊本来就手痒痒，以前只是在学校跟同事们玩玩儿小牌，现在有熟人来请去麻将馆，还有包工头作陪，想必会玩儿得大点，也就顺水推舟，跟着去了早先预备好的包间。运气果然很好！一个晚上下来，差不多把她一年的工资都赢下来了。

下了麻将桌，她是又惊又喜，连数钱的手都是哆哆嗦嗦的。包工头见时机成熟，就找个空当向她提了操场翻新工程的事，拜托她跟高校长吹吹枕边风。不想，初尝甜头的校长夫人完全是个榆木脑壳，根本没去想自己赢钱，其实是别人故意输的。牌桌上那另外三个人，都是包工头特意安排的自己人。

所以，包工头一提，她就直接泼出去一盆冷水，那怎么行？那不是搞歪门邪道吗？再说，老高工作上的事，我可是从来不过问的。

她把赢钱，完全当成自己运气好了。

包工头哑巴吃黄连，有苦说不出。想要挑明，又觉得理据不足。这种事，哪有明明白白，说得一清二楚的？靠的都是心知肚明。一弄上台面，又变成行贿受贿了。

包工头也不敢背上行贿的罪名。

但是，花了那么多钱，却像打出去的水漂儿，连个水声都不响一下，不是太亏了吗？做生意，哪有这么撒钱的道理？

想来想去，包工头想到了一个高招。

他想这一次，手里的这条大鱼无论如何也蹦跶不出去了。

11

包工头想出的高招实在有些坑人。

但很管用。

他也不跟校长夫人争辩。不帮就不帮吧，反正来日方长。当年打小日本儿，还用了整整八年呢。想到这儿，他不得不为自己的远见卓识而扬扬自得。等到下次，几个人把周琪菊请到同一张麻将桌上，正玩儿到兴头上，眼看着她马上要胡牌，包工头突然起身，说不好意思，内急，稍等片刻。让旁边一个朋友代他出牌，他迅速出了房间，却并没有去厕所，而是直接到了屋外。

包工头前脚刚踏出门，警察后脚就跟进来了。

警察进来的时候，周菊琪正兴高采烈地数着手里刚赢的钱。

一行人到了派出所。警察公事公办，先把几个人关到一间黑屋里，然后一个一个叫出去询问，作笔录。周琪菊哪里见过这个阵仗，一路上，吓得尿都差点流出来了。到了黑屋里，她想活了几十岁，哪里受过这种委屈？受点委屈也就罢了，可这事要传出去，说原来建新小学的周老师是个赌徒，闹得满城风雨，这张脸，以后还往哪儿搁？更别说如何给高光明的脸上抹黑了。他是一校之长，再开展工作，人们不都得在背后指指点点啊。直到这时，她考虑的都是脸面问题，根本没有意识到，这其实是个法律问题，是个可能要担刑责，继而可能会失去公职的问题。这也可以理解，虽然她是个老师，但法律意识到底还是浅薄了些——那个时候，又有几个人的法律意识很强呢？法律本身，都还在不断改革和完善中呢。

警察是最后一个把她叫出去的。

警察例行公事，问询完毕，忽然把头往前一凑，压低声音说，周老师，我们和高校长都是熟人，我们不会为难你的。

周琪菊一听，本来还强忍在眼眶里的泪水，这会儿突然就不争气了，直往下淌。她也说不清是委屈，还是感动。总之，她就坐在那儿，哭得个稀里哗啦的，好像一捏，整个人都要变成水似的。

警察扯过一张纸巾，递到她面前。警察说，情况我们都已经摸清了，按照你们今天的打法，已经是完完全全的赌博了。

赌博，周老师，你知道吗？

周琪菊不知警察是何用意，只稀里糊涂地点了点头。

警察却摇摇头说，不不，你多半是不知道的。周琪菊愣愣地望着警察。警察说，赌博，就意味着，你已经犯罪了，可以抓起来送去坐牢了……周琪菊只觉得一阵眩晕，若不是警察及时扶了她一把，险些就栽倒下去。警察看给她的刺激太大，赶紧也转了弯。

警察说，周老师，你也不必太紧张。我刚才说了，我们跟你们家高校长都是熟人。说到一半，他像是在斟酌下面的话到底该如何表达。这样吧，考虑到你是初犯，又能如实交代，我们办案也不是为了惩罚谁，主要还是抱着治病救人的目的……我看，案底呢，就不用留了。但是，罚款还是要缴的。不然，真有点说不过去了。

周琪菊赶紧接过话头，急切地说缴缴缴！我缴！我缴！我马上联系老高来缴！

高光明得知妻子被带到派出所，已经是傍晚时分了。妻子喊去缴罚款，他的第一反应是，真他妈把脸丢到家了！接着就是，钱呢？我上哪儿去找钱呢？要知道，平时每个月工资一领，都及时交给了周琪菊。说句不好听的话，他手里的钱并不比读初三的女儿多多少。而带话的人只说周老师喊他去缴钱，却并未告诉他钱放在哪里。他其实不知道，周琪菊之所以没有说钱放在哪里，一是对带话人的不信任，因为钱自然是在存折上面，而要用存折去取钱，必然就涉及到密码，她怎么可能把密码让一个外人去告诉老高呢？况且，就算他知道存折在哪儿，也知道密码是多少，依然取不出钱来的，因为这个时候，银行早就下班了。那个年代，在这个镇上，还没有银行卡、自动取款机一说呢；二来，也是最关键的一点，她存折里的钱，除了两个人的工资，还有很多是她打麻将赢的钱。那些钱，她可不想让高光明知道。她不想高光明知道那些钱，就如同她不想高光明知道她下班以后的行踪一样。

高光明准备去找关系不错的几个老师借，可又怕人家笑话他，堂堂一校之长，居然还要向下属老师借钱，关键是，数目还不少，难免不让人怀疑，这么多钱借出去，还这么急，到底是要做什么呢？

他怎么能如实相告，他要去派出所拿钱领人呢？

正一筹莫展之际，包工头出现了。

包工头没有去找高校长。他跟高校长不熟。包工头直接去了派出所。当高光明还在为找不到钱而一筹莫展时，包工头已经带着周琪菊回到了建新小学。一见高校长面，立马就说，他也没想到事情会闹到这步田地。要不是他去了趟厕所，现在也跟夫人一起蹲在派出所了。他为这事感到非常内疚。高光明虽然对包工头心怀不满，觉得他不应该把周琪菊请出去打麻将，但人毕竟是他带回来的，也算是将功补过吧，便说谢谢你！缴的那些钱，过几天就还你。周琪菊有了这一番惊心动魄的经历，对包工头想法却是，要不是你请我去，我怎么可能出这么大一档子事？罚款的钱，应该你出才对！

周琪菊不知道，包工头当然是愿意出这钱的。

为了出这钱，他才煞费苦心，一手策划了这整起事件啊。

后来，高光明到底有没有还钱，或者高光明要还钱，周琪菊有没有阻止，甚至，高光明把钱还了，高琪菊是不是又要了回来，这一切，都只有天知、地知、他们才知了。

但这些都不重要。重要的是，周琪菊既然有了包工头的支援，又怎么会落魄到要变身为小贩来多挣那么点钱呢？

这样的问题，高晓虹多半还没有来得及去思考，或者说，她多半还没有意识到母亲的问题到底有多严重。在她看来，母亲无非就是禁不住商品经济大潮的侵袭，变得唯利是图、见钱眼开，再也不安分做她的老师，当她的校长夫人，只要有钱，哪怕跑到她身边来给她丢人现眼也在所不惜！

高晓虹就是这样看待她母亲的所作所为的。

高晓虹也只能这样看待她母亲的所作所为。

她虽然也知道她母亲这两年爱上了打麻将，但她只认为那是母亲在课余时间的一种休闲方式，与她之前坐在树荫下织毛巾，或者在家里练声唱歌、拉手风琴，在本质上是一回事。她怎么可能想到，她母亲早已不把打麻将当成休闲方式，而是一种创收的手段了。因此，她就不可能像我母亲那样去怀疑，靠打麻将来创收，简直就是天方夜谭，周围那么多打牌的，有几个是真正可以赢钱走路的？更多的人是今天赢明天输，到头来总是要把四个口袋输得一样空，甚至连衣服裤子都输光了，还走不了路。当然，有一种情况可以例外，那就是所有人都像包工头那样故意输钱给她。

可是，这样的情形可能存在吗？

如果真的存在，她又何必将自己置于那般冒险的境地去自取其辱呢？是的，我说的是冒险，如果不是，她又怎么会处心积虑把自己打扮成村妇的模样呢？她自然也知道，那是一件让她、让她女儿、让她当校长的丈夫丢脸的事。

明知丢脸，却偏要去做。这又是什么样的道理呢？

我和母亲都不想再做无妄的猜测了。我们都还有很多自己的事要做。我们只是从内心深处对周老师寄予了同情。有那么一刻，我竟觉得讨厌了那么多年的周老师，包括高光明，不再那么讨厌。特别是高晓虹，我更说不清是一种什么样的感觉。恨意肯定是没有了，同情也是必然的。但这还不够，在这些情愫之外，我总隐约地觉得，还有点别的什么。

我甚至想,假如老周老师还在,他们家,会不会有所不同呢?

至少，他应该管得住宝贝女儿，不让她坠入赌博的无底深渊吧?

12

周琪菊到建新中学来卖吃食不到一周，就露出马脚，被女儿慧眼识破，最终在拉扯中狼狈不堪，落荒而逃。从此，她再也没有出现在那些小贩中间。高晓虹恢复了平静，平静得有时候都让人感觉到冰冷。但她没有像她母亲那样堕落。她更加努力，更加奋进。她几乎把所有的课余时间都利用起来，查漏补缺。很快,她的综合成绩就超过我,成了我们班名副其实的“大姐大”。

我们都把心收拢来，聚精会神，迎接中考。

到了高中，我们虽同在县中，却被分在了不同的班级，所以大部分时间都各自把对方相忘于“江湖”了。偶尔在食堂，或者在操场邂逅，也顶多愣一愣，连声招呼也没好意思打，又疾步如飞，擦肩而过了。她的父亲高光明放弃了建新小学的校长职位，主动请求父亲帮忙，调到了建新中学来做副校长。表面的说辞是孩子现在正读高中，花销大，到中学来工资高点，压力多少小些。父亲这时候也当真缺少一个得力的助手，所以一拍即合。听母亲闲暇时分析，高光明之所以想离开建新小学，实在是因为周琪菊的原因。大家都知道周老师是个麻将迷，一下课就扑到麻将桌上去了。那些同样爱好打麻将的老师们当然也乐于“舍命陪君子”，一起玩儿得个呼天抢地，儿不认母了。高光明调到建新中学，周琪菊像我母亲一样，依然留在了建新小学，这样，大家互不干涉，工作起来反倒轻松自在。说起来，建新小学和建新中学同在一个镇上，但毕竟是两所学校，两所学校的老师们因处在不同的生活和教学圈子里，所以来往都极少。

有一个细节，没有人在明面上提出来说，但私底下总能听到一些议论，建新小学操场的翻新工程最后还是给了那个包工头。议论终归只是议论，谁也拿不出证据证明这其中有猫腻。所以议论之后，一切又复归于平静。

高光明就是在这平静的气氛中，离开建新小学，调到建新中学的。

高光明到了建新中学，周琪菊的麻将瘾还是天天犯。眼尖的人又发现，周老师打麻将十打九输，可是，她身上的穿戴依然那么光鲜，脸上的皮肤依然那么紧致，连那满头的鬈发也越来越蓬松，色泽也越来越亮丽了。不同的是，现在她早已不亲自动手裹缠，而是几乎隔天就到镇上的理发店去，那里有专门的师傅为她量身定制。

至于那段化身为小贩的黑历史，因为极其短暂，因为除了高晓虹和我，还有母亲，也许还有高光明，几乎无人知晓，所以就好像从来都没有发生过。周老师依然保持着她作为校长夫人的高贵和雅致，依然以她音乐老师的光辉形象感召着周围那些幼小的心灵。

高光明一直没多大变化，跟我最初认识他的那几年差不多一个样儿，还是强健壮硕的身材，还是十分朴实的衣着，还是和蔼可亲的面容——这是关键，如果说真要有什么变化的话，那就是，他变得越来越和蔼可亲了，以至于横斜在他脸上的那道刀疤，都差不多被忽略了。是的，这么多年下来，我都差点忘了他脸上的刀疤，忘了那刀疤曾经带给我的恐怖和厌恶。

一个人灵魂的善，终可以修饰他面容的恶。

但并不是世上所有的善，都能迎来理所应当的好结果。

也不是世上所有的恶，都能像他脸上那样明明白白显露出来。

高光明现在要思考的，显然不是善恶的问题。而是面对同学突如其来抛出的“喜讯”，他该怎么办呢？

原来，当父亲再次得到升迁，调进县城一所中学当了校长，他便又全力以赴向上级举荐高光明，力图让他有机会全面主持建新中学工作。暑假即将过去，人事安排很快就会尘埃落定。

这时候，却出了个小插曲。

那天，高光明正跑到我家来，找父亲请教如何才能做好一个中学校长。正谈到兴头上，接到一个电话。电话是他以前的一个高中同学打来的。同学在另一所乡中学做副校长，平时他们也会在电话里交流一些工作上的心得体会。高光明接了电话，就听到同学在那边兴高采烈地嚷嚷开了，老高老高，有件好事要跟你说呀。高光明心头一紧，心想组织上安排我接任建新中学校长的事是绝密，现在文都还没下呢，他怎么会知道？但他打算不露声色，看看对方到底要说什么。同学果然没有沉住气，大大咧咧地说，组织上马上就要安排我到你们学校来主持工作了。我对你们那里情况不熟悉，以后要请你多多协助啊。

高光明一听，这话不对呀。组织上明明是准备让我接任建新中学的校长，现在怎么又变成他了呢？又一想，多半是他找人在活动。毕竟事情没有最后定板儿，各种力量的相互角逐都在情理之中。他只稍稍迟疑了一下，就清醒过来，现在，他必须再次请父亲出马，帮他找人活动活动了。

再善良的人，也不可能把眼看着已经进嘴的食物白白让给他人啊。

结果后来我们都知道了，高光明有惊无险，最终成了建新中学校长。而他那位老同学，依然调过来了，做了他的副手。

开学一见面，两个人都有些尴尬。但毕竟都是场面上的过来人了,气氛很快就得到缓和。接下来,还是同学情谊占了主导，工作上相帮相衬相融洽，就差相互之间相濡以沫了。

高一高二，我差不多每个周末都会回一趟建新，上了高三，最多一个月才能回一次家了。每次回来，总能见到一些大大小小的变化。比如建新小学把所有的土坯房全都推倒了，新的工地正拔地而起；比如建新中学已经正式从乡办中学升格为国办中学，无论老师还是同学，都好像又高人一等了；比如镇上，原来一枝独秀的供销社突然就萎靡下来，更多的私人商店开始出现，而买东西的人们，也更愿意往那些私人商店里钻，曾经备受追捧的供销社现在却门庭冷落了。

就听到母亲说，建新中学又冒出来两件石破天惊的新鲜事，一是学校食堂承包给了私人，以前是学生自带食粮，学校雇的炊事员统一蒸钵钵饭，现在炊事员被扫进了历史的垃圾堆，取而代之的是老板请的专业厨师，学生只需要掏钱就可以享用到美味的饭菜；二是学校成立了小卖部，把原来像老鼠一样在校园里钻来钻去的小贩全都挡在了校门外面。学校出台这样的举措，唯一的理由是，方便管理，服务师生。可是，也难免有人在背后说东道西，母亲若有所思，说议论最多的还是那个承包人。我说哪个承包人？就是以前那个包工头呀，母亲边答边摇头，也不知道高校长是怎么想的，居然把小卖部也承包给了包工头！那么英明的一个人，怎么会做出这么糊涂的事情来。老实说，高光明如何英明，我还真没有感觉到，也许母亲看人的角度与我不同，他们以前是同事，现在虽然不在一个学校，但毕竟都是成人，成人的眼光与我们终归是有些不一样的。她所谓的英明，大概就是说高光明在工作中一直没有出过什么大的岔子吧。至于说糊涂，我想问题也还没那么严重，承包食堂也好，成立小卖部也罢，都是现在政策允许甚至提倡的事。

允许是允许，可人们总难免生疑呀，怎么所有的好事都被一个人占光了呢？母亲一急，土语就跟着出来了，她所说的占光，其实就是全占的意思。不过，话又说回来，母亲话锋一转，他这样一搞，学校管理水平确实上了一个台阶，特别是食品安全，从你父亲那时候起，提心吊胆了好些年，现在总算一块石头落了地。

那不就得了嘛，人家只要是一片公心，有什么好议论的呢？

下面一句话我没有说出口，只在心里道，世上的事，总好像跷跷板，你把这头坐下去了，那头翘起来，你想去把那头坐下去，这头又翘起来。真要四平八稳横在水平线上，简直比登天还难。

正这样想着，忽然一个激灵，也怪，我现在的思维方式，怎么都是向着高光明的呢？也许，距离远了，反倒容易记住一个人的好，那些不好的方面，却在时光的流逝中，随泥沙一起慢慢远去了吧。

13

高光明被抓，已经是五年以后的事了。

我大学毕业快满一年，在法院工作。父亲这几年也是飞黄腾达，在城里工作没多久，就在一次全县教育系统领导干部的遴选中，被擢升为教育局副局长。母亲这时候也以领导干部家属的身份得到组织照顾，调到城区一所小学任教。

我们一家人，总算又在城里团圆了。

高光明被抓之前，父亲已经听到一些风声。他在领导岗位上这么多年，总还交到了一些知根知底的朋友。朋友说，要告诉你那个徒弟，有人在告他，自己要把屁股揩干净，别到时候裤子一脱，裤裆里全是屎。朋友习惯把高光明称作父亲的“徒弟”。也是，从小学到中学，从副校长到校长，哪一步，他曾离得开父亲呢？

父亲当然不希望一手培养起来的“徒弟”出事。

所以，结束朋友的通话，他立马就拨通了高光明的电话。

先是寒暄一阵子。

父亲说，听说这几年你在学校食品安全工作方面下了大力气呀。

对方答，都是老领导治校有方。我不过是做些“添油加醋”的工作罢了。

父亲说别别别，你那一套，我还真不会。说到“那一套”，才发现这话的双关义实在太强，乍一听像是“褒”，细品之下，又有点“贬”的意思了。父亲为自己的失语有些后悔，但转念一想，反正话都说到这分儿上了，不如再往明处挑一挑，让他领会。于是父亲又说，你也干这么多年了，应该有所体会，工作上的事，都是双刃剑。一些人说你好，就意味着必然有另一些人说你——他差点脱口而出个“坏”字来，但总算及时意识到了这样用语的不妥，赶紧将舌头打了个转儿，吐出来的却是“不好”两个字。

父亲很满意，觉得“不好”，比“坏”好多了。

高光明肯定听懂了父亲的意思。父亲是教育局领导，现在领导既然都知道有人在说他的“不好”，那就说明——

说明什么，还用挑明吗？

最后，父亲说了句意味深长的话：我们干工作，就是要把好的方面发扬光大，把那些不好的，通通扔进垃圾埇。

高光明振振有词地回应，老领导说得对，我记住了。

高光明记没记住不知道。也许因为父亲说的话过于含蓄，他嘴上说懂了，其实根本没听懂；也许他确实听懂了，父亲的意思不就是要他把不干不净的东西处理掉吗？可是，旁人眼中的垃圾，在他眼中却是难以割舍的宝贝，所以最终还是没处理；当然，还有另一种可能，那就是他的妻子周琪菊，在决定人生和家庭命运的关键时刻，充当了他的绊脚石。想想周琪菊这些年来的表现，这种可能性真是太大了，大到我简直就要以为这是唯一的可能了。

这些都是我的分析，没有实证。

得到实证的，是大约两周以后才发生的事实。反贪局一行人等，开了两部车，往建新中学长驱直入。他们把高光明拿下的时候，他正在操场上主持全校师生大会。他在主席台上，远远就望见了那些人。因为是便衣，他并不知道他们都来自反贪局。又因为来的人气场强大，他以为又是哪个上级部门来搞突击检查。那些人自然也看见了他。有人在跟旁边的老师交头接耳，不知道在问什么，也许就是在确认主席台正中间那个人是不是高校长吧？

高光明觉得，他应该过去迎接才对。

于是，把主席台交给旁边的同学副校长，就朝那行人疾步而去。

到了近前，他掏出香烟，还没来得及一支支抽出来敬上去，就听其中一个人说，高校长，这么多人，手铐就不给你上了。你主动配合下，跟我们走吧。说着，往不远处停在校园甬道上的汽车指了指。

高光明这才心头一震，想完了，该来的还是来了。

高光明上了车，抬头往操场上瞥了最后一眼。几千师生，这时候都齐刷刷扭过头，朝这边望过来。所有人都呆若木鸡，不知道眼前发生了什么。老同学也是呆呆地立在主席台上，仿佛忘记了他在主持大会似的。他的身影从来没有像今天这样，看起来那么单薄，那么渺小，那么木然……

在那一瞥之间，他没有见到周琪菊。

不知道她又躲到哪个旮旯打麻将去了。

麻将啊麻将，一切的美好，不都是被那可恶的麻将所摧毁的吗？

他的心中没有怨恨。只有一种怅然若失的情绪像水一样弥漫开来。漫过前胸，漫过脖颈，漫过鼻翼，以至于，有那么一刻，他感觉整个人都快窒息了。

但他还能忍。

直到旁边紧挨着他的那个人开始给他上手铐，还不忘笑盈盈地问道，高校长，您还认识我吗？刚才上车的时候，离这个人近了，高光明是觉得有些面熟。但这些年因为工作的缘故，面熟的人多了，所以他也没怎么往心里去。现在对方问起来，说明他们的确是相识的。但此时此刻，他们的身份早已冰火两重天，他与他，是抓与被抓的关系，他为什么还要这么看似热情地相问呢？

也难怪，您做领导这么多年，怕是把以前的故人都忘了。我是莫关情，您想起来了吗？

高光明只觉得眼前一黑。

就像正行走在薄薄的冰面上，突然脚下一滑，又掉进了冰窟窿里。

但他毕竟是个坚强的人，即使遭到这样的重击，也没有立刻崩溃。他只是万万没有想到，当年的情敌，现在竟然成了给他上手铐的人！所谓世事变迁，造化弄人，曾经那么个其貌不扬的家伙，现在居然还混出个人模狗样来了。

问题是，现在怎么办呢？

现在我是人家砧板上的鱼肉，除了任人宰割，还能怎么办呢？

高光明痛苦地闭上了双眼，不再报以任何天真的幻想。

但他的家人不一样。周琪菊和他那么恩爱，二十余年，他像孩子一样宠着她，惯着她。无论提什么要求，合理的，不合理的，他都想方设法满足她。现在，他出事了，她一定会像热锅上的蚂蚁，急得团团转吧。他们的宝贝女儿高晓虹，心里怕是要更复杂些。去年，她毕业分配到了一所乡村中学，前段时间高光明还跟我父亲提起，想请父亲帮忙，今年往城里调一调。如今这样的时机，这样的要求还怎么好意思再说出口呢？

高晓虹不好意思找父亲，却来找我了。

高晓虹来找我，自然也不是说她调动的事，而是想请我出面，给父亲说说情，再由我父亲找找关系，看能不能把高光明弄出来。父亲一听这话，把脸一垮，犯了法，好好受罚就是。早知如此，何必当初！只有猪脑子才净整这些没用的！我知道父亲还在生高光明的气。明明给他打过电话了，他却硬是没听进去。早点把那些不法所得处理掉，哪会有这档子事！现在真出了事又来找，烦不烦？

父亲烦，我也烦。

父亲烦的是高光明，我烦的却是高晓虹。

这些年大家各自在外求学，鲜少谋面。工作以后，我在城里，她在乡下，加上我们所处行业又完全不同，除非有意相约，靠碰，可能性几乎为零。有几次，我倒是想过约一约她，可一想到见了面说什么呢？如果什么都没的说，不是太尴尬了吗？那还不如不见好呢。心一怯，又退缩了。这次她打电话来，说要请我出去见见面。我知道她肯定是要说她父亲的事。我也知道父亲多半不愿意出面。他是台面上的人，跟个进了反贪局的人搅和在一起，说出去，难免让人产生遐想。再加上他们原来就是上下级关系，那么亲密的一层，更会使人浮想联翩了。

但我总还想见一见她。

这么多年来，我其实一直都想见一见她。

于是我说，好，我们晚上见。到了晚上，我们确实见面了。但直到见面那一刻，我才知道，所谓的“我们”，不是只包含我和她。她身边还跟着一个身材威猛、高大魁梧的男子。他那壮硕的头颅，发达的肌肉，走起路来昂首阔步的样子，瞬间就把我碾压下去了。

在他面前，我算什么呢？

我不过是个弱不禁风、百无一用的书生罢了。

那一刻，本已潜伏多年、我以为从此都销声匿迹的深刻的自卑又探出了它那可恶的脑袋。

高晓虹显然对我的心理没有感同身受。她只是礼貌地拉过身边的男子，说你们都是老熟人了，不用我再介绍了吧？男子微微一笑说，不用不用，大家从小一起长大的，还废那么多话干什么！边说边伸出手来。我只觉得迎面而来的身躯就像一块坚硬陡峭的石壁，冷峻、强大、压抑，逼得我都差点喘不过气来。我愣在那里，可能有三秒，也可能有五秒，没有动。男子把手又缩了回去，但脸上的笑意还在，微弱，闪烁，意味深长，像在夜风中东偏西倒的一星野火。

我脑子里开始出现狮子岩的形象。

然后，我想到了大个子。那个带我们去狮子岩半腰、钻土匪窝历险的面房工人的儿子。我想伸出手去，可是，对方的手已经缩回去了。我，还要不要伸呢？

然后，我又想到了我跟他的那一番死命对决。

众所周知，那一局，我输了。

而眼前的这一局，我还会输吗？

14

大个子叫什么名字，我早已经忘记了。或者更准确地说，我没有忘记，只是从来都没有记过。从小，我们都是喊他“大个子”。他们俩多半以为我还记得，所以也没有再介绍。我也不想让他们知道我已经忘记了，否则，他们肯定会说我“贵人多忘事”。每每我想招呼一声，都尽量使用可以避免叫人名的句式。比如用“大哥”作替代，但叫大哥实在有些不舒服。心里本来就对他不满不服，他又何德何能，凭什么他是大哥我不是？比如直接称呼“你”，但这样似乎又太随便，毕竟我们二十几年不见，关系还没熟络到可以不顾礼节的程度。不过话又说回来，就算我们天天在一起，我跟他，又何曾熟络到可以随随便便过？所以，每一次我想对他说点什么，总是先在桌上弄出点什么动静来，他的注意力一过来，我就开口。也不用称呼什么了，直接切入正题，简单明了。

但是，不服归不服，如今的大个子已经不仅仅是在个头儿上充大哥了，从他看似轻描淡写的一番描述中，我已经大致领会到，若论财力，我跟他相比，更是一个天上，一个地下，他若要做大哥，又哪里轮得到我的分儿？

越是这样，我便越不服。

只在心里忿忿地道，也不知“黑牙巴”哪根筋短路了，居然看上了这么个大老粗。小学都没毕业呢！除了在南方开面房赚了几个钱，他哪点比我强了？我孔明亮再不济，也是个大学生，也在国家机关工作！其实高晓虹牙齿已经许多年不黑了，不但不黑，还反倒洁白如雪，十分亮眼。脑子里冒出“黑牙巴”这个词，无非是对她恶狠狠的恨意罢了。

这种恨可以说是对她，是恨铁不成钢的恨。

这种恨也可以说是对我自己，是话到嘴边也不敢挑明了说的恨！

不敢挑明，窝在心里也有好处。比如现在，我就可以肆无忌惮地遐想，或者叫不屑一顾地自语：你找了个那么能干的男朋友，为什么现在还要来求我呢？

是的，高晓虹确实是来求我的。

高晓虹不但自己来，还拽上了她那心爱的大个子一起来求我。她大概以为，只要把活生生的财神爷带在身边，一切问题就迎刃而解了吧。大个子也确实发挥了他的所长。他开诚布公，阐明来意，就是想通过我请我父亲出面，帮他那未来的老丈人一把。

接着，硕大的一块“砖头”就从桌子底下递了过来。

我心一沉，没有接。

没有接，不是因为我对大个子长此以往的反感，而是我太知道父亲这个人了，做领导干部几十年，偶尔吃人家一条烟，喝人家一瓶酒，这样的事不能说没有，但真要说拿人家、要人家、或者默默无闻接人家的，那不是他的风格。他虽然待人热情，喜欢帮忙，但也会审时度势，该帮则帮，不该帮的绝不会帮。即使相帮，他也不会要人家的。高光明从主任升为副校长，从副校长提为校长，又从小学调到中学，最后成为建新中学的掌门人，每一步，后面都有父亲的影子，父亲又何曾要过他一分一厘？

高晓虹大概以为，我父亲以前帮过她父亲那么多次，这一回也应该不会袖手旁观吧。她哪里懂得，同样是帮，以前是锦上添花，父亲自然愿意，现在连雪中送炭都说不上，简直就是刀山上开路、油锅里捞人，一不小心，忙没帮上不说，连自己都可能搭进去。这样的忙，有几个愿意帮呢？

但高晓虹不这样认为。她觉得，不是我父亲不愿意帮忙，而是我根本没有跟父亲提这事，就是说，问题的根源在于我。是我不愿意帮她父亲，或者说，是我不愿意帮她。我知道你不喜欢我父亲，她在电话里有些哽咽，你对他一直耿耿于怀。她的话像一只无情的手，猛地扯掉罩在我身上许多年的遮羞布，暴露在她面前，令我惊慌失措，羞愧难当。我支支吾吾地道，你，你这话是什么意思？那边叹口气，说我什么意思，你还不明白吗？你一直恨我父亲，为什么别人在称赞他救你一命的同时，不把你曾经救过我的真相讲出来。好吧，现在我告诉你为什么，电话里传来一字一顿的声音：是我，不让，他……说的！我只觉得脑袋里嗡的一声，如一道闪电划过，接下来，一片死寂。

我感觉自己已筋疲力尽。

我终于铆足了一口气，问，为什么？

因为，她幽幽地道，我对父亲说，就算你不托我那一下，我也不会掉下去。我仿佛感觉手一松，身子正疾速往下掉，我根本没想到，她居然会对她父亲这样说！

但是，我知道我说的是假话。我真正想的是，我不愿我们之间的秘密被第三个人知道。我想——也许等到将来的某一天，我可以亲口对你说，谢谢你，你曾经救过我！

我愣在那里，半天没有缓过神来。感觉整个人，就像在天地之间架了一座硕大无比的秋千，一会儿跌落到谷底，一会儿又荡上了天。一会儿沉重得像一块从天而降的巨石，一会儿又轻飘飘的，像片扶摇直上的羽毛，翩然起舞。

可是，他……

你说的是大个子吗？我知道你一定会问的！如果你不问——那我这么多年的等待，就算是白费了。他是在追我，他一直在追我。可是，你觉得我是那么容易被金钱迷惑的人吗？我请他来，不过是想给你一些刺激，让你可以像小时候那样，为了我，敢跟任何人拼命！我知道你在想什么。你恨我，又舍不得恨我。我一直都知道。可是，这么多年了，你为什么总是一副沉默是金的样子，不愿意开口告诉我，哪怕一点点什么呢？如果你开口，也许……

放下电话，我心绪难平，无法相信。

这完全不是我所意料的结果。我所意料的结果是什么呢？细究起来，一时也说不清。可能的结果有许多种，但没有一种是像现在这样的。当然，此时说结果好像也为时尚早了点。

直到一周以后。同样是周六。同样是晚上。不同的是，与上周六相比，这周六变成了真正的"我们"。

我们，只有我和她。

见面的过程不必细述了，总之，我期盼已久的结果终于实现。我们最终修成了正果。她依在我怀里，像胶水一样黏着我。而我，久久地注视着眼前这张熟悉又陌生的面庞，说不清是幸福还是激动，有那么一刻，眼眶竟然都湿润了。

我们都处在黑暗之中。

她并没有发现我的脆弱。

临别，她轻描淡写地提了一句，我爸的事，你还是要用点心。

有什么好说的呢？她的事，就是我的事。她父亲的事，自然也成了我的事。虽然我明知在父亲那里还是会碰一鼻子灰，但，管他呢，先硬着头皮上。谁叫我和她现在成了一条绳上的蚂蚱呢？

我是这样跟父亲说的。我说，你知道现在有人怎样在议论您吗？父亲一生名声要得最紧，最在乎的就是别人对他的看法。他所有的作为，他做的那些所有的好事，都是为了得到领导、同事、朋友，甚至与他工作毫不相干的路人的认可。这是他的软肋。我知道。父亲果然身子一晃，手一抖，鼻子哼哼道，议论我？我有什么好议论的？我知道他在故作镇静。我说，果真要听？我说了您可不能生气。父亲把手里的水壶放下，坐到沙发上，很端正的样子。好，你说吧。我听着呢。我故意又停顿了几秒，才慢吞吞地说道，今天碰到几个建新到城里来办事的老师，说起高光明的事，他们都非常同情，说老校长心怎么变得这么硬？以前拉了人家那么多次，现在到了关键时刻，反倒不拉了，做人怎么能这样呢？

就听到“啪”的一声。父亲手里的茶杯摔到了地上。

这是意料之中的事。

父亲惊觉到自己的失态，强忍着怒气，尽量保持平缓的语气说，我做人还轮不到别人来指指点点。我没有作声。又沉默了半晌，才听他说，你想办法跟他女儿联系一下，你们是同学，说话随便些，就说这时候我出面真不恰当。就算去说情，也管不了什么用。都是板上钉钉的事了，谁有那么大胆，敢公然违抗国法？

不过，父亲叹了一口气，边说边把一双深邃的眼望向了窗外，长江，正拖着滞涩的脚步缓缓向前——有一个办法，也许可以作些补救……

15

父亲的办法看起来最简单、最实际，也可能最管用。让他想办法立功吧，比如说举报……我把父亲的话转述给高晓虹。高晓虹一听，刚开始有些茫然，举报？就是说告别人嘛。我说是的。接着她又一脸狐疑说，就算要举报，也要有可以举报的对象和事实啊。

这话倒是真的。

要举报，可不能乱说。否则，诬告他人，还可能罪加一等。现在，高光明的案子已经到了法院。检察院那边多半是得了莫关情“关照”，果然没有让人“失望”，确实是按照最重的刑期提起公诉的。我虽然在法院上班，但毕竟刚毕业，人微言轻，顶多帮忙打探一下案子的进展情况，其他什么都做不了。

不管怎样，还是要试试，高晓虹迟疑了半晌，最后像下了很大决心似的，斩钉截铁说。她是个善良的姑娘，不到万不得已，绝不会踩在别人的肩膀上过河。但是现在，为了救父亲，她管不了那么多了。她决定向她父亲建言，只要能揪住别人的辫子，千万不要放过。她相信，她父亲在“圈子”里混这么久，多多少少会清楚一些人的黑历史。

有一个疑问，我觉得是时候问问她了。我说，你知道你父亲为什么会出事吗？这话问得有点飘，为什么会出事？当然是做了足以导致出事的那些事。一个人行得端，坐得正，再怎么都不会出事。但我想她明白我的意思，我的意思是，那么多校长，不可能只有她父亲一个人做了那些足以导致他出事的事，但为什么其他人没事，偏偏就是她父亲出事了呢？这其中暗含的另一个问题是，你父亲是不是被人告了？不告不理，一告必理。我到了法院以后，才明白这是办案机关心照不宣、几乎集体遵循的一般原则。高晓虹对我的问题心领神会，黯然道，具体情况我们也不清楚。但听我妈说，最大的可能——她停下来，有意识地朝门口望了望，生怕我们的对话被人听到了似的。确定门外无人之后，才继续说，最大的可能是薛校长……我一听到这里，立马就明白了。换了我，也会怀疑这个薛校长的。薛校长是谁？薛校长就是高光明的老同学，原本以为会到建新中学做校长、肯定会得到高光明辅佐，结果却被组织安排过来做了个副校长、反过来倒要辅佐高光明的那个老同学。

到目前为止，他是最有动机、也最清楚高光明所作所为的人。

高光明一倒，他的机会又来了。所以不是他，又会是谁呢？

但，一切都只停留于怀疑。没有任何确凿的证据能够证明这一点。

证不证明其实都无所谓了，归根结底，还是自己没做好，有问题，高晓虹神情木然，像是自言自语道。刚才她提到她母亲，我想顺水推舟，把她母亲的疑问一块儿搞清楚。我说，你是不是特别恨你妈？她先是一愣，脸色顿时黯淡下来，她显然没料到我会这样问。但我们之间到底没有任何秘密可言了，所以在这个问题上，她也不打算再有所隐瞒。爸爸出事以前，是恨！但是现在，看着她憔悴的样子，一天到晚为爸爸担惊受怕，那么鲜活的一个人，突然之间就萎缩得像个老太婆了，想恨，也恨不起来了。

然后，她就跟我讲起她母亲更多不为人知的一些事。

原来，周琪菊自从那次和高晓虹在教学楼下面拉拉扯扯，高晓虹硬要把她母亲手里的盆盆瓢瓢抢过来扔到地上以后，她再也没有到建新中学来，像做贼似的跟那些小贩们为伍了。可是，她欠下的赌债要还呀。怎么办呢？还是那个包工头。不断邀约她上麻将桌，桌上输，桌下就伸手接。刚开始也不敢要，逼到最后没办法，也就索性一瓢水泼出去了。包工头左手出，右手进，一进一出，不会输。周琪菊不一样。她吃人口软，拿人手短，打牌没赚到一分钱，债却仿佛永远也还不完，回到家，还得不断往高光明耳边吹枕边风。人家帮你还债，你不帮人家成事，怎么说也说不过去呀。

她就在这样的恶性循环中，耗费掉了许多好时光。

转机是从高光明做了建新中学校长那天开始的。包工头说，您给高校长做做工作，把学校食堂和小卖部承包给我吧。名义上我顶着，私底下，我给你分红。周琪菊一想，什么本不用出，一句话的事，就可以分红。这样的好事，天底下还能到哪里去找？

从此，包工头也不用一边赢她钱，一边帮她还赌债了。她就靠分红，不但继续维持着她伟大的麻将事业，而且腰包着实越来越鼓了。

高晓虹给我说这些，是冒了很大风险的。我不知道她意识到这点没有。如果没有，那说明她真是太不成熟了，我们还没有成为一家人呢，怎么能把这么重要的隐秘信息透露给我呢？万一我是小人一个，岂不害了她母亲？如果意识到了，那说明这个女人真不是一般的简单，她肯定是想通过这样的方式，让我感受到她对我的绝对信任！

她把一切都托付给了我，连最隐秘的部分都毫无保留，我又怎么忍心背叛她呢？除了跟她一起硬着头皮往前冲，我还好意思有任何其他想法吗？

得人心者得天下。

她一辈子都得不了天下，她也从来没有想过得什么天下。

但，她却牢牢地得到了我的心。

周琪菊也得到了高光明的心。所以，即便他现在身陷囹圄，也不曾有任何怪罪和不满。他只是一个人默默承受，不辩解，不乱咬。虽然他也明白，一切的果，都是她所埋下的因，但谁叫她是他的心头肉呢？失去自由的痛苦，又怎比得了剜出他的心头肉那般痛苦呢？

该来的总会来。

来了总会去。

这就是他面对眼前困境所抱定的基本态度。

16

然而，接下来发生的戏剧性一幕，是我们所有人都不曾想到的。

高光明，这个差点成了我未来丈人、通过岁月洗礼把他的一脸凶相早已磨砺得平静温和、看起来逆来顺受实际上却有着钢铁般坚毅的男人，居然真的接受了父亲的建议，举报了别人。

这个别人不是别人，正是我的父亲！

消息传来，父亲如五雷轰顶，就差当场倒地，气绝而去。

很快，父亲就被带走了。

但很快，父亲又被送了回来。

父亲的问题并不复杂，很容易查清。高光明举报父亲在任职建新中学校长那几年——那时候，他还没调到建新中学做副校长，举报内容都是他调过来之后在背地里的道听途说——在学生校服和教辅资料上面得了多少多少回扣。如果查证属实，这叫商业贿赂。如果数额巨大，那父亲肯定就吃不了兜着走了。

想必此时的高光明，肯定希望父亲收受的数额越大越好吧。

数额越大，他立的功就越大。

他立的功越大，减轻刑罚的几率就越大。

但父亲的问题远没有他想象的那么严重。查实的结果是，那几年，父亲确实收了不少回扣，但每一分每一厘，他都交给学校财务，入了俗称的小金库。小金库的资金也没有乱用，账目清晰，全都发到了每一位教职员工手里。原来，父亲那时候的想法是，教师工资本来就不高，要调动大家的工作积极性，必须想办法提高待遇。怎么办呢？反正有人来送，那就把这些送的钱发给老师们做奖金吧。父亲当然也得了其中一部分，但那都是按老师们同样的标准，财务造表一起发下来的，不是他私自得了好处。

那个时候对领导干部的管理不像现在这样严格规范，父亲居然连个党内处分都没受，把问题一说清，就那么大模大样、安然无恙地回了家。

父亲回了家，并不表明事情就这么了结了。

我想最起码，我应该给高晓虹打个电话。自从她父亲举报了我父亲，她再也没有主动联系过我。算下来，我们差不多也快一个月没有见面了。刚开始，我对她自然是有抱怨的，但后来一想，不可能是她怂恿他父亲来举报我父亲的吧。如此不堪的行为，我想她还没到那一步。但我又确实心怀不满。我想，这件事就算与你没有干系，你也应该主动向我解释一下啊。

可是没有。

高晓虹什么都没说。

没有电话。没有露面。没有一星半点的消息。

我把电话打过去，还是传达室那个老头，声音听起来沙沙的，像沙子在锅里翻来滚去炒似的难受。你找高老师啊？哦，你不知道吗？她已经辞职，不在学校了。我身子一晃，差点栽倒在地。辞职？这怎么可能呢？我以为这只是我心中所想，却不料声音已传到了那边。老头儿有点不耐烦，说辞都辞了，怎么就不可能了？难道，我还骗你不成？原来，他误会我了。正要解释，却听到“啪”的一声。电话断了。

好半天，我都立在那里，脑子里一片空白。

我需要好好静一静，把思路理一理。这段时间各种各样的意外情况突如其来，接踵而至，我确实有些晕头转向了。

高晓虹突然从我的世界里消失了。这意味着什么呢？是因为她父亲的行为令她羞愧，没脸面再见我吗？即便如此，她只需要跟我说一声，我们完蛋了，我绝不会对她死缠烂打的。我自认为，我还算个比较理智的人。可是，现在这样算怎么回事呢？一声招呼都不打，人就不见了。她读了那么多年书，好不容易分配到学校，有了个稳定的工作，现在，这个工作她说不要就不要了。就好像，她对我也说不要就不要了一样。

难道，女人的心都是这样神秘难测而又冷艳孤绝吗？

高光明的案子判下来了，十年。十年前，我和高晓虹还在建新中学同窗苦读；十年后，我们怕早已为人夫、为人妻了吧。十年后的高光明，还有周琪菊又会是什么样子呢？他们从此将高墙相隔，只能各自在清冷的长夜里孤枕难眠。

他们还会相爱如初吗？

她会苦苦地等待他十年，然后迎接他回家，就好像，他不过是出了趟远门吗？更重要的是，在这十年里，她会痛定思痛，从此戒掉赌瘾吗？还是会一蹶不振，在自责与放纵的矛盾泥潭里越陷越深？如果是这样，当高光明回家的那一天，他会面对怎样的一个家呢？

谁又能保证，在那样的家里，就一定比在高墙电网封闭的院落里更加自由自在呢？

谁又能说清，那时候的他们，到底是喜欢两个人的独处，还是更爱一个人的独处呢？

还有高晓虹，她就像一粒孤独的眼泪滴进了尘世的大海。

而我，却是大海里横渡海峡的那个人。因为远岸有光，所以还在奋力甩臂。

时光就在这样“剪不断理还乱”的难言愁绪中悄然而逝。几年后，我下派到建新法庭任副庭长，并主持法庭工作。

重回故里，感慨万千。

小小的建新镇，早已不是当年灰头土脸的样子，到处都在大兴土木，推陈出新，一派生机蓬勃的景象。街上店铺林立，人头攒动。各种商品，应有尽有。除了地盘小，它的各个方面，差不多都是县城的翻版。建新小学还矗立在原来的位置，房屋校舍却又是完全不同的新面貌了。不远处的建新中学，还保持着原来的基本格局，但又新建了两幢大楼，一幢用作教学，一幢用于办公。在建新小学门口徘徊的时候，正遇到中午放学。孩子们从校园里蜂拥而出，如潮水般环绕在我四周，然后，从不同的方向消散、远去。

那一刻，我竟感到了一丝微微的凉意，如同在秋日里脱光了衣物，一头扎进池塘的感觉——在我生活过好多年的地方，向我涌过来那么多的面孔，却没有一张是我所熟悉的。

我只能自我安慰，也许，所有的进步注定都是陌生的吧。

但总还有令人宽慰的依恋。狮子岩，依然是那副沉默寡言的模样，依然是那般壁立千仞的风姿，依然是雄踞一方的伟态，甚至连那些峭岩、那些杂草、那些从石缝中顽强生长的树木，还有那条从半腰蜿蜒而行的小路、那个凿满了炮眼的土匪窝……都一成不变似的，就好像我刚刚打了个盹儿，一睁眼，它还是原模原样地立在那里。

是的，是有些东西没有变。我到建新工作不久，很快就发现了这一点。比如建新中学的校长虽然换成了高光明那个姓薛的老同学，但食堂和小卖部依旧是承包给私人的，比如周琪菊据说办理了病退，人也住到了城里，但赌瘾依旧没断，只是打得小了，不像以前那么大进大出，只当在麻将桌上消磨日子。

是啊，日子那么漫长，她不打麻将，又能做什么呢？

接着就收到一封信。

一封从南方寄来的信。

一封我从初中时候就开始期待收到的信。

你肯定已经猜到了，信是高晓虹寄来的。她先是细述了她的近况。她去了大个子所在的城市，并和他结了婚。她不但成了他事业上的好帮手，现在，还怀上了他们爱情的结晶。接着，话锋一转，以无比歉疚的口吻说，当初之所以悄无声息就离开，实在是没有脸面见我。没有脸面见我，不是因为他父亲举报了我的父亲——尽管，我的父亲后来安然无恙，而是因为，她最终发现，她真正爱的人不是我，而是大个子！而她之所以选择辞职，是不想再走她父亲所走的老路。她不想被体制束缚了。如果她父亲手里没权，事情又何至于变得如此糟糕呢？她还无不痛心地透露，她父亲举报我父亲，一个重要的原因就是，她父亲觉得，如果不是我父亲一步步把他推上位，那么他们一家人过的将是所有普通教师家庭过的日子，既宁静，又安详！所以，他就是要报复我父亲！

我深深地愕然了。

我没有想到，天底下居然还有如此错乱的逻辑。

但听起来，又似乎说得很在理。

她恳切地写道，我要用自己的双手，创造更加幸福的生活！不是靠权力，而是靠汗水！再过几年，等爸爸出来，我们把他们俩接过来……她的话引起我的深思。也许她是对的。体制外的人，总是千方百计想要钻进来，而进来以后才发现，其实所谓体制，就是个紧箍咒。只要你进来，就被戴上了。

最后她说，事情过去了这么久，又听说我现在工作顺利，过得不错，才想到要写封信作解释。她已经笃定我对过往的一切可以释怀了。

我真的可以释怀了吗？

被戴牢的紧箍咒，在没有到达西天之前，真的可以被摘下来吗？

我来到室外，想透透气。一抬眼，又望见了高高耸立的狮子岩。一个念头猛然从脑海中冒出来：如果，仅仅是如果，也许是不想，也许是不敢，也许是没有来得及——我没有托高晓虹脚底那一把，事情的结局又会怎样呢？

我决定再上狮子岩。

这么多年来，因为有了那一次意外，我一直没有再上去过。所以那个半腰上的土匪洞，于我而言至今还是个谜一样的存在。

我想到那个洞里去看看。

人们不是常说，站得高，才看得远吗？

沧海一声笑

1

在我只能靠喝开水，以及打营养针维持人体的基本所需，连一些很普通的流食，诸如稀饭、蒸蛋花儿、黑芝麻糊等都不能下咽的第九日，周海笑来了。

周海笑开着一辆不知道什么牌子的汽车，从蜿蜒曲折的田边基根道一路颠簸过来。说不知道什么牌子，不是因为他所开的汽车有多高级，以至于没有人识得，实在是，在二十个世纪九十年代末的一帮乡村中学师生眼中，对汽车这件事，真正有些孤陋寡闻。至少，在我所在的高原中学，没有一位老师，包括时任校长的我父亲，经常用来代步的，也不过是当时尤为盛行的摩托车。

周海笑把车停在操场边，与他一同下车的，有我的父亲，还有我三叔。三叔是医生，远在长江南岸的某镇卫生院工作。他们仨人，一个乡中学校长，一个镇卫生院院长，一个做工程的包工头，为什么会在秋风瑟瑟的午后,一同现身高原中学,想来没人有兴趣去思考。

人们只是被叫不出名字的汽车一路风卷残云的气场所震慑，所吸引，然后，在惊疑、钦羡与凝滞的目光中，荡漾开涟漪般的骚动。

三个人下了车，就直奔我的单身宿舍而来。

我正斜躺在床上，母亲端着一只碗，准备往我嘴里喂开水。

父亲刚进屋，母亲把手里的碗往桌上一搁，说儿子气都快没了，你再不回来……不等话说完，声音已开始哽咽。

父亲沉着脸，说别废话！赶快穿起来。周总的车在外面等着呢。

母亲帮我把裤子拉上来，周海笑一个箭步冲上前，从床头取下我的军大衣，先披在我身上，然后一个袖子一个袖子帮我穿好。他的动作太快，以至于令父亲和三叔站在一旁，冷落着没有事干，场面一度有些尴尬。母亲帮我把皮带系好，周海笑又微微弯了弯腰，一颗扣子一颗扣子帮我把大衣扣上。他那热情而谦卑的举止，让我既感动，又有些无所适从。毕竟，一个本不是太熟的人，给予你异于常情的热情，总让人别扭。

我站在床前，轻轻挪了挪步子，感觉身子轻飘飘的，像挂在枝丫上的一枚枯叶，风一吹，就会飘零而去。父亲和三叔不约而同，分立两边，一人扶着我的左臂，一人扶着我右臂，慢慢吞吞，一瘸一拐，出了门。

到操场去，需下一坡石梯。

父亲和三叔扶着我走了两步，一旁的周海笑一看架势不对——我真的是太虚弱了，尽管有人扶着，每下一级台阶，仿佛都要用尽全身力气似的——不由分说，直接蹿到我面前，身子一弓，双手往后托住我屁股下面的位置，用力往上一耸，稳稳地将我背起来。

到了车旁，我转头朝背后望了望。母亲正站那一坡石梯的最上面。天幕之下，她那茕茕兀立、形影相吊的模样，呆愣呆愣的，看得人鼻头直发酸。

周海笑将我背到车前，坐进副驾驶位。父亲和三叔坐后面。周海笑帮我关上车门，绕到另一边。待一车人坐好，周海笑才长长地吐出一口气，如释重负般。我不经意间侧头瞥了一眼，却见他宽阔的额头上竟然已渗出一层细密的微汗，说不上晶莹，甚至在密闭的车内，还能闻到那略带酸腐的汗臭味儿，可我真的不好意思把车窗打开。

打开车窗，我也禁不起那个冷。

是三叔先打开的话匣。

三叔说，沧声，你爸打电话说你病得厉害，叫我回来接你到我那边去。观察、治疗都方便些。下了客车，到镇上刚与你爸会合，就碰到了周总。周总一听说是你病了，无论如何都要亲自来接送。还说，你们是老同学，老同学的事，就是他的事……

周海笑这时把话头接了过去，微笑着说，就是不知道沧声还记不记得我这个老同学？开几个小时的车，人累点是小事。他像故意把话题打住，要先观察一下我的反应，又像是在思忖，下面的话到底应该怎么说，才不至于破坏掉刚刚营造起来的好气氛。

怕只怕，我这张热脸，贴到的是冷屁股呢。哈哈哈……

父亲赶紧在后面打圆场，沧声本来就内向，又在生病……

我知道，我知道。周海笑朗声道，高校长不用解释，我就是跟沧声开个玩声，活跃一下气氛。

可是，我坐在他旁边，除了没有力气，还越来越有昏昏欲睡之势。我没有心情跟他说笑。但毫无疑问，我应该感谢他。如果没有他的专车接送，这个时候，我一定还在我的单身宿舍，躺在床上，默默忍受着病痛的折磨。因为来往于县城的客车，每天只有一趟，中午两点就发车走了。也就是说，我要到县城，然后从县城乘船中转去三叔远在长江南岸的工作地，至少也要到明天很晚很晚的时候了。

我没有作声，靠在座位上，微闭双眼，假装已睡着。我想这完全是可以理解的。对一个已经九天都没有正正经经吃一顿饭的病人，你有什么好苛刻的呢？我一动不动，静静地听着几个人一会儿这样客套，一会儿那样客套，完了，许是大家都有点累，最后就只听见汽车的马达声，以及后排座上渐渐沉闷的呼噜声了。

至于那些兵来将挡、水来土掩的客套话，不外乎就是，一方要阐明，为什么在接送我的这件事上表现得如此积极？那是因为，周海笑曾经是我父亲任校长的另一所中学的学生。而他做学生的时候，父亲又曾如何力排众议，帮助过他。比如，上体育课时，他一篮球把班主任宿舍的窗玻璃打得粉碎，玻璃碴子掉得满地都是。班主任认为他是不满平时对他的批评教育，所以找机会报复。他却一口咬定，纯粹是打球一时兴起，用力过猛，误打了窗玻璃，完全是无心之举。班主任要请家长来“收拾”残局，并且把“收拾”二字格外加了重音，听起来，仿佛有什么言外之意似的。他却要找校长评理，说老师也不能以势欺人。没想到父亲说，还是孩子呢，犯点错在所难免。不要小题大做，动不动就请家长。至于碎掉的窗玻璃，回头叫后勤的补上就是。再比如，他曾经给一位女生写了封情书，谁承想，女生像受到了莫大的羞辱似的，哭哭啼啼地把情书交到了班主任那里。班主任一想，这家伙小小年纪，调皮捣蛋也就算了，心思居然还这么复杂，不及时防堵，搞不好会出大事，必须找校长去反映。班主任到了父亲那里，不想父亲却说，孩子到了情窦初开的年纪，有时候表达一下心迹也很正常，只要没出什么实质性的差池，教育一下就可以了。之后又把周海笑叫到办公室说，现在你是学生，学生的主要任务是学习。该学习的时候不学习，就像该吃饭的时候不吃饭，到头来，既损人，又害己。

如果不是您那时候宽宏大量，循循善诱，我早不知成什么样了。周海笑的言下之意，应该就是，因为有我父亲当年的这些善举，才有他今天的青云直上。所以，有因必有果，有恩必得报。

我不知道父亲听了这些话有什么感想，反正我是听明白了：他今天之所以表现得这么殷勤，不过就是想报恩而已。

对这个周海笑，你说我认得，那也确实认得，但你说有多熟，就像他所说，什么“老同学”，我还真不敢当。但他之所以这样说，笼统而言也没有错。我跟他在初中时候的确是同学，但不在一个班。准确讲，应该叫校友。但更严格来说，又比校友更近一层。他原先比我高一级，等我升初三时，他刚好降级到我们班。

周海笑到底没有像父亲期望的那样，好好学习，天天向上。降到我们班，也没怎么正经读书，只在班上晃了几眼，人就不见了。具体原因一直没搞清楚，只隐隐约约听说，他跟姐夫学做工程去了。

算起来，从他辍学至今，已然十余年过去。

十余年过去，周海笑摇身一变，从一个学校的“捣蛋专业户”，成了他曾经的校长口中尊敬有加的“周总”。这样的身份转变，不说天翻地覆，至少也让人耳目一新。我依然紧闭着双眼，一言未发，但内心却在翻江倒海，心潮起伏。我在想，如果，仅仅是如果，父亲当年也像班主任一样，不由分说，以霹雳手段，铁腕对付这个在校园里像个小混混儿一样的学生，那么今天，他在对我，以及对我父亲的态度上，会不会有所不同？

按照原计划，周海笑会直接将我送到三叔所在的医院。但因为途经县城，他临时改了主意。周海笑说，我在县医院有几个熟人。要不这样，我们先去看一下，拿点药吃着，把病情稳一稳，沧声兴许难受会减轻一些。然后，我们再赶路？

快到县医院门口的时候，我睁开了眼睛。这才猛然发现，我竟然坐在左边的座位上！刚开始，着实让我大吃了一惊，以为自己真的还在睡梦中。再扭头一看，周海笑正在我的左手，手握方向盘！想仔细回忆一下上车时的情形，却怎么也想不起来。那会儿，人难受得骨头都快散架了，哪里还顾得上这些细枝末节。

周海笑一看我的表情，立马就明白了是怎么回事，说沧声休息得还好吧？我这个车啊，是朋友从香港帮我弄回来的，所以，跟内地的不太一样。我轻轻哦了一声，没有多话。从香港弄回来的车，司机和副驾都是反着来的，他居然也能上牌照，堂而皇之地在路上跑，这可不是一般人具有的能耐。

我不由得在一旁又把他多瞥了一眼。

2

现在该说说我这次生病的情况了。

当然，首先肯定是身体的痛苦。想想啊，九天没有吃东西，只能靠喝水、打营养针来维持身体的基本所需。再刚健的人，怕也会拖得不成人形了。更何况，我本一介书生，没病的时候，人们都说我一阵风都吹得倒，哪里抵御得了病毒如此这般的侵袭。

身体的病痛，已经足够使人痛苦，而更痛苦的，却是心里的创伤！反正是已经过去很多年的事，现在说说也无妨。那时候，我交了一个女朋友，是刚分配到学校来的英语老师。说来也巧，这个英语老师竟然是我初中时候的同学！而更巧的是，这个初中同学，竟然还是我的同桌！学生时代，虽然大家都相敬如宾，但内心里的那份好感，却是相互都有的。我这样说，你们就应该明白，事情的后续发展，也就顺理成章了。

那一天，也记不得是星期几，几个刚分配到学校来的年轻老师约好，晚上到晓芬老师宿舍来“打平伙”（一起弄饭吃，AA 制）。所以选定在晓芬老师宿舍，是因为她那里锅灶齐全，碗碟充足，一看就是个爱收拾的人，心中有“家”这个概念。其他老师平常都是混食堂，宿舍里满壁清辉不说，大多都乱得连个落脚的地方都难找。我是去年分配到学校来的，跟他们比起来，本来算“老人”，不该和一帮“愣头青”掺和到一起，但因为晓芬是我同学，所以，受她邀约，也过去凑个热闹。

一帮人围在一张临时用来作餐桌的课桌旁边，一边叽里呱啦地乱嚷嚷，一边乒乒乓乓地干杯。你要细究，也真听不出嚷嚷个什么，反正就是天南海北，东扯西拉，想到哪儿吹到哪儿。乱七八糟，毫无头绪。我当然明白，年轻人要的，就是这样一种气氛，像刚从栅栏里放出来的野马，不想受任何约束的奔突，多少有点造作的豪放，还有，那明显空虚的内心……十几年寒窗苦读，以为终于熬到尽头，可以苦尽甘来，却不想，又被硬塞到这前不着村、后不挨店的穷乡僻壤。说起来是为乡村教育事业作奉献，可是，有几个年轻老师，甘愿头顶着空洞的光环，将自己的一生埋没在这无边的山野中。

他们是最最平凡的普通人。

所以，他们会有一点刚参加工作的小兴奋，有一点终于可以自己挣钱养活自己的自豪感，会有一种在生活上终于可以不受任何人安排和摆布的小庆幸，同时，也会有不知更光明的前路到底在何方的迷茫与困惑。

我理解他们此刻的情绪。

因为他们的情绪，就是我的情绪。

这种情绪很快就弥漫开来，与锅炉里不断升腾的雾气搅和在一起，在酒精的刺激下，形成一种十分奇特的气场。每个人都是新结识的同事，好像很熟悉，可是每个人说到底还是每个人，我这一个跟身边的那一个，除了在一起吃饭喝酒，没有任何相同或相通之处，所以又显得那么的陌生。有人开始说，我明天还有早自习，你们继续，我先闪了。又有人说，今天喝得有点多，头疼，我先回去躺一会儿。

陆陆续续，该走的都走了。最后，只剩下我还在晓芬宿舍。

我本来也想起身，可是总觉得有一只无形的手把我死死拖住，让我动弹不得。我默默叫苦，糟糕！今天真的喝多了。只怕过一会儿就要出洋相。正这样迷迷糊糊想着呢，胸腔里一股酸腐味就冒了上来。然后，就像你们现在知道的那样，该发生的还是发生了。我吐得满地都是，头昏脑涨，眼睛也像被贴了封条似的，想睁开，就是做不到。我感觉有人从椅子上扶我起来，歪歪倒倒，慢慢移动。有那么一刻，屁股好像一下子踏实了，再没有先前那种滞重感。然后，就是身子一歪，人事不省。

也不知过了多久，我被一阵窸窸窣窣的开门声惊醒。睁眼一看，天已大亮。明媚的阳光从窗台照射进来，像有无数根金色的丝线，正在编织一个美丽的梦。叶晓芬进了屋，随手又将门关上。见我醒了，脸一下就红了。但她还是故作正经，说醒得还早嘛，我早自习都上完了！我听得出她是在说反话，有点不好意思。正欲起身穿衣服，还没掀开被子，我已大惊失色。原来，此刻我才发现，我竟然是赤身裸体裹在被子里的。我感觉脸正在发烧，仿佛马上就要烧到脖子根了。我吞吞吐吐地说，昨天，我……叶晓芬略带娇嗔地说，我什么我呀，你自己做了什么，难道还不清楚？我可告诉你哈，她突然正色道，高明，你可别给我耍赖皮！

我和叶晓芬的恋爱关系就这样确立了。

有点仓促，有点晃头晃脑，有点不可思议。但，它偏就真真实实发生了。对于醉酒那一晚，也有过一丝疑虑，不知道发生了什么，发生的什么，又是如何发生的。听晓芬的意思，一定是我酒后乱性，但也算歪打正着，她对眼前的乱，并没有拨乱反正，而是以乱治乱，终于有情人成眷属。

然而接下来将要发生的事情，却完全出乎我意料，简直有点乱花渐欲迷人眼了。

我在高原中学教初中二年级的语文，那天没有早自习，所以照例赖在晓芬的床头睡懒觉。跟往常不同的是，迷迷糊糊中，我听到的不是开门声，而是敲门声。我意识到，可能是晓芬上早自习回来忘了带钥匙。我立马翻身下床，正准备过去开门，又突然一个激灵，想如果不是晓芬是其他人呢？我这样光脚擦杆的出现在人家面前，岂不是糗大了？于是将铺盖往身上一裹，喊了声，谁呀？

门外好半天没有人回应。

我以为会不会是哪个学生，或者哪个老师的孩子在搞恶作剧。既然你不回答,那我就当没听见,不理就是。正要回到床上,敲门声又响了。我又问,是哪个？还是没回音。如此反复好几次,只听到敲门，就是不见人出声。

我不知道是怎么回事，为稳妥起见，我迅速把衣服穿好。

门一开，我就愣住了。门外站着个陌生人，二十多岁的样子，跟我一样，非常清瘦，但面相普通，看不出什么特别让人眼前一亮的特征。如果一定要找一个,那就是他的眼镜。只一眼,就看得出，他应该是个高度近视，厚厚的镜片背后，眼白特别扎眼，瞳孔像两只老鼠眼睛似的，凸凸的，仿佛一用力，马上就要滚出来。

陌生人死死地盯着我，半天不发一言。直到我身上的汗毛都竖了起来，才听到他冒出冷冷的三个字：你是谁？

是啊，我是谁？这冷冷的三个字，像三只飞镖，将我的思绪牢牢地钉在板壁上，动弹不动。我能说我叫高明吗？可对于两个相互陌生的人来说，高明跟低明，或者高明跟高暗，或者什么跟什么，到底又有什么不同？姓名就是个符号，这个符号,对于从来没有听过见过的人来说,你怎么画,都是一回事。那么,我能说我是叶晓芬的男朋友吗？可是，叶晓芬又是谁？他认识我口里所说的叶晓芬吗？如果不认识，那不是又绕回到了老路,叶晓芬跟其他任何一个什么晓芬，或者跟其他任何一个叶什么,不都是一样吗？如果认识——

我的脑袋轰隆一声响。

如果认识，如果他们认识……天啦，我这才意识到我是多么的后知后觉，我怎么能说如果他们认识呢？很明显，很显然，很清楚，很明白，很一目了然，他们，必，定，认，识！

如果不认识，他怎么可能直接找到叶晓芬的宿舍，对一个从未谋面的陌生男子质问：你是谁？

那么问题来了，这个质问我是谁的男子，他又是谁呢？

看起来，你才刚起床？陌生男子翘着嘴角，一副不屑一顾、又十分厌恶的神情，在我面前毫无退让之意，直接闯进屋来。我这才意识到，我头发蓬松、脚底拖鞋踩得啪踏啪踏响。再看床上，铺盖像个害羞的小媳妇儿似的，乱成一团。

陌生男子显然也同时看到了床上的乱象，猛然甩过头来，恶狠狠地、一字一顿地对我说，你知不知道，你将为你的所作所为，付出怎样的代价？我还没有完全理解他这话的意思，眼前就有什么东西一晃，像面团——也许说成像把铁锤更合适——扑面而来。然后，我就感觉眼前直冒金星，像正午的太阳直接将万千条丝线投射进我眼里似的，几乎是同时，鼻头一阵刺痛，仿佛有什么东西顺着鼻孔正在往外流。

来不及多想，我像一头被猛然揍醒的雄狮，张着血盆大口，向我的攻击对象直扑过去。

我和陌生男子几乎是身体相触的一刹那，双双轰然倒地。

除了在初中时候与几个同学结为拜把子兄弟，走过一段弯路，有几次曾为“兄弟”路见不平，拔刀相助，打过几次架，这么多年来，再也没有像野蛮人似的与人兵戎相见、拳脚相加了。现在又一次与这个陌生男子短兵相接，我才发现，原来我虽然身材清瘦，看起来弱不禁风，可真要与人争锋，却不是被吓大的。所谓狭路相逢勇者胜。我在与陌生男子的扭打中逐渐占了上风，完全得益于我深谙此道。

正当我把陌生男子压在身下，将他的双手反扣在他头顶之时，背后突然传来一声尖叫。不用回头，我知道叶晓芬上早自习回来了。

叶晓芬有男朋友。这是我怎么也无法相信、更无法接受的事实。

然而，事实终归是事实。按照叶晓芬后来的解释，她在读大学期间，确实谈了个男朋友。这个男朋友是她的高中同学。后来，她毕业分配到高原中学教书，而她的男朋友则继续学业，在外省一所高校读研究生。我已经跟他说清楚了，我和他差距太大，不可能在一起。叶晓芬向我作解释的时候，显得十分委屈。你什么时候跟他说清楚的？我并不拿正眼看她，对她的解释，也一副心不在焉的样子。这个很重要吗？什么时候说清楚的，不都说了吗？她直勾勾地盯着我，仿佛要把我的心挖出来，让她仔细检查似的。我说这个当然很重要。如果是在我之前，我不怪你；如果是在我之后……我意味深长地望了她一眼，继续说，如果是在我之后，那就说明，你曾经脚踏两只船。叶晓芬忽然昂起头，声调绝望而凄厉，高明，你可真狠心！我为你放弃了他，现在，你却说我脚踏两只船！

可不是吗？你在跟我确立恋爱关系之后，才向他通报你的决定。自始至终，我都不知道他的存在，我也相信，自始至终，他肯定也不知道我的存在！他之所以从外省赶回来，找到你的学校，在一个完全出人预料的时间点，出现在你的宿舍外面，一定是他的直觉告诉他，你有问题！这些话我没有说出口。我只是在心里默默念叨，让一切到此为止吧。

我之所以决定终止与叶晓芬的恋爱关系，并不简单因为她欺骗了我，向我隐瞒了另一个他的存在，让我作为一个男人天生的自尊受到深深的伤害，更重要的还在于，陌生男子到高原中学这一趟，已经像一股龙卷风，将所有人的面貌搅扰得面目全非。学校里沸沸扬扬，到处都在议论高明这个老师真不地道，教书育人者，本来就应该具有高尚的道德情操，可他居然去抢别人的女朋友！我以为我和叶晓芬撇清了关系就万事大吉，然而我又错了。当我一次次把叶晓芬拒之门外，闲言碎语又接踵而至，这个高明老师也真是，好好一个女孩子，说甩就把人家给甩了！

非议一下我也就罢了，更要命的是，人们又把我跟我父亲联系起来，说什么常言道，有其父，必有其子。儿子都是这个样，也不知道做父亲的，能好到哪儿去。父亲是一校之长，工作中不可能事事都一碗水端平，得罪一些人是在所难免的事。

好在父亲一天到晚不是到镇上开会，就是去县里出差，有时候还要去市里、甚至外省考察，没有几个时候在学校落脚，所以这些冷言冷语，直接灌进他耳朵的时候并不多。但母亲一直在学校啊。母亲听见了，不就等于他听见了吗？

我不知道这次我九天没有吃东西，他却一直在电话里向母亲声称在外面忙，一直不急于回来看我，是不是跟这些乱七八糟的声音有关系。他总是这样，出了问题，他总是第一时间责备自己人：如果你做得足够好，别人会这样说你吗？这句话，几乎都成了他的口头禅。

此后许多年，我对父亲的怨恨，不止于他在我九天没有进食的情况下，依然不急于回来看我，更在于，是什么导致我九天没有进食，他也好像从来不关心，一副事不关己、高高挂起的态度。

可是，这种态度，就是父亲对儿子本该有的态度吗？

他可能从来都没有去想过，那段时间，他的儿子活得有多么痛苦。此前，他的儿子从来不抽烟，可自从那个陌生男生跑来扰乱一切之后，除了上课时间，他几乎时时刻刻烟不离手。到了半夜睡不着，抽烟越抽越兴奋，只好把烟头掐灭，一瓶一瓶地灌酒，虽然是啤的，灌多了，也一样可以迷迷糊糊，甚至人事不省。

然后，化脓性口腔炎出现了。当然，当化脓性口腔炎出现的时候，我，我母亲，包括学校的校医，都不知道这原来是化脓性口腔炎。我知道自己得了什么病，已经是在周海笑开车送我到县医院，找他的熟人医生看过之后的事了。

3

周海笑对我如此热心，或者说对高校长的儿子如此热心，他所给出的理由，即便是像我这种对社会交往之事漠不关心的人，也并非照单全收。事情过于微妙。父亲是高原中学的校长，周海笑是建筑行业的老板。他在我最需要的时刻、在最为恰当的地点碰到我父亲，然后车前马后，热情满怀地为我们鸣锣开道，扫清障碍，怎么品，这事好像都不那么简单。毕竟，那时候因为三峡移民，高原中学正计划整体搬迁，哪个老板，不盯着这么大块肥肉呢？

想必，父亲也深知这一点。多年以后，按照父亲的说法，周海笑自始至终都没有向他提出过任何要求。既没有当面亲自提，也没有请旁人来说情。也许，父亲说，这跟我很快就离开了高原中学有关吧？

父亲的意思是，有一种可能，周海笑还没有来得及。

是的，从那次我因为连续不断地抽烟、喝酒，终于自我作践出十分严重的化脓性口腔炎之后，不到半年，父亲就退休了。而我，因为与叶晓芬之间的感情纠葛，因为那一场来自陌生男子突如其来的攻击，闹得满城风雨，每一次我从人们面前经过，都感觉自己像一个要戏卖艺的猴子一样，人们的目光从我眼前一扫，我就惊慌地一跳，活怕遮挡在背后、那赤裸的猴子屁股被人瞧见了似的。

没有征得父母同意，我辞职了。

与周海笑的再一次见面，是在两年以后。那时候，我正在重庆一家报社做记者。周海笑打来电话，我在大街上行色匆匆地赶路。周围车马喧天，人声鼎沸。刚开始我并没有听出是谁。但他高亢而热情洋溢的声音，又仿佛我们特别熟悉一般。他在电话那头说，怎么？听不出我是谁呀？我支支吾吾地不知道怎么回答才好。说知道吧，我确实没有听出来，说不知道，好像又给对方泼了一盆冷水。人家把你当自己人，你却连人家是谁都不知道，岂不是太不把他当回事？周海笑在那边哈哈一笑，说你是大城市的人，记不得我们这些小地方来的，也正常。不过，他慢慢拉长声调，说我旁边这个人，你总该知道是谁吧？然后，我就听到电话里传来熟悉的声音，高明，你现在在哪儿？我和你妈上重庆来看你了——是周总专门送我们上来的。

哦，原来是父亲。原来是父亲和母亲一起上来的。原来是周总，不用说，肯定是那个叫周海笑的周总，专门送他们上来的。

可是，为什么呢？

父亲已经退休，不再是他周海笑可以攀附、可以用来有所谋求的对象了。但，他依然没有改变对待父亲的态度，依然在父亲需要的时候，毫不吝啬地慷慨相助。

难道，真的是我以小心之心度君子之腹了吗？

周海笑开车过来——严格讲，这一次已经不能叫他开车过来了，他自己并没有开车，开车的是他的专职司机。也就是说，从上次见面，一别两年，他的人车面貌又已经大大地改观了。车，不再是上次不知道什么牌子的那辆，这次我认得，是宝马，看工艺，多半也是进口车。而且，车内布局也已经跟国内没什么区别。或许，周海笑也慢慢变得成熟。以前求新立异的心理也在逐渐平息。有句话不是说，艺术都有三个层次吗？从看山是山，到看山不是山，最后又回到看山还是山。

艺术也好，人生也罢，世上的很多事，怕都在遵循着这样的规律。在车这件事上，很显然，周海笑应该又回到了"看山还是山"这一层。

至于人，除了比上次更加精神抖擞，就是更加体形宽大。精神抖擞，主要是通过他一张方形脸上面的小寸头来展现的，而体形宽大，不用说，当然就是那大腹便便的伟岸形象了。据说判断一个中国男人是否有权，或是否有钱，主要就是看他是否有一张孕妇一样的大肚皮。

父母上重庆来的那一日，刚好是星期六。想来他们也是掐着日子来的，知道我平时都比较忙，只有周末才可能多陪陪他们。但是，他们为什么又和周海笑搅和到了一起呢？

父亲毕竟是做过领导的人，察言观色这一套并不陌生。父亲看我的表情，已经知道我在想什么。父亲说，这次上来，是周总主动提出来的。说你在重庆一定很忙，回趟云阳不容易。既然我们想见你，那不如就亲自送我们上来一趟。你妈这段时间老是拉稀，顺便找家大医院看一下。

我眉头一皱，心想这个周海笑葫芦里到底卖的是什么药？我们高家跟他无亲无戚，父亲做校长时，在工程上又对他没恩没惠，他真的犯得着这样两次三番地帮我们吗？

常识告诉我，这个世界上，不可能有无缘无故的恨，也不可能有无缘无故的爱。当然，这些话我只能揣在自己心里，独自思忖，不可能明明白白，像倒开水一样倒出来。

周海笑像看穿了我的心思似的，说老同学你别想多了。我来送他们，是因为老校长现在是我的办公室主任。说白了，就是我的大内高手、左膀右臂。这么重要的人物，我怎么可能怠慢？是不是？说完，又是哈哈一笑，我们都在外面转了半天了，也不见你招呼我们去你住处看看哈。这就是你们大重庆大记者的待客之道呀？

周海笑一笑，脸上的两团肉就像女人的乳房一样，高高耸起，把一双本来就不大的眼睛挤得眯成一条缝，不知道的人，还以为碰到个睁眼瞎。我在心里不觉一声慨叹，这大概就是财富的过多剩余所带来的副作用吧。

不过，周海笑刚才提到，我们在外面兜了一大圈，我也没有要带他们去住处看看的意思。这倒是实话。我之所以拖拖拉拉，只带他们瞎转悠，实际上是我在犹豫，在左右为难。我到重庆才两年，工作也才刚刚稳定下来，住的地方就是个一室一厅的小套间，租的。父母过去倒无所谓，现在有外人在，毕竟没什么面子，会给人一种我在外面混得也就是那么个样儿的印象。但如果不带他们过去，父母都在呢，连住处都不去，那成何体统？可我又不能对周海笑说，我只带父母过去，你们就别去了。

人啊，为什么在处理这些细枝末节的小事上，都仿佛心力交瘁，困难重重？

自从来重庆以后，父母也是第一次来看我。到了住处，父亲只是说，好像有点偏，上班远不远？母亲则像以前在家里那样，一如既往地絮叨桌上摆着的还没有清洗的碗筷、床上乱七八糟散落着的铺盖，以及屋顶墙角像伞一样撑开的蜘蛛网。反应最为强烈的，还是周海笑。周海笑一进门，先是将他被脸上的肉挤成一条缝的眼睛，努力睁大成圆溜溜儿的两团，好像突然见到什么怪物似的，需要先仔细分辨，再决定接下来该干什么。接下来，就听到他嘿嘿嘿地笑开了，仿佛很开心的样子。我不明就里，正纳闷，只见他转过头，笑眯眯地望着我，说沧声，你别学你爸，成天总啊总的，难道你闲我还不够“肿”？还想让我多长几斤肉？此话一出，大家都乐了。周海笑并不理会，又兀自哈哈笑道，我没读几天书，但山不在高，有仙就有名，水不在深，有龙则会显灵，这个道理，我还是懂的。

然后，他就调侃味十足地说，沧声，你怕不是要做这样的神仙这样的龙，才故意把自己圈养在这样的地方吧？

这话揶揄味实在太浓了。浓得我都没法正面接招。我能说什么呢？现实就摆在眼前，以我目前的能力，确实没办法住到更宽大、更明亮、更气派、更有品的房子里去。

一时间，几个人都静默着没有作声。气氛好像突然就有些尴尬。

还是做过校长的父亲机敏一些，一看情势不对，立马打圆场，说都站着干什么。快坐！快坐！然而就算“坐”，也不是一件轻松容易的事。椅子只有一把，凳子只有一个。现场五个人，明显的“僧多粥少”。

周海笑笑笑说，高校长，我约了几个朋友，还有些事要处理。这样，我先走一步。有什么需要，再随时联系。边说边和司机一同往门外走。

到了门口，周海笑侧身往外退。要关门的一刹那，抬眼对我说，沧声，我知道你是个有理想的人。但，哪天不想追梦了，回云阳，到我那里来做个董事吧。

4

现在想想，周海笑确实是个聪明人。他的聪明之处就在于，他明明知道我不可能再回云阳，却还要邀我去做他的董事。一件根本不可能发生的事，在他口中，却好像随时都可能到来似的。他这样说的好处，既能笼络人心，又不会有任何实际的付出。至于如何才能成为他的董事，他没说。但依我对这件事的理解，无外乎，要么对他的公司进行投资，要么，我需要技术投入。可现实的情况是，我既没有进行投资的资金，也没有令他看得上的技术。我就是个学中文的，做过老师，现在当记者。如此而已。建筑行业需要的技术，我从何而来呢？至于干股，这事连想都不用想。

一句话，凭什么？凭什么他要这样对我？

难道就因为，我父亲现在是他的办公室主任？

他的聪明之处还在于，他只说哪天我不想追梦了，就去他那儿做董事，却没说，哪天我梦碎了，再去他那儿。依他对我住所情形的判断，多半认定，我会梦碎重庆吧？可即便梦碎，我也不会回云阳，碎，也要完碎在重庆。

但是回云阳采访，却是隔三岔五就有的事。

那年，刚好碰到云中百年校庆。一整天下来，得到自己要想的采访素材以后，我没有随缓慢的人流去云中食堂就餐，而是独自一人回了宾馆。宾馆是接待处统一安排的。虽然离云中稍微有点远，但房间干净、整洁、安静，特别适合我这样的文字工作者休息和工作。我马不停蹄地往宾馆赶，只是因为累了一天，想立马躺下来，让身体恢复一下元气。至于吃饭问题，我本来就是云阳人，到时候饿了，随便去外面找个地方都能把肚皮填饱，实在不行，回趟家让母亲煮碗面也未尝不可。

进了房间，来不及洗涮，直接倒头便睡。

也不知过了多久，仿佛听到了敲门声。刚开始，也没怎么在意。毕竟迷迷糊糊中，睡意正酣呢。可敲门声又响了好几次，我不得不努力睁开困顿的双眼。虽然极不情愿，但还是下了床。到底怎么回事，先看看再说。

门一开，我立刻惊呆了。

站在门口的，竟然是叶晓芬！

几年不见，叶晓芬更加端庄、秀气。长发被拢在一起，束成条马尾拖在后背，额头宽阔，眼神跳跃，脸上的皮肤比以往更加白皙，仿佛一捏，水就会出来。

见我堵在门口一动不动，傻了似的，叶晓芬微微一笑，说怎么，不欢迎？我像台机器一样，十分机械地回答，没，没有！请，请进！

叶晓芬的到来，是我怎么都没有想到的事。所以一开始，我方寸大乱，完全不知道该怎么应对。叶晓芬与我不同，显然是有备而来，看起来没有丝毫不适，一举一动，落落大方，游刃有余。她到我这里来，本来应该我给她让座，不想，却是她给我倒了杯水，说别呆站着了，我们坐下再说吧。

总算清醒了些。

我说，你怎么知道我在这儿？

叶晓芬抬起双手，越过肩膀，将后背的马尾往中间拢了拢，又轻轻摆了摆头，像要把浑身的不自在全都摆脱似的，说你到我们学校来采访，我看见你了。我这才注意到她一身西服，完全是今天云中教师们的统一着装。左边胸前，还有一个圆形徽标，那是云中为这次百年校庆，专门请人设计的。如此，一切也就顺理成章了。她既然看见了我，自然会向学校接待处打听，要搞清我住在哪儿，不过就是一加一等于二的事。

你找我，有什么事吗？

这是我心头最大的疑问。在我看来，我早已跟她分道扬镳，各奔东西。即使她知道我回了云阳，又有什么理由再来找我呢？

她淡然一笑说，没有事，就不能来找你吗？难道，我们从此真的就像陌生人一样？一时之间，我不知道该怎么回答。我只是在想，如果不是陌生人，又能是什么呢？也许，我们确实曾经相爱过，可那都是过去很久的事情了。

我今天来找你，就是想再看看你。也许，以后再也不会有这样的机会了……

我木然地望着窗外，不知道她说这话到底是什么意思。我想对她宽容些，想把她所有的不好，把她曾经留在我心里最深刻的痛楚，像割掉病变的盲肠那样，全都丢弃一旁，可是，我做不到。哪怕对她露出礼貌性的微微一笑，也做不到。因为，我的脑子里在不断地涌现那个清晨，明媚的阳光从窗台照射进来，像有无数根金色的丝线，正在编织一个美丽的梦。然后，一阵窸窸窣窣的敲门声传来。再然后，那个脸冷得像冰块一样的陌生男子突然出现在眼前……

我知道你还在怪我。叶晓芬的脸阴郁下来，身体有些发抖。她欲言又止，最后只吐出两个字：我冷……

我不知道叶晓芬是怎么钻进我怀里的。总之，当我完全清醒过来的时候，我们已经紧紧地搂抱在一起。那到底是一种怎样的体验？熟悉而陌生，痛楚而幸福，悔意丛生，又爱意缠绵。

也不知过了多久，她终于起身。

我该走了。叶晓芬说，谢谢你让我重温了记忆的美好。她已经提起放在桌上的暗红色挎包，脸上又恢复了盈盈的笑意。最后，告诉你一件事吧，我快结婚了。如果你愿意，可以来参加我的婚礼。所以，今天的事，你就当从来都没有发生过。

5

我怎么都没有想到，叶晓芬要嫁的人，居然是周海笑！

我更没有想到的是，周海笑初中时候给一个女生写过情书，女生居然哭哭啼啼把情书拿到班主任那儿去了。而这个女生，我现在才知道，不是别人，正是叶晓芬！照理说，我跟叶晓芬是同桌，如果她确实是哭哭啼啼把情书交给班主任的，那我多多少少会有一些记忆。可是，在此之前，为什么我一点印象也没有呢？难道是因为，事情过去得实在太久远，忘记了？或者，叶晓芬哭哭啼啼把情书交给班主任这件事根本就没发生过？就是说，周海笑情书是写了，但叶晓芬并没有哭哭啼啼地交给班主任，而是莫不作声地、偷偷笑纳了？毕竟，关于这件事，我只是在周海笑专车送我去三叔医院途中才听他说起的。一个人的说辞，既可能产生记忆的偏差，也可能故意扭曲，谁知道呢？

但不管怎么说，从初中开始，叶晓芬就走进了周海笑的心里，这却是不争的事实。也难怪，周海笑比我们大，那时候应该也有十六七岁了吧，正是情窦初开的年龄，找个心仪的对象倾诉衷肠，也实属正常。别说他，我那时候不也一样看到女生就脸红，迎面撞上就绕道走吗？我跟周海笑的区别只在于，他面对异性，会主动出击，而我，却更多地选择被动迎战。

这样说起来，好像周海笑与叶晓芬果真能走到一起，也算有情人终成眷属。然而，我又觉得有什么地方不对。到底是哪里不对呢？想了半天，突然眼前一亮，对呀，我就说不对嘛。

我所觉得的不对之处就在于，周海笑，是个有妇之夫。

周海笑不但是有妇之夫，他还有孩子。一个男孩，五六岁的样子，我见过。

叶晓芬说，她很快就会跟周海笑结婚了。

这话的意思不就是说，周海笑已经跟他原来的女人离婚了吗？

即便如此，跟一个离了婚的男人结婚，真的就是叶晓芬想要的幸福吗？

那时候我还不知道，先不说幸福，只说婚姻，这早已经不是叶晓芬想不想要的问题，而是，她必须要接受的问题。我是在他们结婚之后才听说，他们之间的婚姻，是有协议的：周海笑帮叶晓芬调进城，作为回报，在适当的时机，叶晓芬必须嫁给周海笑。

哦，所谓婚姻，所谓幸福，原来都是交换的结果！

可如果不交换，又会怎样呢？我一个大男人，都顶不住周围的闲言碎语，选择辞职逃避。一个还没结婚的年轻女子，又怎么能指望她在无穷无尽的唾弃声中无动于衷呢？

以她的情况，她不能辞职，就只能调动。

她要调动，能利用到的资源，只有周海笑。

这样的因果关系，看起来好像与我并不相关。

可仔细一想，跟我，真的就没有一丝一毫的关联吗？

周海笑和叶晓芬的婚礼我没有去。没有去的理由也很充分，我在重庆，工作繁忙，实在脱不开身。但我还是托父亲帮我挂了礼。父亲此时还在做周海笑的办公室主任。父亲也曾跟我商量，叶晓芬成了周总夫人，他继续在周海笑那里，合不合适？我说你是你，我是我，有什么不合适的？再说了，周海笑也不知道我和叶晓芬的事。

再次听到有关周海笑的消息，是在春节期间。

此时，我跟父亲的关系总算有所缓和——更准确地说，是在他退休以后，我们的关系就慢慢趋于正常了。他在做校长的二十多年里，真正留给家人的时间，没谁去统计，但凭直觉，恐怕连十分之一都没有。反正是，自从我读小学开始，在家里，似乎就很少见到他的身影。有时候是几天，有时候十几天，有时候则更长，特别是碰到暑假，一个月、两个月都有可能。即便他没有出差，没有去县里开会，没有去市里考察，没有去市外调研，就一直待在学校，也很少见到他。除了偶尔吃中饭时匆匆打个照面，其他时候，这个家，仿佛只有我和母亲两个人。记得有个老师还跟母亲开玩笑，李老师，你可得把高校长看紧点呀，他这样成天跑来跑去，别哪天迷路了，不晓得回来了哈。母亲听了这话，笑笑说，我不担心，我手里捏着绳，牵着呢。玩笑归玩笑，背过身，也能听到母亲几声无奈的叹息。

有什么办法呢？父亲就是个大忙人。用父亲的话来说，我拼死拼活地忙，到底为了什么呢？还不是为了这个家？说起来，真有点义正词严的味道。那时候，我一直不明白，父亲明明是为了这个家，却为什么很难在这个家里见到他？母亲则说，你父亲就是个工作狂，除了工作，其他一切，在他眼里都不重要。

都不重要？

那么，我呢？

直到多年以后，我因为化脓性口腔炎九天没有进食，父亲却一直出门在外，忙他的所谓工作，直到母亲说，你再不回来，可能会怎么怎么样的时候，他才终于来到我的病床前。这时候，我才如梦初醒，有了一种深刻的体悟，父亲的大公，其实只是大私。他一切的所作所为，其实都是为了达成一个目标：最大限度地实现他自己的人生抱负，体现他自己的人生价值。

除此之外，在他眼里，一切都不重要。

直到某一天，他发现从前的位置突然不复存在，什么抱负也好，价值也罢，都不过是一场虚幻得好像从来都没有发生过的梦，他才慢慢有所觉醒，这个世界上，除了家人是真的，还有什么是真的呢？

但是，我确实又不能太多地责怪我的父亲。因为，除了我父亲，我们身边还有太多太多的父亲，他们都像我父亲一样，不花几十年的光阴，把眼屎抹掉，把眼睛擦亮，他们就没办法看清事物的真相。

话题扯得有点远，还是回过头来说父亲透露给我的消息。

父亲是周海笑的办公室主任，这于他而言，也是好事。退了休的老头，总不免空虚，手头有点事做，而这事又恰好能发挥他的余热，让他被无数热切的目光关注、追踪，又突然被冷落下来之后，惊喜地发现，原来他还不是一无是处，原来他，还能在这个人世间，继续体现他的人生价值，无论如何，都是件可喜可贺的事。

父亲说，那天他正在周总办公室，事情都忙得差不多了，两个人就坐下来闲聊。

这时，门口闯进来一个人。

一个女人，五十岁上下，包菜头，染得黄黄的，堆在头顶，像个鸡窝似的。身上的衣服也搭配得奇奇怪怪，远远望去，也是黄黄的一片，到了近处，又发现黄中还带着绿，就是说，先前的一片黄，到近前，就成了黄绿黄绿的一片。照理说，这样的颜色应该充满生机与活力，但女人身上洋溢出来的，不是生机，是生气，也不是活力，却是蛮力。

女人气势汹汹地冲进来，一眼看见周海笑，还隔着十步八步的距离呢，就开始咆哮开来，周海笑，你个龟儿子，你一天到晚硬是把我当猴儿耍喽！今天我只问你一句话，钱，到底给还是不给？

这个女人父亲见过。最近一段时间，差不多每周都要过来一趟。以前过来，虽也要说几句气话，但阵仗毕竟没有今天大。想来也是跑路跑烦了，要钱要累了，再也忍无可忍了。父亲不好具体过问，但从一旁听来的耳边风，把那些断断续续的信息碎片一整合，大概意思也就明了了。女人是个小包工头，曾经想在周海笑的工程里分得一杯羹，可是，工程都完工好几年了，她那只准备用来装羹的杯子还是空的。

周海笑也稳得住。看见女人撒泼，不慌不忙地说，嫂子消消气，我们都是文明人，有理说理，别总拿气势唬人。女人一愣，说你的意思是，你欠我钱有理，我找你要你欠我的钱，反倒没理了？周海笑呵呵一笑，我不是说了嘛，下周，下周就给你解决。女人将厚实的巴掌往办公室上一拍，像个男人似的吼起来，下周？你在我面前到底说了多少个下周了？我一来，你就说下周，我下周来，你还是说下周。哦，真拿我当傻子了？要骗，手段也要高明些吧。每次都是这个老把戏，有意思吗？

女人的脸气得成了猪肝色，因为身体矮小，体形宽大，没吼几声，就气喘吁吁了。

周海笑说，嫂子你也不是不知道，现在做工程，收款都难啦。别人不给我结账，我也没法给你呀。是不是？只要甲方的钱一到账，我立马就跟你联系！女人冷笑一声，说你少在我面前装蒜。我也不想跟你讲道理了，我今天只要一句话，钱，你到底是给，还是不给？周海笑说，当然要给，但不是今天。女人歇斯底里吼叫道，不！就今天！今天必须给！

周海笑终于收起了他脸上的笑。

那对眯成一条缝的眼睛阴冷地盯着女人看。

父亲说，看到那双像瞎子一样的眼睛，他身上的鸡皮疙瘩都起来了。父亲说，周海笑盯着女人看了足足有半分钟，然后一字一顿地说，今天，要钱没有，要命，有一条。

周海笑说这话的时候，语气平和，平和得犹如刀锋从女人的面上划过。缓慢，冷静，不动声色。

女人并没有被吓住。说时迟，那时快，父亲还没有反应过来，女人已经从他身边掠过，飞快朝周海笑那边蹿去。看那架势，她这是要跟周海笑拼命啦。是的，她肯定是打定了主意，既然今天这钱还是竹篮打水一场空，那索性就跟你来个鱼死网破！

然而女人毕竟是女人，人才刚到周海笑面前，就听“啪！”的一声。再一看，女人捂着自己胖嘟嘟的脸，惊疑地望着眼前这个跟她差不多一样胖嘟嘟的男人，哑了半天，终于开口道，你，你竟然敢打我！

周海笑轻蔑地昂了昂头，说我没打你！是你打我！你打我，我当然要自卫。而且，如果我真的要打你——他故意停顿下来，往他巨大的办公桌上一指，我是不会用巴掌的，而是用这个！

父亲随着周海笑手指的方向看过去，这才发现，那巨大的办公桌上，紧靠周海笑圆圆肚皮的位置，不知道什么时候，居然多出来一个十分冰冷且足够吓破人胆的家伙。

这个家伙，是一把猎枪！

这还有什么说的呢？猎枪摆在桌面上，就如同一张摊开的牌。

周海笑的意思再明白不过了，底牌都摆在这儿呢，就看你怎么办吧。

女人能怎么办呢？傻愣了半天，突然哇的一声大哭起来。然后，如同一股龙卷风，从周海笑的办公室卷了出去。就在父亲以为这事已经告一段落的时候，二十分钟还没有，一群人又风卷残云般杀将进来。

最前面的，就是刚才那个女人。

女人身后，是十几个全副武装的警察。

女人喊，就是他，就是他！刚才就是他拿枪要打我！

周海笑有没有拿枪要打这个女人，此时此刻，已经变得完全不重要了。重要的是，周海笑手里有枪。只私藏枪支罪这一条，就够他喝一壶的了。

后来父亲听别人说，原来那个女人的侄儿在刑警队做副大队长呢。

敢在这种人头上动土，我们的周总也确实有点活腻了。

对于周海笑来说，接下来，就是漫长无边的一夜。他被警察带回刑警队，关在一间漆黑狭窄的小屋子里。屋子有一扇独窗，冷冰冰的钢条竖在头顶，如同抗战时期民兵手里的红缨枪，随时准备向进村来的小日本刺去！最要命的是，一只手铐，一个圈套在窗户的钢条上，一个圈像手表一样套在周海笑的手腕处。

就是说，那一夜，他就像耶稣一样背靠墙壁，清醒地痛苦着。不同的是，耶稣是双臂伸展，被钉在十字架上，他却是被铐住的那只手高举，另一只手无力地下垂。铁窗到地面的高度，也好像故意跟他为难似的，哪怕将高举的那只手尽最大的努力向上伸展，脚掌依然不能踏踏实实地落地，非要把脚尖踮起来，才能让手腕不至于刺痛到心窝里去。

当然，这一切都是周海笑从刑警队回来以后的自述。父亲并没有亲见。

父亲说，这件事对他的震动非常大。从他看到周海笑桌上摆出的那把猎枪开始，他就已经开始考虑要离开这个是非之地了。

父亲打算离开周海笑，不仅仅是担心他手里的枪会带来不必要的麻烦，还在于，父亲跟那个女人一样，有着差不多相同的命运。父亲到周海笑办公室做所谓的主任已经八个月了，可是，当初承诺的工资却一分钱都还没兑现。

每次到了月底，见父亲默不作声，周海笑都会主动提出来，说高主任（自从父亲到了他那里，他就不再称父亲为高校长），前段时间被一个大工程拖累，手头实在没有现钱。下个月，下个月我一起发给您。可是，到了下个月，还是同样的一番话。三番五次，五次三番，从来没有一次兑现过。父亲就是这样一个人，周海笑不发工资，他也不提，好像一提，就理亏了似的。

他甚至想，如果向周海笑多提几次，会不会也得到那个胖女人同样的待遇？

但至少现在，父亲还不用担心这个问题。因为周海笑正在请他父亲来求我父亲，说高校长，赶紧帮忙想想办法，救救海笑吧。他知道你跟公安局政委以前是非常好的朋友，肯定能摆平的！父亲想，这个周海笑，果真有些神通，居然还知道公安局政委是我朋友！但父亲在这件事上十分谨慎。你想啊，私藏枪支呢，可不是一般的治安小案件，搭个话，可能问题就解决了。这是刑案，按程序，是要公诉的。但父亲又确实不忍心撒手不管。不管怎么说，他还是我以前的学生呢，我在他这里，还跟他相处了差不多大半年呢。就算他有这样那样的不是，但毕竟是年轻人。年轻人爱轻狂，犯点错也正常。只要知错能改，不一样是好孩子吗？

父亲就是怀揣着这样矛盾的心理去找他的朋友政委的。没想到，政委朋友听他把情况一说，略一沉思说，没问题，这个事，交给我来办。只不过，他可能需要出点血。出点血的意思，父亲当然懂。父亲回来就跟周海笑父亲说，公安局那边说了，罚款四十万，给个教训，以后千万不能再干这种傻事了。周海笑的父亲面露难色，说这样啊，那我先跟海笑商量一下再说。

商量的结果是，周海笑父亲从刑警队一回来，就说，高校长，海笑说这件事就按您的意思办。可是有一个问题，公司现在账上确实没钱，我们找一些朋友凑了些，可还差点。海笑的意思是，您看——能不能先借我们点，等我们的工程款一到账，第一个就还给您？

周海笑的父亲年龄比我父亲还大，现在在我父亲面前，左一个您，右一个您，叫得父亲实在有些不好意思。父亲就是这样一个人，人家在他面前头一低，他就好像高大起来，仿佛一下子就成了别人眼中的救世主。不救，倒好像又显得自己理亏了。

还是母亲更清醒。母亲说，他那么大个老板，怎么可能连几十万块钱都没有？父亲沉默了好一会儿，说也不是没有这个可能吧。建筑这一行，揽的工程越多，需要自己垫的钱自然就越多。钱都垫到工程上面去，手里没多少现钱，也可以理解。母亲还是不放心，说现在都是借钱容易还钱难。向你借的时候，他是孙子，找他还钱的时候，他可就是太爷了。父亲说，不过就是八万块的事，百顺那么大个市场，市场上面又是商品房，全是他的。万一他耍赖，我们也可以耍赖，占他一套不就行了？话是这么说，父母都是教师，哪里撒得了那个泼？

最后，还是父亲心软占了上风。父亲说，他现在还在刑警队关着呢。我不相信他这个时候还会说假话。我看还是先借，把人救出来再说。

周海笑从刑警队回来，没想到精神依然很抖擞，一点都看不出来刚刚还在小黑屋里待过。父亲想，还是年轻好啊。吃点苦，禁得住。

6

父亲跟周海笑到底还是闹翻了。

这闹翻的主动一方，当然是父亲。事情的原委想必大家都猜到了。父亲最终在周海笑那里工作了一年零三个月，但到手的工资一分钱没有。不仅如此，父亲借给他去缴公安局罚款的那八万块，直到父亲离开他那里三年了，也一分钱没有拿回来。母亲就跟父亲吵，当初我不是提醒你了吗？这种人，哪敢借钱给他？工资就不说了，反正顶多就是贴了人工，那八万块，可是现馍馍的真金白银啦！父亲本来就郁闷，再听母亲像只屎蚊子一样在耳边嗡嗡个不停，更是气不打一处来，说你既然那么有先见之明，怎么不把我拦下？你最后，不也是一个屁也没放？

母亲说，嘀嘀，你还有理了呀？我没有拦你吗？不是你说他那么多房子，真要耍赖，随便去占一间就行吗？现在好了，你去占呀。怎么就不见你去占呢？

父亲毕竟是做过几十年校长的人，怎么可能像那个胖女人一样放死泼赖地去闹。两个人吵不出个结果，电话就打到我这里来了。父亲说，好话歹话都说尽了，他反正是一副死猪不怕开水烫的样子。每次都说下周去拿钱，到了下周，又是下周……我已经不想喊他周总了，直接在电话里叫他下周总。我真的不想跟他废话了，我要起诉他！

我说，你确定吗？起诉他？

父亲气呼呼地说，怎么不确定？确定！

父亲的意思我很快就明白了。他虽然退休了，但以前在云阳到底是个有头有脸的人，现在跟人打官司，也不好亲自出马。免得那些不知内情的，还以为他变了个人，怎么一下就从温文尔雅的校长，成了不通情理的小人？他这种担忧也有道理。一旁看热闹的，有几个在意热闹背后的真相？他们真正在意的，就是热闹本身。

父亲不想破坏自己的形象。

你是我的儿子，是我的当然代表！你就代表我，去打这场官司！

所以，我就从重庆赶回云阳，去了趟法院。刚到法院门口，还没进那庄严雄伟的大门，突然发现迎面而来的那个女的竟然是叶晓芬！

叶晓芬刚从法院大门走出来，正要下石梯。这时候，她显然也看见了我。两个人都短暂地愣了愣，随即又略带尴尬地笑了笑。还是叶晓芬先开口。叶晓芬说，你到这里来做什么？不管怎么说，周海笑现在是她老公，我怎么好意思直接说，我要起诉你老公？但我又不愿意撒谎，所以只能避开她的问题，反问道，还是说说你吧，你来这里干什么？一丝不易察觉的凄凉从叶晓芬的眼角一闪而过。

叶晓芬说，我来，是来递材料……我准备……跟他离婚！

我只觉得脑袋轰的一声响，好家伙，没想到我和她来这里的目的，竟然有点异曲同工之妙呀。我没有追问她怎么啦？这还用得着追问吗？既然要离婚，那肯定就是婚姻出了问题呗。

依然是她主动。

叶晓芬说，你必须要在这个时候去吗？她侧身指了指身后那幢法院大楼。我的意思是，如果你不急，我们找个地方坐坐吧。这么久不见，我有很多话想对你说。

我们找了家临街的茶楼。平街二层。白天本来就人少，加之又在上午，更显冷清。当然要包间。一个有夫之妇（毕竟她现在还没离婚）跟一个单身男人，一句话，孤男寡女在一起，万一被某些好事的熟人看见，总难免会生出些不必要的闲言。

包间很局促，两个人面对面坐下来，都快鼻尖挨鼻尖了，但布置却还温馨。桌上一盆君子兰，碧绿的叶片翘起来，又向外缓缓地落下去，落到一半，就不动了，如同细腰圆臂的女人，从后面弯下腰去，双手一搭地，就保持着这个恒久的姿势，美丽，素雅，端庄，又令人浮想联翩。

两个人坐定。叶晓芬说，你还没讲你去法院做什么呢。

我一想，现在告诉她，也好。便毫不隐讳地说，我是去告你老公的呢。叶晓芬竟然一点不奇怪。十分平静地看着我，哦，原来你也要起诉他，跟他离婚呀。

话一出口，两个人就忍不住一阵笑。

叶晓芬说，怕不是你要告他，是你父亲吧？她一副波澜不惊的样子，好像无论发生什么都不会感到意外似的。就好像，我扔出去的这颗石子，根本没有落到水中去，而是在靠近水的岸边，早早就落了。溅也是溅了，却不是水，兴许只是两个人心中那一点无形的涟漪吧。

高校长肯定是钱要不回来吧？

她和周海笑毕竟是夫妻，虽然她平时在学校，基本不过问他生意上的事，但总还生活在一个屋檐下，公司的情况，多多少少会知道一些。

高校长和他之间的恩怨，我具体不是特别清楚，但听耳边风也听来一些。叶晓芬说，依我看，还是叫你父亲别告了。

我有些诧异，说为什么？不告，怎么把钱要回来？

叶晓芬把头一偏，微笑着说，你这么聪明个人，怎么就不懂得曲线救国的道理？

曲线救国？她越说，我越有点丈二和尚摸不着头脑了。

叶晓芬端起茶杯，只在嘴边啜了一下，又轻轻放下。你还记得你三爷爷不？她这一提醒，我立马就想起来。那年因化脓性口腔炎九天没吃东西，拖得只剩下半条命，三爷爷听说了，还大老远从老家跑到高原中学来看我。叶晓芬见过他，但我不知道她为什么现在会提起这件事。

前不久，我跟他碰面了。叶晓芬轻描淡写地说，就在百顺市场。

见过就见过呗，见过我三爷爷，跟我要不要替父亲告周海笑又有什么关系呢？我还是不懂，一脸懵逼地望着她。

她可能是被我这一副无知又无辜的模样逗乐了，又笑了笑，说也难怪，你这些年在重庆，并不知道你三爷爷在百顺市场买了套房，而且只给了一部分押金，大部分房款都还欠着。那天碰了面，他一开始并不记得我。是我喊的他，提醒了半天，直到说出你名字，他才啊的一声，恍然大悟一般。也不知是真记起了我，还是不想让我尴尬，只好说记起了。但他好像知道你父亲和周海笑很熟，临别时还特意提到说，想请你父亲帮忙打声招呼，欠的那些房款，可能要多挨些日子。你父亲和周海笑的事，我也听说过一些，所以当时没有作声。

这下，我总算明白了叶晓芬的意思：周海笑欠我父亲的钱，我三爷爷欠了周海笑的钱，数目都差不多。所谓曲线救国，就是说，让三爷爷把欠周海笑的那些钱直接给我父亲，就行了。

这样一想，我还真觉得这个叶晓芬不简单。

叶晓芬确实不简单。如果简单，我又怎么可能成为现在的我？周海笑，又怎么可能是现在的周海笑？还有那个曾经在外省读研究生、后来跑到高原中学来跟我拼命的前男友，据说本来是有机会留校的，却头也不回地跑回云阳来，考了公务员，成了检察官。

他跑回云阳来，不还是对眼前这个叶晓芬不死心？

不知为什么，我心里又开始有点堵得慌。我侧过脸，望向玻璃窗外。密集如织的车流，行色匆匆的路人，还有一幢幢楼宇间像梦一样缥缈碎裂的流云……一切仿佛都那么清晰，近在咫尺，但一切又那么遥远，一伸手，能够触及的，只有冰冷的窗玻璃。

我突然想起来，很多年来埋在心头的一些疑问，一直找不到答案，或许，这个聪明的叶晓芬能够让我豁然开朗。不管怎么说，她跟周海笑在一起这么多年，不晓得的，也应该晓得了。

服务员过来加水。我们静默了差不多一分钟。

然后，我说有一个问题我一直没搞懂。你帮我分析分析吧。

叶晓芬望着我，还是那样大胆而炙热，没有丝毫避讳的意思。

你说。她的声音很轻，但很好听。很多年过去，还是像当年在高原中学时候那样，一点没变。

周海笑明明知道在我父亲那里捞不到油水，为什么还要像哈巴狗一样围着我们转？

叶晓芬端起茶杯。这一次，不是轻轻啜一下，而是脖子微微一仰，一大口，应该就下去了。叶晓芬说，这个，我还真知道。她喝的明明是茶，给人的感觉，却像喝的酒一样。再看她，都感觉有些醉意了。

因为他恨你父亲！

这突如其来的一句，惊得我手一抖，茶水差点泼到地上。我赶紧找纸巾。还是叶晓芬动作快，我纸巾还没拿到手，她都已起身帮我擦干净了。

按照叶晓芬的说法，周海笑之所以恨我父亲，是因为他几次三番闯祸以后，父亲当年并没有像周海笑说的那样，对他额外开恩，力排众议，善待他，而是大笔一挥，勒令他退学！

我惊魂未定，说怎么可能？如果是那样，父亲为什么不记得？

叶晓芬语气平静地说，你父亲当然可能不记得。他当了二三十年校长，碰到过多少学生，解决过多少问题？他为什么一定会记住，多年前那个被自己处理过的初三学生周海笑呢？

但是周海笑记得他。我若有所思地说。

不仅如此，他还跟我讲起过你们之间的往事。

哦？我们之间，往事？我更加惊疑了。我和他之间，还有往事吗？

叶晓芬说，有哇，怎么没有？他跟我说，有一次，你一个兄弟欺负他，结果你跑过去，假装说是劝架，实际上，却帮你兄弟把他往墙上抵，还趁周围没人，装着拉一下，又使劲揍两下……

虽然我完全不记得我曾经做过这么龌龊的事。但总的来说，我相信叶晓芬的转述是真的。因为，在读初中时，我曾确有过一段拉帮结派拜兄弟的荒唐历史。

我总算明白了，周海笑不仅恨我父亲，还恨我。

可是，他既然那么恨我们，为什么……

为什么还要千方百计跟你们套近乎？叶晓芬也像我一样，把脸斜过去，望向窗外。许是到了下班时间，街上的车更多了，人却慢慢变得稀少，那些远处的流云，一忽儿暧昧地朝这边张望，一忽儿又闪到楼的那一边，躲藏起来。

因为只有这样，他才能靠近你们。只有离你们越近，他的计划才越好实施。一开始，他只是想让你们看看，当年被退学，被欺负的周海笑，如今过的是怎样人模狗样的生活。那年你生病，他在高原老街上碰到你父亲和三叔，确实是碰巧。但自从他决定要开车去接你的那一刻起，一切，都是有计划的了。

叶晓芬说得不动声色。我却听得毛骨悚然。

但我还是不懂。我的脑子里茫然一片。也许，一时之间，我还不能转换频道，以我的逻辑，去理解周海笑的行事风格。这是不是说，他向我允诺，只要我回云阳发展，就让我去做他公司的董事，其实也只是个幌子？他的根本用意，其实并不是让我做什么董事，只是为了向我显摆，你看，我现在能耐大了吧？一张口，就可以封你个董事。当然，这个悬在空中的允诺到底能不能落地，也还是他一张嘴的事。事实上，从那以后，我既没有回云阳发展，他也再没有跟我提过什么董事的事。

我说，我还是有一点不明白。如果他走近我们，只是为了让我们更清楚地看到他后来的成就，以弥补他学生时代所受的伤害，那为什么又要把我父亲请去做他的办公室主任呢？这不是多此一举吗？

这个他也跟我提过。刚开始那两年，我们关系还算正常，他对我特别黏，什么话都愿意跟我讲。特别是他知道我跟你的那段往事之后，就以为，我跟他一样，一定很恨你。只要攻击你和你父亲，就能讨我的欢心。所以那段时间，他把他该说的，不该说的，通通都在我面前倒了出来。我也是在那时候才知道，他的心居然那么可怕。仅仅让你们看到他的成就，已经不能让他满足了。所以——

这时，叶晓芬掏出手机，看了看时间，说时候不早了，我说快点。

所以，他想到把你父亲请到他那里去做办公室主任。说起来，是让你父亲发挥余热，其实，只是为了满足他的另一个心理需求：你们看看，我曾经的老校长，曾经在我面前呼来唤去、他一句话就能决定我人生命运的老校长，现在，不也一样在我手底下，我喊他做什么，他就做什么，我喊他怎么做，他就怎么做吗？

叶晓芬说到这里，我眼前忽然像灵光一现，以前很多没有想清楚的问题，好像一下就明白了。这就是说，周海笑之所以拖欠我父亲的工资，大半年一分不给，其实就是想要我父亲去求他。求他发工资，就如同当年他求我父亲别让他退学一样。

求。是一切问题的症结所在。

7

可我父亲偏偏就不求。

这是周海笑所没有料到的。父亲选择了隐忍。是因为，父亲有退休工资，也不差那几个打工的钱来维持生活，何况，父亲相信了他的话，公司经营那么困难，能缓一缓，就缓一缓吧。当然，也许还有更重要的一层，那就是，那个来找他要账的胖女人，是前车之鉴。

很显然，以父亲这种身份，他并不想步那个女人的后尘。

跟叶晓芬的那一场茶楼对谈，是以我的无比震惊而结束的。

叶晓芬说，其实那个胖女人来找周海笑要钱，不过是周海笑专门给父亲导演的一场戏罢了。

导演的一场戏？我简直不敢相信自己的耳朵。

是的，一场戏。叶晓芬尽量做出一副不以为然的样子，好像既然事情已经过去很久，就已经不再是个事了一样。叶晓芬说，周海笑像给我汇报战功一样讲那件事的时候，我也跟你一样，不敢相信自己的耳朵。但，它就是事实。

可是，为什么呢？他演这场戏的目的是什么呢？而且——我略略迟疑了一下，那么多的人牵涉其中，难道，戏中的每个人，都是他雇来的演员？果真如此，他的能量未必也太大了吧？

叶晓芬说，目的嘛，很简单。你父亲不求他发工资，其他任何事都不求他。这让他很难受。他必须想办法，让你父亲求他。怎么办呢？他是个商人，首先想到的就是钱。那就让你父亲借钱给他，然后——你父亲自然而然就会求他了。可是，你父亲凭白无故，怎么会借钱给他呢？你父亲会想，他一个有钱人，向我借钱，为什么？所以，他就导演了那场戏，让你父亲以为，他到了山穷水尽的地步，真的是没钱了。至于为什么会有那么多人配合——其实，也没有那么复杂。自始至终，他只请了两个人帮忙……

我不等她说完，接过话茬儿说，我猜，就是胖女人和公安局政委。

对。她意味深长地望了望我，说有进步。其他人，虽然都是按照他设计的剧本在演，但他们根本就不知道自己是在演戏。

胖女人负责招来警察，政委负责把警察搞定。所以，看起来他被抓走了，其实却毫发无损。我若有所思道。可是，私藏枪支罪，有那么容易搞定吗？

那支猎枪——是假的！

叶晓芬一字一顿地说。

所以四十万块钱取人，也是假的！此时此刻，我甚至觉得，我们身处的这座茶楼，我对面坐着的这个女人，我们刚才所说的那些话，都如同虚无的梦幻一般，不敢肯定地说，是真的。

他在那一场戏中获得了巨大的满足感。因为你父亲，真的相信了他，真的借给他钱，还帮忙找关系把他救出来。只不过，你父亲永远都不会想到，他找的所谓关系——那个他自认为是朋友的政委——其实早就跟他合谋好了。

从那以后，父亲就开始求他，不停地求他，这正是他想要的，我说。我的心开始颤抖，我完全不能理解，人心狠起来，怎么会如此丧心病狂？一个人要恩将仇报，怎么会如此冷酷无情？难道，一切的原罪，不过就是父亲当年勒令他退了学？那个时候，义务教育法才刚刚颁布，人们的法制观念还根本没来得及形成。父亲恐怕永远都不会想到，他的一个在那时候再平常不过的无心之举，会给他以后的生活带来多么恼人的烦扰。

还没离开茶楼，我就已决定，不将事情的真相告诉父亲。让他永远都蒙在鼓里吧。他已经受到了伤害，何必在他的伤口处再添一把刀呢？

在我和叶晓芬于法院门口相遇，然后去茶楼小坐的大约三个月之后，忽然从老家云阳传来消息，一位副县长因为县里的某项重大工程而落马。落马原因普通得不能再普通：受贿。当然，这只是个起因，更多的犯罪事实，还在侦办中。那时候，我正在重庆某报任法制版记者。多年养成的职业本能告诉我，这件事，值得深挖报道一下。

所以，我又一次回了云阳。

才刚刚碰触到选题的皮毛，还没来得及深挖呢，我就已惊得浑身冒汗，导致副县长落马的那项重大工程，承揽人不是别人，正是周海笑！我知道，果真按照行受贿同罚的原则，这将意味着什么！更让我难以置信的是，负责案件的主检察官，居然就是叶晓芬的那个前男友！

叶晓芬。此时此刻，她在做什么呢？自从上次茶楼一别，又是几个月没有消息，也不知她和周海笑离婚的事办得怎么样了。如果已经离了，倒省却了许多烦恼，如果还没离……

我拿起电话，拨了过去。

但是很快，那边就把电话摁了。

半个小时以后，我收到一条短信。是叶晓芬发来的。大致意思是，她心情不好，不想跟任何人说话。她是周海笑的夫人，现在是，以后也是，所以必须得花时间理清思路，把很多事情承担起来。最后，她是这样作结的：我过去伤害过两个男人，现在，再也不想把第三个男人推向刀口了。

看完短信，我正路过一家商场，是卖电器的。门口堆了很多电视，大大小小的屏幕闪闪烁烁，古灵精怪般。有些都摆到了行道中央。我扭头瞥了一眼，是许冠杰。同样的许冠杰投身在不同的屏幕上，唱着一首同样的歌：

沧海一声笑
滔滔两岸潮
浮沉随浪
只记今朝
苍天笑
纷纷世上潮
谁负谁胜出
天知晓
…………

飞翔的姿势

1

这注定是一个不眠之夜。

熄灯铃已响过三遍。我的房间里却灯火通明。所谓我的房间，其实就是一间土坯房，十平方米左右，一张坐上去就吱嘎吱嘎乱响的木床，书桌紧贴窗沿。让人一见，就无不担心，随便一阵风雨破窗袭来，书桌上的书，便全都面目全非了。

好在，今夜无风，也无雨。

但这并没有减轻我心中的烦闷。我像一只无头苍蝇，在封闭的蒸笼里左冲右突。或者，我更像一只浑身伤痕的流浪狗，疲惫地蜷曲在一节闷罐子列车里，无声无息地滑向深邃而未知的夜空。

这是一九九八年国庆节的最后一天，我刚从广州回到高原中学。

很明显，我在广州的日子并不顺利。

否则，不可能才短短三个月就打道回府。事实上，找工作，就花去了两个多月，真正做事，满打满算也就是十天左右。我找到的第一份工作是跑推销。推销本身并没有吸引我。我自认为我擅长的也不是跑推销。但最后还是选择去了，细究起来，一是短时间内实在看不见更好的机会，我虽然不喜欢推销，但心想至少可以解决一时半会儿的衣食住宿问题；二是它的招聘广告的确吸引了我：欢迎加入，老板！还没有进去，就赤裸裸地称呼你为老板，直言不讳地宣称，只要加入他们，你就是老板。公司的核心任务，就是培养老板、生产老板！这对我来说，当然具有不可抗拒的诱惑力——我千里迢迢从重庆赶到广州，自愿放弃人们眼中教师这个铁饭碗，成为浩浩荡荡打工者中的一员，不就是希望有朝一日，可以成为心之向往的另一个人——老板吗？

我从来没有想过，老板，居然会来得这样快，快得几乎让我窒息，让我猝不及防！

进去以后，发现身边每一个人都称呼对方为老板。当别人叫我老板的时候，我很羞愧，不敢应声。我不觉得自己是老板，我相信世界上不可能有我这样寒碜的老板。我也很矜持，自始至终都没有叫别人一声老板，因为他们的形象跟我差不多——除了手上那只黑色提包，我们，一无所有。

但这并不妨碍成百上千的年轻人蜂拥而上，满大道追逐着自己的老板梦。他们看起来确实已经接受了公司的理念：只有先把自己当成老板，你才可能成为老板。我也想像他们一样，马不停蹄，尽量赶在下班之前完成任务，向三百个行人推销那个黑色提包里的各种小玩意儿。可是，无论我充满多么美好的期待，无论我付出多么艰辛的努力，最后，还是一样东西都没有卖出去。

我每天的收获，除了疲累，就是饥饿。从上午八点到下午六点，除了中午在街边随便找个地方蹲着吃点盒饭——且不说味道如何难以下咽，只说一点汤啊水的都没有，就足够让我这个刚出校门不久的文弱书生受得了，其余时间都是在街上不停地跑啊跑啊跑，跑到筋疲力尽腿抽筋，跑到口干舌燥头眩晕。

跑到大约第十天，我猛然意识到，也许，我确实不是一块推销的料。这个念头也就是在脑子里闪了一下，身体就不由自主地瘫了下去。连日来的户外暴晒，加从未有过的高强度奔波，终于将我摧残在了病床上。

接下来就是一个星期的输液。

接下来，就是没有任何收入的失业。

当然，就算那十天的工作，也是没有任何收入的。

躺在病床上，我开始反省，开始总结。我必须从事自己擅长的工作。不能像一只被堵上耳朵的蝙蝠，横冲直撞，到头来只会遍体鳞伤。

那么，什么才是我最擅长的呢？

毫无疑问，除了写作，还能是什么呢？

写作，真的能成为我的救命稻草吗？

很有针对性的，按照报纸上标识的地址，我找到了那家公司。

你是要应聘文案策划？对面的眼镜态度漠然，不屑的目光仿佛从幽远的暗处穿透过来。是，我怯怯地应声，大热的天，竟不由自主地打了个寒噤。手却没停下，恭恭敬敬将一大摞毕业证书、获奖证书往他面前递。他懒懒地伸出手，很随意地接过去，往桌上一搁，并不去看，却说，填张表吧。于是递过来一张表。无非就是姓名、性别、出生日期、毕业院校、政治面貌、工作经历等等。很快将表填好，又恭恭敬敬递过去。

这一次，他看得比较仔细。

毕业才一年？他想忍，但没忍住，干咳了两声。

嗯。我知道工作经历是我的短板。一般招聘都需要两年工作经验以上。不懂的，我可以学。我想向他强调我虚心学习的态度。

学？你以为，你想学，别人就一定要教？我分明听到他鼻孔里喷出来的粗气，仿佛直接就喷到了我脸上。我们需要进来就马上能用的人。我们没时间去慢慢培养新人。看起来，他不想跟我浪费更多的时间。

但我不愿这么轻易就放弃，我想做最后一点努力。请您相信我，写作是我的长项。我可以做好你们的文案策划工作。

他显然没料到我会死缠烂打不松手。先是愣了一下，突然就哈哈大笑起来，笑得那么奸猾，那么无礼，那么毛骨悚然。这么自信？你写过广告文案吗？拿来我看看。他总算收住笑，那道幽深寒冷的目光又透过镜片射了过来。

我反倒不再拘谨，打算豁出去了。管他是死是活，大不了转身走人。没有。我老老实实地说，不过，你可以布置个题目，我马上写给你看。

我以为他又会笑。还好，他没笑。他默默地从口袋里掏出打火机，打了几次，都是火光一闪，就灭了。妈的，今天见鬼了！他恶狠狠地嘟囔了一句，斜斜地瞥了我一眼。然后，好像完全是无意识的，将我先前填好的那张表拿起来，从中哧的一声撕开，拈了其中半截，像裹烟卷一样裹起来，细细的一根，像针尖一样对准打火机，再打，再打，再打！火光终于传染到了针尖上，然后慢慢向手指头的方向延伸，变红，变亮，变宽……只见他心满意足地将火光漫延的针尖伸到烟头处，再传染，再向嘴唇的方向延伸，然后变红，变亮，变宽……一口一口，猛烈地燃烧。

我就觉得，那纸卷的针尖仿佛直刺进了我的心脏，一口一口，明灭之间，将我的整个胸腔都熊熊燃烧起来。

文案我没有写。

我一言不发，故意高昂着头，收起我的一大摞证书，转身走了。

那一刻，我想到了远在高原中学的校长。三个月前，暑假开始了，全校师生陆续离校。我来到校长办公室，也是像刚才那样，将辞职申请恭恭敬敬地递到他面前。校长也是先一愣，随即不动声色地坐在那里，快速扫视了一下手中那张薄薄的信纸。然后，也是从口袋里掏出打火机。但他没有哧的一声从中撕开，也没有像裹烟卷一样将辞职申请裹起来，当然，他也没有抽烟，而是直接将信纸抵在打火机上方，啪的一声，燃了起来。只几秒钟的工夫，雪白的信纸就变成了轻飘飘的一层黑灰，那样子，一漾一漾，仿佛一松手，就要飞起来似的。

我惊讶地望着他，不知所措。内心的疑惑慢慢变为埋怨，由埋怨又变为愤怒。我认为，就算你不同意我辞职，也没必要当面把我的申请烧掉。这样的举动，不是羞辱我，还能是什么呢？正要质问，却听校长说，小何啊，我也年轻过。年轻人不安分，总想飞，这我能理解。但是，辞职这种事，还是不要头脑发热的好。毕竟，现在找个稳定的工作不容易啊。我比你虚长几岁，今天就帮你做主了——辞职申请，就当你没写！

但是，我早已打定主意，就算十头牛，也拉不回头了。知道他一片好心，语气就好了许多。我先表达了谢意，再耐心地向他解释，辞职这件事，我已经考虑很久了，并不是一时头脑发热。去年刚来学校我就很害怕，现在更怕，我怕才二十出头，就看清了六十岁时的样子。

好一阵沉默。

他轻叹一口气，轻得我都差点没听见。想当初，我们又何尝不是你一样的想法呀。接着，他像下了很大决心似的，一巴掌猛拍在桌上，吓得我浑身一激灵。这样吧，现在有政策，可以停薪留职。你先去,闯一闯也好。闯好了,就当为学校争把脸。万一碰了壁，还可以再回来！

隐隐的，我感觉眼眶有些潮湿。如果不是校长的好心，我现在恐怕还流落在广州街头，上不沾天，下不着地，跟个无家可归的流浪狗又有什么区别？如果不是校长的宽容，我又怎么可能一个学期中途回校,继续做原班班主任,继续任教语文呢？

一切似乎又回到了原点。

一切又似乎再也回不到原点。

我是带着深深的羞愧之心回来的。我觉得我对不起校长。他下了那么大的决心才让我出去闯，我却这么快就偃旗息鼓，落荒而逃了。我甚至觉得，那个举着白旗败下阵来的人，不仅是我，还有他。

窗户关得很紧。整个世界都好像被我挡在了窗外。

可我依然无法静下心来，不能看书，不能备课——尽管明天一早，我就要去班上讲课，甚至，我想停下在这狭窄的土坯屋里踱来踱去的脚步，都异常艰难。

总算收住了脚步。有点累了，准备在床边坐下。刚一落座，就听到吱嘎——啪的声响，我以为是木床发出的，没有在意。

坐稳，还没回过神来，又听到隐隐的一声，啪。我有点疑惑，身子没动，木床发出的也不应该是这样的响声。屏气凝神，侧耳倾听，这次，真真切切，啪！不是床下，是外面！

此时，早已夜深人静，这到底是什么声音？啪！

难道，是学校外面的农家在劈柴？不，不像。也没有这么晚还在劈柴的。啪！

那么，是那个会拳脚的体育老师在操场上练拳？不，不，也不对。拳练起来虽然虎虎生风，却没有这般清脆，这般响亮。啪！

啪！

啪！

啪！

…………

我终于忍不住，想要出去看个究竟。

来到外面，奇怪的声音却像知道我要去察看似的，突然隐没下来。

万籁俱寂。

唯有几点星光，虽然睡意蒙眬，却像有意要为我提供光亮，仍然努力睁圆了眼。身旁的一挂古钟，吊在枝丫，似睡非睡，欲响未响，玲珑别致，绿苔纵横，斑驳的锈痕，凹凸的钟面，一直静静地等待着清脆的敲击——

当！当！当！上课了。

当！当！当！下课了。

当！当！当！啪！

我的心抖了一抖。

啪！抖了一抖的心猛地收紧了。现在，我已经知道，那清脆的响声来自何方。我大概也明白了到底是怎么回事。响声来自左前方，教师宿舍二楼。说是教师宿舍，其实也不完全准确。准确地说，一楼是学生宿舍，二楼三楼才是教师宿舍。中间一条通道，两边都是整齐的单间，虽然房屋布局简陋，但在高原中学，却算是最好的住处了——至少，比我所在的土坯房要好得多。

我想证实我的猜想。

沿着石梯往下，左拐，不一会儿，就来到了响声的源头。我走得很慢，每进一步，我的心都会往里收缩一下。到后来，竟至于仿佛整颗心脏都缩成了紧紧的一团，连气都险些呼不出来。

跟我一样，屋里灯光很亮。

门是虚掩着的。透过半开半合的门缝，我几乎可以洞悉里面的一切。大约十来个学生，背靠着墙壁，一字排开，手捧书本，叽里呱啦读个不停。只不过，兴许是太晚了，精神不好，也或者是不想搅扰周围人的休息，所谓读书，就像在窃窃私语一般。

只一眼，我心头就一沉。这一排学生，能瞥见面容的几个我都熟悉，不是我原来班上的吗？明天一大早，我还要给他们上早自习呢。只不过，他们之中恐怕没有一个人，会料到本来已经离开的何老师居然又神不知鬼不觉地出现在他们面前。

只听一个女高音厉声传过来，你来！就看见一个年轻曼妙的女子，身着轻盈飘逸的连衣裙，悠悠地映入眼帘。握在手里的竹片足有一尺半长，一寸宽！半举在空中，随时预备着要往下扇的样子。

被点名的女学生始终低着头，不发一语。

怎么？还犟？手伸出来！

其他学生都明显被震慑住了，全都安静下来，不再出声。

啪！——啪！——啪！——

哼哼，你还是英语课代课呢，好意思吗？女老师还不解气，又对准眼前那只稚嫩的手——啪！

我正在想，英语课代表？女学生就抬起头来，紧咬着牙关，强忍着在眼眶里打转的泪水，不让流出来，简直就是一副宁死不屈的模样。可是，就在她抬眼的一刹那，我顿时就蒙在了那里。

英语课代表！是啊，她不就是我们班的英语课代表吗？在我们班，甚至在全年级，她不一直都是品学兼优的好学生吗？现在，她为什么会在这里？为什么，老师会对她发这么大的脾气？

这个问题还没想通，更大的讶异又接踵而至。老师看来也是被气疯了，开始在学生面前不停踱起步来。这一转身，一扭头，那张清秀、俊美，熟悉而又陌生的面容让我大吃一惊。

这个女老师，难道，是她？

2

第二天，第一节课还没上，全校就炸开了锅。

高三（2）班的曾静怡同学不见了！这个曾静怡不是别人，正是我们班的英语课代表，昨晚在英语老师宿舍挨打的那个。最先发现事情有些蹊跷的，是我，她们班的班主任兼语文老师。早自习，我发现她没来。我以为昨晚在英语老师那里挨得比较晚，可能还在寝室补觉。第一节是语文课，快上课了，人还没到。我就叫她们同寝室的同学回去看看，如果生病了，要赶紧看医生。几个同学就叽叽喳喳地说，好像一早起来就没见她人。我有点不信，但我是班主任，要以防万一。便让同学们先预习一会儿，亲自带着一个同学直奔她们寝室。

人，果然没有。

这一下，事态有点严重。我赶紧跑到校长办公室汇报情况。

校长一听，也像懵了似的，喃喃道，这，怎么可能呢？

然而，不可能的事，终究发生了。

于是便广播通知全校中层以上干部，赶紧到校长办公室来开会。

我是当事学生班主任，也理所当然留下来一起处理问题。人员到齐，校长正要讲话，刚才关上的门却被人一把推开，所有人的目光齐刷刷地向门口扫去。

昨晚那个年轻女老师，一手捂住胸口，一手撑着门框，上气不接下气，歪着头，抬起眼，焦急地望向大家。我……我……对不起，我给学校惹麻烦了。

我相信，在场的人，除了我，没有谁能听懂她的话。

校长毕竟经验丰富，大概敏感到了什么。他招了招手，示意女老师，别急，你先找个位置坐下。其他问题，以后再说。然后转向众人，当务之急是要尽快把学生找到！怎么找？他突然打住话头，脸转向我，小何，你是班主任，你记一下。说着，把笔和笔记本一起递过来。首先，要确认学生是否真的已离校，这点需要政教处与各班班主任联系，全校排查。其次，如果确已离校，要搞清楚她到底去了哪儿，是在学校附近逗留，还是回了家，或者跟什么人外出了？教导处要在师生中间广泛调查，尽快弄清楚。然后，他望了望团委书记和我，你们都是年轻人，动作灵便些，可能要跑跑路。

按照校长指示，团委要带领一帮年轻老师在学校附近的山林、水库、河坝、农舍去寻找打听学生下落。我则赶紧和她家人取得联系，看是不是回家了。如果已经回去，要亲自去她家把她接回学校。

可是，我的课怎么办呢？我今天还有两节课要上啊。我有点犯难。

不等校长回话，女老师一下就接了话茬儿，没事，我帮你代吧。

我瞥了一眼女老师，发现她也正把目光向我这边聚拢来。四目相对，又迅疾移开。我们都若有所思，短暂地出了一会儿神。

要和曾静怡的家长取得联系，并不容易。高原中学是一所农村高中，学生都来自附近几个乡镇，近的还好说，家远的，走几个小时山路是家常便饭。关键是，曾静怡的家庭还比较特殊。据我以前的了解，她的爸爸妈妈已离婚多年，妈妈改嫁去了河南，从此了无音信。爸爸常年在广州打工，一年到头，也就是春节过年才回来几天。爷爷已经去世，家里带她的，只有奶奶。那时候不像现在，几乎人人手里都抱着一部手机，别说手机，就算座机电话，也是单位才用得起，普通家庭，却是少之又少的了。

我去先前代我们班语文课兼班主任的老师那里，要来学生花名册。找到曾静怡那一栏，果然只有家庭地址，根本没有其他任何可以联系的方式。新明乡花山村？我粗略估算了一下，从学校出发，到那里至少也得三个小时吧。一般来说，村办公室都有一部座机，可不可以先跟村办公室联系，然后请他们通知她奶奶来接电话呢？这个念头只一闪，马上就被我否决了。不行！肯定不行！电话里怎么说呢？说她孙女儿在学校失踪了，现在是不是回家去了？果真回了家还好说，如果没回，那不得当场把老人家急晕啦？

不管人是不是回去了，我决定亲自跑一趟。这种事，马虎不得。我照着花名册，把她家的详细地址抄在一张小纸条上，塞进上衣口袋。万一不知道怎么走了，还可以向旁人问一问。看了看时间,还早,中午应该可以赶到。我跟教导处打了个招呼，背上一个军用水壶，就出发了。

学校没有围墙，完全呈开放形态坐落在小山脚下。操场外面是一垅一垅金黄的稻田。风过处，稻穗儿一浪追逐一浪，仿佛在欢天喜地地迎接即将到来的丰收。我没有心情欣赏这天赐的美景，只一门心思想着赶路。从齐腰高的稻穗儿中间的小路穿过，往右边走大约半里路，要爬一座山，山名叫将军梁，山的那边想来就是新明乡了。

才进入铺天盖地的金黄穗浪里，不由自主地深吸了几口气，就听见背后有人在喊，何老师，等一等！

回头一看，却是那个英语老师。我望着她一路小跑过来。到了近前，她已上气不接下气，何老师，我刚才给校长说了，还是我和你一起去吧。待在教室，我这心里不踏实。

我当然知道她的心里不会踏实。

而她呢，当然不知道，我竟然知道她的心里会不踏实。

她用一种疑惑的眼神望着我，好像在问，为什么我对于她的到来，会显得如此平静？是啊，我为什么会如此平静？我不可能把我昨晚所看到的一切向她和盘托出。至少现在，不会。

你不觉得奇怪吗？我让她走前面，她倒也不客气，几步就从我身边蹿了过去。奇怪？奇怪什么？我知道她为什么要这样问，但我还是假装什么都不知道。我为什么要跟你一起去？你不觉得奇怪吗？她似乎打定主意，要打破砂锅问到底。我有点想笑，但又觉得在这样的时机，这样的氛围，笑，确实是不应该的。于是，我抬起头，向远处的山峰望去。也许班上的同学已经跟你说过了，曾静怡同学的失踪，跟我是脱不了干系的！她猛地回转身，用一种无不幽怨的眼神看着我。好像她所犯的一切过错，都是我怂恿似的。

我顿时立在那里，不知所措。

如果人找到了还好说。如果找不到——我这一辈子，就全毁了！突然，她哇的一声痛哭起来。为什么？我这样做，到底为了什么？他们考好考差，跟我到底有什么关系啊？

是啊，学生考好考差，跟老师有什么关系呢？

可是，学生考好考差，跟老师真的就什么关系都没有吗？

我想安慰她几句，又不知从何说起。好在她还算理智，哭了几声，终究发觉在一个陌生的年轻男老师面前，不太得体，也就抹了眼泪，跟着我继续赶路。

总的来说，我们确实是陌生的。今天在校长办公室，才算第一次真正见面。可是，我又总觉得，我们似乎是熟悉的。就像两个老朋友，分别了很多年，又重聚在一起。

那种陌生又熟悉的气息，始终在鼻翼边飘荡。

这是我个人的感觉。

也许，它仅仅是我个人的。

你不觉得，我们以前在什么地方见过吗？她的这一句问话，尽管很轻，很柔，却像一颗钉子一样，往我的心上钉去。我的整个身心，像弹簧似的跳了一下。她，居然也有和我一样的感觉？

不敢肯定，只是试探性的，毕竟，我到现在还不知道她姓甚名谁，我问，你是叫，吴鑫荣？

她没有立即回答，只定定的，像我先前一样，望着远山出了会儿神，又轻叹一口气，才无不肯定地说，那你，一定就是何毕了。

沉默。

幽长幽长的沉默。

就像一列奔驰的列车穿越隧道时，哐当哐当，哐当哐当——只听得见彼此间心脏的跳动。世界已隔绝在窗外，所有的生命，仿佛都停止了呼吸。

我的眼前，又出现了那个活泼可爱、乖巧伶俐、成绩优异的女孩。那时候，我们还在读初中。这么多年过去，除了脸上的轮廓隐隐还在，其他，都已随时光的流逝，不见了踪影。

真没想到，这么多年过去，我们又走到了一个班。她无不感慨。

不同的是，那时候我们都是学生，现在，我们都是老师了。我也心有所动。

学生也好，老师也罢，哪一个，不是为了自己的前程而拼搏？

我知道，她这话说得虽然有点自私，却是真实生活的点睛之笔。

几只麻雀叽叽喳喳地从头顶飞过。

快看快看！有鸟儿！她突然欣喜起来，刚才还阴郁低落的情绪转瞬即逝。多美啊！那飞翔的姿势！她像是看得入了迷，自言自语道。

我不由自主地停下来，顺着她手指的方向望出去，麻雀却已没入了近旁的树林，更远处，一行人字形的雁阵悠悠然然地飘移而来，又呼啸而去。

大雁也要过冬了。她沉吟道。

虽然身上正冒着热气，我还是下意识地缩了缩身子，仿佛冬天真的就要来了一样。我静静地看着她，想着那几只消失不见的麻雀，看着渐渐远去的雁阵，没有出声。

你说，如果我们也能有一双翅膀，也能在天上自由地飞翔，想去哪儿，就去哪儿，想什么时候飞走，就什么时候飞走，那该多好啊。或许，在她眼里，麻雀也好，大雁也罢，只要有翅膀，能飞，大概都是顶好的吧。

她完全沉浸在自由的遐想中了。我不想搅扰她，举起军用水壶，正要往喉咙里倒，又一想，还是让她先喝。我把水壶取下来，正要递过去。扭腰低眉之间，竟发现路旁的茅草丛里跌落着一只发卡，蝴蝶状，整体是淡红色，其间夹杂着一些星星点点的黑色斑纹，就像通体透亮的天空中散布着许多暗色的星星。

吴鑫荣见我从草丛里拾起那只发卡，怔了一怔，若有所思道，这个，我好像在哪儿见过？她不说还好，这样一说，把我本就不愿意直面的猜测，一下子就捅出来，摆到了明明白白处。

忽然，她一拍脑门儿，对对对！是她的！是她的！她好像恍然大悟，昨天晚上，在我宿舍，她还戴在头上呢！

是的，昨天晚上，在她宿舍，她还戴在头上。这个，我透过虚掩的门缝，也看见了。但这并不能说明，我手中的这只发卡，就一定是她的。然而，一种不祥的预感，还是不依不饶，像蛇一样翻来覆去，扭曲着，占据了大脑。

十米开外，有一处农舍，单家独户地耸立在半山腰上。我说我们过去问问吧，说不定能问到点什么。然而，尽管门没上锁，却从背后关得牢不可破，无论怎样招呼，屋里都是死一般寂静。看样子，主人家是铁了心不愿搭理我们。我们也不好过分无理，叫了几声，没人开门，也只好悻悻离开。

3

从新明乡踅回学校，已是下午四点多了。

不出所料，曾静怡并不在家。我和吴鑫荣心情沉重，无比低落。思来想去，还是向奶奶如实相告。吴鑫荣说，奶奶，对不起，都是我的错。我不该动手。我赶紧调转话题，奶奶您别急，现在全校师生都在找，一定可以找到的。

奶奶六十来岁，面色蜡黄，身材矮小，体格却健硕，步态轻盈，一眼就能判断，这是个地地道道的农家老妇人。然而，无论怎样牵强附会，都很难将曾静怡那清水出芙蓉的形象与眼前这个农村老人联系起来。可事实毕竟是事实，她们之间血脉相连的关系，不是旁人说没就没的。一个奇怪的念头突然在脑海中闪现，几十年以后，曾静怡，跟奶奶会有什么区别吗？她是像奶奶一样在这偏远的山坳里守家护业，还是像城里的老人那样悠然自得，安享晚年呢？

不同的态度决定不同的人生。

一切都掌握在她自己手中。

手一松，怕是一切又会悄无声息地滑走了。

这时候，我竟没来由地觉得，吴鑫荣那样做，也许没错。

奶奶确实很善良，虽然也急得眼泪哗哗直跺脚，嘴里却还像在安慰我们一样，没有丝毫的责备之意。没事没事，辛苦你们二位老师了，害你们跑这么远的路。女娃子从小就性犟，说不定气一过，现在又回学校了。

但愿吧，但愿她现在已经回学校了。我心里默念道。

奶奶毕竟放心不下，还是随我们一道来了学校。

先去校长办公室。一路上碰到几个老师，都是神情凝重的样子。我心里大致就有了数。只怕往下，事情会变得更为艰难了。许是累了，吴鑫荣扶着奶奶，面色忧郁，没有多话。

校长见我们带着奶奶到了学校，立马就明白了怎么回事。

奶奶见了校长，知道孙女儿还没找到，终于有些忍不住，晃了一晃，倒在椅背上。校长焦急地喊，快快快！快掐人中！快掐人中！情急之中，虽然我对急救知识只是一知半解，也不管他三七二十一，到了奶奶面前，就将拇指往她上唇中间按了下去。那边校长又赶紧把校医叫来。把完脉，正要开葡萄糖水，好在人很快醒了，张嘴就问，我孙女儿呢？我孙女儿呢？那苍老的、茫然四顾的神情，着实让人心酸。

校长也有些动容，握着奶奶的手说，老人家，您别急，我们一起想办法。然后把头扭向我这边，小何，我看还是报警吧？

这正是我想对校长说的，现在唯一的办法，就是赶快报警！我点了点头，斩钉截铁地说，嗯，校长，报警！

校长来到办公桌前，拿起话筒，正准备往键盘上拨，就听到走廊里吵吵嚷嚷，一片嘈杂的人声。

还没反应过来，人群已蜂拥而至。领头的是我们班的数学老师，在他旁边，忸忸怩怩，不肯往前的，正是找了一整天都没个人影儿的——曾静怡！一大帮同学跟在他们后面，个个都兴高采烈的样子，像是约好了一起过来赶集似的。

曾静怡大概没有料到奶奶也在这里，只一眼，人瞬间就成了个泪人儿，几步跨到奶奶面前，扑通一声跪倒在地，抱着奶奶的双膝，就是一阵撕心裂肺的痛哭。奶奶抚摸着孙女儿的头，老泪纵横，嘴里不停地嘟哝着，回来就好！回来就好啊！

原来我和吴鑫荣去了新明乡，这一天的课差不多都是数学老师在代。下午最后一节，正要上课，有同学突然大叫，老师老师，曾静怡回来了！老师往门外一瞧，果然是曾静怡，正低垂着头，急冲冲地向这边过来。数学老师不敢怠慢，也不多问，立即就引着她到了校长这里。教室里早已乱作一团，胆大的那一群，却一窝蜂地跟了上去。

大家的心情就格外舒畅，简单问了问，她这一天都去哪儿了？她说本来打算回家，跟奶奶说不想读书了。走到半路，总觉读了这么多年，如果半途而废，终归不甘心，于是又踅回来了。虽然这个回答暗含诸多疑点，比如，为什么我们在去新明的路上，就没有碰到踅回来的她呢？照理说，那是最近的一条路，我们最有可能在那条路上相遇。但我们终归不敢过多追问，更不敢轻易责怪，大家都抱着同一个想法，人回来了就是万幸。再多问一句，只怕又刺激了她的神经，节外生枝，真不好收场了。

人群散去，我特别留意了一下她略显蓬乱的头发，那只蝴蝶形的发卡果然不见了。我下意识地触碰了一下左边裤袋，硬棱棱的一块，还在。

这场风波过去，对吴鑫荣最大的教训就是，以后，怕是再也不敢轻易动手打学生了。校长顾忌她是女教师，私下里批评了一番，对学生严格要求是好事，但，也要注意把握好分寸。倒是奶奶的反应大大出乎我们的意料，临走，她颤颤巍巍地握着吴老师的手，千叮万嘱，老师，女娃子就拜托你们了——不听话，还要打！黄荆条子出好人，不打不成器啊！

这场风波过去，对我还有一个最大的意外收获，我和吴鑫荣好上了。

那天上了晚自习，正准备回宿舍，一出教室门，就看到吴鑫荣等在外面。吴鑫荣有点不好意思地说，累了吧？我也是腼腆一笑，说有点。到我那儿去坐坐吧，我给你烧点开水，解解乏。老实说，讲了两节课，也确实有点口渴了。于是欣然道，也好。

到了她宿舍，才发现原来所谓的开水是糖水蛋，早就烧好了的。一进去，就闻到一股甜丝丝的气味。我心中咯噔一下，仿佛意识到了什么。我半开玩笑道，怎么，还搞得这么隆重呀？隆重吗？一个鸡蛋而已。她不想被我戳破，极力装出一副很平静的样子。接着，似乎想要证明她的若无其事，又补充道，你帮了我那么大的忙，一个鸡蛋，算什么？我有点诧异，我帮你，那么大的忙？看我一脸茫然，她扑哧一下笑出声来，用她纤弱的细指在我脑门儿上一点，你呀你，还是像读书时候一个德行，这才过去几天，你就全忘啦？看我没有言语，又道，如果不是你陪我，我还不知道敢不敢一个人去曾静怡同学家呢。我一听是这事，笑道，这事怎么算成是我帮你？我是班主任，理所当然要对学生负责嘛，再说，校长也没安排你去，怎么能说是我帮你呢？她突的就默然下来，娄子是我捅的，也不关你事。就算你一个人去，也是帮我去。我一想，这逻辑好像也说得过去。还有，如果不是你，校长还不知道要把我骂成什么样子呢。我又不懂了，愣愣地望着她，校长骂不骂你，跟我有什么关系呢？当然有关系啦。她一本正经道，正是因为有你在身边，他才会觉得，当着男老师的面骂女老师，影响不好。我才躲过一劫嘛。

气氛一下子又活泛起来。好了好了，快点喝，快点喝，不然都凉了。我赶紧端起碗，呼哧呼哧喝起来。还没喝两口，她又在一旁道，别急啊，跟个猴子似的，还烫呢。

我的心里就暖融融一片。

前段时间在广州所遭受的冷遇，所经历的那些羞于启齿的不顺，本来像一座冰山一样压在心头，现在竟慢慢地开始融化了。有那么一霎，我甚至觉得，世界为你关上一扇窗的同时，会为你打开另一扇窗，这话是有道理的。

生活开始进入正轨。一切似乎又恢复了它本来的样子。有两个疑问，却一直盘桓在我心头，挥之不去。曾静怡同学那么优秀，就算某次考试有点波动，也很正常，吴鑫荣为什么要那样对她？从学校离奇失踪的那天，曾静怡同学到底去了哪儿？

第一个疑问，我找吴鑫荣交流过。她先是轻叹一口气，有点自责道，也是我太性急了。以为可以抓个典型，好好教育一番，其他人一看，课代表都不能幸免，自然没什么好说的，只能受罚，从此就规规矩矩，认真学习了。哪知道，事情被弄巧成拙，差点出大纰漏。不过，她顿了顿，我很奇怪，她的成绩一直都十分稳定，独独那一段次，为什么就考得那么差呢？我说有多差？她朝我翻了翻白眼，有多差？你想都想不到，简直跟没做一样！真是气死个人！

跟没做一样？这确实是个问题。我不禁陷入了沉思。我也是她老师，碰到这种情况，恐怕也不会无动于衷。

问题是，为什么？是什么原因导致她出现这么大的波动？

没有谁过问，也没有谁帮忙解决。

这，大概才是一切问题的根源。

好在，我很快就发现了端倪。那天晚自习后，我照例准备在打熄灯铃之前，去学生宿舍检查清点人数，走到食堂拐角处，发现前面不远处一前一后两团黑影正急冲冲往前走。我以为是学生下楼来打完洗脚水，准备回寝室，刚开始也没有太在意。走着走着，隐约中就听到女的用小声央求的口吻说，求求你，以后别来烦我了。那个男生却不依不饶，你不答应，我天天来！

语气既强硬，又无赖。

听到这里，我简直肺都快气炸了。那个女生不是别人，正是曾静怡。男生也是我们班的，叫向垒，却是一个标准的二杆子，一天到晚都喜欢穿些奇装异服来夺人眼球。这还不算，最恼人的是，他长期与校外的一批社会闲散人员纠缠在一起，称兄道弟，欺负同学。学校把他的家长也叫来过几次，每次都因毕竟没有闹出太出格的事，而最终不了了之。

校长说，还是以教育为主。要给人改过自新的机会。

谁不知道，校长是老好人呢?

老好人，最容易被人钻空子。

我不想责怪校长，有意无意之中给我的班级管理工作带来了多大的阻力。但是现在，当我看着眼前那两团很快消失在拐角处的黑影，我提醒自己，必须要想办法解决这个问题了。我不能让一颗老鼠屎坏了一锅汤。高三，对正肩扛升学任务的学生来说，是多么重要的时期啊。

我深信，我已经找到了曾静怡同学成绩下降的根本原因。

时至深秋。树叶开始慢慢变黄，就算没有风，时不时也会飘飘悠悠旋下几片落叶。不远处，稻谷已经收成，田野上裸露着无数梗茬儿，一束一束的排列着，就像操场上的学生们，在队列里默默寻找或调整着自己的位置。

吴鑫荣不再打学生，但并没有因此而放松教学。每天晚自习上完，她还是会把当天没有完成任务的学生叫到宿舍去，挨个背诵、听写，检查作业。有时候我过去，还是会听到她对学生的批评，很尖厉，很刺耳。看到我，马上就有些脸红，好像在说，对不起，又没忍住。我宽容地对视一笑，没有说什么，一个真正负责任的老师，谁没有一点脾气呢？用校长的话来说，严格要求是好事，把握分寸就好。

在这样喻示着成熟与丰收的季节，我和吴鑫荣的爱情也慢慢瓜熟蒂落。但从一开始，她就不想让人们知道我们之间的关系在发生着明显的变化。她说，我们都才到学校不久，还是要以工作为重，给人们留下个好印象。我虽然有些不悦，心想我们都是成年人，谈恋爱是正大光明的事，为什么要偷偷摸摸？但想归想，做归做，在行动上，我还是要配合她。

那时候，我决计没有想到，无论是对我，还是对她，在这暗潮涌动的缠绵里，竟孕育着一场巨大的危机。

4

天慢慢转凉。

特别是早晨，如果穿一件单衣到外面走一圈，全身都会鸡皮疙瘩直竖。我是班主任，即便不是我的语文课，也会有事没事到教室去看看。教室全是土砖砌的平房，按年级分上、中、下三层，渐次排开，很像对面山上那些梯田一样的格局。这时候，我就觉得自己很像个农民，一步一步，深一脚，浅一脚，迈向那片晨曦微露，长势喜人的庄稼地。

到了教室外面，朝窗户里瞧了瞧，怎么回事？这节是吴鑫荣的英语课呀，预备铃都打了，怎么人还没来呢？这样的情况于她来说并不常见。她虽然是这个学期才分配到高原中学的新老师，但对待教学的认真程度，却是没几个比得上的。同学们私下里都叫她拼命三娘呢。

正狐疑着，身后就有人叫了声，何老师。回头一看，却是曾静怡同学。这段时间，她的成绩有所回升，但看起来却像变了个人似的。以前她是活蹦乱跳的性格，不管到哪儿，都像只叽叽喳喳的小喜鹊，现在却闷声不响，一整天一整天，不见说一句话。面容也憔悴得很，总是一副无精打采的样子。我知道她一定在暗暗使劲，要把落下的学习赶上来。

到了近前，她有些上气不接下气，说何老师，英语作业没拿到。她是英语课代表，上课前要到吴鑫荣那里去把作业本抱到班上来。我说怎么啦？她说我敲吴老师的门，门没开。门没开？怎么可能呢？是不是吴老师睡觉睡过头了？我知道她喜欢熬夜，不是备课，就是改作业，不是改作业，就是找各科各样的教学参考书来看。一定要多充电，才能有进步。这是她的口头禅。我敲了好多遍呢,都没开。曾静怡皱着眉,很为难的样子，像在为没有完成任务而深感自责。

但是，何老师……她张了张嘴，话没说出口，头却低到了腋窝下。我看她欲言又止，不知道什么情况，有些着急起来。有什么话，快说。老师不怪你。得到我的承诺后，她才大着胆子说了一句，但是，但是屋里有响动，好像有人在……

我的心咯噔一下，难道，出了什么意外？

我让曾静怡回教室，让同学们先上会儿自习，注意把纪律维持好。我则大步流星往吴鑫荣宿舍赶。路上碰到几个老师，都是怪怪的眼神。朝我这边望过来一眼，又赶紧把目光移开。我的心里就愈加疑惑，好像周围都是明白人，只有我一个还在犯糊涂。

吴鑫荣宿舍门外，却早已聚了好几个年轻老师在逡巡。有一人正把耳朵贴在门上，脸上露出难以名状的神情。见到我过去，又赶紧站起，有点尴尬，似笑非笑。我也觉得脸上烧起一把无名火，想要发作，又不知从何发作。虽然我和吴鑫荣相处得非常低调，但明眼人还是看得出其中奥妙的。所以，尽管吴鑫荣并不想让我们之间的交往大张旗鼓在人前显露，但，事实上，又有几个不知，几个不晓呢？

那个年纪大点的老师还是机敏一些，我还没走近就迎了上来，截住我的去路，将一只手搭在我肩上，像十分要好的朋友那样。

我问，怎么啦？

他并不急着回答，望了望远处的山峦。到处都是揪心的枯黄一片。但是，无论山上的季节如何变换，群峰依然高耸，丝毫不打算向迎面而来的冷风低头。

有一个情况，你可能还不知道。他像经过了十分激烈的思想斗争，终于要吐出胸中的郁结。什么情况？我焦急地望着他，又瞥了一眼吴鑫荣紧闭的房门。他叹了一口气说，我们早告诉你就好了，但——我们怎么敢告诉你呢？那样，我们不就成了挑拨离间的坏人吗？我们总以为，她会自己告诉你的。我说老哥，你就别卖关子了，有什么事，快说吧。他将目光从远处收拢来，不再闪烁其词，这个学期刚开学的时候，吴老师来学校报到，身边是跟了个男的的……

我立马就觉得一阵头晕目眩，身子一歪，差点摔倒。

他将搭在我肩上的手紧了紧，又将另一只手伸过来托住我的腰。他既然开了口，也不打算再遮遮掩掩了，决心一股脑儿和盘托出。刚才我们几个老师正在梯口边聊天，就看见那个男的急冲冲赶来，然后穿过巷道，敲了几下门就闯进了吴老师的房间。我们当时就说，糟了，多半要出事。接着就听到哐当一声，门关上了。我们赶紧过去，就听到里面叮叮当当一阵乱响。敲门，响声就停止了。停下来不敲，又是一阵窸窸窣窣的闷响。

既然没有听到呼救声，我们又都是局外人，自然也不便过分介入，只能先观察着……

我打断他的话说，我去看看！

他赶紧阻止道,别,你还是别去。免得矛盾升级。这是学校，几千双眼睛盯着呢。真闹起来,对你,对吴老师,影响都不好！我估计也没什么大事，果真有什么，吴老师那么大个人，会喊叫求助的……

果真有什么，会喊叫求助？

也就是说，到目前为止，她还没有喊叫，没有求助。

她是自愿不喊叫，不求助，还是被胁迫，无法喊叫，无法求助呢？

不喊叫求助，就一定能说明，里面什么都没发生吗？

如果什么都没发生，为什么不去上课？把几十个学生扔在教室，不管不顾，无论如何都不是一件正常的事。

如果什么都没发生，曾静怡同学去抱作业本，为什么不开门？

如果什么都没发生，老师们过去敲门，为什么不应声？

我不相信那间屋子里正风平浪静，那里，一定正发生着什么！

我忽然想起宿舍楼后面有一条小路，直通厕所。绕过去，从后面的窗户应该可以看到屋子里的情况。不管怎么样，先搞清楚状况最重要。然后，我才好决定需要采取什么行动。也顾不了形象不形象，管不了旁人怎么看了，一溜儿烟，就向厕所方向跑去。小路旁边长着大大小小的杂树、各种各样的花草，刚好把我要观察的方位挡了个正着。

没办法，我只能试探着往下一步，抓住树枝，踩着花草，身子尽量前倾，直到脚尖悬在了条石半空，再抬眼一看，吴鑫荣的窗户近在咫尺——

窗，却紧紧地关闭着。

就像一只巨大的手掌，捂住了我的鼻孔。

我立马意识到了事态的严重性。喘着粗气，脑袋嗡嗡直响。不行，我必须进去！不管谁阻拦，我都必须破门而入！我不敢想象，如果我再慢半步，屋子里会发生什么可怕的事情，导致多么严重的后果！

可是，事态如此紧急，吴鑫荣，为什么不呼救呢？

一阵莫名的沮丧感突袭而来。

也许，事情并不像我想象的那么简单。

假如，仅仅是假如，吴鑫荣并不希望我去“搭救”她呢？那么，我愣头愣脑地闯进去——到底算什么？我知道，这时候只要她一声喊，哪怕我明知她喊的不一定是我，我也会立马就冲进去。可是，为什么，她为什么就是不喊呢？

失望——愤怒——羞辱，所有的情绪在瞬间化成一个字：痛！

吴鑫荣到底还是上课去了，尽管，那节课距离下课只有十几分钟了。那个男的想必最终理智下来，只好垂头丧气，在人们的窃窃私语中悻悻而去。显然，他到目前为止，还不知道我的存在。而我，在此之前，也同样不知道他的存在。

那一夜，我喝了有生以来的第一口酒。

那一夜，我抽了有生以来的第一支烟。

那一夜，我的房间里满地狼藉，脏乱不堪。

那一夜，我甚至在想，如果当初不回来，就留在广州，或许也比现在好。留在广州，可能过得会跟死了差不多。可是现在，那叫生不如死啊。

熄灯铃又响了。我翻身起床，强打起精神，准备去查学生寝室了。

路灯很暗，一如我晦暗的心境。夜幕清寂而孤傲，吝啬地把几点星的余晖洒下来，仿佛几滴冰凉的苦泪，冷不丁落在脸颊上，身子就猛地一弹，打起寒战来。

到了食堂拐角处，鬼使神差般的，像上次一样，居然又碰到了前面那两团黑影。这次，他们没走动，就站在食堂墙根下。那里刚好是一片路灯无法照射的阴影。女的声音细细的，怯怯的，像被霜打蔫儿了的花骨朵一样，你再这样胡搅蛮缠，我就告诉老师！不想那男的嚣张气焰一点没被压下去，反倒痞里痞气说，告诉老师？哪个老师？不会是那个水性杨花、脚踏两只船的吴老师吧？她自己的屁股都还没揩干净呢，还有心思来照顾你？何老师吗？他突然嘿嘿几声低沉的怪笑，他呀，他就是个窝囊废！自己的女朋友被别人糟蹋，都不敢吭一声！这种人，你指望他跟我斗？做梦去吧！换了我，不砍死那家伙不是人！

我只觉得又羞又恼，一股无名怒火自胸中腾的一下，就升了起来。我几个大步，跨上前去。

他们都惊慌失措，万万没想到我会突然出现在他们面前。

二杆子向垒不管此前多么嚣张，毕竟是学生。我让他跟我走，他也只好耷拉着脑袋，不声不响地跟在身后。我让曾静怡回寝室去，早点休息。

到了宿舍，我指了指床前的椅子说，你坐。他倒也不客气，屁股一歪，就坐了上去。

你跟曾静怡为什么这么晚了还在外面，我盯着他的眼睛问道。同学之间聊聊天嘛，二杆子向垒还是嬉皮笑脸的样子，目光有些闪躲。看来你是不打算说实话，曾静怡什么都跟我说了，就目前的情况，你的行为已经触犯法律，我们正在整理证据，准备报警，以后你就在少管所待着吧。

再看面前这个小生，早已没有刚才的淡定自若，目光呆滞，陷入了恐惧之中。

我对着呆立不动的二杆子说，回去好好想想，你该怎么做。如果能够得到曾静怡的原谅，这件事还有转机。他显然还没有回过神来，机械地啊了一声，仍然站在原地，一动不动。

你可以走了。我下了逐客令。他这才恍恍惚惚地出了房门。

5

吴鑫荣过来的时候，我正仰躺在床上，呆滞地盯着头顶上方的白炽灯。明晃晃的光很刺眼，我却不肯把目光移开。仿佛一转眼，就会一头栽进万劫不复、深不见底的黑暗里。

吴鑫荣并不打算回避问题。她坐到了我身边的床沿上。

你一定认为我欺骗了你。她的声音很小，但字字诛心。

我没有应声。这个时候，我当然不能有任何回应。但我知道我的内心在期待，期待她能自圆其说。

是的，在你之前，我是有过一个男朋友。我仿佛觉得眼前真的一黑，身子迅速往下坠落。但是，她用无不幽怨的眼神望着我，但是，自从跟你确定关系以后，我就给他写过信了，我说我们不合适，我们分手吧。

沉默。像条蛇一样啃噬着我的心。

很明显。这样的分手并不彻底。

我也没想到他会这样死缠着我。她的意思是，她很委屈。发生的这一切，都不是她的错。可是，如果不是她，我怎么可能落到这般羞辱的地步呢?

我跟他分手了。她的眼中有泪，晶莹透亮。像在陈述一个事实，又像在向我做保证。大概是觉得没有引起我足够的回应，她再次强调，分手了，永远，相信我！然后眼泪就汹涌而出。我心里便产生一种奇怪的念头，这泪水，到底是为从此失去的他，还是为无辜受伤的我而流的呢?

她想挽救我们的爱情。她天秤的重心偏向了我。这点我当然明白。我不笨。可是，有一些疑问始终挥之不去。在她的宿舍里，到底发生了什么?她明明受到了威胁，在那么长的时间里，她为什么不呼喊，不求救?我想她把这些疑问说出来。可不管怎样努力，都无法开口。我想，如果她真的愿意解决问题，一定会自己解释清楚。

然而，遗憾的是，对于那段经过，她始终缄口不语，好像从来都没有发生过一样。

我终于忍受不住，淡淡地说道，你报警吧。

她的眼睛突然睁得老大老大，惊疑不定地看着我。接着，脸色沉郁下来，低着头，手足无措的样子，半天没有吱声。她肯定听懂了我的意思。让她报警，其实就是让她选择。如果她报警,说明她的心还是在我这一边。那么,我们还可以从头再来。如果她不报——不报，不就说明一切问题了吗?那，我们还有什么好说的呢?

她从我的床沿上艰难地站起身来。脸色苍白，失魂落魄似的，有气无力地向门口走去。嘴里好像在念念有词，报警?报警?报警……

我心如刀绞。想要叫住她。张了张嘴，终究没有叫出声。

这个冬天似乎格外漫长。低矮的天空灰暗一片，像块巨大的巴掌按在人的胸口上，直压得你顺不过气来。几乎整个上午，田野间，山坳里，到处都是一层薄薄的雾，撵不走，踹不开，就像敷在伤口上的纱条，浸着血水，一点也撕不得，一撕，创疤上又是一道血红的新伤。个个都慢慢地变得臃肿起来。就算那些平时还算苗条的身影，这时也像换了个人似的，里三层，外三层地裹着，走起路来一扭一扭的，笨拙不堪。

一切仿佛又回到了它原本的模样。按部就班。默默无闻。

吴鑫荣把所有的精力都投入到了教学上面。除了上课，没有人能见到她。可我知道，她一定在宿舍里备课，改作业，琢磨教材，下着其他老师难以下的苦功。我也终于从多个渠道搞清楚了，她原来的男朋友是她高中时候的同学。大学毕业，她分配到了高原中学。他则留在了县城。如果没有我的出现，或许他们真是天造地设的一对。那么多年的感情，怎么可能说散就散了呢？我忽然觉得自己很无耻。明明就是个小三的角色，却硬要摆出一副很受伤的架势。

好在，都结束了。我甚至在心里默默为他们祝福。让他们破镜重圆吧。也许，那才是最好的结局。

可是，老天却总是难遂人愿。

那天，我正在宿舍里批改学生作文。身后突然响起几声潦草的敲门声。刚开始，我没有太在意。平时，也会有人这样敲门。大多时候都不过是学生路过这里随手搞的恶作剧。等你打开房门，走廊上空空荡荡，连个鬼影都没有。

我喊了声，谁啊？

门外似乎犹豫了一下。何毕老师在吗？

声音很陌生。听起来不像学生，也肯定不是老师。难道，是哪个家长找来有什么事？我起身向门口走去。

门一开，我立刻就愣住了。

三个从未谋面的年轻男子，正虎视眈眈地盯着我。

你们是？我心往下一沉，隐约意识到了什么。

你是何毕吗？对方的态度十分高冷。尤其领头的那个更是不屑一顾。见了我，直接把老师这个尊称也省略掉了。

请问你们有什么事？我警惕地望着他们。心里飞快地盘算着。一对三，这个架势不一般。

有点事找你。出去转转吧。身材壮实的那个说。语气平缓，但语调强硬，简直就是不由分说的那种。我知道跟他们出去凶多吉少。但如果在这里，地方狭小，果真要发生点什么，吃亏更大。还是跟他们出去好，反正是校园，到处都是师生，谅他们也不敢有什么过分之举。

刚好是中午，很多学生都在教室外面玩耍，嬉戏，走动。我们一路过去，很多目光就跟着扫了过来。也许是好奇，也许是惊讶，也许仅仅就是想看看热闹。他们或许不明白，那个平日里正义感十足的何老师，为什么会跟几个二流子一样的年轻人走在一起？我当然不能在学生面前表现出自己好像被挟持了一样。所以，一路上我都显得很淡定，很自然，很不过如此，尽量不要引起周围人的注意。好像我们几个不过是很久没有谋面的朋友一样。

路过我们班的时候，一双眼睛从门口倏忽而过。只一晃，就不见了踪影。我认得那双眼睛，是曾静怡。她一定是利用中午的时间在教室里学习。这段时间，因为有了我的强力干预，那个二杆子男生向垒已经不敢再骚扰她。她很快调整了状态，没日没夜地追赶。现在，她又是我们班名副其实的优等生了。

到了操场，我寻思着要停下来。再往前，就是成片成片的冬水田了。那个领头的年轻人说，行了，就在这里吧。

于是，几个人都停下来。

有什么事，说吧。我不想让他们先开口。我以为，我先打开话匣，可以更显示我泰然自若。

老师不都是聪明透顶的吗？你居然不知道我们找你什么事？领头的明显想挑衅，极力挖苦道。我呵呵一笑，说老师再聪明，毕竟不是算命先生。既然你们觉得老师好，那现在就让你们当一回老师，我当学生。老师有什么教导，学生洗耳恭听。少跟我来这一套！领头的吼道，果然是个耍嘴皮子的，看来，鑫荣这么快就被你耍了，还是有道理的。

果然。所有的猜测瞬间被坐实。

我立马意识到，先前模糊不清的危险，恐怕很快就要变成现实了。

我说我跟她开始的时候不知道她有男朋友。他说你这是向我道歉呢，还是向我贬损她？我说都不是，我就是陈述事实。他又一声愤怒的咆哮，事实？事实就是，你把我女朋友抢走了。我说我没抢。她自己来的，现在又自己走了。自己走了？你什么意思？他瞪着血红的眼睛，疑惑地望着我。我说我们分手了。分手了？你的意思是，你把她玩儿腻了，又把她甩了？我没甩！你没甩？那就是你还跟她在一起？他把袖管往上一撸，作势就要扑上来。你真当我是傻子啊。好，今天，我就让你知道傻子也不是好惹的！旁边的两个也猛地向前一蹿，准备合围上来。

看来，一场恶斗已经不可避免。

我虽不是什么练家子，但平时喜欢打篮球，跑步，身材保持得也还匀称，基本上没有多余的赘肉，行动向来还算敏捷。对方虽然是三个，但身材都比我胖。加上又是大冬天，穿得不免都有些厚实,行动反而不便。领头的那个气势很猛,一拳过来,却像放慢动作一样,很轻易地就被我避开了。旁边的两个,兴许也没料到要动真格,可能先前以为就是从旁虚张个声势,吓唬吓唬我罢了。虽然面目上都凶神恶煞,但除了蹿上来比较威猛,接下来实质性的动作却有些犹犹豫豫。他们是喊来的帮手,但在帮的力度上面,似乎还没有把握确凿的分寸。

我向后退了几步。并不想跟他们拼个鱼死网破。我知道这是个误会。他以为是我抢走了他的女朋友。自然处处与我作难。换了我,如果心爱的女人被人抢了,恐怕也不会善罢甘休。我想解释,但眼前的形势根本不允许我作丝毫解释。而且,分辨来分辨去,反正结果不都是我和吴鑫荣好过一场吗?解释多了,反倒显得我怯懦。说不定对方会以为我是怕挨揍,才编造谎言欺骗他呢。

我正寻思着怎样才能摆脱这一场无谓的争斗,却听对面突然传来一声清脆的断喝,住手!三个打一个,算什么英雄好汉!刚才只顾着应付眼前的危机,却没留意到吴鑫荣已站在他们身后。只见她面色铁青,冷若冰霜。像寒风中一座冰冷的铁塔,只要她愿意,立马就可以镇住眼前的妖魔鬼怪。

三个人不由自主地回头,瞬间全都愣在了那里。

领头的男子不想失了脸面,向旁边的两个挥了挥手,你们都让开。

吴鑫荣鼻子哼哼了两声,怎么?还想逞英雄,要一对一单挑?要不,我来当裁判?你们谁赢了,我就归谁?男的没料到她会说出这样的话来,一时不知如何作答,呆立着不知怎么办才好。

又是一声清脆的冷笑。

你不就是想抓住我不放手吗？那你来抓呀。来！抓！说着，吴鑫荣就将手伸过去，递到他面前。怎么？送给你抓，你又不抓了？那你到底抓还是不抓？说着说着，她的声音变得沙哑了。她的愤怒在她的身体里膨胀。也许下一刻，就会爆裂。

男子终于抬起头，巴望着她。嘴唇乌紫，面容憔悴。荣，我们别闹了，你还嫌丢人现眼得不够呀。吴鑫荣鄙夷地看了他一眼，丢人现眼？你还知道什么叫丢人现眼？你以为，把何老师打一顿，我就会回到你身边？果真那样，不更说明我心疼他，不想他吃亏？如果我是因为不想他吃亏才回到你身边，你，还会抓住我不放手吗？

话题又扯到了我身上。

他无不幽怨地看着她，又忿恨地把头转向我这边。他到底哪点比我强？比我长得帅，还是比我有钱？不就是个教书的吗？难道，你真还指望他父亲帮你调动工作？别做梦了！我早打听过了，人家父母离婚都十几年了，他在心里恨死了他父亲呢。你还指望他帮你调动工作！

我越听越震惊。我想不到，怎么扯来扯去，又扯到我父亲身上去了。而且，他居然还说得有模有样。是的，我的父母是离婚了，我在心里也确实恨死了我父亲。虽然他在教育局工作，我却从来没有因为工作的事去找过他。

吴鑫荣更是羞愤难当，满脸通红。她自然也没有料到，他居然会在我面前，说出这么些对她颜面扫地的话来。如果真是像他描述的那样，她是因为想得到我父亲的帮助，才跟我好上的，那么，她岂不是用心极其险恶，眼光极其势利？说来说去，什么情啊爱啊，不都是一场可怕的虚空吗？

6

吴鑫荣又开始严厉批评学生了。

她那急躁尖刻的呵斥声，在空旷的夜空下，在清寂的校园里，像终于挣脱束缚的魔咒一样，一次又一次，撞击着人们最敏感的神经。人是一种很奇怪的动物。有时候，哪怕明知自己的举动并不明智，哪怕上次的疤痕还未痊愈，只要因为某种情绪，或者要达成某个目标，也会毅然决然，不管不顾。

吴鑫荣，真的忘记了发生在曾静怡同学身上的那次教训了吗?

我和吴鑫荣到底分手了。她和她的前任男友最后如何，没有谁知道。人们只知道，校园里似乎从此又恢复了平静，没有了纷争,没有了骚扰。好像所有人,都在学习的道路上全力以赴。就连我们班那个二杆子男生向垒，也像变了个人似的，一天到晚,不知是装模作样,还是真心回头,总是埋着头,捧着本书看,很少去搅扰别人了。

也许，学生到了高三，到了离高考只剩下几个月，到了这可能影响一生前程的关键时期，都会重新审视自我，修正自我吧。

曾静怡身上也发生着巨大的变化。学习成绩的进步自不必说，最近这两个月，每次月考，都稳居全年级第一。无论如何，这都是令人欣慰，令人鼓舞的。她的成绩本来就很好，经历了前段时间的那些波折，我以为她很难在短时间内赶上来，没想到，她不但赶了上来，而且还超出了以前的水平。这又是一个活生生的例子，人一旦下定决心，又有什么事情办不好呢？她的另外一个变化，是体形的发胖。这点也很让我安心。原来那么标致，那么柔弱，仿佛一阵风都可以吹倒的女生，才几个月，脸上的肉竟然都快把眼睛挤成了一条缝。身边没有了搅扰，学习上得心应手，自然吃得香，睡得着，不长肉，那才叫怪呢。加上又是大冬天，穿得跟个圆球似的。看上去，也确实没什么美感。不过这样也好，现在是学生，学习最重要。至于外表，以后长大了，参加了工作，有的是时间去梳妆，去打扮。

转眼就到了新学期。

我们学校是所农村中学，放假跟城里不一样，不是每周都休周末两天，而是把两周十天的课连在一起上完，再休四天。那是个星期三，就是放假的前一天。下午的课上完，一部分学校附近的同学都回家了。那些家离学校比较远的同学，就只能多住一晚，第二天一早再启程。

我们班女生本来就不多，走了一些，留在学校的就没有几个。即便如此，班主任还是有责任去查寝室。这也是学校最大程度保障学生安全的举措。

我过去的时候，有点晚了，周围的灯全灭了，黑咕隆咚的，有点瘆人的感觉。我是一直到把最后一本作文改完，才起身。本想偷个懒，倒头就睡，可一想到曾静怡上次不打一声招呼，连夜就跑了，就觉得全身都在起鸡皮疙瘩。什么事情，不怕一万，怕的就是个万一啊。万一我不去检查，学生擅自跑到校外出了事，我，怎么跟学校、跟家长交代呢？

女生寝室共三层。我们班女生住在三楼，中间靠楼梯左边的那间。我是男老师，不可能进寝室去查人数，那样不方便，只能等熄灯铃响后，在外面敲门，叫同学自己报姓名。一个寝室住多少人，报了多少姓名，在的，没在的，一目了然。

到了楼下，习惯性抬了下头。这不抬没关系，一抬吓了一大跳。朦朦胧胧的夜色中，顶楼天台上，竟然有个人！尽管看不清，但隐约中从体形判断，似乎很熟悉。狐疑之中，我沿着楼梯迅速往上爬。到了三楼，再往上就是天台。按理说，三楼与天台之间虽然也是楼梯连通了的，但平时通道的门都上了锁，一般人不可能上得去。

到了门前，才发现锁固然在，却早已年久失修，轻轻一拉，就开了。我不仅暗自感慨，这个安全隐患，怕是学校领导也不见得知晓。这，或许就叫百密一疏吧。

天台很宽阔。四周全是水泥砌起来的围墙，足有半人高。

不远处，一团黑影正立在单薄的围墙之上，张开双臂，仰着面，朝向夜空，一副如醉如痴，展翅欲飞的姿势，如同美丽的剪影一般。

我不敢突然惊动她。

稍不留神，她都可能脚下一滑，坠落楼底。

我只能静静地站在原地。等待。等着她从上面下来。

不出所料，没过一会儿，她就坚持不了了。慢慢地弯下身，双手撑着墙面，想要跳下来。可是，毕竟是女生，身材又有些臃肿，试了几次，都没敢跳。最后，她只能放弃这个鲁莽的方法，双手抱紧墙体，脚尖沿墙面试探着，缓缓拖坠下来。落地的时候，还是一个站立不稳，歪倒在地。

我赶紧走上前去。

到了近前，虽然光线很暗，但总算确认了，果然是她！

曾静怡发现有人过去，先是吓得身子哆嗦了一下。看清是我，才如释重负般，何老师，您怎么到这儿来了呀！我怎么到这儿来了？我声色俱厉地反问道，这话应该是我问你呀，你怎么到这儿来了呢？熄灯铃不是都响好久了吗？她站起来，拍了拍裤腿，不好意思地说，对不起，何老师，又让您担心了。可是，可是我实在睡不着。又怕影响其他同学休息，就想一个人出来透透气。

这段时间学习任务确实有些繁重。人终归不是机器，我想，作为班主任，也应该了解学生的思想动态，不能让他们把弦绷得太紧。我把语气放得柔和了些，就算要出来透气，也不能搞这么危险的动作呀，万一不小心……我没再往下说，后果多严重，让她自己领会最好。

何老师，您说的这些，我都懂。

都懂，都懂那为什么还要这样做呢?

我也不知道为什么。就是有些控制不住自己。

控制不住自己？难道有人在前面牵着你，或者在后面推着你，必须要你往上面爬？话一出口，我就发觉不太对劲。到底是哪里不对劲，一时也说不清。

何老师，您说对了，我就是觉得必须要往上爬。曾静怡声音很轻，很柔，气若游丝一般。站在这上面的感觉多好啊，就像在飞一样。说着，她好像闭上了双眼，又沉浸在飞翔的醉态中。突然，她张开双臂，仰着面，用一种很奇怪的声调说，何老师你没看到我飞起来了吗？你不想跟我一起飞吗?

我只觉得心脏像被什么尖利的东西猛刺了一下。

飞？我当然也想飞啊。可是我知道，如果翅膀没有积蓄起足够的力量，就算想飞，也飞不了多远。甚至，在展翅腾空的那一霎，就已注定了悲惨的结局。

何老师，有句话不知道该不该说。她的语调又恢复了平常。我说有什么话，尽管说。虽然我是老师，你是学生，可说话的权利还是平等的。那好，她又沉思了半晌，似乎在衡量怎么才能把话说得入耳一些。

我发现吴老师还是放不下您呢。她冷不丁冒出这么一句来，惊得我半天都合不拢嘴。没想到，毕竟还是学生呢，就在关注大人们的事了。我说小孩子家家的，别乱说。我没乱说！她有些委屈似的，那天，我看见您和三个陌生人往操场去，就知道没好事。我赶紧跑去找吴老师，话才说一半，她就疯也似的跑去找你了。

跑去找我？你怎么知道她是跑去找我，而不是找别人呢？

当然，这话，我没有说出口。

这个年龄的女孩子呀，心眼可不是一般的多。我没想到，老师的一举一动，她居然都看在眼中。我更没想到，她一个小小的举动，居然就将我从水深火热之中解救了出来。

我苦笑一声，往她头上望去。蝴蝶形的发夹还在。但愿，这美丽迷人的蝴蝶可以振翅高飞，飞到任何她想飞去的地方。

高考一过，学生们都已毕业回家。升学无望的，早早的就在家人的安排下，开始谋划着生计。对升学有指望的，就在家里好好待着，在规定的时间返校，到班主任那里，看是否收到了自己的录取通知书。那个年代，由学校代收录取通知，再由班主任分发给学生，是普遍通行的做法。毕业班老师虽然课表上已无课可上，但学校终归没有放假，其他班级都还在照常上课，所以还是需要留在学校，等待期末考试完毕，再一同离校。

兴许是一年来我经历了各种波折，神经一直处于高度紧张状态，现在总算有机会松懈下来，整个人就像涨得满满的皮球，突然之间就泄了气，懒懒地歇在那里，不想动弹。这些日子我没太多事做，就倒在床上呼呼睡大觉，直睡得昏天黑地，日月无光，连妈是哪家的女儿都不晓得了。

先是高考成绩下来。意料之外，又在情理之中——按照统计结果，高原中学的英语平均成绩在全县同级同类学校中名列第一。学校只有四个班，内部又一算，吴鑫荣所教的两个名班，居然又是第一名！也就是说，如果以班级为单位，那么，吴鑫荣所教的班就考取了全县第一名的好成绩。

这个成绩让全校所有老师都刮目相看。校长更是乐得嘴都笑歪了，半天合不拢来，见人就嘀咕，还是古人说得好啊，严师出高徒，不打，怎么可能成器呢？不晓得的人见了，还以为得了什么癫狂病呢。很快就有消息传来，县城实验中学要把吴鑫荣调过去。果真如此，她也算功德圆满。一个刚参加工作不久的青年女教师，通过坚持不懈的努力，终于要实现她一直在苦苦编织的腾飞梦想了。我跟她好歹好过一场，不管怎样，还是要从心底里默默祝福她。

另一个结果，也让我颇为意外和惊喜——曾静怡同学居然考了个总成绩全县第三！这样的成绩，完全可以上一所非常好的大学了。好几天，我都暗自为她高兴。不得不说，我佩服这个女孩子坚强的毅力，不屈不挠的抗争精神。拿得起，放得下，换作我，在她那样的处境，也未必会做得比她好。

曾静怡来拿通知书的那天，穿戴整洁，容光满面。一身从未见她穿过的紫色外套，上面水印着许多形态逼真的粉红色蝴蝶，在万花丛中翩翩起舞。满头秀发从前往后，梳得流光溢彩，到了脑后，扎成个一摇一摆的马尾巴，精神抖擞。我特别留意了一下，她头上没戴那个蝴蝶形的发夹。看来，还是女孩子适合打扮，有天生的审美能力。衣服上有了那么多蝴蝶，头发上再来别一只，确实显得多余。只有那面部表情，却严肃冷静，不苟言笑。我不免隐隐地心生怜惜，十八岁还不到呢，竟一脸成熟，早不见了年轻人应有的稚气和阳光。变化最大的，还是她的身材，真的是心宽体胖，才二十来天不见，腰围居然又暴长了一大圈。

走的时候，她递给我一个信封，说她有很多心里话想对我说，但当着面，反倒不知从何说起，就写在了纸上，等她走远了，我可以拆开慢慢看。

一定要等我走远了，您才能看！她红着脸，强调道。

我心里犯着嘀咕，不知道她是何用意，只好笑了笑，说你放心，就算你满篇都是说我坏话，我也不会追上去骂你的。她根本无心玩笑，转身就出了门。她的身影快要消失在门口的一刹那，她突然回过头说，何老师，再见！再见！我本能地应声道。再看那眼神，竟是那样凄楚，那样绝望，那样揪得人心神不定！这是怎么了？我有些六神无主。我看不清那眼神的含意，但我确信，那眼神里，一定包含着某种深意！

我又开始像刚从广州回来的那个夜晚，在小小的宿舍里不停地踱步，来来回回，一圈又一圈。终于，我耐不下去了，一个箭步就到了桌前，抓起那个单薄的信封，嗤的一下撕开，掏出来，展开，急急地看下去——

何老师：

您好！感谢您一直以来对我的帮助。我很高兴我没有让您失望。我终于通过努力，证明自己还行。但是，我还是不得不说，当您看到这封信的时候，我已经永远离开了您，离开了爱我和我爱的所有人。

不是我自私，要给您的人生平添这些伤感的回忆。实在是我无法面对我的父母，我的奶奶，甚至无法面对您。

我在书上看了，自己掐指算了算，大概就是这几天，我肚子里的那个孽种就要出来了。我不可能让他出来，我必须带着他一起离开，离开这个既温暖又罪恶的世界！

我多么后悔那天夜里私自跑出了学校啊。如果没有那晚的冲动，没有那晚的倔强，还有两个月，我就要踏进向往已久的大学校门了。可是，现在说这些，还有什么用呢？

何老师，我知道您是好人。您一路去找我，我知道。您趴在那所房子的窗户外面朝里看，您砰砰砰的用力敲门，您大声喊里面有人吗？这些，我都知道。可是，我开不了口，我的嘴被捂着。我也动弹不了啊，我的身子被紧紧地抱着。我多么希望你能听到我的吱唔声，然后破门而入啊。可是，尽管我那么奋力，声音还是那么细弱，细弱得连我自己都听不到。

何老师，我不怪您，我要感谢您。是您，让我感到还是有人在乎我，还是有人希望我回到他们身边。这给了我勇气。老天也没有完全抛弃我，竟然安排了个残疾人来侵犯我。我很快找到了机会，逃了出来。

您一定会问我，为什么不告诉您，为什么不报警？其实，您细细一想就明白了，像我这样的女孩子，怎么可能把这样的事告诉别人呢？我只能把所有的苦果咬碎了，生生往肚子里咽。可是，我咽下去的是什么呢？我自己也没有想到，居然是个孽种啊。

…………

我再也看不下去了。
我早已泪眼婆娑。

我从抽屉里取出那只差点都被我遗忘的蝴蝶形发夹，像疯了般冲出房间，跌下石梯，穿过操场，跑进田野。

不远处，那条淙淙流淌的小河，正值汛期，平日温顺得像只绵羊，此时却咆哮着，怒吼着，发出震耳欲聋的嘶鸣声。河面上，那座连接对岸乡镇的石拱桥，静静地匍卧着，孤零零地紧抓着河岸，一副老实巴交的憨样。

我仿佛就看见，那座桥上，曾静怡正张开双臂，仰着面，朝向迷蒙的天空，一副如醉如痴，展翅欲飞的姿势。

回到学校，校长把我叫到了办公室，看我失魂落魄的样子，诧异地问道，莫非，你已经知道了？

我不知道校长后面还说了什么。我没有听他说完，就跌跌撞撞地出来了。我也不知道自己到底在往哪个方向走，我只知道，自己的脚步越来越快，越来越快。我在加速，加速，飞快地加速，就像飞机一样，仿佛只要再快一点，下一秒，就可以脱离地面，腾空而起了。

二叔这一家

1

说起来，都是好久好久以前的事了。

那一年，奶奶刚去世。二叔才九岁。九岁的孩子能做什么呢？放到现在，顶多帮父母递递水揉揉肩，涮涮锅底洗洗碗，诸如此类，既不伤筋动骨，又能提得起放得下的简单家务。即便四十几年前，孩子依旧是孩子，挑不能挑，抬不能抬，又能指望些什么呢？但毕竟是农村，又刚没了母亲，弟弟一个六岁，一个才两岁。爷爷是砖匠，总要外出找点活做，才能维持家用。好在父亲那时候已经在新阳小学做了代课老师，虽然工资不多，但总算能贴补些。有一天，父亲把二叔拉到面前，哽咽着说：“兄弟，哥知道你成绩好，一心想读书。但是现在，你也看见了，爸很少落屋，哥也要上班，眼看这个家，就只能靠你支撑了。”二叔眼里噙着泪，但他终于忍住了，没有让晶莹透亮的眼泪掉下来。二叔一抬头，笑着说：“哥你放心。家里的事，就交给我吧。”

二叔将本该奶奶做的所有家务活一手揽下，没有任何怨言。从那天起，他系上奶奶的围腰，一会儿在灶门口加柴拉风箱，一会儿又踮起脚尖往锅里铲。屋里的活稍一消停，他又背起奶奶的背篓，屁颠屁颠往坡上跑——他要赶在天黑之前，把猪草割回来。猪圈里虽然只有一头猪，但已经饿得嗷嗷叫了呢。最麻烦的还是幺兄弟。一个人放在那儿，叫得比猪还欢。他只得又返回屋里，找到母亲留下的那块“襻襻”，先让弟弟趴在背上，双手抓着肩膀，然后将“襻襻”自胸前往脑后一扬，像张渔网似的，一下就将弟弟网住了。又将肩头的两根背带朝前一拉，和下摆另外两根合在一起，挽个结，系牢。独留出后颈的一颗尖尖脑壳，从两边腰间斜插出来的两只嫩藕似的小脚丫，远远望去，活像只千年乌龟从背上爬出来。费力是费力了些，做起事来，却方便了许多。每每忙完屋里屋外的所有事，解开“襻襻”，将弟弟放下。要么只见他像堆稀泥一样摊在地上，喊都喊不醒；要么还没放下呢，人早已哭得背过气去，简直比母亲“上山”时，追着棺材撵还要伤心。脸上稀里哗啦，哪怕“水漫金山”，也只用手，随便一揩就了事。尿也好解决，虽然从那边裆里一直浸透到这边背上，顶多就是将他裤子脱了，在太阳底下晒个一天半日，还照穿不误。自己的衣服反倒不用那么麻烦，多敞会儿风，掀开来晾晾，也就好了。最恼火的是，屁股一露出来，往往是黄灿灿、稀崴崴的一大片。这就要动“大手术”了。先是用篾签把屁股上的污秽一点点刮去，差不多了，才换条裤子，又照例往背上一背，才将脏掉的裤子往木盆里一扔，端起来，“蹬蹬蹬”地朝不远处的堰塘跑去。

就这样不知不觉过去了。

一年，又这样不知不觉过去了。

终于挨到了幺叔读小学。父亲像几年前那次一样，把二叔拉到面前。他的语气比上次活泛了许多。父亲说："这些年，真是辛苦你了。"二叔有些腼腆，还是像上次，笑着说："哥你放心。再苦，我也会咬牙坚持的。"父亲先是叹一口气，接着脸上也跟着有了笑意。父亲说："现在有个好机会。学校正缺一个炊事员，我介绍你过去，先跟那个师傅学着，慢慢就会了。"二叔很诧异的样子，他没想到幸福来得这么突然。这样天大的好事，怎么说来就来了呢？学校炊事员，那可是一份正正经经的工作呢。一想到工作，他就有些不好意思了。自己才多大啊，居然就可以工作了。这对他来说，意味着什么呢？意味着，可以像大哥一样挣钱呢。挣了钱，家里的日子就可以更好过些呢。一想到可以跟大哥一起，为这个家分担更多，他的心里，就漾起无限的自豪。这次，他的笑是发自内心的。像灿烂的阳光，纯净而温暖。

二叔去新阳小学做炊事员，爷爷就很少出门了。那个年代，砖匠活本来就不多，你想啊，在相邻几个村跑来跑去，地盘也就那么大，又都是挖泥奔土的农民，能给几个工钱？顶多自己在外面混饱个肚皮，对家里其他人，实在贴补不了多少。

二叔炊事员做得风生水起。他从小在家干活，练得一副好身板。那个时候的炊事员，不像现在的厨师，要烧得几样好菜。一天到晚所做的，无非就是在偌大一个水泥甑子旁，将全校师生的瓷碗钵钵，用特质的铁钳，一笼一笼，夹进夹出。有时候十几个一笼，有时候二十几个一笼，钳子一去，说起就起，喊落就落。干的，都是体力活。二叔又舍得吃亏。说的是帮忙打下手，不料先前那个师傅年纪大了，行动不是很方便，反倒成了帮衬。二叔不计较这些。他想，只要能工作，只要能挣钱，哪怕拼命，他也豁出去了。

二叔在炊事员的岗位上干了差不多十年。这期间，父亲转正，提干，调动。工资收入慢慢增多。一家大小，生活条件总算有了明显改善。二叔结婚那年，我们还在新阳老家。我还是个三四岁的孩子。父亲和母亲结婚时，没有分家。等到二叔结婚，分家的事，就摆上了议事日程。要说分家，其实也没有什么可分。无非就是将爷爷原先住的房屋，各拿一间出来，一间给父亲，一间给二叔。像我们，一家三口，挤一间破屋，实在局促得很。母亲催过几次，要求父亲盖新房。要论当时的经济能力，父亲盖几间新房的钱，还是拿得出来。但他有自己的考虑。他有更远大的志向。他不想将窝一辈子筑在那个叫太阳湾的小地方。

二叔不一样。

二叔没有父亲那么宏伟的理想。二叔的想法很简单，也很现实。结婚了，就老老实实，居家过日子。居家，那得先有个像样的家才行啊。于是，他就和媳妇儿谋划着，将这些年做炊事员，除开贴补家用后，攒下来的钱，用来盖新房。位置就选在我们家分得的那间破屋后面，离檐沟足有一丈多高的那畦菜地上。菜地是爷爷的。二叔提出来，新房一盖好，就把原来分家得来的那间房屋还给爷爷。爷爷想，泼出去的水还能收了回来。张嘴，就答应了。

爷爷没有想到，两个儿媳之间，矛盾却就此而产生。先是母亲不满意了。母亲说："我们这房子本来就背阴，现在上面再横一排，岂不是要把光线全挡住了？"二婶说："大嫂，这话好像不对吧？就算我们不盖这房，光线也没见到洒下来多少啊？”二婶这话也没毛病。原来爷爷家房屋本来缩在一个凹凼里，背面靠山。山很矮，几分钟就可以到顶。几户人家就依着山势，各自偏安一隅。周围全是竹林、松柏、杨柳等，光线几乎全被挡在外面，进不来。前面地势倒还开阔，平缓的，一层层往下，全是农田。母亲见二婶不让步，又说："那也不行。你们把房建在我们后面，地势又那么高。摆明了是想把我们家当马骑嘛。我们家丙春为这个家，当牛做马这么年，难不成现在分家了，还不想放过他吗？”二婶毫不示弱，反唇相讥道："要说当牛做马，我们家丙夏，那才是真正的牛马。想当年，要不是他，这个家，怕是早散了！”两人就你一言，我一语，互不相让，语气越来越强硬。慢慢的，气氛就有些不对。二婶知道父亲不愿在老家盖新房，这时以退为进，说："大嫂，我们也别争了。要不这样，我们换一下。这块地让给你和大哥，你们在上面来盖房。你们现在住的这间，让给我和丙夏，我们在下面盖。我们不怕被你们当马骑。这样，总行了吧？”母亲一时语塞，不知如何回答。想再撒气，似乎又没理。就此作罢，又实在不甘心。心里的一团火气，便自然而然喷向了父亲。等父亲从学校一回来，母亲就吵开了。"都是你！好好的新房不盖，现在好，白白把那么好一块地皮让给了别人！”父亲弄清了母亲生气的缘由，说："都是一家人，哪能见那么多怪。凡事都钉是钉，铆是铆，那还叫一家人吗？他们盖就盖吧，有什么关系？我不信，他们新房一盖，我这个副校长就干不了了。”母亲本来想说，你把他们当一家人，他们把你当一家人吗？可是，想想还是忍了。这个家，爷爷是个闲人，顶不上事。父亲是老大，长兄为父的道理，她还是懂。该让的时候，也只能让一些。

另一层，也算是虚荣，心道，也是，你们再怎么蹦跶，也比不上我们。我们家屋顶再破烂，也有个副校长撑着！

二叔家的新房很快就盖起来了。那时候盖房子不像现在这么麻烦，只要有地盘，有劳力，不是个特别艰难的事。在看好的地皮上下一圈条石，就算打好了地基。然后到自家田里，挖一堆黄泥，将零零碎碎的稻谷草往泥里掺和，再用水一匀，泥巴的韧劲就出来，黏黏的，糯糯的。然后将泥巴往四四方方的木板框架子里一填，齐木板架子上方边缘，用另一块木板往水平方向一刮，抹平，取下四周木板，砖就做成了。远远望去，田垅里全是方方正正的一大片，一块一块，像巨大的火柴盒一样。等几个太阳晒下来，再有几场东风一吹，干透，就可以搬到屋基，在砖匠的摆弄下，砌成土墙。几面土墙一合拢，房屋的雏形就出来了。然后是屋顶，檩子、椽子都很好办。木料可以现取，全高高大大地长在周围呢。几斧头下去，再用墨线一拉，锯子一锯，想要怎样的木料都没问题。椽子上面，有条件的，一溜一溜，像排兵布阵一样，加上新瓦。还要讲究的，想要屋里光线好点，就选几匹亮瓦，点缀其间，既美观，又实用。条件差一点的，把陈年的稻谷草一绺一绺铺好，扎牢，房屋盖好，又是另一种风味。

房子盖好，总要庆贺一下。左邻右舍，包括村里的几个孔姓本家，都闻讯而来。父亲请了一天假，从学校赶回。他现在是副校长，哪怕什么都不做，只要往席上一坐，二叔家就蓬荜生辉了。父亲的作用，仿佛就是专门为二叔家撑门面的。

母亲没有露面。她本想以头痛为由来推脱。殊不知，这样一想，头果真就痛起来。心道，也好，毕竟是真的。原有的那点歉疚感自然也烟消云散了。等屋后的火炮儿一响，劈里啪啦，竟像在自家房顶上炸开了似的。炸得母亲心惊肉跳，只能捂起耳朵，佯装没有这回事。但毕竟声音不小，好几次，她都想逃出门去。又怕被人看见，丢大了脸。明明说的头痛，却还在外面横冲直撞，这算怎么回事呢？

二婶做事也没那么绝。知道母亲心里有疙瘩，不乐意。反正最终是自己得胜了，现在把身段放低点，也没什么。于是，就添了碗饭，搛了几样菜，垒在上面。先来敲门，没有人应。又喊了几声，还是听不到动静。只当母亲头痛得厉害，捂在铺盖里起不来。又扯开嗓门儿喊："大嫂，我把饭搁条石上了。"才转身离开。

母亲把门关得紧紧的，一个人在屋里生闷气。她也不知道到底该气谁。一会儿是二婶，一会儿是爷爷，一会儿是父亲，一会儿又变成了她自己。听到外面喊声，她更是气不打一处来。有什么了不起，不就是一碗饭嘛。难不成，我家里再穷，连一碗饭都要你来施舍？其实她心里清楚，二婶在送饭这件事上，是没有恶意的。但她就是不把她往好处想。谁叫她这儿不选，那儿不选，偏偏选了个我们家头顶的位置来盖新房呢？但这一点，母亲也是清楚的，二叔家不选这儿，又能选哪儿呢？原先爷爷家的地本来就不多，只有这一块，算最近的了。

条石上的那碗饭，母亲到底没有去动。这是一种态度。表明母亲并没有就此原谅对方。二叔家的房子是盖起来了，两妯娌之间的关系，却越发遥远了。

2

二婶还没生产，父亲就带着我和母亲离开了新阳。父亲如愿以偿。他没有像二叔那样，在老家盖起新房，然后安安心心过日子，却到邻乡另一所新学校做了校长。

父亲离开新阳小学，二叔的命运就开始发生变化。新校长是原来另一个副校长升上来的。就是说，他和父亲是同一时期的副校长。两个副校长，都是年富力强的年纪，都有跃跃欲试的雄心，他们之间关系如何，便可想而知了。新校长要进行食堂改革。那个时候，改革是个十分时髦的词。凡事只要说成是改革，那么它的合理性、合法性、先进性，便是不言而喻的了。改革方案其实很简单，就是将原来属于公家的食堂承包给私人。当然，这个私人，也不是随便哪个都可以。首先，你得要有实力。要在接手食堂之前，给学校方面一笔数目相当可观的经营保证金。其次，你得要有渠道。要让学校领导知道你确实有实力。两点比较而言，第二点更为重要。这个也可以理解，学校领导都不清楚你的实力，又怎么放心将食堂交给你经营呢？

在这样的改革方案下，二叔，包括原来那个老师傅，便只能背起铺盖卷儿，另谋生路了。二叔还好，反正身强力壮，浑身有用不完的力气，走到哪儿，都不缺一口饭吃。倒是那个老师傅，一副愁眉苦脸的样子，仿佛天都要塌下来一样。二叔本想劝劝他，转念一想，自己是泥菩萨过河，自身难保，说多了，反让人奇怪。又想明天就要离开了呢，还是抓紧时间把手里的活干完，赶快收拾东西去。

事情就是在这一念之间发生的。

二叔举着那个巨大的铁钳，等着老师傅把同样巨大的“粗簸儿”放进那个更为巨大的甑子，就听到“扑通”一声，接着，就是“啊”的一声惨叫。慌乱中，二叔一抬头，老师傅不见了。他几个大步蹽过去，低头一看，老师傅正在满锅的沸水里，像刚下水的鸭儿，扑腾着，叫唤着。好在水不深，“粗篾儿”又掉下去，垫了一半在身下。眼看像要起来的样子，可皮肉却熟透了，哪里还有力气往上爬。二叔伸了几次手，高了，都没够着。又赶紧搬来梯子，手忙脚乱放下去。等把老师傅捞上来，早已惨不忍睹，面目全非了。

老师傅也不是有意要往沸水里栽。兴许正在想，从这里出去，又要到哪里去找个落脚点呢？这边二叔又喊了声：“师傅，快点哟。早点干完早点走哈。”顶在甑子边缘的腰身，忽然就向前闪了一下。踩实的那个落脚点，轻飘飘的就起来了。毕竟年纪大了，两只手虽然伸出来，竟然什么都没抓住，脑袋往下一沉，一个倒栽葱，就下去了。

以后的许多年里，二叔都被这样一副瘆人的画面所纠缠。即便在梦中，他也会常常惊出一身冷汗，一个翻身，爬将起来。坐在床头，一动不动，直到天亮。他一遍又一遍地问自己，假如那天他没有催师傅快点，结果会不会就不同了呢？

二叔回到老家，想，做个本本分分的农民，也未尝不可。祖祖辈辈都是这样过来的，凭什么他就必须不同呢？不过是因为大哥的机缘，才拿了这十来年的“叠叠钱”。现在好了，现在想趁着日没当顶，早点下地，就早点下地，或者要多歇会儿脚，晚点犁田，就晚点犁田。不像在学校食堂，一到点，全身的骨头就像机器零件一样，不想动，也必须动起来。田间地头的劳作虽然苦点，劳作之余，却有大把大把的光阴，可以随心所欲地挥霍。抽支烟，或打个盹，也没有人查岗，根本不用担心，这个月的工资会因此而少了几角。

如此看来，人反倒轻松自在些。

二叔笃定了要回家做农民，二婶却不同意。二婶说：“你个没出息的。地里能刨出几个钱来？儿子才落地，你拿什么来养活？”二婶的话说得过头了些，养活个把孩子，在农村，也不是什么难事。再往前几十年，家家户户，不都是儿女成群？按说，那时候生活条件更艰苦，又是怎么养活的呢？但二婶的本意并不是说能不能养活，而是能不能养好，保质保量地把儿子培养成才。

这，倒确实是个问题。

在二婶心目中，有个很明确的参照，那就是我们家。虽然父亲比二叔是要强些，但她觉得，母亲未必就比她强多少呀。母亲没有她年轻，也没有她精干，更没有她漂亮。这样一强一弱，此消彼长一抵消，两个家庭，仿佛也就差不多了。二婶清楚，再怎么拼老命，也不可能比我们家强，但她要的只是“差不多”，并不是“强很多”。一个娘胎里掉下来的两团肉，凭什么一个就要比另一个“差太多”呢？

二叔当然也不愿自甘堕落。但他除了一身蛮力，其他方面，可以说一无是处。就算有再美好的憧憬，要靠什么去实现呢？二叔说：“别光是一张嘴能干。你说吧，我能干什么？你要我去干什么？”是呀，二叔不在家干农活，又能去干什么呢？二婶一时也无法回答这个问题。她不过是千百万个农村小媳妇儿之一，没读过几天书，更没见过什么大世面，从小到大，她那双走起路来虎虎生风的大脚板，连生养她的花山村都没踏出过半步呢。这样一个闭塞的女人，你怎么能指望她为二叔的人生蓝图做出清晰规划，像茫茫大海上的航标灯，为二叔指点迷津，引领他冲出重重迷雾呢？

还在犹豫。

一个天大的意外，像重重一闷棍，毫无预兆地挥舞过来。

明晃晃的闪电，像一柄柄锋利的剑，把天空刺破。银河的水顺着那些无法封堵的豁口，像泄闸的山洪，倾盆而下。肆无忌惮的狂风将后山一些羸弱的树木连根拔起，摧毁在地，连天连夜的暴雨，把黄土、山石，以及众多淤积的污秽冲刷下来。半夜，二叔隐约听到一阵莫名其妙的声响，从屋后的山梁，自上而下，碾压过来。不及细想，他猛地一翻身，一手抱起孩子，一手将沉睡中的二婶一巴掌扇醒，喊道："快跑！"二婶没弄清怎么回事，只惊恐万状，跌跌撞撞跟着二叔，没命似的往门外奔去。

他们刚跑到爷爷家老屋后面，二婶一个趔趄，摔倒在地。可怜她连外套都没来得及披一件，只穿着红色的内裤，还有那件瞬间被雨水淋透、仿佛什么都没穿的乳白色内衣，趴在泥地上，一时竟怎么也爬起不来。就听到"轰隆"一声巨响。刺目的闪电中，二叔家的房子坍塌了。一块比堂屋还大的山石，从半空中滚落，拦腰压下。除了最外边的两面墙壁还在摇摇欲坠，房子，早成了一堆烂泥，完全不是什么房屋的模样了。就像破碎的鸡蛋，摊在那里，孕育中的生命没有了。

蛋壳里，生命的希望，被无情的风雨浇灭了。

二婶摔倒在地，尽管膝盖像被硬生生揭下来一样，疼痛难忍，她没有哭。但是，当她借着闪电的瞬息之光，目睹了家的泯灭，终于忍不住，"哇"的一声痛哭起来。但她的哭声是那样孱弱，那样细小，在铺天盖地的风雨中，连同孩子无休止的哭叫声一起，都是那样的微不足道。

没有人知道，在那个特定的时刻，二叔一家正遭遇了怎样的变故，心灵深处正遭受着怎样的折磨。甚至连他们脚下不远处的爷爷，虽然也听到了巨响，却只当是又一声炸雷，侧一侧身，又迷迷糊糊地睡去。

二叔家的房子倒了。二婶与母亲之间，在盖房子这件事上明来暗去的争斗，竟以如此戏剧性的结果结束了。当母亲听到老家传来的这个消息，怔了半天，没有话说。末了，摇一摇头，叹一口气，轻声道:“命。这都是命啊！”我相信，从那一刻起，她对二婶过往的所有不满都已化为乌有。说到底，母亲是善良的。她怎么可能将别人的痛苦，转化为自己快乐的源泉呢?

更何况，我们跟二叔家，是真正血脉相连的一家人呢。孩子与孩子的血管中，流的可都是孔姓人家一样殷红的血液啊。

3

二婶不像母亲，她不认命。但不认命又能怎样呢?一场突如其来的天灾，把她刚刚因为盖好新房而获得的那点小幸福全毁了。二叔更像是换了个人，很长一段时间，茶不思，饭不想，成天萎靡不振，沉默寡言。就像大病了一场，还要继续病下去一样。什么时候才能回春还阳，谁也说不准。二婶觉得，这个时候的二叔，真像个孩子啊。一天到晚，不是坐着发呆，就是像粘在她屁股上一样，她到哪儿，他就跟到哪儿。鼻头就有些发酸，这么壮硕个男人，怎么说变小就变小了呢?

二婶想要去新屋拣点残存的边边角角回来，试了几次，都无功而返。那石头砸得可真准，真狠，真绝情啊。锅瓢盆碗，床单被褥，桌子衣柜，凡是值点钱的，无一遗落，一股脑儿，全压在了下面。有一回，她发现泥缝里有一只袜子，扯上来一看，是孩子的。正露出点欣喜，手想把泥抹一抹，袜子就碎了。她忍不住，泪水夺眶而出。想不到，人一倒霉，连雨水也变得像刀一样锋利。平时那么韧性十足的东西，也禁不起它几天浸泡呢。

他们搬回了爷爷分给他们的那间房。相当于，又和爷爷住到了一起。相当于，又和我们家那间破屋平起平坐了。二婶想要在一家人中，提高她的心气，最后，还是被无情的现实拖拽下来。

那排新屋多像个寓言啊。从小，二叔就把幺叔背在背上，一泡屎，一泡尿带大。二婶也许是想为二叔找回点平衡感吧。他们盖的新房，也要往大哥家背上趴，而且这一趴，还要几十年如一日，生生世世，不离不弃。可二婶没想到，大哥都带着一家人远走高飞了，他们，又能往谁的背上趴呢？

二叔精神好起来，是从村里一个老乡从宜昌回来开始的。那时候，外出打工的人还不是太多。人一露脸，就把个太阳湾的人惹红了眼。原先那么邋里邋遢的一个土包子，没几年工夫，皮肤好像变白了，衣服好像整洁了，牙齿好像也没有以前黄了，连看人的眼神也变得暖融融了，仿佛外面的日子，一年四季都笼罩在祥和的阳光中一般。

二叔决定跟着老乡出去打工。

二婶原本还有点犹豫。这几年，她可是为二叔操碎了心。二叔就像只被打得半死不活的癞皮狗。说他没气吧，有时候又会“哼哼哼”地喘几喘；说他有气吧，该吃饭时不吃饭，该干活时不干活，连床上那种事，都是一年半载才来那么一回，刚到半途呢，又草草收场。说来也是奇了，这么蔫不拉叽一个人，居然有他的狗屎运，又得了个乖女儿。二婶并不因此而宽心，只常常一个人偷偷抹眼泪，心想自己命果真不好。到这个家，一天清福没享上，却硬生生把自己变成个手不停、脚不住的女奴了。

仿佛是要松这一口气，二婶到底同意了。

在心底里，她却在说，出去找事做，再怎么，也比在家待着什么都不做要好。哪怕他只养活他自己，她也要轻松得多呀。

养两个孩子，比养三个，当然要轻松多了。

二叔去宜昌，具体情况如何，我无从知晓。只能从父亲口中得到些零零碎碎的信息。比如他从事的行业，一直是固定不变的，用两个字高度概括：下力。略略有点变化的，只是有时候下的是苦力，有时候下力没那么苦，甚至比在老家挑秧搭谷还轻松些。比如他从事“下力”工作的地点，刚开始只在轮渡码头蹲点，后来慢慢扩展，靠近码头的几条大街，都纳入了他的“势力范围”。父亲的描述总是那么寥寥几笔。我却总不满足。我想要在那寥寥几笔的勾勒中，看到二叔更清晰的形象。所以有很多次，我都在脑海里进行自认为合理的想象：这个时候，夜幕降临。二叔应该刚好接过旅客的行李，如果不多，往肩上一扛，一手稳住，一手提起扁担，就开始健步如飞。惹得背后的旅客气喘吁吁，不停招呼：“师傅慢点！慢点！”好在二叔看起来憨厚老实，不像骗子，否则旅客一急，真会叫上一众看客，把个“挑二”当成过街老鼠了。如果行李较多，又沉，便迅速按重量平分，置放在扁担两端，将套在扁担上的绳索解下来，旅客还没看清怎么回事，已将行李套牢，再将绳索挽个结，往扁担两端一挂，一个下蹲，起立，连人带物，一摇一晃，迈开脚步。渐渐重心就稳了。脚步一起一落，轻快自如。行李也一上一下，像踩在琴键上一般，极有节律地前进。如果行李再重点，真能听到扁担在重压之下，“吱嘎吱嘎”，发出打拍子一样的声响来呢。碰到雨天，倘若雨小，自然无所谓。旅客打个伞，跟在后面，二叔顶多将随身携带的胶纸往行李上一罩，防止淋湿，自己却像根本没雨这回事儿一样，爬坡上坎，如履平地。该快的地方快，该慢的时候慢，轻重缓急，一切都拿捏得刚刚好。若遇上大雨，该上也得上。你想想，再大的雨，旅客也得下船啊。行李也得有人搬啊。更重要的是，雨太大，肚子也有空的时候。肚皮却不会因为雨大就发慈悲，今天算了，就不为难这个老实人了。二叔再老实，也不笨。他知道如何照料自己。不就是多件雨衣嘛。几块钱不舍得，万一淋病了，吃药花钱不说，误的工又会损失多少呢？谁说得清？二叔将雨衣往身上一披，两只手从裤管里伸出来，再把头套往上一提，朝前一拉，蒙住，肩挑也好，背扛也罢，不照旧吗？

但这毕竟是想象。

想象总是带着那么点想当然的理想主义色调。

现实生活中的二叔，是不是有我想象中那般自在，自在得仿佛有了某种诗意，我真的不知道。也许，他蹲在码头上，腿都麻了，刚站起来就要往地上栽，也揽不到一个活。也许，他刚想躺在石阶上歇会儿，暴雨就倾盆而至。紧跟着他身旁那只无家可归的流浪狗，在铺天盖地的追击中，落荒而逃。也许，在半夜，他正靠在某个街角打盹，揣在衣兜里的那几块工钱，就神不知鬼不觉，被谁摸走了。

谁知道呢？

宜昌离我那么远。

二叔离我那么远。

但二叔的那个儿子现在离我很近。他就在我的班上。很明显，我是他的老师，他是我的学生。我从来没有想过，我们兄弟俩，会以这样一种界线分明的关系再次见面。细想起来，生命也真是奇特。我跟眼前这个高高大大、略显腼腆的小伙子有多少年没见了呢？好像也没几年。事实上，我们几乎每年都会回老家，一是祭祖坟；二是走亲戚。也许他那时候太小了，根本没引起我的注意。也或者刚好这几年长身体，发育太快，把原先的轮廓形象全都涂改掉了。总之，现在我们面对面，却感觉如此陌生，仿佛我们从来都没有见过一样。如果不是父亲领着二婶过来，二婶又拉着这个叫“孔新竹”的新同学，劈里啪啦，像机关枪一样做了介绍——她的性格依然那么直爽，这多么年过去，一点没变，又不断恳求：“大侄子，你一定要像对自己孩子一样对新竹！该骂就骂，该打就打！不听话，打死也活该！”我根本不会相信，那么多张稚嫩的面孔中，有一张，居然是我的亲堂弟。

可是，就是这么截然不同、仿佛毫无关联的两个个体，一个台上，一个台下，一个老师，一个学生，身体里，却流着同样的血。父亲把二婶带过来，二婶把儿子领到我面前，无非也是要向我明示这种血缘关系的重要性。我当然知道他们的用意。但二婶逻辑混乱的语言还是让我不免尴尬，我婚还没结呢，怎么可能有自己的孩子？再说，就算我结了婚，有了孩子，也不能把弟弟当孩子啊。更何况，再不听话，他也是你二婶的儿子，真的打死了，你不找我拼命才怪呢。当然，这些话只是放在心里，面子上，肯定要客客气气应承下来。

好吧，既然是兄弟，一切好说。

可是，我对这个兄弟，并没有像我当初对父亲、对二婶承诺的那样，有话好好说。我确实有很多话，也确实想好好说。可是，一想到他的所作所为，我就气不打一处来。有话好好说？好好说就能解决问题？简直是痴人说梦，放屁！

孔新竹同学到底有多么十恶不赦，让我忍无可忍？真要细说起来，似乎又没多么严重，无非是些学生常犯的错。不是今天跟同学推推搡搡，几推几不推，几搡几不搡，就打了起来，就是上课铃刚响，他就举手，你问他干什么？结果他说："我要上厕所！"引来全班同学哄堂大笑。我也没好气，说："刚才下课你干什么去了？"他倒也不像有的同学，遭了耻笑，就闷在那里一声不吭。他一本正经，声音洪亮，老老实实，说："报告大哥！我刚才脚板心痒，在搔痒。"又引来讲台下面一阵狂笑。若是初来乍到，一听，还以为误闯黑社会了呢。我想发作，又一想，他这话也没什么本质错误啊。我确实是他大哥，只不过，在这种场合，不适合这样叫而已。我把已经升至胸腔的那口气又压了下去，说："以后在教室，只能叫'老师'！""好的，大哥！以后叫'老师'！"他回答得倒挺快，只不过，再快也要过一过脑子。不过脑子的话，结果可想而知，除了再一次的"哈哈哈"，还能有什么呢？"老师，我忍不住了！"称呼总算对了。看着他那痛苦而焦急的神情，我真担心他一个没忍住，拉在裤裆里，那就难得收拾了。他本人这节课怕是上不了了，其他人也会跟着遭殃，别的不说，小便还好，若是大便，岂不满教室都异味扑鼻，不管讲课的，还是听课的，都难以静下心来了？我只能说："快去快回！"他个子高，坐在最后一排，刚听到我说一个"快"字，人就冲到了后门口。等我四个字全说完，连个人影都差点见不到了。他一溜烟儿跑出去解决问题了，独留下我，又要面对像巨浪一样拍将过来的哄笑声。

只要不出什么乱子，搞笑一点也就算了。可是，这个孔新竹同学并不满足于现状。他总会给周围的人，冷不丁带来一些意想不到的"惊喜"。比如，他晓得有个女同学要过生日，就特意准备了一份礼物，也不知从哪个垃圾桶找出来一只塑料盒，装好，递到女生面前，毕恭毕敬，诚诚恳恳，说："生日快乐！"对方本来很腼腆，不想接。几个好朋友在一旁打圆场，说："反正不吃亏，不接白不接。"于是接过来，盒子一打开，人当场就晕了过去，吓得周围的同学赶紧跑去找老师。等到我风急火燎赶到教室，女生倒是醒了，正"呜呜呜"地哭个不停呢。我铁青着脸，问："怎么回事？"孔新竹这会儿变得十分安静，双手下垂，紧贴裤缝，耷拉着脑袋，像根弯不拉叽的树桩一样立在那里，一副不明所以的样子，声音低得像蚊子："我也不知道怎么会这样。我还以为，她属蛇，一定会喜欢蛇呢。"我终于吼了起来："她会喜欢蛇？她凭什么会喜欢一条死蛇！"我把"死蛇"二字吼得特别清晰，特别响亮，仿佛是要他明白，我说的"死蛇"，不是被他装在塑料盒子里面那条半大不小的死蛇，而是我面前这个给我惹了无数麻烦，让人无比愤怒、屡教不改的"死蛇"。当然，后来我意识到，其实我说这话是有漏洞的，难不成，她不喜欢死蛇，送条活蛇，她就喜欢了？

他显然听懂了"死蛇"的含义，却并没意识到我后来意识到的那个漏洞。只一霎，嘴咧得像个无底洞，仿佛再多的委屈都填不满似的。眼泪更是像断了线的珠子，哗哗啦啦往下掉。我有些后悔，不该把话说得这么重。且不论他是不是我的堂弟，就算一个普通学生，我也应该有更多耐心，教育嘛，哪能说教好就教好了呢？总是要反复教，教反复。

我以为，有了这次教训，孔新竹应该痛定思痛，痛改前非。事实上，也确实有一段日子相对安宁。他就像蛰伏起来了一样，整天不声不响，不注意，仿佛都忘记了他的存在。虽然成绩还是一塌糊涂，至少从表象看，有点像人们心目中听话的好学生了。

一个学期没过几天，冬天就来了。我是班主任，每晚熄灯铃响过以后，都要去学生寝室检查就寝情况。这天，我和几个老师在走廊上聊“教书难，育人更难”的事，去得晚了。等我到孔新竹住的那间寝室时，发现，门居然开着！虽不是大张旗鼓，有点像偷偷摸摸地虚掩着，但终归是开着。照理说，这是绝对不允许的，难道，这些家伙又在耍什么花样？不及细想，我径直走了过去。门一推，只听“咣当”一声，还没反应过来是怎么回事，全身上下就感到一阵彻骨的寒冷！这帮臭小子，简直是在作死！正要发作,有人打开了手电。“啊！是孔老师！”寝室里就响起一片尖叫，有人惊慌失措，有人飞奔下床，有人痛心疾首般高喊：“全湿了！全湿了！”

可怜我像只落汤鸡，一只脸盆歪歪斜斜，倒扣在头顶，只露出两只眼睛，恶狠狠地盯着前方，那乱作一团的一帮人。孔新竹混在人群中，像只慌不择路的老鼠，实在找不到其他出口，只能折返身子，突然跑过来，一把揭掉我头顶的脸盆，唯唯诺诺地说：“对不起！老师！对不起！我不知道是您！”“不是我，是其他人，就可以这样对待吗？”我终于山洪暴发。我明显感觉自己力压千钧，就像当年瞬间秒碾二叔家新房的那块巨石，只要我愿意，只要我滚过去，这个像蚂蚁一样的孔新竹同学，立马就会粉身碎骨。

孔新竹同学到底没有粉身碎骨。但他的脸上，却着着实实挨了我一巴掌。因为是晚上，又熄了灯，虽然有同学的手电光晃来晃去，但终归看不清，那一巴掌在他脸上留下了多大的一块红印。实实在在的痕迹也许并没有想象中那么大，但掌掴在心灵的那一巴掌，也许会被他记挂一生。我又想起来，他是我的弟弟啊，我怎么能这样粗暴地对待我的弟弟呢？

可是，我不这样对待，又有什么更好的方式来对待呢？

我忍了他很久，再也不想忍了。

至于那天晚上的是非，在本质上，跟我又有什么关系呢？我凭什么要承受这样无端又无礼的捉弄？当然，你可以说这是个误会。就算是误会，就算是那个同学先前用扫帚搁在门框上，你推门进去，扫帚刚好落在你头上，难道，你就可以变本加厉，在大冬天，在半夜，趁人家上厕所的当儿，就安排了那么大一盆冷水搁到同样的位置上，等着人家回来领受这特别的回礼吗？结果，人家上厕所还没回来，我却来了。

这样的弟弟，无法摆脱，又劝诫不了。

我，该怎么办呢？

4

好在孔新竹同学并不跟我记气。我猜想他回家以后，也没有把我扇他一巴掌的事告诉他母亲。我没有从任何一种渠道得到反馈，说二叔那一家，对我有意见了，从此要对我横眉冷对，不想搭理了。我之所以有这种把握，是因为，我扇了他一巴掌的那个夜晚以后，孔新竹同学依然没有丝毫改变。就好像，从来没有那个夜晚，我从来没有扇过他一样。而且，到了期末，也就是快过年了，孔新竹同学跑到我跟前——他的个头差不多都盖过我了，依然有点腼腆，依然文文静静，一本正经，说："大哥，我妈说，今年过年一定要回老家，去我们新屋看看。"我一愣，"大哥"这个词，已经好久没有从他嘴里蹦出来了，我的耳朵里，也好久没有"大哥"这词往里蹦了。那一刻，我仿佛有点感动。这说明，孔新竹毕竟学会了分清场合，现在不是课堂，当然可以叫我“大哥”；更重要的是，他看起来根本不像我，对那天晚上的事还耿耿于怀，一点没放下。如此看来，他倒提得起，放得下，比我强多了。至于“新屋”，我是从教室回到寝室，才猛然醒悟的，哦，新屋？难道，二叔家又盖新房子了？照理说，这也没什么大惊小怪的。父亲都从小学校长，熬成了中学校长，二叔家不过是又盖了几间新房，难道不可以吗？

我唯一有点诧异的，是二婶对我的邀请。她为什么不邀请我的父母——也可能邀请了，只是我不知道而已——而是邀请我呢？也许，她是想通过我之口，来向我的父母，特别是我的母亲，传递她住进新房的喜悦？这么多年过去，她早已自知，凭她和二叔，就算耗尽毕生精力，都不可能赶上我们家了。所以，她羞于直接向我的父母，特别是母亲，来表达她内心的喜悦。有我在中间“互联互通”，是再好不过了。也许，她之所以选择邀请我，仅仅因为，她的儿子在我班上，通过他，算最便捷的联络渠道。真要跟我父母搭上话，在那个连座机都没几户人家能用上的年代，并不是一件轻而易举的事。更或者，在她看来，只要邀请了我，那就算邀请了我们一家。我要去，我的父母自然也会去。

无论怎样，二叔家的新房又盖起来了。

这是好事。我在心里，为他们感到由衷的高兴。

回老家那天，是大年初二。我们这边有风俗，“七不出门八不归”，大年三十，要在自己家里团年。新年第一天，要全家人一起去爬山，拾柴，表示在新的一年里步步高升，财源滚滚。

到了二叔家，才发现，他们住的并不是什么新房，不过是跟爷爷家一样的土砖房。但那房子我是再熟悉不过了。虽然也是土砖，虽然也是黑瓦，虽然仅从外观看，连二叔家多年前被巨石压垮的那几间新房都不如，但这房子的主人，是何其了得啊。他是我的二爷爷，在这方圆十里，谁人不知，哪个不晓呢？孔明理，从乡里到区里，从区里到县里，一步一个脚印，稳扎稳打，现在是县教育局鼎鼎有名的计财股股长呢。计财股股长是多大的官呢？简单点说吧，全县几十上百所中小学，钱粮物财，就像砧板上伸长的鸡脖子，要杀要放，全在他一念之间呢。

二叔用他这十来年在宜昌肩挑背扛，辛苦积攒下来的血汗钱，买下了二爷爷家这座弃之已久、严重风化的老房子。但他们一点不觉得吃亏，反倒像捡了个大便宜，整天乐呵呵的，逢人都要对这二手的老房子夸上那么几句。

二叔家原来垮掉的那座房子，离这儿也不远，对门对过，遥遥相望，直线距离不超过五百米。不过是，一个在太阳湾这边低点的位置，一个在太阳湾那边高些的地方。一个背阴，一个向阳。一个在潮湿的凹凼里，一个在敞风的山冈上。

是二婶看上了这里的风水。

二婶说："房子虽然老些，但只要风水好，出人才，其他都无所谓了。"实在说，风水好不好，二婶也未必就懂。她不是风水先生，也从未听说她为村里其他人观测过什么风水。"出人才"，这恐怕才是她选择买下这里，而不是重盖新屋的理由。想想也对，这么大个花山村，凭什么就他孔家出了个财神爷？孔家那么多户人家，凭什么就他孔明理，在家族中还混得个人模狗样？不是风水好，又是什么好呢？

二婶或许真忘了，当年，也是她看中了我们家屋檐后的那块菜地，不惜冒着与母亲撕破脸皮的风险，也要在上面盖新房，结果呢？结果还不是竹篮子打水一场空？按理说，父亲从爷爷手里分来的那间破屋，也算不得什么好风水，可是，父亲在他的教育事业上，还不是混得风生水起？

这些话，不能当着二婶的面说出来，只能搁在心里，捣烂了，闷熟了，然后自己消化掉。

二婶也好，二叔也罢，都喜形于色，正围在父亲和母亲身边，像两只叽叽喳喳的喜鹊，不停闹腾，欢欣鼓舞。他们遂了心，了了愿，当然要欢欣。他们又在自家“新屋”迎来了大哥大嫂，一切前嫌仿佛都已冰释，当然会鼓舞。

黄昏降临。

橘红色的太阳泊在对面将军梁上。像奔波了一天，终于累了，打起瞌睡来，一点一点，慢慢下沉，再过会儿，就要沉到大山背后的帷幔里。火辣辣的万道金光，此刻已变得柔和而淡然，透过地坝边伫立的松柏，松柏间浓密的树叶，树叶里斑驳的罅隙，落到屋檐下。

屋檐下，一个眉清目秀的小姑娘，正端坐在小方桌前。

她神态安详，静如止水。

她的笔下，正迅疾如飞，宛如脱缰的野马，驰骋沙场。

她是我的亲堂妹。二叔家的小女儿。

5

等到下一次我见到这个叫孔新桃的堂妹，她已经在读高中二年级了。先是我的同学向我提起。同学在外国语学校教政治，正是她们班的班主任。那天同学聚会，我们邻座，同学说：“你妹妹在我班上呢。”我一怔，没反应过来。心想，他知道我是独子，还去过我们家呢，怎么凭空又冒出个妹妹来呢？看我一脸疑惑的样子，同学又说："孔新桃啊，难道不是你妹妹？"我才恍然大悟，心中粗略一算，也是在读高中了。同学"咕咚"一声，一杯白酒下肚，很满足似的咂了咂嘴。他放下酒杯，一手搭在我肩上，一手在我面前竖起大拇指，说："你们孔家人，真牛！"

不用说，这是在夸我妹妹成绩好呢。附带着，把我们孔姓家人都夸了一回。还有个潜台词，我也是领会到的，就是说，我也不错。在他心目中，我也挺牛。

我牛在先，妹妹牛在后。所以，我们孔家人，真牛。

可是，我立马就想到了妹妹的哥哥，那个叫孔新竹的弟弟。如果同学也认识他，他还会不会一手搭在我肩上，一手在我面前竖起大拇指，无不艳羡地说："你们孔家人，真牛！"

我相信同学的称赞是发自肺腑的。

这反倒在我心里激起了一丝波澜。无论如何，我这个做大哥的，居然不知道堂妹在读高中，而这高中，就在我每天生活的县城里，而妹妹，就在我同学的班上，这怎么可以理解，怎么可以原谅呢？

我自己都不能原谅我自己。

问题来了。孔新竹读初中，她母亲还亲自跑到学校来找我，千叮万嘱，生怕我这个当大哥的怠慢了她儿子。现在女儿读高中，明知道班主任是我同学——如果不是孔新桃和老师在交流过程中明示了我们的关系，同学又怎么知道她是我妹妹呢？同学知道了孔新桃是我妹妹，那我妹妹为什么就不能知道老师是我同学呢？——却再也没有来找过我，哪怕给班主任打声招呼，多关照一下也好啊。

可是没有。她从来没有来找过我。

这是为什么呢？

只有两种可能：一种可能是，她已经敏感到，儿子以前在我班上，我尚且不能关照多少，现在女儿只是在我同学班上，我就算打声招呼，又能起到多大作用呢？另一种可能是，她自信女儿不需要找任何人打什么招呼。她的女儿足够优秀。她要靠的，只有她自己。

这既让我沉重，又让我轻松。

我在心里默念：孔新桃，你真牛！

更让我意想不到的是，孔新桃读高中那三年，她的母亲，我的二婶，一直住在离我们不远的地方。我们家在中环路，她们在上环路租了套房子，靠近学校，很方便。两处相隔，如果走路，顶多半小时，如果开车，几分钟就到了。

可是，她们却从来没有到我们家来过。

二婶放下手里的农活，从老家搬出来，全身心照顾女儿，无非是从女儿身上看到了某种希望。她愿意付出生命中的三年时光，换取女儿更加光明的未来。

去出租屋看望二叔一家，也是个大年初二。二叔腊月二十九才从宜昌赶回来。他们的宝贝儿子，我那个叫孔新竹的弟弟，也从部队回家探亲来了。这小子，小时候脑袋像被驴踢过，总似缺了根筋，现在大了，倒像换了个人。听三叔说过几次，孔新竹在部队混得不错，在司令部做文秘。好家伙，一进部队，就靠了棵大树，看样子，确实走了狗屎运。不过，我心里总在犯嘀咕，凭他那两把刷子，也能做文秘？难道，部队就那么缺人才？

是二婶打电话邀请的父亲。

父亲又征求母亲的意见。母亲说："都住在一个县城，以前不知道，倒没话说。现在知道了，不去，怎么好？"于是，三个人便一起过去。

到屋，刚好十二点过。二婶十分热情地迎上来，迈着碎步，满脸堆笑。许是刚从灶台上下来，双手不停地往围裙上揩。又是好些年不见，体态比以前臃肿了不少，跟母亲一样，头发上，都夹杂着几丝白色的纹理。一开口，还是机关枪一样的嗓音。这么多年过去，怕只有这一点，还像胎记似的，一成没变。后面依次跟上来二叔、孔新竹、孔新桃，都是既欣悦又羞涩的样子。好像要把内心的喜气表现在脸上，是一件多么丢人的事。

把我们一家让进屋里。二婶又去忙厨房那一套了。二叔坐在父亲身边，神情木讷，言语稀少，似乎有很多话要说，又似乎一句话也没有。他皮肤黝黑，精瘦精瘦的，怎么看，和父亲，都不像是从一个娘胎里掉下来的兄弟俩。他自己仿佛也意识到了这一点，虽然和父亲一样坐得端端正正，但背总有点驼，像怎么也伸不直似的；姿势总有点僵硬，如同刚从冰柜里逃出来，血液还没活泛一样。

他内心的局促显而易见。

倒是那个从部队回来的士兵，像见过很多大世面，言谈举止，大大方方，没有丝毫拘谨。一会儿和父亲讨论国家时政，一会儿又对母亲嘘寒问暖，一会儿又把头转向我，跟我分享他对某某作家的见解。那一刻，我猛然意识到，所谓士别三日，当刮目相看。那个时候的孔新竹是那个样子。而我眼前的孔新竹，早已不是那个时候的样子了。所以他能在司令部做文秘，似乎也在情理之中。

幸好有这个孔新竹在，几个人才没那么别扭。

也仅仅是不感觉别扭，还没到相谈甚欢，其乐融融的地步。

直到二婶把饭菜上齐，坐到一起来，气氛才有了更进一步的升华。先是二叔起了变化。刚才还那么手足无措的一个人，这会儿吃起肉来，却豪放得相当惊人。二婶专门给他盛了一大碗，全是肥肉，一砣一砣的，摆到他面前，旁边人一看，心里就发麻。那些瘦肉，和汤和水，直接装在一个高压锅里，搁在桌子中央。二婶不停劝大家："快吃快吃！多吃点！剩下了，晚上难得拣。"母亲看了二叔碗里一眼，说："全是肥肉，怎么吃得下？快给他拣点瘦的。"她以为二婶把好的全留给了我们，有些不忍。不想，二婶却道："我这是对他特殊照顾。他就喜欢吃肥肉，瘦的，禁不起饿。"我心想，那么大砣大砣的肥肉，叫人怎么吃得下嘛。还"特殊照顾"呢，对我们客气些是应该，也不能这样亏待自己老公啊。正想着怎么插句嘴，再往二叔碗里一瞥，天啦，竟然全空了！我惊得目瞪口呆。却见二叔举着碗，递到二婶面前。二婶接过，直奔厨房而去。不一会儿，又是满满一大碗，垒垒尖尖，端到二叔面前。母亲也愣住了，半天，才缓过神来，想到要换种说法。母亲说："肥肉吃多了不好哦，容易得高血脂。"二叔有点不好意思，咂了咂嘴，腮帮鼓得像青蛙在打鸣。二叔说："没事。我去查过，身体一点毛病没有。下力人嘛，脂肪都被消耗掉了。"我的好奇心上来了，忍不住问："那您一顿能吃多少这样的肥肉？"二叔又是腼腆地一笑，又怕笑出来，吃相难看，所以又像把笑强忍了回去。二叔说："也没计算过，不过，两三斤应该是有的吧？"

这次，父亲也被吓倒了。

父亲扭过头，瞪了二叔好一阵，像不认识他这个二弟似的，突然一声叹息，眼泪差点就掉下来。父亲说："哪里是这些道理！怕是小时候油星沾少了，现在馋得凶呢！"父亲这般总结陈词似的定论，像给饭桌上泼了瓢冷水。一桌子的人，都禁不住打了个寒噤。

还是二婶解了围。二婶说："来来来！难得在一起团个年，大家干一杯！"她喝的是酒。只有她和父亲、二叔喝酒。其他人，不是喝开水，就是喝饮料。都端起来，一饮而尽。

也不知过了多久，几个人终于随便起来，特别是二叔，不再扭扭捏捏，话题扯了一个又一个，肥肉吃了一碗又一碗，眼见着根本不是大腹便便的样子，却不知那么多肥肉是怎么填下去的。

渐渐就发现，二婶有些词不达意起来。母亲看她满脸通红，好意劝道："还是少喝点吧。"不想，二婶把眼一愣，说："不！要多喝！越多越好！最好把这几瓶酒，都喝完。大嫂，你别看不起我们家，现在呀，我们不缺这几个钱！"母亲不喝酒，却也像二婶一样满脸通红了。母亲说："我不是这个意思。"二婶把话头一抢，说："大嫂你别假惺惺。这么多年，我心里跟明镜儿似的，你那双眼睛，什么时候正眼瞧过我们家呀？"母亲根本没料到二婶会这样跟她说话，羞得无地自容。她本来想说，我是担心你喝酒伤身。但终究有些生气，什么也不想说了。母亲起身，想到一边沙发上去。二婶却不依不饶，大大咧咧地叫道："你看你看！我说吧，还是那副德行。架子大得连这屋子都装不下了。"母亲已经拉下脸来。我知道，再这样下去，母亲随时都可能发作。二叔毕竟还清醒，低吼了声："你有完没完？大过年的，别他妈喝了几口马尿，就开始丢人现眼。"二婶不甘示弱，一把拉过她的宝贝女儿，害得我那个堂妹孔新桃，差点从凳子歪到地上。二婶说："丢人现眼？我哪里丢人现眼了？我女儿成绩全年级第一，难道不是我养的？"又想去扯他的宝贝儿子，孔新竹却往旁边一躲，很不高兴地说："妈！你怎么能这样！”二婶立马又将矛头对准了儿子，说：“你妈怎样了？我花钱让你去当兵，现在翅膀硬了？能干了？给司令当了秘书，就不准你妈高兴高兴了？”

母亲已看出二婶在撒酒疯，再怎么理论也枉然。母亲走到我旁边，说：“我们走吧。”又回头跟二叔和两个孩子打招呼，“家里还有事。我们先走。丙春，你陪他们慢慢喝。”二叔想要起身送客，被父亲按住了。还是堂妹反应快，跑过来，拉住母亲的手说：“我妈就是那个脾气，刀子嘴，豆腐心。伯娘大人有大量，别往心里去。”母亲笑着说：“还是新桃懂事。别担心，我知道你妈心中的苦！”说罢，就要出门。许是二婶听到母亲临别的话，心中积压许久的苦水就真的漫上来。我和母亲已到了楼梯间，就听到屋里突然传出“哇”的一声痛哭。然后，号啕不止，声嘶力竭。

听上去，二婶哭得可真痛快啊。

想必，她隐忍了那么多年，到今天，是实在忍不住了。

只可惜，她喝下那么多白酒，怕是随着源源不断的眼泪，又全涌出来了吧。

6

又过去好些年。

一会儿听说孔新竹在部队要提干了，正当大家翘首以盼，落下实锤的时候，又听说提干的事黄了。至于为什么会黄，大家也说不出个所以然。一说塞的钱不够，一说政策突然严起来。究竟是为何，到底没有谁报个准信儿。一会儿又听说，孔新桃从重庆大学毕业，进了外企，第一个月拿的工资，比我那当校长的父亲一年拿的都多。正当家里人喜笑颜开，感觉终于熬出了头，她又突然辞职，去了武汉。至于为什么去武汉，几年以后，当她和刚结婚的丈夫闹离婚时，我才明白，原来当初，她是奔着美好自由的爱情而去的。至于二婶，自从孔新桃上了大学，就彻底丢下新阳老家那一摊子，跑到宜昌，美其名曰：照顾二叔去了。二叔呢，已经不在轮船码头去帮人挑行李了。他有更好的差事。最重头，就是拉蜂窝煤。宜昌那些年，流行烧蜂窝煤，几乎家家户户都离不了。又是楼房，楼层低点还好说，有些人家就身体力行，稍微高点，就只能请二叔这样的棒棒帮忙了。一回生，二回熟。到后来，二叔根本用不着去大街上找活路，只需要递张名片，人家有煤要拉，一个电话过来，人就火速赶了过去。当然也不只是拉煤，有时候可能是拉火砖，有时候可能是挑沙石，有时候也可能是抬家具……总之，只要下力的活，他都接。电话联系的业务，已经让他一天到晚忙得团团转。二叔书读得不多，但毕竟读书的时候是优等生，脑子转得快，思考问题不死板。碰到活实在太多，一个人做不完，他就想，我为什么不把活接下来，然后找其他人来做呢？这样，二叔除了自己下苦力，又做起了小包工头。中途又回云阳来几次，都是报喜。父亲问他一年能挣多少？他回答，多的也没有，八九万还是差不远。父亲说：“好家伙，都是我一年工资的两倍了。”接着又说，“毕竟是辛苦钱啦。趁身体还撑得住，多挣点。再过些年，可以回云阳来养老。”二叔说：“我也有这个想法。老话说得好，金窝银窝，不如自己家的狗窝啊。”

这一年，我又看了套房子，准备买下来专门做培训用。东拼西凑，找点钱，把吃奶的力气都用上了，总差那么两三万。母亲跟着我一天愁眉苦脸，唉声叹气。你说不买吧，那么好个地方，可惜了。你说买吧，又像跳高摸篮板，眼看着手就够到了，可最后那几厘米，却比登天还难。母亲忽然想到，何不找二叔试试呢？我说：“有点悬。他那些钱，都是下力挣的，可不容易。”母亲说：“再不容易，也是钱。先挪一挪，尽快还他。”就找父亲商量。父亲先是把眉头一皱，半天没吱声。直到我们以为他不会再说什么了，他又突然道：“我联系一下可以。能不能借到，可不敢保证。”就打电话过去。二叔接了电话，一阵寒暄过后，父亲说明意图。电话声音大，我和母亲都听到了。二叔说：“没问题呀。什么时候要，我打过去。”

到约好打钱那天，二叔来电话了。我们都以为钱打过来了，叫我去银行查。不想，那边一开口，却不是二叔。二婶喊了声：“大哥！”父亲一怔，像明白了什么，但还是先入为主，说：“借钱的事，丙夏跟你说了吧？我替新天谢谢你们！”就听那边叽叽喳喳，像麻雀闹林，又像在和谁吵架。都说江山易改，本性难移。几十年过去，二婶说话的气势和风格一点没变。父亲放下电话，表情很复杂。其实我和母亲都听到了，不需要他再说什么。但他还是语调艰难地解释，就像二叔本人在解释一样：“新竹闹着要回云阳来开饭店，新桃马上又要结婚。都是花钱的大事，怕是没余钱借出来了。”

孔新竹要回云阳开饭店，是真的。

孔新桃马上要结婚，也是真的。

孔新竹打电话过来，邀我去他饭店给点指导意见。我心想，这么快！还没说几天呢，都开张了？就按照他提供的路线，下班后，一个人过去。先前也约过三叔，他却有事。我的本意是，多个人一起，气氛活跃些。再说，我跟这个堂弟，可能因为曾经有过一层并不十分和谐的师生关系，实在是没那么多话说。

要说这个孔新竹，也算个“搞搞匠”。在部队没了提干的指望，只能退役。回到原籍，总不能像老辈人那样，又开始挖泥奔土吧？就算他自己愿意，二叔二婶还不同意呢。否则，当初花那么多钱，送他出去见那么大世面，何必呢？于是就张罗着，先跟他姨父去岳阳学厨。据说这个姨父还有点真本事，在岳阳那边承包了很大一个五星级宾馆的餐厅。五星级呢，想想都不是一般人能出没的地方。从那里锻炼出来，再怎么说，也会那么三板斧。厨艺学成，就开始嫌姨父那里活重工资低。就想出来单干。二婶也举双手赞成。是呀是呀，我的儿子怎么能老给人家打工呢？自己做老板，又有面子又有钱，多好！

于是就把饭店开回了云阳。

我估摸着为什么要回云阳来开饭店，而不是在姨父那边，或二叔的大本营——宜昌呢？他可能是想，我父亲刚从校长的岗位下来不久，多少有些熟人，一些关系还没完全冷落。特别是三叔，虽然也把保健院院长辞了好几年，但人毕竟又到疾控中心。虽然指望他们能帮扶多少，纯粹就是个心理作用，但有这个心理作用，跟没这个心理作用，对于刚开始做事的人来说，还是不一样。当然还有我，我虽然没在单位，但这些年也算混出了些名堂，至少在这个小小的江边县城，几乎算得上家喻户晓了。

我能帮他什么呢？

我甚至连自己都不知道。

但主意还是可以出一些吧。

这样想着，人已经到了孔新竹交代的位置。抬眼一望，“四方江湖菜”，几个字闪闪烁烁，在即将降临的夜幕中，鬼魅地眨着眼。很显然，这不是我喜欢的风格。无论是菜，还是灯。

地方很小。严格来讲，算不上什么饭店，就是个街边的小餐馆。进去，左手近门是收银台，收银台旁边一个小门，里面正叮铃咣啷，又有雨点般的切菜声，又有火苗的“呼呼”声，还有七嘴八舌的打趣声，一听便知是厨房。右手稍微开阔点，大概十几个平方米，只容下四五张小桌子，局促得很。收银台后面一个小姑娘，见到我，问：“吃饭的？”我不好回答说是，也不好回答说不是，心想毕竟没受过专门训练，问话都这么没水平。我说：“我找孔新竹。”“孔新竹？孔新竹是谁？你们是一起的吗？”小姑娘一脸疑惑，问：“他先来的？”随后往桌子那边一指，“现在只有那一桌，你看看有没有你找的人。”我当然不用在她的示意下回头，更不用到正在吃饭的那三个人中间去找，看有没有我要找的那个孔新竹。我只是感到不可思议，员工居然都不知道在谁的店里工作，这管理水平，实在有个性！我正要说：“我找你们老板。”厨房里面大概听到外面有动静。门帘一掀，出来一个人。我还没反应过来，那人就喊：“大哥，来啦！”孔新竹面带微笑，搓了搓手，“不好意思，刚才正和师傅商量新菜品呢。”又说：“我们楼上坐。”就领着我上楼。我这才注意到，原来进门正前方，靠墙，搭了一排楼梯。因为颜色刷得跟墙壁酷似，所以一下竟没看出来。

楼上也不宽，只有三个包间，都空着。孔新竹开了灯，我们在其中一间坐下。我没有多话来过渡，直接开门见山，说：“生意好像不怎么样啊。”孔新竹说：“上周才开业，好多人还不知道。”我本想说，那为什么人家都是开业时候人气爆满啊？又怕伤了他，话到嘴边，强忍了下去。说心里话，我对这个弟弟的办事风格一直不敢恭维，远的就不必多说了，就说眼前，开店时不通气，开业时不招呼，虽然也帮不了什么忙，但多个人，总多点人气吧。更何况，你把店开回云阳，不就是指望孔家几个能搭把手吗？我确实有些不舒服，从头到尾，他只跟我父亲和三叔商量，至于我，仿佛完全忘记了有这个人似的。我心里哼哼两声，想必那时候他自信满满，又有大伯、三叔相帮，哪里轮到我来多嘴多舌。现在好了，生意不景气，才想到我。他在外面跑这些年，毕竟也懂得些人情世故。见我半天不作声，话锋一转，说："我也在为这个伤脑筋呢。所以才请大哥过来帮忙看看，是不是思路出了问题？"我说："我也是外行。不懂餐饮。""大哥不必谦虚。餐饮你不懂，经营却是行家。不然，培训也不会做那么大。"这倒是实话。看来，这小子也不是满脑子的豆腐渣。也罢，谁叫我们是堂兄弟呢。兄弟一家人。一家人，哪里能说两家话。心里已打定主意，那我就冒充一次内行，想到哪儿，就说到哪儿。我说："店面选在这个位置，一开始就是个错误。也不知你大伯、三叔是怎么给你建议的。"我的意思再明白不过了，你那么相信他们，结果呢？他大概听出了我的弦外之音，有揶揄，有小小的嘲讽，还有一丝几乎听不出来的不满。他的手又搓了起来，搁在桌子上，就像在我面前搓汤圆。他的眼神时不时向我这边瞟过来两眼，又迅速低垂下去。他的声音很轻，像自言自语，又像在对我表示歉疚，他说："也怪我，一忙起来，怎么就没想到听听大哥的意见呢？不过，"他略略停顿了下，像在思考怎么才能把意思表达得更恰当，"位置选在这儿，也是迫不得已，更不关大伯三叔的事。我也去中环路那些繁华地段看了，人家一报价，我都不敢还价——差那么远，还又有什么用呢？"这倒是实情。位置越好，价钱越贵。但这并不能成为自我妥协的借口。做生意嘛，总是投入越大，产出越多。你不想投入，只想白白赚大钱，天底下，哪有那么好的事。你可以说你资金有限，能力不足。那就对啦！俗话说，没有那个金刚钻，就别揽这个瓷器活嘛。

问题是，孔新竹既没金刚钻，又揽下了瓷器活，怎么办呢？

办法还是有的。

我把桌子上的菜单拿起来，看似随意地翻了翻。这个当口，孔新竹开始不失时机地介绍，这个是什么菜，那个是什么菜，这个菜是怎么做的，那个菜是什么风味。听下来，用一句话概括，全是湖南菜，而且全是湖南菜里的江湖风味儿。这也难怪，他在岳阳跟姨父学的就是这手艺。可是，他刚才不明明说了，请的有师傅吗？难道，师傅也是从湖南过来的？我忍不住道出了我的疑惑。没想到，他说："师傅是本地人。你来之前，我正在跟他商量，怎么才能做出地道的湖南风味呢。"这让我感到大大地诧异了，我问："你在本地开饭馆，为什么不做本地菜呢？"见面这么久，这时，他终于绽开自信满满的笑容，说："我想的是，我们这边的人，老是吃一种风味的菜，也会腻。那我何不做正宗的湖南菜，让他们尝尝鲜呢？"道理好像也对，但总让人产生舍本逐末的感觉。我知道，在这个问题上继续讨论，是不会出什么结果的。我说："其实，不管你做哪种菜，关键要好吃，要符合本地人的饮食习惯。"我想到身边那些朋友的偏好，觉得有必要把这个问题多说几句，"我听你刚才介绍，这菜单上的菜，几乎每一样都是非辛即辣。我们云阳，虽然也是川菜系列，辛辣的东西不是不能吃，只是口味毕竟多样，清淡点，或者有点辣，最好是微辣，吃的人可能反倒多些。"基于这些认知，我开始提出自己的建议，"这个地段，包括你这儿的面积和装修档次，实在不适合做正儿八经的席桌。我觉得，更适合做特色汤锅。吃汤锅的人，三五几个就能成行，也不十分讲究排场。所谓特色，菜不在多，重在不同。比如土黄辣丁，你舅舅家门前就是汤溪河，多好的资源！每周让他送一批过来嘛。比如蛇。现在愿意吃蛇的人不少，只是找不到哪里可以吃。你可以联系那些专门卖蛇的商贩，货源应该不成问题。再比如土鸡，真正从农村收上来的土鸡，口感醇正，我身边的很多朋友都喜欢吃。”我的意思再明白不过了，你先把菜弄好，确实有特点，吸引人，我自然就带人过来了。孔新竹坐在对面，静静聆听，一语不发，不知是自信心受了打击，还是真正虚心接受我的意见。

又过了段时间，正想着他那些菜品也调整得差不多了，准备叫上几个朋友，过去捧捧场。就听到三叔传来消息：“四方江湖菜”关门大吉了。我十分愕然。想想，这个堂弟当老板还不到两个月呢，我去他店里消费，还一次都没有呢，怎么，就像天上划过的一道流星，眨眼就没了？甚至，就像扔进水里的一个小石子，涟漪都没漾起来几个呢，水面就归于了平静，就好像，从来都没有什么小石子扔下去一样。

7

在等待孔新竹调整菜品期间，孔新桃的消息也传了回来。

此时，她早已从武汉返回重庆，进了另一家外企。为什么要回重庆？理由再简单不过，还是重庆工资高。当然，钱重要，爱情也同样重要。当初是为了爱才去的武汉，现在，该轮到男朋友为了爱，跟着来重庆了。

接着就听说他们要结婚。她男朋友是青岛人，又要按老辈人要求，虽然不能像旧时那样坐着花轿进夫家，必要的迎娶过程还是要有。但两地相隔千里，怎么办呢？最后决定，我们孔家这边送亲的，到了青岛，住进男方安排的宾馆，时辰一到，再由男方一行到宾馆来娶亲。我父亲是校长，三叔是院长，都是有点身份的人，自然被二叔一家安排进了送亲队伍。本来也喊了我，我却因为周末有课，实在无法脱身。

大约一周后，父亲一脸疲惫地进了家门。洗了把脸，连饭也来不及刨几口，便斜靠在沙发上，有点迫不及待，又有点兴致盎然地讲述起这次青岛之行。先是住宿出了纰漏。本来说好是男方安排，可是，等父亲一行带着新娘，都到了男方家附近，却什么着落都没有。车站也好，码头也罢，连个前来接头的人都没一个。父亲说，还是电话先联系下吧。二婶却不干，说："他们是主，我们是客。凭什么主人不主动联系，反倒要客人拿热脸去贴冷屁股？"大家想想也对，便随了她，都不作声。可去的都是大活人，不可能像几个物件往大街上一扔，只要不日晒雨淋，就无伤大雅。大家都要吃要喝要休息呢。三叔憋不住，说："要不我们先找个地方落脚吧？"二叔附和道："对！别人亏我们，我们却不能亏自己。"于是，就近找了家宾馆住下。

男方总算来电话了，是孔新桃的男朋友。等他急急忙忙赶过来，发现大家都住下了，也不劝大家跟他走，只说："住下了也好，免得搬来搬去，麻烦。"说者无心，听者有意。听到这话的人，可不止父亲一人，一起过去的，想必都听到了。大家心里就嘀咕，这家伙，看起来彬彬有礼的一个小伙子，说话做事，怎么这么没礼数。住宿的钱倒不值几个，谁掏都一样。问题是，我们大老远从重庆跑过来，主人家都没个张罗，岂不太搞笑？这可不是一般的走亲戚，这是要把个黄花大闺女送进你们家去呢。

气氛顿时凝重起来。

二婶本来心中不快，现在又撞上这么个不懂事的女婿，气不打一处来。二婶拉着脸，冷冷地说：“怎么没见你妈来？未必，还要我们去请她？”女婿一脸无辜地望着她，怯生生地说：“要我妈来做什么？她在忙家里那头呢。”他的意思是，他就是他们家的全权代表了，什么事，都可以跟他商量。可是，他哪里能体会到送亲人的心理。不说别的，只说婚礼，双方父母连过门儿的程序都没个沟通，天底下，哪有这种随随便便的喜事？二婶不可能把这些话点破，只觉得，女儿读那么多书，是不是把脑子读坏了，居然看上了这么傻不拉叽的一个人。于是就把对女婿一家的不满，迁怒到了女儿身上。二婶把头转向孔新桃，说：“说了你那么多回，老不听。现在好了，好好一个姑娘家，搞得跟嫁不出去似的。”孔新桃也难受，她也没想到，自己千挑万选，选出来这么个丈夫，竟然如此不通人情世故。他不懂事倒也罢了，他妈居然也不懂事，真是应了那句话：有其母，必有其子。可事到如今，又能怎么办呢？不能说，立马打道回府，这婚，不结了吧？孔新桃心烦，对母亲，语气自然也好不到哪儿去，“我自己选的，哪怕是坨屎，我也认了！”二婶一听，这话有点不对劲呀，我明明为你好，怎么倒像把我当个出气筒呢？二婶没好气地说：“你要认这坨屎，那是你的事。可你把这坨屎往家里带，那就把其他人都臭到了。”孔新桃没想到，结婚，原本是欢天喜地的一件事，大多数人，一生也就这么一次。现在倒好，娶亲的面冷，送亲的不热，都赶着趟似的不让自己开心。她突然把心一横，仿佛看淡了一切，说：“你们要是不欢迎，以后，我不把这坨屎带回去就是。”那副恩断义绝的模样，二婶只看一眼，就心寒了。她完全无法理解，培养了这么多年，始终令她引以为傲的女儿，为什么顷刻间就变得像不认识了一样？二叔终于忍不住了，低吼了声："不回就不回，最好我们现在就走。大不了，我和你妈，只当没这个女儿！"

这话确实重了。

父亲、三叔都在一旁打圆场，这个劝几句，那个劝几句，毕竟是人家的家事，也不好过分介入。孔新竹这边却坐不住了，心想，矛头是用来一致对外的呀，现在怎么完全调转过来，成了一家人的互相伤害呢？一细想，都是这个妹夫娃儿惹的祸嘛。毕竟是退伍军人，头脑一冲动，就想上去动手。孔新桃一看，哥哥脸色铁青，径直向那个傻大个儿走去，知道要出事，赶紧跑到孔新竹身后，一把拉住他胳膊，喊："哥！你是来送妹妹出嫁的呢。"孔新桃一愣，步子慢下来。绷紧的肱二头肌，也渐渐松弛了。

接下来的婚礼，可想而知。

不管音响里的歌声如何高亢嘹亮，不管主持人的语调如何振奋人心，不管双方亲人的祝福如何冠冕堂皇，都难以掩盖一对新人内心无处安放的落寞，都无法驱散笼罩在双方家庭头顶的阴云。

这是一场死气沉沉的婚礼。

这是从一开始，就注定要失败的婚姻。

我为孔新桃，为二婶，为二叔这一家，而忧心忡忡。

8

孔新竹的"四方江湖菜"倒闭了。什么时候关的门，我不知道，就像什么时候开的门我不知道一样。我知道的是，孔新竹并没有像我给他建议的那样，采取措施，调整菜品。他依然钟情于他的湖南菜，他依然沉浸在他的江湖味之中。也可以理解，一个人，总是喜欢做他熟悉的事。这是一种心理习惯，既轻松，又踏实。然而，事情往往是这样，心里踏实了，手头的事情就零乱了，就不踏实了。关于这一点，也是三叔讲给我的。三叔一天到晚事情也多，好不容易抽出点时间，约了几个朋友过去。菜一入口，都喊辣得要命。结果好端端一桌菜，都不敢下筷了。三叔把孔新竹叫过来，语气比较委婉，说："这些菜，都适合年轻人。你这些叔叔伯伯们，比较注重养生，喜欢稍微清淡一点的。要不，你换几个菜上来，我们再尝尝？"孔新竹面露难色，说："师傅做的，就是这个味儿。让他改，只怕改不了。"其中一个拍了拍三叔的肩膀，说："不用那么麻烦。反正我们也不怎么饿，要不，今天就这样吧？"三叔说起这一段，头摇得像拨浪鼓，"师傅不愿意改，你孔新竹也是厨师，可以自己下厨嘛。我专门给你带客人来，结果留不住，怪谁呢？"

"四方江湖菜"的倒闭，不仅因为地段偏僻，也不仅因为不听劝阻，入乡随俗，更因为，它经营的成本太高了。这是后来有一次，二叔回云阳，在酒桌上亲口道出的。首先是房租。两个紧挨着的门面，面积差不多一样大小，孔新竹给的租金却比人家高出了一倍多。也不是他真傻，偏要白白把人民币当纸钱。实在是，他想当老板的心情太急迫，明明知道是个坑，还是忍不住往里跳。其次是人工。七八张桌子的一个小饭店，请了一个厨师，一个收银员，两个服务员，一个月要支出的工资高达一万多，刮风下雨，雷打不动。一天生意差没事，两天生意差没关系，若是一直没几个人来，当真就要死不活了。拿出去的，可都是真金白银呀，人坐在那里就哗哗往外淌，他本是个没什么根基的年轻人，这样下去，又能坚持得了几天呢？

这些都不算什么。

生意垮了，可以重新再来。

钱撒出去了，可以埋头再挣。

真正令孔新竹恼火的，或者说，令二叔这一家恼火的，是店门一关，他跟舅舅的关系也像那扇关闭的店门，砰的一声关上了。不，确切的地说，更像是那个店面，因为关门的震动，“轰”的一声坍塌了。

把所有的亲情都压在了下面。

把所有关于人的本性，都露在了外面。

因为，舅舅在他的饭店投资了十五万。店门一关，舅舅就来找他还钱了。才两个月不到呀，一分钱分红没有，积攒了半辈子的辛苦钱，就这样稀里糊涂打了水漂儿，换了谁，也不甘心。孔新竹见舅舅撕破了脸皮，也不客气，说：“我凭什么还钱呢？”舅舅以前没见外甥这副德行，也来了脾气，说：“欠债还钱，天经地义！”“那好吧，你把借条还我，我还钱！”孔新竹见舅舅不让步，决心抵抗到底。舅舅说：“你可不能耍无赖。当初虽然没写借条，我可是通过银行转了账的。”孔新竹说：“舅舅，不是我耍无赖。根本是你这个长辈没信义嘛。”舅舅说：“这话怎么说？”孔新竹不紧不慢，胸有成竹似的，说：“钱我是收到了。可是，那时候舅舅说的是投资，可不是借。”俗话说，姜还是老的辣。舅舅不屑一顾瞟了他一眼，说：“你去查查转账记录吧。附言一栏，我可是写的‘此款，借给孔新竹’。是投是借，一查，不就一目了然了吗？”孔新竹脑袋就“轰”的一声响。心道，糟糕，当初竟忽略了这个问题。他说的，只怕是真的。

舅舅说的，当然是真的。

舅舅闯荡江湖几十年，哪怕是半夜里睡大觉，也要为自己留个逃生的后门。像孔新竹这种他看着长大的小虾米，再怎么跳，怎么可能跳出他的手掌心呢？

后续自不必多说。在钱的问题上，孔新竹只能认栽。可气的是，开饭店亏掉的钱，本不是他的。现在要还债，他又哪里掏得出呢？亏了他有个好妈妈，好妈妈又刚好能管住他的好爸爸，大家都觉得，人生在世，挣钱为什么？还不是为了儿女呀？反正钱是为他们挣的，早给晚给都是给，那就索性先给他，拿去还债吧。又觉得亏欠了女儿，都是身上掉下来的肉，凭什么给了这个，不给那个呢？孔新桃倒很懂事，并不在乎。关键是她在外企，对父母压在枕头下面的那点小钱也看不上眼。父亲要把他们挣的钱给哥哥，她没意见。不但没意见，想到这样一来，父母那边手里就落空了，生活必定艰难，便每月定时打两千到母亲卡上。

这一场风波总算是过去了。

到了三月，桃红柳绿，草长莺飞。沉寂了一冬的生机，又开始慢慢复苏。孔新竹经历了生意的失败，暂时把蠢蠢欲动的老板梦收拢来，就仿佛，他从来都没有做过这样的梦，更没有把这样的梦付诸实践过。

他还是个打工仔。

他又回到了厨房。在长江对岸一家名叫“柴火鸡”的小店做主厨。

这一天，我正在上课，一个电话打了进来。

是孔新桃。听起来，声音很喜庆。孔新桃说：“哥，你侄儿下周三做满月。能来重庆不？”她结婚的时候，也曾邀我去青岛。可那次刚好碰到是周末，周末，可有三四百学生等着我上课呢。虽然十分歉疚，还是不能成行。现在孩子都满月了，说的是周三，又在重庆，若再不去，实在说不过去。听我没有立即回答，她补充道："大伯、三叔他们都要来。你们一起嘛。"

到了大学城附近，两辆车相跟着转了半天，还是没有找到孔新桃说的位置。连他亲哥孔新竹，本来是他带路，现在也一头雾水，跟个无头苍蝇似的。他很不好意思，不断解释："我也只去过一次，都记不清方向了。"父亲提醒他："先把车停在路边，打个电话问问吧。"没别的办法，孔新竹只好接通了电话，就听那边询问了几句，很快又挂断了。孔新竹说："她叫我们在这儿等。一会儿余涛过来接。"余涛，不用说，肯定是我那个还没见过面的妹夫。

两分钟不到，就见到前面过来一个人。高高的，瘦瘦的，戴着副眼镜，东张西望。虽然看不仔细，凭直觉，模样生得还不错。孔新竹说："来了。我们走。"都下了车，关上车门。那个人就到了近前。他显然已经认出了我们这群人，立在原地，没有动。是三叔先开的口，三叔说："小余好啊，还麻烦你亲自跑一趟。"他也没多话，神情木讷，只说了声："这边来。"就转回身，自顾自往前走。我们十来个人，就跟在他身后，活像一群散兵游勇的旅行者，跟着个不负责任的黑导游。三叔看我一脸诧异，笑了笑，说："新桃说过，他就是这个性格。"

到了孔新桃家里，孔新桃正在喂孩子，她婆婆在做饭。我特别留意了下，个头不高，皮肤有点黑，像他儿子一样，精瘦精瘦的。我观察她的时候，她刚好转过脸，我心中"嚯"的一响，骇然道：这不就是只老母猴嘛。赶紧低下眉，假装环顾四周，啧啧赞叹："这房子，装得不错啊。"就见到二婶从主卧室出来，打着哈欠，睡眼惺忪的样子。她显然听到我说的话了，边用巴掌拍了拍嘴巴，哈口气，边漫不经心地说："那是！光装修，都花了我女儿四十多万呢。"我琢磨，她说这话，大概有两层意思：一是向我们刚来的一行人夸赞，她女儿能干，会挣钱，给她脸上争了光。她舍命忘死，操劳大半辈子，不就是为了这一天吗？另外一层，自然是说给那一对母子听的。你们看看，这么大所房子，都是我女儿的功劳呢。没有我女儿，你们住哪儿去呀？关于房子，我先前也有所耳闻。孔新桃在外企，工资高，余涛只是个普通的销售人员，一个月就那么两三千。所以，结婚买房，包括装修，基本上都是孔新桃一个人掏的腰包。男方顶多买了几样家具。就算那几样家具，也是很不起眼的牌子。还没搬进来，就被孔新桃借口公司宿舍空荡荡的，不舒服，不如摆几样过去，有时候在那里休息，心里也踏实。于是就搬到宿舍去了。

在孔新桃家里待了半天，就到了晚上。来的人多，家里住不下，需要安排铺陈。孔新桃说："大伯晚上容易失眠，就睡家里。"父亲立马就拒绝了，说："孩子还小，有时候需要人在旁边搭把手，帮点忙，还是你们一家人住家里。"父亲说的一家人，指的是孔新桃一家三口，外加二叔二婶，还有她婆婆。三间卧室，刚好。"其余的，都跟我去外面住宾馆。"父亲是一屋子最年长者，他的话就如同圣旨，一言九鼎。孔新桃只好遵从。就听到她做了更具体安排："那好吧，爸爸妈妈，你们还是住这边。"她指了指主卧。又指了指最小的那间，说，"您就住这间。"这是对她婆婆说的。剩下那间她没说，自然是她和老公孩子住。按照我的理解，二叔二婶常年在宜昌，不过是过年过节才来跟女儿团聚。他们不在的时候，主卧应该是她和老公孩子在住。空间稍微小点的那间，多半就是她婆婆住了。最小的，显然空着。现在二叔二婶来了，顺序就作了调整。孔新桃话里的“还是”二字，特别关键。这说明，二叔二婶每次来，大概都是这样安排的。听上去，好像也没什么不妥。父母亲大老远跑来，一年到头又见不上几次，尊重些，也在情理之中。可我想的却是，这样的安排，余涛没有意见吗？或者，余涛妈妈也完全无所谓吗？至少，从我这个旁观者看来，都觉得这一家子，“主次”关系是不是捋得过分清晰了些。

第二天打道回府。

去地下车库，发现有车横在前面，把过道占去大半，看样子，需要多打几个盘子，才能将车顺利开出来。我们这辆，是三叔在开。我看空间实在太狭窄，就摇下车窗，对外面来送行的孔新桃说：“你去前面，帮忙看着点。”余涛也主动，虽然没喊他，也跟了过去。

三叔就开始打盘子，一进，一退，反复好几次。孔新桃和她老公立在那里，默不作声，像两根“打屁不粘胯”的木桩似的。我见他们都是那副木然的表情，也不知道他们有没有在帮忙观察，忍不住喊了声：“没问题吧？”他们仿佛都醒过神来，异口同声地说：“没问题。”话音刚落，就听到一声异响。大家都“嘿”的一声。三叔探出头，说：“刮了。”大家都有些不可思议，我更是难以理解，明明安排了两个大活人在那里指挥，却一点作用也没起到。关键问题是，他们两个，都是会开车的人啊。每天，都在这偌大的城市里，像甲壳虫一样，穿来梭去。有那么一刻，我突然之间觉得，外面的这两个人，还真有点夫妻相呢。一个像书读得太多，有点愣头愣脑，一个像没读几天书，傻里傻气，反正都是木讷呆板的德行。如果硬要说他们有什么不同，只能说，男的看起来有点“高富帅”的意思，当然，仅仅是看起来。

女的呢？女的虽然是我妹妹，我也不得不说，还真称不上什么“白富美”，如果不是生活在大城市，又穿了一身有点品位的衣裳，就跟个普通的农村姑娘也没什么区别。这样一想，心里就“咯噔”一下。

如此明显的区别，难道，身边这群人都没看出来？

二婶二叔，余涛妈妈都没看出来？

夫妻两个，也是一点都没看出来？

9

从重庆回来大约半个月，二婶突然打电话到家里来。是母亲接的。二婶要找父亲。母亲说：“他不在家。你打他手机吧。”二婶说：“打了，关机了。”母亲想了想，说：“有什么事，你可以跟我说。一会儿他回来，我再转告他。”那边吞吞吐吐老半天，也没说出个所以然。母亲知道二婶跟她杠了大半辈子，在老家时，是在生活中杠，后来离开了，是在心里杠，反正都是个杠，二婶不信任她，那是理所当然。母亲说：“要不这样，等他回来，我叫他给你打过去？”那边就连连称好。

也是阴差阳错，父亲那天并没有回来。不但那天没回来，第二天，第三天，都没回来。直到第四天，才努力睁着双熊猫眼，把一副累赘干瘪的皮囊拖进了家门。原来父亲跑到万州给他初中语文老师过生日去了。出了门，才发现手机没电了。一想，反正万州离云阳也不远，随时都可以返回，家里也没什么好担心的，说不说都无所谓。母亲因父亲走了几天，招呼也没打一声，心中有气，不怎么搭理他。又过了几天，心情慢慢好转，才想起二婶曾经打来电话的事。给父亲一说，父亲立马就拨了过去。

就听到那边哽咽了几声。父亲问："丙夏呢？"二婶说："在旁边。他面子要得紧，不好意思说。"父亲知道肯定是出了事，问："怎么啦？"二婶尽量把语气放平和，把语速放缓，说："新桃在闹离婚。我们不同意，她死活不听。我们就想，也许大哥帮忙劝劝，会管用些。"

这个消息，着实让我们大吃了一惊。我想起半个月前，才去她家给孩子做满月呢。怎么一转眼，要闹离婚？这才几天啊，真把个结婚、离婚，当作过家家，说合就合，说散就散？这种对待婚姻的态度，也太儿戏了吧？不要说父母这一辈，就算是我，跟她年龄差距相对小些，也接受不了。

父亲瞪圆了双眼，不放心地追问道："没搞错？是新桃要离？"那边就说："是啊，是新桃。男方态度强硬，说离婚可以，孩子要留下。"父亲说："那就把孩子给他们呀。一个女孩子家，离了婚，又带个'拖斗'，还要不要嫁人啦？"二婶也急了，带着哭腔，说："我们也是这样对她讲啊，可是，她就是不听。她说，孩子是她身上掉下来的肉。再苦再累，她也要一个人把他带大。这个死丫头，就是一根筋。八头驴都拉不回头！"父亲有些问题没搞懂，说："她态度为什么这么坚决？"那边好半天没有吱声，末了，听到一声叹息，说："听新桃说，余涛在外面有人了。"

父亲顿时默然了。

依孔新桃的脾气，碰到这种事，不要说他，就算把孔家上辈的上辈，上辈的再上辈，从棺里请出来，去劝，怕也起不了丝毫作用的。但他还是说："我试试吧。"

试的结果不用多说，都是预料之中的事。父亲问她："这婚，一定要离？"孔新桃说："一定离婚！"父亲说："一点缓和的余地都没有？”孔新桃说：“没有。”父亲说：“要不，我去重庆，劝劝他？”那边说：“是我要离，跟他没关系。”父亲本来想说，我不是去劝他不要离婚，而是劝他不要在外面搞女人。可一想，又不对。离婚的原因，是她妈跟他讲的，又不是她本人。她不讲，有可能是她根本不想让他知道。现在说明白了，反倒让她尴尬。于是住了嘴，心想，由她去吧。婚姻要幸福，需先把两个人的本性定为水和泥，然后，才能自然而然粘在一起。而不是，一个是水，一个是油，旁人再怎么搓，怎么揉，还是互不相干的两样。

后来就听说，孔新桃带着孩子从家里搬了出来，住进了公司宿舍。余涛却不肯善罢甘休，跟着撵过去。好几次，他都差点从孔新桃手里抢走孩子。孩子被他威武的架势吓得“哇哇”大哭，引来公司好些人围观。几个和孔新桃要好的同事，一见这阵仗，知道对孔新桃不利，一起吆喝着跑过去，像赶一条四处乱窜的流浪狗一样，把余涛赶出了宿舍楼。余涛就放出话来，孩子不抱回去，他妈就活不成，他妈活不成，他也不活了，他不活，她孔新桃也别想在这人世间继续逍遥自在。再让他逮着她，他非杀了她不可！

孔新桃害怕了。

孔新桃真的害怕了。

孔新桃怕的不是余涛放话要杀了她，而是，假如她真的被他杀了。他自然也会抵命。那么，她的孩子怎么办呢？没有父母的孩子，还能健健康康地活下去吗？就算能活下去，他会幸福吗？如果有一天，他知道了他父亲和他母亲的事情，又会怎么样呢？一个人活在这世上，已经够孤苦伶仃的了，如果活在这世上，连父母也不在了，父母不在，却是因为他们之间自相残杀，那么，父亲和母亲，留在他体内的鲜血，岂不也要自相残杀？那样的一个他，还能好好活下去吗？

所以，孔新桃害怕了。

感到害怕的孔新桃，决定暂时避一避。

她先是请了半个月假，回了宜昌。她以为，余涛从来没有去过二叔二婶那里，肯定没办法找到她。她想把孩子安顿在父母那里，然后再想办法去应对余涛的纠缠。但她太低估了一个父亲想要见到儿子，以及一个奶奶想要拥抱孙子的迫切心情。这种迫切心情，会促使他们想尽世间一切可以想尽的办法，受尽世间一切可以受尽的苦楚，只要能达到目的，他们甚至可以把命都豁出去。

那是一个清晨。五点钟还不到。二叔早早出了门。虽然最近儿女麻烦事一件接一件，但他还是感到了一丝畅快。在宜昌打拼这么多年，虽说始终干的是力气活，但客源关系理顺了，也不觉得有多苦。这关系说来也怪，一旦搭建起来，就像半空中的立交桥，虽然有点复杂，但终究四通八达。一会儿这个电话打来，让他喊几个人去挑沙石，一会儿那个电话又来了，叫他马上带一帮人去卸水泥，或者，正在接电话呢，外面又有人在破着喉咙嚷嚷:“老孔，下午腾点时间，帮忙拉一车蜂窝煤哟。”二叔感觉自己就像一只疯转起来的陀螺，先前的那一鞭刚落下，身体不由自主地加速旋转，还没慢下来，又听到“啪”的一声响，旋转的速度像打了支吗啡似的，猛地一抽，再次加快。

这是一种既痛又爽的感觉。

二叔很享受这样的感觉。痛的是表皮，爽的却是心里。只要每天都有白花花的钞票在手里数，受点小小的皮肉之苦，又算得了什么呢？二叔这么早起床，是昨天已经约好，要赶往一个老客户住处，帮忙搬家。他吆喝了几个伙计，从各自不同的方向，往同一个中心汇集。这时候，他心里往往会升腾起一股卑微的自豪感。浅浅的，薄薄的，像一幕纱，更像一层雾。在心里撩来撩去，酥酥的，痒痒的，像二婶躺在他怀里，粗糙的头发掠在他胸膛的皮肤上一样。刚来宜昌那会儿，他是万万没想到，自己居然也有吆五喝六的这一天。虽然也算不得什么，但毕竟有点大哥的样子了。二婶几十年来耿耿于怀的，不就是这一点吗？

出门不到半里，才想起，今天是去搬家具呢，不是挑沙石，带的撮箕明显多余。忍不住“哎”了一声，叹息年纪大了，记性赶年轻时候，是不行了。便踅回来，想把撮箕放回去。刚到门口，却被迎面来的一团黑影撞了个满怀。二叔后退两步，差点仰翻在地，待站稳脚跟，一看，朦朦胧胧中，却是那个死女婿余涛！他怎么会在这儿？他跑这儿来干什么？惊慌之余，又听到他怀里一阵急促的小孩哭声。天啊，他是来抢孩子的！不及细想，一把拉了过去，也不知是抓在哪里，逮住就不松手。接着就看到，又一条黑影冲了出来，边跑边喊：“来人啦！人贩子抢小孩啦！”是二婶。她披头散发，双手在空中乱舞，像只发了狂的母狗，不顾一切扑上来。紧跟在她身后的，是另一条“母狗”。不用猜，就是余涛母亲。也是一副穷凶极恶的模样，仿佛一伸手，就要将二婶捏成粉身碎骨一样。在她身后，跌跌撞撞，踉踉跄跄，差点被门槛绊倒的，是孔新桃。她的声音撕心裂肺，把半条街的人都吵醒了。“还我孩子！还我孩子！……”她绝望地，一遍一遍地哭喊。她连衣服都没来得及穿，只笼着个胀鼓鼓的胸罩，裸着条红内裤，就跑到大街上来了。这多么像，多年前那个风雨交加的夜晚，二婶被二叔拖出新屋，逃到爷爷家屋后时的情形啊。不同的只是，那时候，二婶的头顶大雨如注，电闪雷鸣。此时的孔新桃，却将瓢泼的大雨，惊悚的雷电，全劈在伤痕累累的心坎上了。

二叔后来好长时间都感到后怕。他想，如果那天他没有把撮箕带出门，或者他带出去了，也懒得再还回去，那么，孩子是不是就被他们抢走了呢？好在，这毕竟只是“如果”，事实是，他回去了，刚好把他们截住。满大街的人都拥出来，像撵过街老鼠一样，把那对可恨 的母子围了个水泄不通。若不是他念在女儿毕竟没有离婚，跟他们还是一家人，一放手，怕是被乱棍打死也未必。人们对于“人贩子”的愤怒，有时候，比杀人犯都有过之而无不及。

二叔当然不会想，余涛母子想把孩子抢回去，只是做了所有父亲和所有奶奶都想做、都会做的事。于情于理，又有什么过错呢？

所有的过错，只在于，这一段姻缘的过错。

10

孔新桃终于离了婚。

这已是两年后的事了。过程当然没有结果这么简单。两年来，她带着孩子东偷西藏，不是去同事家里住几天，就是在办公室的沙发上将就一晚，或者租个房子住三个月，再打一枪换个地方，到另一个小区再租所房子住三个月。只要她感觉到了威胁在慢慢逼近，便会毫不犹豫，落荒而逃。她想的是，无论经历怎样的艰辛，都不能将孩子交出去。

孩子，是她的命。

可能对方也厌倦了“猫捉老鼠”的游戏，也可能这个游戏浪费了他太多时间，使他没办法正常工作。他的收入本来就不多，他禁不起这样长年累月的消耗。还有一种更美好的可能，他终于认识到，即使孩子不在他身边，孩子，依然是他的孩子。这种血脉相连的关系，即使是孩子母亲，也无法割断。那么，孩子在不在身边，又有什么区别呢？她要，就随她去吧。

要孩子，代价还是要付出的。

孔新桃不在乎付出多大的代价。

所以，她带着孩子，净身出户了。

为这一天的到来，她苦苦煎熬了七百多个日夜。现在，她终于迎来了云开雾散的时刻。二叔、二婶，又何尝不是这样认为呢？所以，那一年春节，二叔一家又回到了云阳。他们想邀请孔姓家人，一起去家里，庆贺这一天的到来。

即便是当初结婚，也没有邀请这么多人。

听起来有些不可思议，却也不难理解。结束一段并不美满的婚姻，就如同跨过人生最难的那道坎，心中的喜悦与自足，是不言而喻的。

二叔还有他的两个孩子，以及两个孩子的家人，从各自不同的方向，汇聚到了我们家。他们先要在这里吃午饭，然后，我们再一起回新阳。母亲没见到二婶。问二叔，二叔说：“家里很久没人住，灰尘都不知道堆了多厚。她要先赶回去收拾，不然连个落脚的地方都没有。”母亲嘴上不说，心里却道，收拾不收拾，那都是面子上的话。说到底，还是不愿来。这可能是真的。母亲和二婶，多年来都不冷不热，始终捂不到一块儿。就说上次二婶打电话来找父亲吧。母亲已经敏感到，虽说是父亲在外面耽搁了，没有及时回电。但从二婶的角度来讲，未必就不认为，是母亲有意在拖延。我让母亲打个电话解释一下，母亲说："不说还好，说了还真以为有什么问题呢。"也是，很多时候，确实是越想解释，越解释不清。

我们回老家，母亲也没有去。

理由众所周知，当然也是可以理解的：晕车。不过，也许所有人的心头都明白，母亲之所以不去，可能还有另外的原因。

前面的车到了长洪，却没有像我以为的那样，进支路，向新阳老家的方向驶去，而是长驱直入，根本没有停下来的意思。我不懂为什么，也不打算立马就问。反正不只我一人，跟着前面带路的人走就是。他们这样去，自有这样去的缘由。穿过源曲，到达南溪镇，终于在一条斜直的街边停下。人行道上有沙砾，有石子，有不知从哪户人家流出，或者是泼出来的水，踩上去，就留下一串清晰的脚印。也不知经过了几弯几拐，来到一条窄巷，迎面，上二楼。二婶早已候在门口，笑盈盈地招呼大家。

我心里"咯噔"一下，一个念头在眼前一闪，莫不是，这是二叔家买的新房？没有人告诉我，但我已经从主人家应有的姿态感觉到了，没错，这就是二叔的家。一个我以前从不知晓，今天才第一次来的新家。从后来零零碎碎的交谈中，我才得知，原来，新阳乡在行政区划上已经并入南溪镇，也就是说，以前的新阳不存在了，以前的新阳人，现在都成了南溪人。南溪人，只要有足够的钱，在南溪镇上来买房，不是理所当然的事吗？

原来，二叔说的回家，不是回新阳，回太阳湾的那个老家，而是回南溪镇上的这个新家。这或许就可以解释，他们为什么要请这么多孔姓家人过来了。孔新桃摆脱了痛苦而不幸的婚姻，是一喜，在镇上买了新房，怕是没说出口的第二喜呢。双喜临门，不庆贺一下，怎么说得过去呢？

我不由得暗自感慨，人，是一种多么坚强的生物。无论生活出现多大的波折，受到多大的冲击，也从不肯停下前进的脚步。他们心中充满信念，满怀对美好幸福生活的向往。他们迈出的每一步，可能很慢，很吃力，却总是脚踏实地，稳稳当当。

然而很明显，这房子买下来，更多的用途却不是用来住的。二叔、二婶常年在宜昌，孔新桃也在重庆工作，孔新竹虽然在云阳，也是在县城打拼。他拖儿带母，要养家糊口。哪怕在城里租房子，也比镇上强。这个房子买下来，顶多就是过年团圆，一家人回来住几天，更多的时候，它只是以一种象征的形式存在着。它向家庭的每个成员表明，这是一个家。一个固定不变的家，一个即便所有主人都不在，它也会忠心耿耿，等在那里，直等到主人回来的那一天。

有没有另外一种可能，之所以要买下这所房子，其实也是在向主人以外的其他人表明，它有这个实力存在在这里？哪怕里面空无一人，它也消耗得起。

它不怕空置。

甚至，它要的就是空置。

空置，也要买，不是实力，又是什么？

二婶的笑声像银铃，清脆而爽朗，在新房里回荡。这样的笑声，真是好多年，都没有听到了呢。假如母亲在这里，她会不会，像其他人一样，跟着二婶一起笑呢？

再次见到孔新桃，是在前年。那个暑假，我带着家人去北海。孩子闹着要看海，已经两年多了。这次终于安排出时间，我想遂他愿。我站在宾馆的窗台前，看见海岸线以外的海域，一直连接到天边的那一排，像一面蓝色的幕布，几乎纹丝不动，横挂在那里。星星点点的帆船，像贴在幕布上的小点缀，充盈着这童话般的意境。看不出帆船在动，但我知道，它们确实在动。这是一种生活的假象，因为我们离得远，所以往往看不真。就像那块美丽的、如天鹅绒般滑腻的垂幕，倘若有一只巨大的手可以揭开，后面，究竟又隐藏了多少人间难以承受的凶险？平静祥和与危机四伏，风景如画与混沌一片，中间，往往只隔着那层幕。

幸运的是，这个世界上，没有任何一只手，可以把那层幕揭开。

目睹到背后真相的人，不是因为谁揭开了幕，只是生活将他无情地抛弃了。或者他自愿选择了坠落。

坠落，然后他看清了一切。

我没有看清一切，我只是把眼前所见的美景，拍下来，发到朋友圈。这是一种记录，也是一种纪念。当我们的头脑已经装满俗世，我们不得不依靠更为现代的方式，记住纯粹。虽然很多时候，纯粹本身，也是一种假象。然而人们，终究是自我麻痹太久了。

哪怕明知是假象，他也认。

正这样陷入胡思乱想而无法自拔，忽然看到一条评论：哥哥，你们也在北海啊。是孔新桃。我惊奇的不是孔新桃在北海，而是孔新桃在北海的时候，我们一家，居然也在北海。可见，世界看起来很大，实际却很小。从太阳湾走出来的兄妹俩，在这广阔无垠的天地里，也可以轻松相遇。

约到晚上一起吃饭。孔新桃带着她刚满两岁的孩子。孩子长得很好，圆溜溜儿的脑袋，胖嘟嘟的小手，还有，滚圆滚圆的肚皮。一切迹象都显示，他营养充足，身体健康。这是一个积极信号。说明，孩子的成长，没有因为家庭变故而受到丝毫影响。可是，真的一点影响都没有吗？孔新桃说："也不是。他有时候会问，爸爸呢？爸爸为什么不回来？"我的鼻头有点发酸。孔新桃却一脸灿然的微笑，"我会如实回答他：爸爸妈妈性格不合，分开过了。但是，"她顿了顿，像画重点一样，把语气加强了些，"但是，妈妈是你的妈妈，爸爸还是你的爸爸。"她如释重负，说："跟他说明这一点，很重要。我想让他明白，他是家里唯一的男子汉，要坚强、独立，还要阳光、开朗、不娇气。更重要的是，他不缺爱。"

她的话是对的。吃饭时，我已明显感觉到，孩子不是一般的懂事。才两岁啊，大人点什么，他吃什么，绝不推三阻四，挑肥拣瘦。而且，大人不动筷，他绝不动筷。一旦吃起来，每一样，他都那么津津有味。与之形成鲜明对比的，是我的孩子。都十来岁了，不是这样不吃，就是那样难闻。就算他自己点的菜，也只尝个味，筷子一摆，再不管了。

我心中五味杂陈，问："孩子现在还是你自己带？"孔新桃说："也不全是。孩子大了，公司不准再带去办公室。上幼儿园又有点小，刚好我邻居是一对退休夫妇。他们都很喜欢孩子，有退休工资，不缺钱，就是看我一天太累，主动提出我上班的时候帮我带。他们说，带孩子，有很多乐趣，是找都找不到的好事。我知道他们是宽慰我，怕我觉得亏欠他们。"

孩子要上卫生间。孔新桃起身，拉着他的手。那一刻，我心中升起一股融融的暖意。生活并没有压垮我的妹妹，并没有难倒她和她的孩子，相反，她像压扁的弹簧一样，直起来，把所有的失败、不幸、痛苦和阴郁全都弹出去，弹到遥不可及的天边，弹到海面以下。让我更为感动的是，她并不满足于自己的爆发，她还要将这向外迸发的力量，传递给孩子。

或许，母爱的伟大，正在于此。

就听到卫生间那边“咣当”一声闷响。一扭头，才发现孔新桃抱着孩子,双双摔倒在地。地板的确是太滑了。进店的时候，我穿着皮鞋,都有些“巴不住滑”。我跟老板提起这事。老板说：“马上拖，马上拖。”可就是不见有人行动。也难怪，老板在意的是收钱。现在生意这么好，哪里腾得出人手来做这些“无用功“呢?

但是现在，人摔倒了。

妻子、孩子都反应过来。我们一齐跑了过去。我开始拉孔新桃,妻子准备抱地上的孩子。然而,孩子却死活不往她怀里来。他自己爬起来，猛扑到他母亲身边。“妈妈！妈妈！你怎么啦?妈妈！妈妈！你怎么啦? ……”他一遍又一遍急切地呼喊，又伸出稚嫩的小手，在他母亲脸上、身上，片刻不停地摸抚。

他在检查。

他在确认。母亲是不是受伤了，或者，伤到了哪里。

孔新桃身子很沉，我拉了几次，都没能拉起来。也或许，她根本就不打算这么快就站起来。她蹲到孩子面前，也是一副急切惶恐的样子。她也在检查。她也在确认。突然,就听到她“哇”的一声，痛哭起来。如同开闸的洪水，一泻千里，滔滔不绝。

我看到了，我相信我的妻子和孩子都看到了，我的妹妹，她怀里那个才两岁多一点的孩子头上，一个鸡蛋大小的血包鼓了出来。孩子也在哭。他和他的母亲紧紧相拥，哭作一团。

我们站在一旁。

我没有再拉孔新桃。妻子也不打算去抱那个孩子了。我们都发呆一样站在那里，仿佛眼前这对母子，跟我们都毫不相干似的。但其实我们心里明白：

他们，都不是为自己而哭泣。

这时候，围在我们周围慌乱不已的，是老板和他的店员们。

11

有一段时间，听说孔新竹又放弃了厨师这一行，跑到快递公司做货运司机去了。两种行业我都不熟，但我相信，他之所以这样选择，只有一个道理：后者一定比前者挣钱更多。到了他现在这个年龄，老婆没有工作，窝在家里带两个孩子，一个马上读小学，另一个还嗷嗷待哺，又是在县城租的房子，只要条件允许，除了千方百计挣更多的钱，他还有别的选择吗？

挣钱，才是人生第一大要务。

其他一切，包括前些年那些不切实际的老板梦，都是扯淡。

三叔打电话来，说孔新竹在县医院住院，问我要不要一起过去看看。我说正上课呢，你们先去。等他挂了电话，才想起，还没问怎么回事呢。吃过晚饭，孩子要在家做作业，我和妻子买了点水果，赶去病房。

孔新竹侧躺在床上。他妻子正在一旁给他削苹果。见到我们进去，他试图撑起来，试了几次，都失败了，最后还是在他妻子的帮助下，才勉强坐起来。弟媳又拿过来两把椅子让我们坐。我说："你别管我们，把病人照顾好就行。"弟弟说："我没事。只是昨天刚动完手术，一动就痛。"我说："是怎么了？"孔新竹顿了顿，可能是见他嫂子在，有点不好意思开口。我说："没关系。都是一家人。"他还在犹豫着，眼神恍惚了一下，才说："也没什么大碍，就是屁股后面长了个疮。用医生的话说，就是肛周脓肿。”我心想，这么大热的天，怕不是长时间坐在驾驶室捂坏的吧。嘴上却道：“孩子呢？”弟媳插话道：“妈在家带着呢。”“哦？二婶回来了？”我颇为意外。远在宜昌的人都赶回来了，我才露面，这是不是说，我的确有些薄情寡义呢？好像是，又好像不是。相较于二婶，我肯定没有她那么急切，毕竟，孔新竹只是我堂弟，并不是我儿子。如果是我儿子，我当然也会毫不犹豫，放下手中的一切，立马奔赴过去。

孔新竹歪着身子，想下床。我说：“你还是不要下床，动来动去，怕绊了伤口。”孔新竹说：“我坐着不舒服，走几步还好些。”他妻子想过去扶，被他一把推开了。他的步子很缓慢，很零碎，明明才三十出头的人，却像个八十岁的老头，步履维艰。脸上时不时抽搐两下，仿佛疼痛并不是持续不断，如同很多年前人工用的水泵抽水，都是一股一股地上来。

好像就没了别的话。

我们虽为兄弟，但志趣爱好、人生经历、家庭背景，都大不相同。我们之间，除了有血缘关系这条纽带，把看起来互不相干的两个个体，以及个体背后的家人联系起来，共同语言，实在是太少了。我想到了父亲和二叔。他们之间的关系，更有甚于我和孔新桃。他们可是亲兄弟啊。他们都有一样的父亲、一样的母亲、一样的家庭，可是后来，他们的命运，为什么就那么不同呢？哦，对了，还有三叔。如果当初，父亲不是选择让学习优异的二叔，去负载那个丧母之家的重担，而是让三叔辍学，那么现在，二叔和三叔，会不会又是完全不同的另一番景象呢？

我相信，这才是二婶一直都萦绕于胸的心结。

我相信，这才是二婶一辈子都难以化解的死结。

尽管，二叔错过了人生更好的安排，几乎笃定跟她没有任何关联。

尽管，二叔并不像她。二叔说 :“这都是命。”既然是命，那就只能顺着它来。所以，旁人都心疼二叔下力太辛苦。他自己反倒不觉得。几十年来，他都是大口大口地吃肉，大碗大碗地喝酒，到了晚上，哪怕鼾声把屋顶都快震破了，他还照样睡得像死猪一样。“下力人，就是要累才高兴呢。”他说，“不累，不累钱从哪儿来？越累，才越有钱挣呢。有钱挣，哪有不高兴的道理？”好几回，他回云阳，坐在酒桌子上，都是这样跟我们说话。完了，还不忘堆出一脸心满意足的笑。

旁人看起来傻傻的。

只有他自己清楚，他心里是甜甜的。

实在是没话说了，我问 :“二叔现在怎么样？”这下，总算找到了共同话题。孔新竹来了兴致，说 :“还不错。他们正筹划着回云阳来买房养老呢。”他看了一眼弟媳，又说，“我跟媳妇商量了一下，如果他们回来，我们也凑点钱，一起买房。这样，大家都省力点，住在一起，相互也有个照应。”

这个主意是不错。前面经历了那么多波折，现在又可以买房了。这真是个好时代啊。哪怕你箩筐大的字都不识几个，只要你不怕苦，肯下力，美好的生活一样不会亏待你。

正这样感慨着，孔新竹手机响了。

听不到那边说什么，但再看孔新竹的脸色，突然就沉郁下来。

等他挂了电话，我问 :“怎么啦？”

他愁眉苦脸，身子没有站稳，一下子瘫在床边，吓得我们几个人赶紧过去搀扶。好在人离床不远，没有倒在地上。但就算如此，他屁股一落下，可能压痛了伤口，嘴里“哇唔”惨叫两声，脸上已苍白一片。

电话是二婶打来的。二婶在电话里说，二叔出车祸了，她必须马上赶回宜昌去。去宜昌的，还有父亲和三叔。他们打算吃了午饭，立马就走。他们问我是否同去？可我怎么去得了呢？妻子的肚子都挺那么高了，预产期就在这几天呢。虽说是二胎，没有那么紧张。但孩子一旦出生，父亲都不在身边，怎么说得过去呢？

晚上，总算得到确切消息，二叔是被一辆三轮车撞的。二叔挑着一个旅客的行李，绿灯一亮，他就上了斑马线。就在这时，一辆三轮车，一辆红色的三轮车，一辆像被鲜血涂满全身的红色三轮车，远远看到黄灯还剩最后几秒，就加足马力，想要奋力冲过去。

就是这样，他们撞上了。

三轮车把二叔撞出去十几米，重重地跌在地上，肩头的行李落下来，被三轮车前轮抵出去好大一截。二叔当场晕迷。二叔晕迷之前已经有了预感。他就想，怎么回事呢？怎么又看见那个老师傅了呢？二叔刚喊了声：“师傅，快点哟。早点干完早点走哈。”趴在甑子边缘的老师傅，身子一抖，突然往前一栽，就跌进了一窝滚烫的沸水里。然后，二叔就感觉，自己在沸水里拼命挣扎。然后，他就看见那个老师傅还趴在上面，露出颗稀皮脓疮的脑袋，望着他，满脸嘲讽道：“你浮水的样子，也比我好看不了多少嘛。”

二婶接到的电话，是警察打来的。

警察说，三轮车师傅已经弃车逃离。他们先把人送医院，家属抓紧时间赶快过去。医院一大摊事，都要家属去处理呢。警车、救护车到先后到达，二叔也醒了。护士要把他往担架上抬，他还推了人家一把，想说："不用。我自己能行。"可是，声音明明到了喉咙管，就是出不来。用力一憋，出是出来了，却是"喑喑依依"的一串怪音，也不知道是从哪个缝隙里挤出来的。感到胸前一阵刺痛，就后悔刚才那一推。别说推了，稍一用力，就好像整个胸腔被放到了布满钢钉的砧板上，有人正挥着大锤往他身上砸呢。

可惜，二叔不会练硬气功。又一锤砸下来。他感到一股黏稠的液体涌到了嘴里，"噗"的一声喷出来，鲜红一片。警察问了他几个问题，他一个都答不上来。最后，问到二婶的电话号码。他不能说，又不能写，只好艰难地抬了抬手，用手指，一个号码一个码地比划。警察刚开始还懵着，不知道他要表达什么。直到二叔比划到第六个数字，警察才恍然大悟，赶紧让他重新比划一遍。可是，二叔哪来那么多力气，再要比划，哪怕是一个数字，也要费很大的劲。到最后，他连抬抬手都感到十分困难了，只能把手搁在担架上。因为手在身体两侧，有些数字，又必须要双手配合才能表达完整意思，把那个警察急的呀，睫毛上都起了汗珠。那边医生也没消停，抬人的抬人，听诊的听诊，输液的输液。直到快进手术室了，警察总算把电话号码记全了。

那次事故，二叔在身体上损失了三根肋骨。在金钱上，损失就更大了。三轮车师傅一直在逃。虽然警方说在全力追捕，但毕竟还没追捕到。二叔甚至有些泄气地说："就算捕到又能怎样呢？一个开三轮的，能有几个钱？"二婶也预感到，住院那些花销，怕全得自己担着。她甚至像埋怨二叔似的，说："你要撞，也拣个值钱的车去撞啊。现在好了，骨头断了好几根不说，才攒下几个钱，又没了。"二叔知道二婶的个性，不想跟她一般见识。心想，明明是车来撞的我，怎么说成我去撞的车呢？

不管谁撞的谁，有一个事实是明摆着的——回云阳买房的事，只能暂时搁一搁了。让二叔更犯愁的，不是暂时不能回云阳买房了，而是，可能永远都不能回云阳买房了。肋骨都断了三根呢，就算伤痊愈，怎么可能像从前那样下苦力呢？扁担一上肩，不把剩下的肋骨全压断才怪呢。以前都是边干活，边包工，和那些下力人一起干。现在若不干活，只包工，人家还愿意听他招呼吗？就算人家愿意，他也不愿意呢。他想到了儿子孔新竹。生来不是当老板的命，非要去逞那个能，到头来，还是没什么好结果。一想到儿子，他就感到心痛。要是新竹也像女儿那样，读得书，找得到好工作，衣食无忧，不用他老两口瞎操心，那该多好啊。可是，他又觉得好像哪里有些不对。哦，对了，是女儿新桃呢。新桃读得书，找到了好工作，衣食无忧，可是，她就不让他老两口操心了吗？

只要是自己的儿女，都有操不完的心啊。

二叔后来到底怎么样了，我还没来得及打听。身体恢复得好不好，肇事者抓到没有，谋生的事怎么解决的，一切都未知。但有一点可以肯定，既然他和二婶都还在宜昌，没有回来，那就说明，他们还能生存。

昨天中午，妻子下班回来，保姆带孩子去她那里喂奶，跟她一起。妻子说："刚才我们碰到你弟弟孔新竹了。"我说："哦？在哪里？""在车上。"她边把孩子放在沙发上，边说。我有些迷惑，问："你们坐一辆车？"妻子愣了一下，才发现没有把意思表达清楚。正欲开口，保姆在一旁帮腔道："他在开滴滴。我们刚好叫到他的车。"我有点诧异。心想，不是说在快递公司跑货运吗？怎么又换了？妻子进了厨房，又把头探出来，说："今天我只付了七块钱。平时都要十块。"我有些不解，说："不都是软件在扣吗？也可以少？""肯定是他提前终止了行程嘛。"妻子对我的问题不屑一顾，"这点都不懂。看你开了这么多年车，脑壳还是不转弯。"

我的脑壳是有些不转弯。

前几天孔新桃在微信上发过来 2000 元红包，说庆贺小侄儿满月。我没收。回信道："心意已领。红包就不必了。你现在带着孩子，那么困难，我怎么忍心收你的钱。"有好一阵，我都因为自己这个决定而自我感动。相较于那些以办各种喜宴来敛财，特别是敛亲人财的人，我的确是有些高尚过头了。好半天，她都没回。大约半小时后，微信上这样回复道："哥。我其实没有你想象的那么困难。我和孩子，过得都很好，很开心。我希望，你也可以像我一样，把我们这个家，当成个正常家庭。"

也许，她说的是对的。发红包，就是个礼尚往来的事。越是拒绝，反倒越把彼此之间的距离拉远了。说得俗气点，下次碰到她孩子过生日，把 2000 元红包还回去，不就得了？

春节又快到了。街道两边，人行道上的树丫上已张灯结彩。马路上，外地车明显增多。从张家坝到兴旺路，平时开车只需十分钟，现在四十分钟都到不了。四周围，全是出门在外打拼的云阳人，正马不停蹄往家赶呢。二叔二婶，还有我那弟弟妹妹，以及他们的家人，是不是又回到了南溪镇上，他们称之为“家”的楼房里呢？

今年，他们没有叫我们。

我只是在想，这个年，他们过得还好吗？